KNAUR

Im Droemer Knaur Verlag sind bereits
folgende Bücher von Sebastian Fitzek erschienen:

Die Therapie
Amokspiel
Der Seelenbrecher
Das Kind
Splitter
Der Augensammler
Der Augenjäger
Der Nachtwandler
Passagier 23
Das Paket
AchtNacht
Flugangst 7A

Im Droemer Knaur Verlag sind bereits
folgende Bücher von Michael Tsokos erschienen:

Die Klaviatur des Todes
Deutschland misshandelt seine Kinder
(zusammen mit Saskia Guddat)
Zerschunden (zusammen mit Andreas Gößling)
Zersetzt (zusammen mit Andreas Gößling)
Zerbrochen (zusammen mit Andreas Gößling)
Sind Tote immer leichenblass?
Die Zeichen des Todes

Über die Autoren:

Sebastian Fitzek, geboren 1971, ist Deutschlands erfolgreichster Autor von Psychothrillern. Seine Bücher werden in 24 Sprachen übersetzt und sind Vorlage für internationale Kinoverfilmungen und Theateradaptionen. Sebastian Fitzek lebt mit seiner Familie in Berlin.

Michael Tsokos, 1967 geboren, ist Professor für Rechtsmedizin und international anerkannter Experte auf dem Gebiet der Forensik. Seit 2007 leitet er das Institut für Rechtsmedizin der Charité. Seine Bücher über spektakuläre Fälle aus der Rechtsmedizin sind allesamt Bestseller.

Sebastian Fitzek
Michael Tsokos

ABGESCHNITTEN

Thriller

KNAUR

Dieser Titel erschien im Knaur Taschenbuch Verlag
bereits unter der Bandnummer 51091.

Besuchen Sie uns im Internet:
www.knaur.de

FSC
www.fsc.org
MIX
Papier aus verantwortungsvollen Quellen
FSC® C083411

Unveränderte Taschenbuch-Neuausgabe Oktober 2018
Knaur Taschenbuch

Ein Imprint der Verlagsgruppe
Droemer Knaur GmbH & Co. KG, München
Ein Projekt der AVA International GmbH
Autoren- und Verlagsagentur
www.ava-international.de

Redaktion: Regine Weisbrod
Cover: © 2018 Ziegler Film GmbH & Co. KG /
Syrreal Entertainment GmbH / Warner Bros. Entertainment GmbH
Satz: Adobe InDesign im Verlag
Druck und Bindung: CPI books GmbH, Leck
ISBN 978-3-426-52281-3

2 4 5 3

Das Landgericht hatte den 61-jährigen Mann, wie berichtet, zu **zwei Jahren Haft auf Bewährung** verurteilt, nachdem er sexuellen Missbrauch seiner Tochter in 282 Fällen gestanden hatte. Der Täter profitierte davon, dass viele Jahre vergingen, ehe das Opfer über das Erlebte sprechen konnte. Außerdem lagen die Taten laut Gericht »13 bis 18 Jahre zurück«. Das Mädchen war 1992 sieben Jahre alt, als die Taten begannen.

Quelle: *Der Tagesspiegel* vom 16. April 2010

Das Landgericht Hamburg hat einen Börsenbetrüger zu einer Freiheitsstrafe von **fünfeinhalb Jahren** verurteilt. Der Geschäftsmann hatte Millionen von Billigaktien (»Penny-Stocks«) gekauft, danach deren Kurse durch Falschinformationen in die Höhe getrieben – und dann die Anteile schnell verkauft, bevor deren Preis wieder abstürzte.

Quelle: *Frankfurter Allgemeine Zeitung*
vom 17. April 2009

Prolog

»Wo steckst du denn?«
Die Stimme ihrer Mutter passte zu den frostigen Temperaturen. Die Kopfhörer von Fionas Handy schienen die Kälte wie ein Magnet anzuziehen. Ihre Ohren waren schon so taub, dass sie die Stöpsel darin kaum noch spürte.
»Bin gleich zu Hause, Mama.«
Sie kam etwas ins Schlingern, als sie durch eine vereiste Bodensenke radelte. Ohne sich umzudrehen, prüfte sie, ob ihr Schulranzen noch sicher im Korb des Gepäckträgers verstaut war.
»Wann ist *gleich,* junge Frau?«
»In zehn Minuten.«
Ihr Hinterrad drehte durch, und sie überlegte, ob sie vor der Kurve besser absteigen sollte. Ihr flackerndes Vorderlicht warnte sie immer erst in letzter Sekunde vor Hindernissen auf dem kurvenreichen Pfad. Aber wenigstens war der Boden hier nicht so verschneit wie auf dem Fahrradweg entlang der Königsallee.
»Zehn Minuten? Du hättest schon vor einer Stunde zum Abendessen zurück sein sollen.«
»Ich hab Katrin noch Vokabeln abgefragt«, log Fiona. In Wahrheit hatte sie den Nachmittag bei Sandro verbracht. Aber das musste sie ihrer Mutter ja nicht auf die Nase binden. Die war ohnehin davon überzeugt, Sandro hätte einen

schlechten Einfluss auf sie, nur weil er volljährig war und einen Stecker durch die Augenbraue trug.
Wenn die wüsste.
»Es piept, Mama. Mein Akku hat nur noch zwei Prozent.« Diesmal sagte sie die Wahrheit. Ihre Mutter seufzte. »Beeil dich, aber nimm ja nicht die Abkürzung, hörst du?«
»Ja, Mama«, keuchte Fiona genervt und zog im Fahren den Lenker nach oben, um ihren Vorderreifen über eine Wurzel zu heben. *Mann, ich bin dreizehn und kein Baby mehr!* Wieso mussten ihre Eltern sie immer wie ein Kleinkind behandeln? Es gab kaum einen sichereren Ort auf der Welt als nachts im Wald, hatte Sandro ihr erklärt.
Logisch. Welcher Killer friert sich schon den Arsch ab in der Hoffnung, dass zufällig ein Opfer vorbeiradelt?
Statistisch gesehen geschahen weitaus mehr Straftaten bei Tageslicht oder in beleuchteten Innenräumen als im Dunkeln, und trotzdem glaubten alle, Gefahren würden vor allem in der Finsternis lauern. Das war genauso schwachsinnig wie diese ewigen Warnungen vor Fremden. Die meisten Sexualstraftäter waren Verwandte oder Bekannte, oft sogar die eigenen Eltern. Aber es warnte einen natürlich niemand davor, zu Mama und Papa ins Auto zu steigen.
»Beeil dich, Finchen«, waren die letzten Worte ihrer Mutter, dann verabschiedete sich der Akku endgültig mit einem letzten, langgezogenen Piepser.
Finchen. Wann hörte sie endlich mit diesem bescheuerten Kosenamen auf?
Oh Mann, wie ich meine blöde Familie hasse. Wenn ich doch nur schon von zu Hause ausziehen könnte.
Wütend trat sie in die Pedale.
Der Pfad vor ihr wurde schmaler, schlängelte sich in einer Fragezeichenkurve zwischen dicht stehenden Kiefern und

mündete in einen Forstweg. Kaum hatte Fiona den Schutz der Bäume verlassen, erfasste sie ein schneidender Wind, und ihre Augen begannen zu tränen. Daher sah sie die Rücklichter des Wagens zuerst nur verschwommen.
Der Kombi war grün, schwarz oder blau. Irgendetwas Dunkles. Das große Auto stand mit laufendem Motor neben einem Stapel geschlagener Baumstämme. Die Heckklappe war offen, und Fiona konnte im schwachen Kofferraumlicht sehen, dass sich etwas auf der Ladefläche bewegte.
Ihr Herz begann zu rasen, wie immer, wenn sie aufgeregt war.
Komm schon, du bist doch keine Memme. Du warst schon oft in brenzligen Situationen. Weshalb nur hast du immer wieder Angst bei so was?
Sie fuhr wieder schneller und hielt sich am äußersten Rand des Weges. Als sie noch wenige Meter entfernt war, passierte es. Ein Arm fiel aus dem Kofferraum.
Zumindest hatte es in dem unnatürlichen Licht des Wagens auf den ersten Blick so ausgesehen. Tatsächlich baumelte der Arm über dem verschmutzten Nummernschild, der Rest des Körpers lag noch auf der Ladefläche.
»Hilf mir!«, hörte Fiona den Mann im Kofferraum krächzen. Er war alt, jedenfalls nach Fionas Maßstäben, für die alles über dreißig schon in die Kategorie Scheintod fiel. Er sprach so leise, dass die Geräusche des Dieselmotors seine Stimme fast vollständig verschluckten.
»Hilfe.«
Im ersten Impuls wollte Fiona einfach weiterfahren. Aber dann hob er den Kopf, *den blutverschmierten Kopf,* und streckte den Arm nach ihr aus. Fiona musste an ein Poster in Sandros Zimmer denken, auf dem die Klaue eines Zombies aus einem Grabhügel stach.

»Bitte nicht weggehen«, krächzte der Fremde, jetzt etwas lauter.
Sie hielt an, stieg vom Rad und betrachtete ihn zögernd aus einigem Abstand.
Die Augen waren zugeschwollen, Blut tropfte ihm aus dem Mund, und das rechte Bein wirkte unnatürlich verdreht.
»Was ist passiert?«, fragte Fiona. Ihre Stimme flatterte im gleichen Tempo wie ihr Puls.
»Ich wurde überfallen.«
Fiona trat näher. Im Licht der Kofferraumbeleuchtung konnte sie nicht viel erkennen, nur dass der Unbekannte einen Sportanzug und Laufschuhe trug.
Dann fiel ihr Blick auf den Kindersitz im Kofferraum, und das gab den Ausschlag. *»Lass dich nicht täuschen. Die wahren Psychopathen sehen immer aus wie Opfer. Sie nutzen dein Mitleid aus«*, hatte Sandro ihr eingeschärft. Und der verstand mehr vom Leben als ihre Mutter. Vielleicht war der Typ wirklich böse? Bestimmt hatte er es verdient, so zusammengeschlagen zu werden.
Und wenn schon, das ist nicht meine Angelegenheit. Das soll jemand anderes übernehmen.
Fiona setzte sich wieder auf den Sattel, da begann der Mann zu weinen. »Bitte, bleib. Ich tu dir doch nichts.«
»Das sagen sie alle.«
»Aber schau mich doch an! Siehst du denn nicht, dass ich Hilfe brauche? Ich fleh dich an, ruf einen Krankenwagen.«
»Der Akku von meinem Handy ist leer«, erwiderte Fiona. Sie zog sich die Stöpsel ihrer Kopfhörer aus den Ohren, die sie in der Aufregung ganz vergessen hatte.
Der Mann nickte erschöpft. »Ich hab eines.«
Fiona zeigte ihm einen Vogel. »Ich werd Sie nicht anfassen.«

»Musst du auch nicht. Es liegt vorne.«
Der Mann krümmte sich wie unter Magenkrämpfen. Er schien vor Schmerzen zu zittern.
Scheiße, was mach ich jetzt?
Fiona krallte die Finger um den Lenker. Sie trug dicke Lederhandschuhe, dennoch waren ihre Finger kalt.
Soll ich? Oder soll ich nicht?
Ihr Atem schlug dampfende Wolken.
Der Schwerverletzte versuchte sich aufzurichten, sank aber kraftlos auf die Ladefläche zurück.
»Bitte«, sagte er noch einmal. Fiona gab sich einen Ruck.
Ach, egal. Wird schon schiefgehen.
Die Stützen ihres Fahrrads fanden auf dem unebenen Weg keinen Halt, also legte sie es quer auf den Boden. Fiona achtete darauf, nicht in Reichweite des Mannes zu gelangen, als sie an seinem Wagen vorbeiging.
»Wo?«, fragte sie, als sie die Fahrertür geöffnet hatte.
Sie sah eine Halterung für die Freisprechanlage, aber kein Handy darin.
»Es liegt im Handschuhfach«, hörte sie ihn krächzen.
Sie überlegte kurz, ob sie einmal um den Wagen herumlaufen sollte, entschied sich dann aber dafür, über den Sitz auf die Beifahrerseite zu langen.
Fiona beugte sich tief in den Wagen hinein und öffnete das Handschuhfach.
Kein Handy.
Natürlich nicht.
Statt eines Mobiltelefons fiel ihr eine angebrochene Packung mit Latexhandschuhen entgegen und eine Rolle Paketklebeband. Ihr Puls ging in einen Stakkato-Rhythmus über.
»Hast du es gefunden?«, hörte sie die Stimme des Mannes,

die auf einmal sehr viel näher klang. Sie drehte sich um und sah, dass er sich gedreht hatte und im Kofferraum direkt hinter den Rücksitzen kniete. Nur einen Sprung von ihr entfernt.

Von da ab ging alles sehr schnell.

Fiona ignorierte die Latexhandschuhe, ihre eigenen mussten ausreichen. Dann griff sie unter den Sitz. Die Waffe war genau dort, wo Sandro gesagt hatte. Geladen und entsichert.

Sie hob den Lauf, kniff das rechte Auge zusammen und schoss dem Mann ins Gesicht.

Dank dem Schalldämpfer hörte sich der Schuss an, als hätte sie einen Korken aus einer Weinflasche gezogen. Der Mann fiel zurück in den Kofferraum. Fiona warf die Waffe wie verabredet im hohen Bogen in den Wald. Dann hob sie ihr Fahrrad wieder auf.

Zu dumm, dass ihr Akku leer war, sonst hätte sie Sandro schnell eine SMS geschickt, dass alles geklappt hatte. Um ein Haar hätte sie das Ganze nicht durchgezogen, nur weil sie plötzlich Mitleid mit dem Arsch bekommen hatte. Aber versprochen war versprochen. Außerdem brauchte sie das Geld, wenn sie endlich von zu Hause abhauen wollte. »Der Scheißkerl hat es verdient«, hatte Sandro ihr mit auf den Weg gegeben. Und dass es das letzte Mal sein würde, dass sie so etwas für ihn erledigen müsste, was ja auch irgendwie logisch war. *Immerhin werde ich nächste Woche vierzehn. Dann bin ich strafmündig und könnte für so was in den Bau wandern. Wenn sie mich heute erwischen, werde ich höchstens von irgendeinem Sozialarbeiter vollgelabert.*

Geiles Rechtssystem, Sandro kannte sich echt gut aus mit Gesetzen, Jura und solchem Kram. Er verstand einfach mehr vom Leben als ihre Mutter.

Fiona lächelte bei dem Gedanken daran, ihm alles genau zu berichten, wenn sie ihn morgen wiedersah. Das Paketklebeband hatte sie gar nicht gebraucht, um den Loser vorher zu fesseln. Jetzt musste sie sich aber beeilen. Schließlich stand das Abendessen längst auf dem Tisch.

1. Kapitel

Zehn Tage später. Helgoland.

Das Blut gefällt mir nicht!
Linda betrachtete erschöpft das Opfer. Stunden schon mühte sie sich mit dem Mann ab. Mit dem Messer in seinem behaarten Bauch war sie zufrieden, auch mit den hervorquellenden Gedärmen und den glasigen Augen, in denen sich die Mörderin spiegelte.
Aber das Blut sieht nicht echt aus. Ich hab's schon wieder versaut.
Wütend riss sie das Papier vom Zeichenblock, zerknüllte es und warf es auf den Boden neben ihren Schreibtisch zu den anderen misslungenen Versuchen. Sie zog sich die Stecker ihrer Kopfhörer aus den Ohren und tauschte die düstere Rockmusik gegen das Rauschen des Meeres. Dann schenkte sie sich heißen Kaffee aus der Thermoskanne nach. Sie wärmte die klammen Finger am Becher, bevor sie gedankenverloren den ersten Schluck nahm.
Verdammte Gewaltszenen.
Die Darstellung des Todes hatte ihr schon immer die größten Schwierigkeiten bereitet, dabei kam es genau darauf an. Ihre Comics wurden vor allem von weiblichen Teenagern gelesen, und aus irgendeinem Grund hatte ausgerechnet das schwache Geschlecht eine Vorliebe für explizite Gewaltdarstellungen.
Je härter, desto Frau, wie der Verlagsleiter nicht müde wurde zu betonen.

Sie selbst bevorzugte Naturszenen. Nicht die lieblichen Rosamunde-Pilcher-Motive, keine Blumenwiesen oder wogenden Kornfelder. Sie war von den Urgewalten des Planeten fasziniert. Von Vulkanen, Steilklippen und Wellenbergen, von Geysiren, Tsunamis und Zyklonen. Und in dieser Hinsicht bot sich ihr gerade eine atemberaubende Vorlage. Von dem kleinen Atelier unter dem Dach genoss sie einen großartigen Blick über die tosende Nordsee vor Helgoland. Das schmale, zweigeschossige Holzhaus war eines der wenigen freistehenden Gebäude oberhalb der Westküste der Insel. Es stand am Rand eines dieser unzähligen Krater, die die Bomben der Engländer nach dem Zweiten Weltkrieg ins Mittelland der Insel gerissen hatten.
Während Linda den blauen Bleistift spitzte, mit dem sie stets die ersten Konturen eines Bildes zeichnete, sah sie durch das Sprossenfenster zum Meer.
Wieso bezahlt mich niemand dafür, diese Aussicht festzuhalten?, fragte sie sich nicht zum ersten Mal, seitdem sie hierhergeflüchtet war.
Die schäumende See und die tiefhängenden Wolken erzeugten eine sogartige Wirkung. Es schien, als wäre die Insel in den letzten Tagen weiter ins Meer vorgerückt. Das Wellensturzbecken direkt neben dem Südhafen war vollgelaufen, und von den dreiarmigen Betonpfeilern, die zum Schutz der Küste ins Meer geworfen worden waren, ragten nur noch die ufernahen Spitzen heraus. Trotz der Unwetterwarnung hätte Linda sich am liebsten ihre Gummistiefel und die Outdoorjacke übergezogen und sich bei einem Spaziergang zum Strand den kalten Regen ins Gesicht wehen lassen. Doch dafür war es zu früh. Noch.
Du musst den großen Sturm abwarten, bevor du hier rausdarfst, ermahnte sie sich in Gedanken.

Kein Tag verging, an dem der Katastrophenschutz nicht erneut im Radio dringend empfahl, Helgoland zu verlassen, bevor der Orkan mit dem harmlosen Namen »Anna« die Insel erreicht hatte. Und mittlerweile hatten die drastischen Vorhersagen Wirkung gezeigt. Dabei hatte zu Anfang kaum jemand den Meldungen Glauben geschenkt, die Insel könnte dieses Jahr vom Festland abgeschnitten werden. Doch dann riss ein Vorbote des Sturms das Dach über dem Südflügel des Krankenhauses ab. Auch wenn es in den anderen Gebäudeteilen nicht hereinregnete, war die medizinische Versorgung nicht mehr sichergestellt, denn Teile der Stromzufuhr waren gekappt, was beinahe zu einem Brand geführt hätte. Als schließlich nicht einmal mehr die Lebensmittellieferungen garantiert werden konnten, überdachten als Erstes die Alten ihre Entscheidung, auf der Insel zu bleiben.

Die wenigen Touristen wurden als Nächste evakuiert; ihnen schlossen sich die meisten einheimischen Familien mit Kindern an, und wenn heute Nachmittag die letzte Fähre ging, dürfte sich die Einwohnerzahl Helgolands auf knapp siebenhundert Menschen halbiert haben. Diese trotzten dem schlechten Wetter und den noch schlechteren Prognosen und hofften darauf, dass die Schäden schon nicht so dramatisch ausfielen, wie die Meteorologen es vorhersagten. Ihr harter Kern traf sich täglich im *Bandrupp,* dem Gasthaus des gleichnamigen Bürgermeisters, zur Lagebesprechung.

Während die Zurückgebliebenen ihr Haus und Gut nicht kampflos im Stich lassen wollten und sich verpflichtet sahen, auch in schlechten Zeiten die Stellung zu halten, hielt es Linda aus einem gänzlich anderen Grund auf der Insel. Vermutlich war sie die Einzige, die den Orkan mit all seinen Folgen sogar herbeisehnte, auch wenn das bedeutete, dass

sie noch eine ganze Weile länger nur von Konservendosen und Leitungswasser würde leben müssen.
Denn war Helgoland erst einmal komplett von der Außenwelt abgeschnitten, konnte das Grauen, vor dem sie geflüchtet war, nicht mehr zu ihr auf die Insel gelangen. Und erst dann würde sie keine Angst mehr haben, ihr Versteck zu verlassen.
»Genug für heute«, sagte sie laut und stand von ihrem Zeichentisch auf. Seit dem frühen Morgen hatte sie an der Szene gearbeitet, dem Showdown, in dem sich die amazonenhafte Heldin an ihrem Widersacher rächt, und jetzt, sieben Stunden später, war ihr Nacken steif wie Beton.
Eigentlich gab es keine Veranlassung, weshalb sie die letzten Tage wie eine Besessene durchgearbeitet hatte.
Es gab keinen neuen Auftrag, der Verlag wusste nicht, dass sie erstmals an einer eigenen Geschichte arbeitete, nachdem sie bislang immer nur die Manuskripte anderer Autoren illustrieren durfte. Verdammt, der Verlag wusste nicht einmal, dass sie überhaupt noch existierte, nachdem sie von einem Tag auf den anderen wortlos von der Bildfläche verschwunden war, ohne ihr letztes Projekt vollendet zu haben. Vermutlich würde sie jetzt, da sie einen wichtigen Abgabetermin hatte verstreichen lassen, nie wieder einen Auftrag erhalten, weswegen es ihr eigentlich freigestanden hätte, nur noch das zu zeichnen, was sie wollte. Doch wann immer sie sich hingesetzt hatte, um ihrer Kreativität freien Lauf zu lassen, waren es nicht die von ihr so geliebten Naturmotive gewesen, sondern das Bild des sterbenden Mannes, das sich vor ihrem geistigen Auge aufbaute. Und auch wenn sie mit dieser Gewaltdarstellung ihre gewohnten Schwierigkeiten hatte, so spürte sie tief in ihrem Innersten, dass es genau diese Szene war, die sie unbedingt zu Papier

bringen musste, wenn sie endlich wieder einmal eine Nacht durchschlafen wollte.

Erst wenn ich das geschafft habe, werde ich das Meer zeichnen. Zuvor muss ich mir die Gewalt von der Seele malen.

Linda seufzte und ging ein Stockwerk tiefer ins Bad. Am Ende eines Arbeitstags fühlte sie sich stets wie nach einem Marathon. Müde, ausgelaugt und dreckig. Auch wenn sie sich kaum bewegt hatte, brauchte sie dringend eine Dusche. Das Haus war noch nie renoviert worden, was in dem spartanisch eingerichteten Bad besonders augenfällig war: Die Fliesen an den Wänden waren von einem Dunkelgrün, das Linda das letzte Mal auf der Toilette einer Autobahnraststätte gesehen hatte, und der Duschvorhang war zu einer Zeit in Mode gewesen, als Telefone noch Wählscheiben hatten. Immerhin wurde das Wasser in wenigen Sekunden warm, und das war weitaus besser, als Linda es von der Dusche ihrer Wohnung in Berlin gewohnt war. Unter anderen Umständen hätte sie sich in dem kleinen Haus mit seinen schiefen Wänden, den verzogenen Fenstern und den niedrigen Decken sogar ganz wohl gefühlt. Linda legte keinen Wert auf Luxus, und der Ausblick aufs Meer entschädigte für Blümchentapeten, ockerfarbene Sesselbezüge und den ausgestopften Fisch über dem Kamin.

Aber leider nicht für die dunklen Träume, die mir den Schlaf rauben.

Sie zupfte die dunkle Bluse, mit der sie bei ihrem Einzug den Spiegelschrank verhängt hatte, wieder zurecht, dann zog sie sich aus. Sie wusste, die letzten Monate hatten tiefe Spuren hinterlassen, und die wollte sie nicht täglich im Spiegel sehen.

Unter der Dusche schäumte sie zuerst ihre braunen, schulterlangen Haare ein, dann verteilte sie den Rest des Schaums auf dem dünnen Körper. Früher hatte sie etwas zu viel auf den Rippen gehabt, heute ahnte man nur noch beim Anblick ihrer ausladenden Hüften, dass sie einst »gut im Futter gestanden« hatte, wie Danny einmal scherzhaft gesagt hatte. Sie erschauerte bei der Erinnerung und drehte das Wasser noch heißer. Wie immer versuchte sie, beim Waschen das Gesicht auszusparen.

Um meine Wunden nicht berühren zu müssen.

Aber heute hatte sie nicht schnell genug reagiert, und etwas Schaum war vom Haaransatz nach unten und damit über das poröse Narbengeflecht der Stirn gelaufen, das man zum Glück nur sah, wenn ihr dichter Pony ungünstig fiel.

Mist.

Widerwillig hielt sie das Gesicht unter den heißen Strahl der Dusche, was fast noch schlimmer war, als wenn sie die Spuren der Verätzungen mit den eigenen Fingern nachgezeichnet hätte.

Linda hatte viele Narben. Die meisten von ihnen waren größer als die auf der Stirn und schlechter verheilt, denn sie lagen an Stellen, an die keine Wundsalbe und kein Chirurg jemals herankommen würden: tief unten, verborgen im Seelengewebe ihrer Psyche.

Nachdem sie sich etwa zehn Minuten lang mit dem Duschstrahl den Nacken massiert hatte, spürte sie, dass die Verspannung sich zu lösen begann. Womöglich würde eine Ibuprofen den schlimmsten Kopfschmerz verhindern, wenn sie die Tablette rechtzeitig vor dem Einschlafen nahm. Vorgestern hatte sie es vergessen und war mitten in der Nacht mit einem Presslufthammer unter der Schädeldecke aufgewacht.

Sie drehte den Wasserhahn wieder zu, wartete, bis der verkalkte Duschkopf aufgehört hatte zu tropfen, und zog den Duschvorhang zur Seite. Dann erstarrte sie.

Im ersten Moment war es nur ein unbestimmtes Gefühl, das sie innehalten ließ. Noch begriff sie nicht, was sich in dem Badezimmer verändert hatte. Die Tür war geschlossen, die Bluse hing vor dem Spiegel, das Handtuch über der Heizung. Und doch, etwas war anders.

Vor einem Jahr noch hätte sie nichts gefühlt, aber nach all dem, was ihr seither widerfahren war, hatte sie so etwas wie einen sechsten Sinn für unsichtbare Bedrohungen entwickelt. Nicht nur die Videokassetten auf ihrem Nachttisch in ihrer Wohnung in Berlin hatten sie sensibilisiert. Bänder, auf denen sie selbst zu sehen war. Gefilmt von jemandem, der neben ihrem Bett gestanden haben musste. Während sie schlief!

Linda hielt den Atem an, horchte nach verdächtigen Geräuschen, doch alles, was sie wahrnahm, waren die Sturmböen, die am Haus nagten.

Falscher Alarm, dachte sie und atmete gleichmäßig, um ihren Puls wieder zu entschleunigen. Dann stieg sie fröstelnd aus der Dusche und griff nach dem Handtuch.

Und in dieser Sekunde traf sie die Erkenntnis wie ein elektrischer Schlag.

Sie schrie auf, begann am ganzen Körper zu zittern und drehte sich ruckartig um, als erwarte sie, jeden Moment von hinten angesprungen zu werden. Doch das Einzige, was ihr im Nacken saß, war die eigene Angst, und die ließ sich nicht so einfach abschütteln wie das Handtuch, das sie von sich geschleudert hatte.

Das Handtuch …, dessen Berührung ein Gefühl vollkommenen Ekels ausgelöst hatte.

Denn es war nass.

Jemand musste sich damit abgetrocknet haben, während sie unter der Dusche gestanden hatte.

2. Kapitel

Nein, ich habe es nicht angefasst, verdammt. Ich weiß noch genau, wie ich es heute Morgen über die Heizung gelegt habe.«

Linda fühlte, wie ihr das Blut zu Kopf stieg, und darüber ärgerte sie sich fast noch mehr als über die Beschwichtigungsversuche ihres Bruders am anderen Ende der Leitung. Auch wenn Clemens sie nicht sehen konnte, kannte er sie doch so gut, dass er allein an ihrem Tonfall merkte, wie sie rot anlief – wie immer, wenn sie aufgeregt war.

»Beruhig dich, Kleines«, sagte er, wobei er wie eine der Figuren aus den Filmen über die New Yorker Unterwelt klang, die er so sehr liebte. »Ich hab das geregelt. Es gibt nichts mehr, wovor du Angst haben müsstest.«

»Hah!« Sie atmete stoßweise. »Und wie erklärst du dir dann das nasse Handtuch? Mann, das ist doch exakt Dannys Handschrift.«

Danny. Scheiße, wieso nenne ich den Dreckskerl eigentlich immer noch bei seinem Kosenamen?

Mittlerweile wurde ihr allein bei dem Gedanken schlecht, dass sie mit diesem Widerling ins Bett gestiegen war, und das sogar mehrfach. Dabei konnte sie nicht behaupten, dass sie nicht gewarnt worden wäre. *»So gut, wie er aussieht, so schlecht wird es enden«*, hatte ihre Mutter geunkt. Und auch ihr Vater sollte mit seiner Bemerkung *»Ich hab das Gefühl, er hat uns noch nicht sein wahres Ich gezeigt«* den Nagel auf den Kopf treffen; so wie eigentlich immer, wenn es darum ging, andere Menschen einzuschätzen. So weltfremd ihre Eltern manchmal waren, deren gutbürgerliches Leben sich größtenteils zwischen Klassenarbeiten und Lehrerkonferenzen abspielte, so sehr hatten dreißig Jahre Unterricht vor Gymnasiasten ihre Menschenkenntnis geschult. Allerdings bedurfte es auch keiner hellseherischen Kräfte, um vorherzusagen, dass ihre Beziehung böse enden musste. Schließlich war Daniel Haag unter den Autoren, deren Geschichten sie illustrierte, der erfolgreichste und damit so etwas wie ihr Boss. Und Affären mit dem Boss endeten meistens böse. *Wie böse* allerdings, hatte niemand geahnt. Nicht einmal ihre Eltern.

Alles hatte harmlos begonnen. Das tat es in solchen Fällen vermutlich immer. Linda war Daniels aufbrausendes Temperament natürlich nicht entgangen, nur hatte sie seine Eifersüchteleien anfangs noch amüsiert belächelt, wenn er sich zum Beispiel über das bedeutungslose Kompliment eines Kellners ärgerte oder ihr vorwarf, nicht schnell genug auf eine SMS geantwortet zu haben.

Linda war sich bewusst, dass ihre direkte Art viele Kerle verunsicherte. Sie machte gern dreckige Witze, lachte gerne und laut und war sich nicht zu fein, im Bett die Initiative zu ergreifen. Auf der anderen Seite konnte es ihrer Eroberung passieren, nach einer durchtanzten Nacht im Club am nächsten Morgen in die Nationalgalerie geschleift zu werden, um hier zu erleben, wie wildfremde Menschen an Lindas Lippen hingen, während sie aus dem Stegreif über die ausgestellten Kunstwerke referierte. Viele ihrer Bekanntschaften waren schlicht überfordert und dachten, sie wäre ein durchgeknalltes Huhn, das mit zahlreichen Männern ins Bett stieg, was nicht der Wahrheit entsprach. Dass viele ihrer Beziehungen so rasch endeten, lag allein daran, dass sie es mit einem »herkömmlichen Exemplar« nicht lange aushielt; also mit einem Kerl, der ihren Humor nicht teilte. Aus diesem Grund hatte sie einen simplen Test entwickelt, mit dem sie noch in der ersten Nacht überprüfte, ob eine Beziehung aus ihrer Sicht überhaupt Zukunft haben konnte: Sobald ihre Eroberung sich schlafend zur Seite drehen wollte, schüttelte sie den Mann wieder wach und fragte scheinbar wütend: »Sag mal, wo hast du denn das Geld hingelegt?«

Bislang hatten nur zwei Männer gelacht, und mit dem ersten war sie fünf Jahre zusammengeblieben. Die Beziehung mit dem zweiten, Danny, hatte ein knappes Jahr gedauert, aber diese Zeit kam ihr heute wie eine Ewigkeit vor, denn die Monate mit ihm waren die schlimmsten ihres Lebens gewesen.

»Kleines, hab ich dir nicht versprochen, dass wir uns um ihn kümmern?«, hörte Linda ihren Bruder fragen, während sie nackt ins Schlafzimmer tapste und dabei eine Tropfspur und feuchte Fußabdrücke auf dem Parkett hinterließ. Ihr war kalt, aber sie ekelte sich davor, das feuchte Handtuch anzufassen.

Ja, hast du, dachte sie, den Hörer fest ans Ohr gepresst. *Du hast mir versprochen, dafür zu sorgen, dass Danny damit aufhört, aber vielleicht war das diesmal eine Nummer zu groß für dich?*

Linda wusste, es würde nichts bringen, diese Frage zu stellen. Wenn ihr großer Bruder eine Schwäche hatte, dann die, dass er sich für unbesiegbar hielt. Schon seine äußere Erscheinung schlug die meisten Widersacher in die Flucht. Die wenigen, die dumm genug waren, sich mit einem ein Meter neunzig großen Muskelberg anzulegen, der in seiner

Freizeit Straßenkampf trainierte, hatten ihren Größenwahn mit einem Krankenhausaufenthalt bezahlen müssen. Nach zahlreichen Auseinandersetzungen stand Clemens die körperliche Gewalt ins Gesicht geschrieben, und das im wahrsten Sinne des Wortes. Er hatte sich von einem Mitarbeiter seines Neuköllner Tattoostudios die Eintrittswunde einer Pistolenkugel mitten auf der Stirn tätowieren lassen …

»Was habt ihr mit Danny gemacht?«, fragte Linda, als sie vor ihrem Koffer mit ihren Habseligkeiten stand. Vierzehn Tage war sie nun schon hier, und noch immer hatte sie ihre Kleidung nicht in den Schrank geräumt. Sie griff sich eine Jeans und schlüpfte ohne Unterhose hinein. »Ich hab ein Recht, es zu wissen, Clemens.«

Linda war die Einzige, die ihren Bruder gefahrlos beim Vornamen nennen durfte. Alle anderen, selbst ihre Eltern, mussten ihn mit dem Nachnamen ansprechen, weil *Kaminski* Clemens' Meinung nach sehr viel männlicher klang als der »Schwuppen-Vorname«, den seine Mutter für ihn ausgewählt hatte. Es war ein Wunder, dass sie überhaupt noch miteinander redeten, nachdem Clemens durch seinen Lebenswandel so ziemlich alle Ideale verraten hatte, für die seine Eltern sich ein Leben lang abgerackert hatten.

»Du brauchst nur zu wissen, dass Danny dir nie wieder etwas antun wird.«

»Ach ja? Habt ihr ihm etwa die Finger gebrochen, mit denen er meine Todesanzeige verfasst hat?« Linda schloss die Augen und erinnerte sich an die halbe Seite in der Sonntagszeitung; an den schwarzen Rand und das dezente Kreuz neben ihrem Namen. Als Todesdatum hatte Danny den Tag angegeben, an dem sie mit ihm Schluss gemacht hatte.

»Habt ihr ihm die Augen ausgestochen, mit denen er durch die Videokamera gestarrt hat?« *Mit der er mich filmte, wäh-*

rend ich mich mit meinen Freundinnen traf? Während ich einkaufen ging? Während ich schlief?
»Oder habt ihr ihm die Hände abgehackt, mit denen er mir die Säure in meine Hautcreme gemischt hat?« *Nachdem ich gedroht hatte, ihn anzuzeigen, wenn seine Belästigungen nicht aufhören würden?*
Unbewusst tastete sie nach den Narben auf ihrer Stirn.
»Nein«, sagte Clemens tonlos. »So leicht ist der Idiot uns nicht davongekommen.«
»Er ist kein Idiot.«
Ganz im Gegenteil. Danny Haag war weder dumm noch ein unkontrolliert aufbrausender Hitzkopf. Alles, was er tat, tat er erst nach gründlicher und intelligenter Planung, und immer so, dass keine seiner Handlungen zu ihm zurückverfolgt werden konnte. Zudem bereitete es ihm anscheinend keine Probleme, wochenlang abzuwarten, bevor er wieder zuschlug, weshalb die Polizei sich nicht veranlasst gesehen hatte, gezielt gegen Danny vorzugehen. Nach Meinung der Behörden sprachen die für einen Stalker untypisch langen Intervalle, in denen Linda in Ruhe gelassen worden war, gegen einen einzelnen Täter. Viel wahrscheinlicher sei es, dass Linda einfach nur Pech gehabt hatte und zufällig von verschiedenen Männern belästigt worden war *(»Von fanatischen Lesern Ihrer Comics vielleicht?«),* und genau diese Fehleinschätzung hatte Danny provozieren wollen. Zudem war er ein bekannter Autor, wohlhabend und gutaussehend, also einer, der *»jede kriegen kann«,* wie die Beamtin bei der Aufnahme ihrer Anzeige angemerkt hatte, so als wäre Linda die Nachstellungen Dannys gar nicht wert, über die sie sich hier beschwerte. Aber das hatte Clemens ja gleich gesagt: Die Gesetze waren ein Witz, ihre Hüter ein Lacher. *»Solche Sachen muss man selbst in die*

Hand nehmen.« Und deshalb hatte ihr Bruder sie hier nach Helgoland gebracht, damit er sich während ihrer Abwesenheit in Berlin um Danny »kümmern« konnte.

»Du hast mir gesagt, hier wäre ich sicher«, sagte Linda vorwurfsvoll.

»Und das bist du auch, Kleines. Das Haus gehört Olli, du kennst meinen Kumpel. Bevor der irgendwas ausplaudert, verteilt der Papst Kondome.«

»Und wenn mich jemand auf der Fähre gesehen hat?«

»Dann hätte dieser Jemand keine Gelegenheit mehr gehabt, es Danny zu erzählen«, sagte Clemens mit seiner »Wie deutlich muss ich denn noch werden?«-Stimme.

Lindas Unterlippe bebte. Im Schlafzimmer zog es durch das verzogene Fenster, und sie fror von Minute zu Minute stärker. Mit einer Hand konnte sie sich keinen Pullover anziehen. Andererseits wollte sie unter keinen Umständen die Verbindung zu ihrem Bruder auch nur für eine Sekunde unterbrechen. Also trat sie ans Bett und schlug die Bettdecke zurück, mit der sie sich zudecken wollte.

»Sag mir, dass ich keine Angst zu haben brauche«, verlangte sie und ließ sich auf die Matratze sinken.

»Ich schwöre es dir«, versprach Clemens, doch das konnte Linda schon nicht mehr hören, denn kaum hatte sie den Kopf auf das Kissen gelegt, schrie sie aus voller Kehle.

3. Kapitel

»Was zum Teufel ist da los bei dir?«, brüllte Clemens in den Hörer.

Linda sprang aus dem Bett, als hätte die Matratze sie gebissen.

»Komm schon, rede mit mir!«

Es dauerte eine Weile, bis sie sich so weit beruhigt hatte, dass sie ihrem Bruder antworten konnte. Diesmal war der Ekel noch schlimmer. Denn jetzt war der Beweis stichhaltiger als das feuchte Handtuch im Bad.

»Das Bett«, keuchte sie.

»Scheiße, was ist damit?«

»Ich wollte mich reinlegen.«

»Ja und?«

»Es ist warm. Verdammt, Clemens.«

Da hat jemand drin gelegen.

Sie wimmerte fast und musste sich auf die Zunge beißen, um zu verhindern, dass sie unkontrolliert losbrüllte.

»Und es riecht nach ihm.«

Nach seinem Aftershave.

»Okay, okay, okay, jetzt hör mir mal zu. Du bildest dir das ein.«

»Nein, das tue ich nicht. Er war hier«, sagte sie. Dann erkannte sie ihren Irrtum.

Er *war* nicht hier.

Das Bett ist warm. Der Geruch noch intensiv.

Er ist immer noch im Haus!

Mit diesem Gedanken stolperte sie rückwärts aus dem Zimmer, drehte sich hastig um und rannte die Treppe hinunter ins Erdgeschoss. Sie schlüpfte in die Gummistiefel an der Garderobe.

»Was hast du vor?«, fragte Clemens, der die Geräusche zu deuten versuchte, die Linda erzeugte, während sie sich anzog.

»Ich hau ab.«

»Wohin denn?«

»Keine Ahnung. Ich muss raus.«

»In den Sturm?«

»Mir scheißegal.«

Linda riss eine grüne Wetterjacke vom Haken, zog sie sich hastig über und stieß die Haustür auf. Es war das erste Mal, dass sie sich seit ihrer Ankunft auf Helgoland vor die Schwelle wagte, und damals war es hell und sonnig gewesen.

Und nicht so kalt.

Der Wind trieb ihr die Tränen in die Augen, während sie versuchte, den Reißverschluss der Jacke mit einer Hand zu schließen. Vergeblich.

Für einen Moment hatte sie die Orientierung verloren, in ihrer Aufregung hatte sie den Weg durch die Hintertür neben der Küche gewählt und blickte über den Steingarten auf das aufgewühlte Meer.

»Sei bitte vernünftig und warte kurz«, hörte sie Clemens sagen, aber sie achtete nicht auf ihn. Der schnellste Weg in den Ort führte über den Trampelpfad, der sich vom Kraterrand zum Meer Richtung Südhafen schlängelte.

»Ich ruf zurück, sobald ich unter Menschen bin, ich …«, sagte sie.

»Nein, nicht auflegen. Hör mir doch mal zu, verdammt!«

Linda hatte den Pfad erreicht und schaute in den wolkenverhangenen Himmel über der rauhen See. Sie fühlte sich keinen Deut besser als im Haus. Im Gegenteil: Der stürmische Wind schien das Gefühl der Bedrohung in ihr nur noch zu verstärken.

Auf Helgoland war auch in diesem Winter kaum Schnee gefallen, aber der grasgesäumte Erdboden war vereist. Atemlos und verängstigt, den Geruch des Aftershaves noch immer in der Nase, starrte sie von oben auf das Meer hinaus, das sich wie ein tollwütiges Tier mit weit aufgerissenem, schäumendem Maul auf die Tetrapoden der Küste stürzte.

Er ist hier. Ich spüre es. Er ist hier.

Sie sah zum Haus zurück.

Nichts. Kein Mann am Fenster. Kein Schatten hinter den Vorhängen. Nur das Licht, das sie im Atelier unter dem Dach hatte brennen lassen.

»Du musst mich hier wieder abholen, Clemens«, sagte sie und merkte selbst, wie hysterisch sie sich anhörte. Sie drehte sich zum Meer zurück.

»Du bist bekloppt, Linda. Niemand kommt mehr auf die Insel rauf. Weder ich noch dein Ex-Freund.«

Nenn ihn nicht Freund, dachte Linda, aber bevor sie es aussprechen konnte, wurde sie von einem Gegenstand abgelenkt, den die Wellen vor die Brandungsmauer geworfen hatten.

Bislang hatte sie reflexartig gehandelt und war vor einer Gefahr geflohen, die sie nicht sehen, dafür umso stärker spüren konnte. Jetzt aber hatte sie ein Ziel. Linda rannte, so schnell es ging, den Weg hinab nach unten, bis sie das Ufer erreicht hatte.

»Okay, Linda, hör mir zu. Entweder stehst du im Windkanal oder in einem Tornado. Beides ist gut. Lass dir ordentlich die Birne durchpusten. Ich hab dir gleich gesagt, du drehst irgendwann durch, wenn du nicht hin und wieder mal rausgehst.«

Wegen der immer lauter werdenden Windgeräusche war ihr Bruder kaum noch zu verstehen. Sie stand etwa fünfzehn Meter vom Wasser entfernt, nah genug, dass ihr der feuchte Atem der Wellen ins Gesicht schlug.

»Ich ruf später wieder an«, brüllte sie gegen das Tosen an.

»Ja, tu das. Schnapp etwas frische Luft, atme tief durch.«

Linda nickte, dabei hatte sie ihrem Bruder gar nicht mehr zugehört, während sie sich langsam, aber stetig der Brandungsmauer näherte. Irritiert starrte sie auf den dunklen Klumpen, der zwischen den Betonarmen der Wellenbrecher hing.

»Und vertrau mir: Der Scheißkerl kann dir nichts mehr tun. Verstehst du?«, hörte sie Clemens sagen.

»Er ist tot«, sagte sie tonlos.

»Nicht am Telefon«, antwortete er, ohne zu wissen, dass sie nicht mehr mit ihm gesprochen hatte.

Linda trat einen Schritt zurück, fing an zu würgen und wollte weglaufen, doch der schreckliche Anblick lähmte ihr die Glieder.

Ich werde nie so gut sein, dachte sie. Das Telefon war ihr zu diesem Zeitpunkt schon längst aus der Hand gefallen.

Später schämte sie sich für diesen Gedanken, aber das Erste, was ihr durch den Kopf schoss, als sie in das fratzenartige Gesicht starrte, war, dass sie den Tod niemals so perfekt würde zeichnen können, wie er sich ihr in dieser Sekunde offenbarte. Dann begann sie zu weinen. Teils aus Schock, doch, wenn sie ehrlich war, größtenteils aus Enttäuschung, weil sie auf den ersten Blick erkannte, dass es sich bei der Leiche am Wasser nicht um Danny Haag handelte.

4. Kapitel

Einen Tag später. Berlin.

Jetzt krieg ich gleich richtig auf die Fresse.

Paul Herzfeld verlangsamte seinen Schritt und überlegte, ob er die Straßenseite wechseln sollte. Noch wenige Meter trennten ihn von dem eingerüsteten Mietshaus und dem Teil des Bürgersteigs, der aus Sicherheitsgründen abgesperrt war. Vor dem Eingang des überdachten Übergangs, der die Fußgänger an der Baustelle vorbeileiten sollte, stand die Gruppe und wartete auf ihn.

Vier Männer, einer kräftiger als der andere. Der mit dem Hammer in der Hand lächelte.

Verdammt, warum arbeiten die heute überhaupt?

Herzfeld hätte nicht erwartet, dass man bei so einem Wetter tatsächlich Arbeiter auf die Gerüste schickte. Es gab Orte in der Antarktis, die gemütlicher waren als Berlin im Februar. Kaum Sonne, dafür so viel Schnee, dass den Baumärkten die Schneeschaufeln ausgegangen waren. Und hatte der Wetterbericht nicht Sturm vorhergesagt? Wieso also waren die Idioten dann schon wieder auf der Baustelle? Noch dazu so früh?

Die Sonne war noch nicht aufgegangen, wie so oft, wenn Herzfeld sich morgens auf den Weg zur Arbeit machte. In den vier Jahren, die er als leitender Rechtsmediziner am Bundeskriminalamt tätig war, war Herzfeld noch kein einziges Mal zu spät im Sektionssaal erschienen. Und das, obwohl die erste Frühbesprechung bereits um halb acht auf dem Plan stand, eine in seinen Augen völlig bescheuerte Zeit; zumal für einen Single, der sich seit seiner gescheiterten Ehe auch gern mal wieder länger ins Berliner Nachtleben gestürzt hätte.

Als ob die Leichen nicht warten könnten, hatte er sich schon oft gedacht, wenn er, wie heute, seinen Frühstückskaffee im Stehen hinunterkippte, bevor er zur U-Bahn hetzte. Andererseits, auch das war ihm klar, konnte die enorme Arbeitsbelastung beim BKA nur ein Frühaufsteher bewältigen. Allein heute warteten in den Kühlfächern sechs Leichen. Ein Blick in die Zeitung genügte, um zu wissen, dass die Welt da draußen immer gewalttätiger wurde. Dazu musste man nicht der Spezialeinheit »Extremdelikte« vorstehen, einer Sonderabteilung, die hinzugezogen wurde, wenn es um die rechtsmedizinische Untersuchung besonders brutaler Tötungsdelikte ging.

Und heute hab ich gute Chancen, auf meinem eigenen Sektionstisch zu landen, dachte Herzfeld, während er sich den Männern näherte. Er spürte, wie sich seine Waden verkrampften, und wäre beinahe ins Stolpern geraten. Nervös ballte er die Faust in der Manteltasche. Der Schmerz in den Fingerknöcheln verstärkte die Erinnerung an seinen gestrigen Aussetzer, den er sich selbst kaum erklären konnte. Normalerweise wahrte er immer die Beherrschung, eine Notwendigkeit, die sein Beruf einforderte. Selbst wenn man mit den grausamsten Verbrechen konfrontiert wurde, musste man kühlen Kopf bewahren. Eine Eigenschaft, die er sich stets zugutegehalten hatte. Bis gestern.

Es war auf dem Heimweg passiert, nach einem langen Vormittag am Sektionstisch und einem noch längeren Nachmittag am Schreibtisch, wo er den Papierkram erledigen musste, der mit der Öffnung von Leichen zwangsläufig einhergeht. Herzfeld war noch in Gedanken bei dem drei Monate alten Säugling – sie hatten ihm in der Frühschicht mit chirurgischer Präzision die Augen entfernt, um mittels der Einblutungen in die Netzhaut nachweisen zu können, dass der Kleine zu Tode geschüttelt worden war –, als ihm der Hund zwischen die Beine lief; eine trächtige Promenadenmischung, die Leine hinter sich herschleifend. Die Hündin hatte sich von den Fahrradständern am Supermarkt gegenüber losgerissen und wirkte desorientiert.

»Hey, Kleine«, rief Herzfeld und ging in die Knie, um sie zu sich zu locken. Er wollte unbedingt verhindern, dass das Tier wieder zurück über die belebte Straße lief. Zunächst schien er Erfolg zu haben. Die Hündin war stehen geblieben, genau auf der anderen Seite des Fußgängerüberwegs. Ihr schwarzes Fell glänzte im leichten Nieselregen, sie hechelte und blinzelte ängstlich, doch der Schwanz klemmte nicht mehr wie eingefroren zwischen den Hinterläufen, seitdem er begonnen hatte, ruhig auf sie einzureden. »Na komm. Komm her, meine Gute.«

Anfangs sah es ganz danach aus, als würde sie zu ihm Zutrauen fassen. Aber dann kam *er*. Der Arbeiter. Wie aus dem Nichts war er aufgetaucht, etwa genauso groß und schlank wie Herzfeld, aber allein die Leichtigkeit, mit der er die klobige Werkzeugkiste trug, signalisierte, dass er kräftemäßig in einer anderen Liga spielte.

»Verpiss dich«, sagte der Mann, der auf der Baustelle als Dachdecker arbeitete und auf den Spitznamen Rocco hörte, wie Herzfeld später erfahren sollte. Zuerst dachte er noch, der unflätige Befehl gälte ihm, doch dann geschah das Unfassbare: Der Prolet trat der hochschwangeren Hündin mit seinen schweren, eisenverstärkten Bauarbeiterstiefeln mit voller Wucht in den prallen Bauch.

Das Tier schrie auf. Entsetzlich laut und entsetzlich spitz, und mit dem Schmerzensschrei legte sich in Herzfelds Kopf ein Schalter um, der mit »blinde Wut« beschriftet war. Von einer Sekunde auf die andere befand sich der Herr Professor nicht länger in seinem schlanken, aber untrainierten dreiundvierzigjährigen Körper. Er stand neben sich und handelte wie ferngesteuert, ohne einen Gedanken an mögliche Konsequenzen zu verschwenden.

»Hey, du feiges Arschloch!«, hörte Herzfeld sich sagen, gerade im letzten Moment, bevor der Mann die in die Enge getriebene Hündin ein zweites Mal traktieren konnte.

»Was?« Rocco drehte sich um und starrte Herzfeld an, als stünde ihm ein Eimer Kotze im Weg. »Was hast du Schwuchtel gesagt?«

Mittlerweile trennte sie nur noch ein kleiner Schritt. Die schwere Werkzeugkiste wirkte in den Händen des Dachdeckers wie ein leerer Schuhkarton.

»Welches meiner vier Worte hast du nicht verstanden? Das *feige* oder das *Arschloch?*«

»Na warte, dir prügel ich die Scheiße aus dem Darm …«, hatte Rocco ansetzen wollen, doch alles, was ihm nach dem S-Wort über die Lippen kam, war für die umstehenden Schaulustigen nicht mehr verständlich. Herzfeld nutzte das Überraschungsmoment, schnellte wie eine Sprungfeder nach vorne und rammte seine Stirn in das quadratische Gesicht des Tierquälers.

Es knirschte, Blut schoss ihm aus der Nase, aber Rocco gab keinen Laut von sich. Er schien vor allem verblüfft.

Die Hündin, die glücklicherweise nicht ernsthaft verletzt zu sein schien, hatte sich aus der Gefahrenzone verkrochen und war zu ihrem Besitzer geflüchtet, der sich wieder eingefunden hatte und jetzt gemeinsam mit anderen Zuschauern den ungleichen Kampf beobachtete: Herzfeld gegen Goliath. Hirn gegen Muskeln. Wut gegen Kraft.

Am Ende siegte das Glück über das Gesetz der Stärke.

Herzfeld wehrte ein, zwei Schläge ab, musste aber einen schweren Treffer gegen den Brustkorb hinnehmen und geriet schon ins Wanken, als der Arbeiter auf einer vereisten Bodenplatte ausrutschte und mit dem Hinterkopf auf dem Gehweg aufschlug. Dadurch war sein Gegner zwar noch lange nicht ausgeschaltet, aber ein leichtes Ziel für Herzfelds Winterstiefel. Wieder und wieder trat er dem Tierquäler ins Gesicht, in den Magen, gegen die Brust. Wieder und wieder rappelte der Mann sich auf, doch wann immer er es geschafft hatte, sich abzustützen, ließ Herzfeld ihm erneut die Faust ins Gesicht krachen. Traktierte seinen Unter-, dann den Oberkiefer und ließ erst von dem Mann ab, als er sich nicht mehr rührte.

Später erfuhr Herzfeld von dem Polizisten, der seine Aussage aufnahm, dass Rocco nach Einschätzung der Ärzte einen Monat lang keine feste Nahrung mehr würde zu sich nehmen können und knapp an einem schweren Schädel-Hirn-Trauma vorbeigeschlittert war. Herzfelds geschwollene Hand würde schneller verheilen, allerdings dürfte es etwas länger dauern, bis er mit den lädierten Fingern wieder schmerzfrei sezieren konnte. Daran hatte er während seines Ausrasters natürlich ebenso wenig gedacht wie daran, dass seine Behörde kaum erfreut darüber sein würde, einen Abteilungsleiter in ihren Reihen zu wissen, gegen den ein Strafverfahren eingeleitet wurde.

Aus diesem Grund hatte Herzfeld heute Nachmittag einen Termin in der Personalabteilung. Im Augenblick jedoch sah er noch deutlich größere Probleme auf sich zukommen als eine Beurlaubung.

Jetzt, da er vor ihnen stand, erkannte er die Kollegen des Mannes, den er am Tag zuvor krankenhausreif geprügelt hatte, und die ihm nun in geschlossener Front den Durchgang versperrten.
»Was?«, fragte er. Herzfelds Atem dampfte. Der Kragen war ihm mit einem Mal zu eng und scheuerte am Hals. Er spürte Adrenalin durch seine Adern jagen, allerdings viel zu wenig, um die Kräfte von gestern zu mobilisieren. Heute könnte er sich nicht einmal gegen einen der Kerle wehren, geschweige denn gegen vier auf einmal.
»Rocco hat starke Schmerzen«, begrüßte ihn der Kleinste der Gruppe, der den Hammer in der Hand hielt. Ein pockennarbiger, drahtiger Typ mit rasierter Glatze.
»Und?«
»Und ihm geht's echt scheiße, Mann.«
»Tja, so kann's gehen«, sagte Herzfeld und wollte sich vorbeidrängen, aber der Kerl stieß ihm grob vor die Brust und sagte: »Halt, nicht so schnell, Professor.«
Er sah sich zustimmungheischend nach seinen grinsenden Kollegen um.
Professor? Verdammt, die wissen, wer ich bin.
»Wir wollen Ihnen nur was geben«, sagte der Anführer. Das Nicken und Grinsen der Meute wurde ausgeprägter.
Herzfeld zog die Schultern hoch, spannte die Bauchmuskeln an und machte sich auf den ersten Schlag gefasst. Doch zu seiner Verblüffung drückte der Kerl ihm den Hammer in die Hand. Erst jetzt erkannte Herzfeld eine blaue Geschenkschleife am Stiel.
»Das nächste Mal nehmen Sie das Ding hier, wenn Sie dem Arsch den Schädel einschlagen wollen, ja?«
Die Gruppe lachte, einer nach dem anderen zog sich die Arbeitshandschuhe aus und begann zu klatschen, während

Herzfeld, immer noch mit wild pochendem Herzen, aber mit einem erstaunten Lächeln im Gesicht an ihnen vorbeiging.

»Bravo!«

»Gut gemacht.«

»War mal Zeit, dass Rocco an den Falschen gerät«, riefen sie ihm hinterher.

Herzfeld war so aufgeregt, dass er vergaß, sich zu bedanken. Es fiel ihm erst ein, als er eine halbe Stunde später den Sektionssaal betrat, um mit dem schrecklichsten Fall seiner Karriere konfrontiert zu werden.

5. Kapitel

Der Unterkiefer war aus den Gelenken herausgetrennt worden, vermutlich mit derselben grobzahnigen Säge, mit der der Täter auch den Oberkiefer entfernt hatte. Ob vor oder nach ihrem Tod, würde Herzfeld erst sagen können, wenn er Luftröhre und Lunge der Unbekannten untersucht hatte.

»Bei der Toten handelt es sich um eine weibliche Mitteleuropäerin, geschätztes Alter aufgrund des Organstatus zwischen fünfzig und sechzig«, diktierte er in das Aufnahmegerät. »Die an die Umgebungstemperatur am Leichenfundort angenäherte Rektaltemperatur sowie die Ausprägung von Leichenstarre und Leichenflecken deuten auf einen Eintritt des Todes vor maximal achtundvierzig, mindestens sechsunddreißig Stunden hin.«

Eigentlich hatte Herzfeld eine tiefe und laute Stimme, mit der er auch den müdesten Studenten im Hörsaal wecken konnte, aber bei der Arbeit im Sektionssaal hatte er sich angewöhnt, leise zu sprechen. Schon aus Respekt vor den Toten, aber auch, um den Sekretärinnen, die später die Obduktionsprotokolle schrieben, die Arbeit zu erleichtern. Je lauter man hier unten sprach, desto stärker war das Echo, das von den gekachelten Wänden zurückschlug und die Verständlichkeit der Aufnahme erschwerte.

»Die beiden Unterkieferäste einschließlich der Kieferwinkel wurden offensichtlich nach Abschälen von Oberhaut-

und Unterhautfettgewebe über den zuvor genannten Strukturen herausgelöst und …«, Herzfeld hielt kurz inne und beugte sich noch einmal prüfend über die Leiche auf dem Stahltisch, bevor er weiter den Bericht für die Staatsanwaltschaft diktierte, »… und der Blick auf die Stimmlippen liegt frei. Die Haut über Kinn und Mundboden hängt nur schlaff herunter, ist in Falten gezogen. Keinerlei Unterblutungen des Unterhautfettgewebes oder der freiliegenden Mundbodenmuskulatur. Auch im Bereich der Kieferwinkel keine Einblutungen in das umgebende, offenliegende Weichgewebe.«

Die brutal entstellte Frauenleiche war von einem Obdachlosen in einem Umzugskarton auf dem stillgelegten Freizeitgelände des Spreewaldparks entdeckt worden, als der arme Kerl dort gerade sein Nachtlager aufschlagen wollte.

»Der hat jemand die Luft aus dem Kopp gelassen«, hatte der Landstreicher den Polizisten gesagt. Und diese Beschreibung war erstaunlich zutreffend. Herzfeld erinnerte das Gesicht der Toten an eine leere Maske. Wegen der fehlenden Kiefer war es wie ein verschrumpelter Luftballon in sich zusammengesackt.

»Haben wir den Karton hier, in dem sie gefunden wurde?«, fragte er in die Runde.

»Der ist noch bei der Spurensicherung.«

Herzfeld öffnete die Mundhöhle, um sie nach eingeführten Fremdkörpern zu untersuchen. Allein diese Handbewegung ließ ihn vor Schmerz zusammenzucken, der ihn zum Glück aber nicht so sehr behinderte, wie er befürchtet hatte. Solange seine Finger in Bewegung blieben, war es auszuhalten.

»Puhh … Grundgütiger.«

Er runzelte die Nase unter seinem Mundschutz. Die Tote

war erst vor wenigen Minuten aus dem Kühlfach geholt worden, trotzdem füllte sich die Luft hier unten bereits mit dem süßlichen Duft der beginnenden Leichenfäulnis.
Der Sektionssaal war mit vierundzwanzig Grad mal wieder völlig überhitzt. Es war der Hausverwaltung einfach nicht beizubringen, dass es einen Unterschied machte, ob man in den Büros in den oberen Stockwerken arbeitete oder tief unten in den Kellern der Treptowers, einem markanten Hochhausturmkomplex in Treptow direkt am Ufer der Spree. Sobald die Temperaturen nach unten sackten, bollerten im gesamten Gebäude des BKA die Heizkörper auf Hochtouren, was sich unweigerlich auf die Funktion der Klimaanlage im Sektionssaal auswirkte, die daraufhin ihren Betrieb einstellte.
»Beide Hände sind scharfrandig im Übergangsbereich zwischen unterem Ende von Elle und Speiche und den Handwurzelknochen abgetrennt«, diktierte Herzfeld weiter.
»Ungewöhnlich intelligent«, kommentierte Dr. Scherz den äußerlichen Befund, und damit sprach der grobschlächtige Assistenzarzt neben ihm das aus, was Herzfeld schon die ganze Zeit über dachte: *Wer immer die Frau ermordet hat, war kein Dummkopf und wusste genau, was er tat.*
Viele Täter bezogen ihr Wissen aus Krimis und Hollywoodfilmen und dachten, es genüge, einer Leiche sämtliche Zähne zu ziehen, wenn man die Identität des Opfers verschleiern wollte. Nur wenige wussten, dass diese Maßnahme eine zahnärztliche Identifizierung zwar erschwerte, aber nicht unmöglich machte. Die Entfernung von Ober- und Unterkiefer und beider Hände hingegen war eindeutig die Handschrift eines Profis.
»Bevor ich es vergesse«, sagte Scherz unvermittelt und verzog spöttisch die wulstigen Lippen. »Ich soll dir von der

Neuen am Empfang ausrichten, dass sie ein großer Fan von dir ist.«

Herzfeld verdrehte die Augen.

Er hatte das große Pech, einem bekannten Schauspieler zum Verwechseln ähnlich zu sehen: das etwas kantige, aber symmetrisch geschnittene Gesicht, große dunkle Augen unter einer hohen, vom vielen Denken zerfurchten Stirn, leicht gelockte Haare, die einst pechschwarz gewesen waren, langsam aber graue Strähnen zeigten – die Ähnlichkeit war so frappierend, dass es ihm selbst für einen Moment die Sprache verschlagen hatte, als er per Zufall das Foto des TV-Stars in einer Illustrierten entdeckte. Die schlanke Statur, die leicht nach vorne abfallenden Schultern, das breite Lachen, selbst die bei Wikipedia angegebene Körpergröße von einem Meter neunzig bei neunundsiebzig Kilogramm stimmten überein. Von diesem Moment an verstand Herzfeld, weshalb er immer wieder von wildfremden Menschen nach einem Autogramm gefragt wurde. Einmal hatte er einem hartnäckigen weiblichen Fan sogar die geforderte Unterschrift in ihr Poesiealbum gekritzelt, einfach, um seine Ruhe zu haben. Zu allem Überfluss war sein »Doppelgänger« seit kurzem in einer Arztserie zu sehen und spielte – ausgerechnet! – den skurrilen Pathologen Dr. Starck, der beim Sezieren laute Rockmusik hörte und unanständige Witze riss, wenn er sich nicht gerade den Pizzaboten direkt in den Obduktionssaal bestellte. Völlig an den Haaren herbeigezogen, aber unglaublich erfolgreich, weshalb Herzfeld davon ausging, in Zukunft noch öfter Autogramme fälschen zu müssen. Als Erstes vermutlich für die Neue am Empfang.

»Was sagt das CT?«, fragte er Dr. Sabine Yao, die ihm gegenüber auf der anderen Seite des Tisches stand. Die Deutsche mit chinesischen Wurzeln war neben Dr. Scherz die Dritte im Team, das in dieser Woche Bereitschaft hatte, und die Kollegin, mit der Herzfeld am liebsten sezierte. Alles an ihr war dezent: die fein geschwungenen Augenbrauen, die durchsichtig lackierten Fingernägel, ihre helle Stimme, der unaufdringliche Perlenschmuck am Ohr. Er schätzte Yaos ruhige, besonnene Art und ihre Fähigkeit, immer einen Schritt vorauszudenken. Auch jetzt hatte sie die Aufnahmen der Computertomographie unaufgefordert hochgeladen und schob ihm den Schwenkarm mit dem Flachbildmonitor entgegen, damit er einen kurzen Blick darauf werfen konnte, ohne die Öffnung des Brustkorbs zu unterbrechen.

»Siehst du den Fremdkörper?«, fragte Yao. Mit knapp einem Meter sechzig Körperhöhe musste sie auf einem kleinen Podest am Sektionstisch stehen. Herzfeld nickte.

Der Gegenstand im Schädelinneren musste aus Eisen, Stahl, Aluminium oder einem anderen röntgendichten Material bestehen, sonst hätte ihn das Bild der Computertomographie nicht so deutlich erfasst. Er hatte die Form eines Zylinders und war nicht größer als eine Erdnuss. Vielleicht ein Teil eines Projektils, was ein Hinweis auf die Todesursache sein könnte.

Kopfschuss. Wäre nicht der erste in dieser Woche.

Scherz, der bereits das Herz entnommen hatte, entfernte nun mit geschickten Schnitten die Lunge aus dem Brustkorb und legte sie auf den Organtisch am Fußende des Seziertisches.

»Keine Blutaspiration. Weder in der Luftröhre noch in der Lunge«, stellte Herzfeld fest, nachdem er die Bronchien aufgeschnitten hatte. Er nickte seinen Kollegen zu.

»Postmortale Leichenzerstückelung.«

Die Frau war schon tot gewesen, als sie verstümmelt wurde.

Wäre ihr der Kiefer bei lebendigem Leib herausgesägt worden, wäre ihr unweigerlich Blut in Rachen und Kehlkopf gelaufen, das sie dann eingeatmet hätte. Zumindest diese Qual war ihr also erspart geblieben.
Scherz quittierte diese Information mit einem gleichgültigen Grunzen. Der tägliche Umgang mit dem Tod hatte den Assistenzarzt abstumpfen lassen. Auch Herzfeld gelang es meistens, seine Gedanken bei der Arbeit in eine Art Trance zu versetzen, vergleichbar einem Autofahrer, der eine ihm bekannte Strecke nahezu automatisch fährt. Er konzentrierte sich auf den Körper und nicht auf die Seele der Person, die er obduzierte. Und er vermied jeden Kontakt mit den Angehörigen, sowohl vor als auch nach der Sektion, um emotional nicht beeinflusst zu werden. Er brauchte einen kühlen Kopf, wenn es darum ging, gerichtsfeste Beweise zu sammeln. Letzte Woche erst hatten die Eltern eines Mordopfers darum gebeten, mit dem Rechtsmediziner sprechen zu dürfen, der ihre missbrauchte elfjährige Tochter obduziert hatte. Herzfeld hatte abgelehnt, wie immer. Denn mit dem Bild einer weinenden Mutter im Hinterkopf lag die Versuchung nahe, zielstrebig auf die Verurteilung des mutmaßlichen Mörders hinzuarbeiten und dabei einen Fehler zu machen, der am Ende womöglich sogar einen Freispruch ermöglichte. Aus diesem Grund bemühte er sich, seine Gefühle bei der Arbeit so weit wie möglich zu unterdrücken. Dennoch verspürte er Erleichterung, dass die Unbekannte auf seinem Tisch nicht bei lebendigem Leib zerstückelt worden war.
»Kommen wir jetzt zum Mageninhalt …«, sagte er, als hinter ihm geräuschvoll die Schiebetür zum Sektionssaal aufgezogen wurde.
»Entschuldigen Sie bitte meine Verspätung.«

Herzfeld und seine Kollegen drehten sich zu der Stimme im Eingang und musterten einen jungen Mann, der eiligen Schrittes in den Raum stürmte. Er trug den gleichen blauen Funktionskittel wie alle anderen, nur dass ihm seiner etwas zu klein geraten war.

»Und Sie sind …?«, fragte Herzfeld den hochgewachsenen Mann, der mit jedem Schritt, den er auf Herzfeld zukam, jünger zu werden schien. Auf den ersten Blick hätte er ihn auf Mitte zwanzig geschätzt. Jetzt, als er unmittelbar vor ihm stand, korrigierte Herzfeld das Alter des Besuchers um einige Jahre nach unten. Der hagere Blonde mit den zurückgegelten Haaren, einer kreisrunden Brille auf der spitzen Nase und dem arrogant vorgestreckten Kinn erinnerte ihn an die Streber unter den Erstsemesterstudenten, die sich in seinen Vorlesungen immer in die erste Reihe setzten und sich von einem stetigen Blickkontakt eine bessere Benotung in den Prüfungen erhofften.

»Ingolf von Appen«, stellte er sich vor und streckte ihm allen Ernstes die Hand entgegen.

Gute Idee.

Herzfeld zog unbekümmert seine Finger aus dem geöffneten Unterleib und packte die Hand des Besuchers, um sie zu schütteln, ohne sich zuvor den blut- und sekretverschmierten Latexhandschuh auszuziehen.

Seine geschwollenen Finger brüllten vor Schmerz, aber das war ihm der Spaß wert.

Für eine Sekunde entglitten dem Burschen die Gesichtszüge, dann aber machte er gute Miene zum bösen Spiel und gab Herzfeld mit einem freundlichen Satz zu verstehen, dass der Professor gerade einen großen Fehler gemacht hatte, ihn vor versammelter Mannschaft bloßzustellen.

6. Kapitel

»Freut mich, Sie kennenzulernen, Herr Professor. Und vielen Dank, dass Sie der Bitte meines Vaters um eine Hospitanz in Ihrem Hause entsprochen haben.«

Von Appen. Verdammt. Herzfeld hätte sich ohrfeigen können.

Bei dem Namen hätte es klingeln müssen. Erst letzte Woche noch hatte ihn der BKA-Präsident persönlich ermahnt, den Sohn des Innensenators um Himmels willen zuvorkommend zu behandeln – und nun hatte er ihn gleich in den ersten Sekunden seines Praktikums lächerlich gemacht! Er überlegte, ob es die Sache noch verschlimmerte, wenn er dem Jüngling ein Taschentuch reichte, aber da hatte sich Ingolf von Appen schon die Hand am Kittel abgewischt und erwartungsfroh seine wackelige Nickelbrille zurechtgerückt.

»Bitte, meine Herren, meine Dame, lassen Sie sich durch mich nicht stören«, näselte er in dem arroganten Singsang, den Sprösslinge reicher Eltern anscheinend schon im privaten Kindergarten einüben. Presseberichten zufolge hatte Ingolfs Vater es mit einer Firma für Alarmanlagen zum Millionär gebracht, bevor er als Innensenator sein Amt dazu missbrauchen konnte, die Ängste der Leute (und damit sein Kerngeschäft) noch weiter auszubauen. Wenn es eine Sorte Mensch gab, die Herzfeld mehr verachtete als neureiche Politiker, dann waren es deren Kinder, die sich ohne Eigenleistung auf dem Geld und dem Status der Eltern ausruhten. Herzfeld selbst hatte sich mit siebzehn über die Grenze der DDR nach Westberlin abgesetzt, was vor allem auch eine Flucht vor seinem Vater gewesen war, der als linientreuer Offizier bei der Staatssicherheit alles verkörperte, was Paul Herzfeld an diesem System hasste. Umso mehr ärgerte er sich, wenn er feststellte, dass es auch in einer Demokratie darauf ankam, welches Parteibuch oder, besser gesagt, welche Beziehungen man vorweisen konnte. Normalsterblichen, die keinen Innensenator als Vater hatten, blieben Einblicke in die Arbeit einer Sondereinheit des BKA verwehrt.

Na ja, wenigstens scheint ihm nicht schlecht zu werden.

»Im Magen hundertvierzig Milliliter gräulich weißlicher, fast milchig imponierender, breiig-flüssiger Inhalt von säuerlichem Geruch«, sprach Herzfeld in das Diktaphon, das Yao jetzt für ihn hielt, damit er beide Hände frei hatte.

»Komisch«, kommentierte der Sohn des Innensenators aus dem Hintergrund.

»Komisch?«

»Ja, hier läuft ja gar keine Musik.«

Herzfeld rollte mit den Augen.

Das ist heute schon der zweite Fan von Dr. Starck. Na, das kann ja heiter werden.

»Nein. Keine Musik.«

In der Serie gestern waren die Drehbuchautoren auf den absurden Einfall gekommen, den Pathologen Depeche Mode hören zu lassen. Herzfeld hatte, wie so oft, verärgert weggeschaltet, nachdem er beim Zappen versehentlich dort hängengeblieben war. »Den Mageninhalt müssen wir analysieren«, konzentrierte er sich wieder auf das Wesentliche. »Ebenso wie die krümeligen Elemente hier im Anfangsteil des Zwölffingerdarms. Jetzt sehen wir uns aber erst mal den Kopf genauer an.«

»Was ist mit der Frau denn passiert?«, fragte Ingolf, trat einen Schritt vor und beugte sich interessiert über die Leiche.

Herzfeld sah das Unglück kommen und wollte den Praktikanten noch warnen, doch da war es schon zu spät. Seine gewagt auf dem Nasenrücken balancierende Nickelbrille rutschte Ingolf von Appen von der Nase und fiel direkt in den geöffneten Brustkorb der Toten.

»Oh, tut mir leid.«

Scherz, Yao und Herzfeld sahen sich erst fassungslos, dann belustigt an, als der arme Trottel versuchte, seine Brille wieder aus der Leiche zu klauben. Schließlich half ihm Herzfeld mit einer Pinzette, musste sich dann aber, nachdem Ingolf sie wieder hastig aufgesetzt hatte, von ihm abwenden, um nicht lauthals loszulachen. Ingolf hatte die Gläser nur notdürftig an seinem Kittelsaum gereinigt, wodurch die blutverschmierte Brille nun wie ein Scherzartikel wirkte, den man an Halloween trug.

»Das tut mir wirklich sehr leid«, sagte Ingolf von Appen zerknirscht.

»Kein Problem. Halten Sie sich in Zukunft einfach etwas zurück.«

»Ich wollte mich nur nützlich machen.«

»Nützlich?«

Herzfeld, der sich gerade einen Schädelmeißel gegriffen hatte, musterte Ingolf und lächelte unter seinem Mundschutz amüsiert. »Schön, dann holen Sie mir bitte ein Kardioversionsgerät.«

»Ein was?«

»Ich hab jetzt keine Zeit, es zu erklären. Fahren Sie einfach in den ersten Stock und fragen Sie nach Chefarzt Dr. Strohm, er weiß sofort, was ich meine.«

»Ein Kardioversionsgerät?«

»Ja, aber schnell. Sagen Sie ihm, es ist für die Leiche hier, und es geht um Sekunden.«

Kaum war Ingolf aus dem Sektionssaal geeilt, prusteten Herzfelds Kollegen schon los.

»Du weißt, das wird Folgen haben«, kicherte Yao, nachdem sich ihr erster Lachanfall gelegt hatte.

»Ein Kardioversionsgerät!« Auch der ansonsten eher reservierte Assistenzarzt musste bei der Vorstellung grinsen, dass der Praktikant in wenigen Minuten nach einem Defibrillator, also einem Gerät zur Wiederbelebung, fragen würde. Und das für eine Frau, die seit mindestens zwei Tagen tot war.

»Es geht um Sekunden«, zitierte er Herzfeld. »Ich würde zu gerne das Gesicht von Dr. Strohm sehen.«

Unter normalen Umständen gab ihre Arbeit kaum Anlass für Gelächter. Aber unter normalen Umständen war ihr Team auch nicht mit so einem Trottel von Praktikanten geschlagen.

»Na schön, dann nutzen wir mal schnell die Ruhe, bevor der Tolpatsch wiederkommt«, sagte Herzfeld, als sich die Heiterkeit gelegt hatte.

Er richtete den Kopf der Toten so aus, dass er in der geöffneten Mundhöhle den kleinen Spalt sehen konnte, der direkt über der Abbruchkante des fehlenden Oberkiefers lag. Hier setzte er den Meißel an, um die Öffnung zu vergrößern.

Danach konnte er mit einer Pinzette den kleinen Fremdkörper, der sich schon auf den Röntgenbildern gezeigt hatte, aus der freigelegten Schädelbasis entfernen.

»Kein Projektil. Sieht aus wie eine Metallkapsel«, murmelte Yao, die ihm über die Schulter sah.

Nein. Und auch kein Splitter.

Herzfeld untersuchte den ovalen, grüngefärbten Zylinder zunächst mit der Lupe und entdeckte die Rille, die die linsengroße Kapsel wie ein Äquator in der Mitte teilte.

Sieht so aus, als könnte man das Ding hier öffnen, dachte er. Tatsächlich gelang es Herzfeld, den Zylinder mit Hilfe einer Zange und einer Pinzette in zwei Teile zu schrauben. In der Kapsel steckte ein winziger Zettel, nicht größer als ein halber Nagel des kleinen Fingers.

»Brauchen Sie Hilfe?«, fragte Yao hinter ihm, während Herzfeld das Fundstück vorsichtig glättete und unter das Mikroskop legte.

»Kümmern Sie sich weiter um die Bauchorgane, ich komm schon alleine klar«, sagte er und stellte die Okulare scharf. Auf den ersten Blick wirkten die Zeichen auf dem Zellstoff wie zufällige Verunreinigungen. Doch dann drehte er das Papier um hundertachtzig Grad und erkannte einige Zahlen, die darauf notiert waren. Sie wirkten wie eine Mobilfunknummer, und Herzfeld wollte bereits seine Kollegen über den merkwürdigen Fund informieren, da entdeckte er die sechs kleinen Buchstaben unter den Ziffern. Sie sprangen durch das Mikroskop direkt in seine Amygdala, in den Bereich des Gehirns, der für Angstreaktionen zuständig ist. Der Puls zog an, Schweiß trat ihm auf die Stirn, und der Mund wurde trocken. Gleichzeitig hatte Herzfeld nur noch einen einzigen Gedanken: *Bitte lass es einen Zufall sein.*

Denn die Buchstaben auf dem Zettel, den er eben aus dem Kopf einer verstümmelten Leiche extrahiert hatte, setzten sich zu einem Vornamen zusammen: *Hannah.*

Der Vorname seiner siebzehnjährigen Tochter.

7. Kapitel

Herzfeld hätte nicht zu sagen vermocht, wann seine Finger das letzte Mal so sehr gezittert hatten. Drei Mal schon hatte er sich vertippt, einmal wäre ihm sein Handy beinahe aus der Hand gefallen.

Was hat das zu bedeuten? Wer hat diesen Zettel in dem Kopf der Frauenleiche plaziert?

Er hatte sich auf der Männertoilette am Ende des Gangs in einer Kabine eingeschlossen und musste sich beeilen. Seine Kollegen erwarteten ihn in wenigen Minuten zurück. Sie wunderten sich ohnehin schon, weshalb er entgegen seinen Gewohnheiten den Saal noch während der Obduktion verlassen hatte.

Endlich.

Die Verbindung baute sich auf. Der Handyempfang war im gesamten Gebäude dank zahlreicher Verstärker selbst in den Kellern und Aufzügen tadellos.

»Hallo?«

Mist. Verdammt.

Es hatte viermal geläutet, dann war die Mailbox mit einem Knacksen in der Leitung angesprungen. Jetzt hörte Herzfeld keine herkömmliche Ansage, sondern eine Begrüßung, die noch verstörender war als der Umstand, der ihn überhaupt erst dazu gebracht hatte, diese unbekannte Nummer zu wählen.

Er war sich sicher gewesen, dass der Anschluss ihn zu sei-

ner Tochter führen würde. Die Leiche war so grausam entstellt, dass der Täter es geradezu darauf angelegt haben musste, sie auf Herzfelds Tisch zu plazieren. Bei derart auffälligen Verbrechen wurde der Leiter der Spezialeinheit »Extremdelikte« in Berlin automatisch hinzugezogen.
Trotz dieses Wissens traf Herzfeld die Bestätigung seiner schrecklichen Vermutung wie ein Schock.
»Hallo, Papa?«
Die Stimme seiner siebzehnjährigen Tochter war kristallklar, als stünde sie direkt neben ihm. Und dennoch klang Hannah so, als befände sie sich in einer anderen, dunklen Welt. Unendlich weit entfernt.
»Bitte hilf mir!«
Um Gottes willen. Was geht hier vor? Weshalb besprichst du eine Mailbox mit einer Ansage, die nur für mich bestimmt ist?
Hannah klang heiser, müde und außer Atem, als wäre sie gerade eine Treppe hinaufgestürmt, und doch war die Stimme anders als sonst, wenn sie keine Luft mehr bekam.
Noch verletzbarer. Noch verzweifelter.
Hannah hatte Asthma. Unter normalen Umständen waren ihre regelmäßig auftretenden Anfälle kein Problem. Ihr Inhalationsspray wirkte binnen Sekunden und ermöglichte ihr ein nahezu normales Leben mit Sport und allem, was ein junger Mensch gerne tat. Gefährlich wurde es nur, wenn sie ihr Salbutamol nicht dabeihatte; so wäre sie vor drei Jahren, als sie ihre Jacke bei einer Freundin vergessen hatte, um ein Haar in der U-Bahn erstickt, wenn ihr nicht ein anderer Fahrgast, der ebenfalls unter Asthma litt, mit seinem Spray ausgeholfen hätte. Soweit Herzfeld wusste, war das der letzte ernsthafte Zwischenfall gewesen, aber hier konnte er sich irren, denn seit seinem Auszug tat seine Ex-Frau alles,

um den Kontakt zwischen Vater und Tochter auf ein Minimum zu reduzieren. Zuletzt hatte sie ihn sogar zu Weihnachten wieder ausgeladen, um mit ihrem neuen Freund feiern zu können.

Hannah litt am meisten unter der Trennung und hatte bei ihren sporadischen Treffen keinen Hehl daraus gemacht, dass sie ihn für das Scheitern der Beziehung verantwortlich machte. Dabei hatte Petra ihn betrogen. Bei den wenigen Begegnungen in der jüngeren Vergangenheit waren die Unterhaltungen zwischen Vater und Tochter kaum über Smalltalk hinausgekommen. Er wusste nicht, ob sie derzeit verliebt war, ob sie den Führerschein hatte oder wie es in der Schule lief.

Umso entsetzlicher war es, dass er jetzt seit Wochen zum ersten Mal wieder ihre Stimme hörte, weil er ihren Hilferuf in dem Kopf einer bestialisch zugerichteten Leiche gefunden hatte. Und das, was sie sagte, machte das Grauen nur noch schlimmer: »Ich hab Angst zu sterben, Papa.«

Angst? Sterben?

Diese Worte passten nicht zu dem Bild, das er von seiner Tochter in seinem Herzen konserviert hatte: wild, unbezähmbar, lebendig. So sehr entschlossen, sich vom Schicksal nicht unterkriegen zu lassen, dass sie mit Marathonläufen gegen ihr Asthma angerannt war. Von ihm hatte sie die wachen dunklen Augen geerbt und das ansteckende offene Lachen; von ihrer Mutter die dichten hellen Locken. Zu dem energischen Dickkopf hatten ganz sicher beide Elternteile ihr Quantum beigetragen …

»Ich weiß, dass er mich umbringen wird«, weinte sie auf der Aufnahme. Ihr Nachsatz war kaum zu verstehen. Hannah war außer sich, was Herzfelds verzweifelte Hoffnung, es könnte vielleicht nicht ganz so schlimm um sie stehen und sich um irgendeinen bizarren Scherz handeln, im Keim erstickte.

»Er bringt mich um, wenn du nicht genau das tust, was er sagt. Er kontrolliert jeden deiner Schritte.«

Herzfeld meinte das Gleichgewicht zu verlieren und tastete nach dem Türgriff, um sich daran festzuhalten.

»Bitte, ich weiß, du kennst tausend Leute beim BKA, aber du darfst mit niemandem sprechen, hast du verstanden? Sonst muss ich sterben …« Sie brach erstickt ab.

Wer? Wie? Warum?

»Liebes, wo bist du?«, fragte er, als könnte ihm die Mailbox eine Antwort geben. Herzfeld hörte den Klang seiner eigenen Stimme, was ein surreales, fast schizophrenes Gefühl erzeugte. Er hatte die Kinderleichen nicht gezählt, die im Laufe seiner Karriere auf seinem Obduktionstisch gelandet waren. Und jetzt sollte plötzlich das Leben seiner eigenen Tochter auf dem Spiel stehen?

Worum geht es? Etwa um Geld?

»Warte auf Erik«, hörte er sie noch sagen, ohne zu begreifen, was sie damit meinte. »Er hat weitere Anweisungen für dich.«

Erik? Wer zum Teufel ist …?

»Zu niemandem ein Wort, Papa. Sonst werde ich sterben.« Sie schluchzte, dann hörte Herzfeld nur noch ein langgezogenes Piepen, und die Leitung war tot.

8. Kapitel

Sein Zusammenbruch währte nur wenige Minuten. Hätte jemand in dieser Zeit einen Blick über die Kabinenverschalung der Toiletten geworfen, hätte er dahinter einen auf dem WC-Deckel kauernden Mann gesehen, der verzweifelt mit beiden Händen die Knie zusammenpresste, damit sie nicht unkontrolliert gegeneinanderschlugen. Herzfeld war allein in den Waschräumen, daher gab es niemanden, der sein unterdrücktes Stöhnen oder seinen gehetzten Atem hören konnte.

Die Schockwellen der Nachricht ebbten langsam ab. Er fühlte sich noch immer wie nach einem Sprung von einem Felsen in eisiges Wasser. Der Aufprall war brachial gewesen und hatte ihn in einem alles erstickenden, tosenden Strudel nach unten gerissen. Doch genauso blitzartig, wie er von der Mailboxansage in ein Meer der Angst gestoßen worden war, so schnell kämpfte er sich jetzt mit strampelnden Bewegungen wieder an die Oberfläche zurück.

Beruhige dich. Du musst zur Ruhe kommen, wenn du ihr helfen willst.

Herzfeld versuchte, seine Atmung zu kontrollieren; achtete auf jede Bewegung seiner Bauchmuskulatur und konzentrierte sich darauf, den Luftstrom entlang der Flimmerhärchen seiner Nase zu spüren. Es funktionierte. Mit jedem Atemzug lichtete sich das Gefühlschaos etwas mehr, und jetzt, da seine Knie nicht mehr unter seinem Gewicht nachzugeben drohten, konnte er aufstehen und die Toilette verlassen.

Auf dem Weg zu den Aufzügen zwang er sich dazu, klar zu denken. Er musste einen Plan fassen, der in der ersten Stufe vorsah, seine Sekretärin zu bitten, alle Termine für heute krankheitsbedingt abzusagen.

Erkältung, Migräne … – nein, Magen-Darm! Das ist glaubhaft, nachdem du so lange auf der Toilette warst.

Zum Glück hatte er den winzigen Zettel in seiner Kitteltasche verschwinden lassen, bevor er von seinen Kollegen bemerkt worden war. Im Obduktionsbericht würde sich die Nummer seiner Tochter vorerst nicht wiederfinden.

Bezüglich der Kapsel hatte er seine Kollegen angelogen und behauptet, sie wäre leer gewesen. Vermutlich würden sich die Ermittler den Kopf zerbrechen über das Motiv des Täters, die Kapsel im Schädel des Opfers zu plazieren, doch Herzfeld hatte andere Sorgen, als sich über diese von ihm ausgelöste Irreführung Gedanken zu machen.

»Zu niemandem ein Wort, Papa.«

Gut, daran würde er sich halten. Aber das bedeutete noch lange nicht, dass er untätig bleiben und auf die Kontaktaufnahme der Entführer warten musste.

»Ich werde dich finden, Hannah«, sagte er zu sich selbst, als er vor der Fahrstuhltür stand. Vergeblich versuchte er, die nun wieder auf ihn einströmenden Schreckensbilder zu verdrängen. Er wusste, wozu Menschen fähig waren, die andere in ihrer Gewalt hatten. Er hatte die Folgen mit eigenen Augen gesehen. Nackt, bleich und tot.

Tag für Tag auf seinem Sektionstisch.

9. Kapitel

In der Hölle.

Nach dem sechsten Mal hatte sie ihren eigenen Namen vergessen. Sie wusste weder, *wer,* noch *wo* sie war. Für einen Moment gelang es ihr sogar zu verdrängen, *was* hier gerade mit ihr geschah. Und das, obwohl der Mann, der sie in regelmäßigen Abständen vergewaltigte, immer noch auf ihr lag.

Ihr Entführer schlug sie mit der Handkante hart ins Gesicht, und mit dem Schmerz kamen zumindest Teile ihres Bewusstseins zurück: die Erinnerung an den menschenleeren Parkplatz. Das Geräusch hinter sich. Wie sie sich umdrehte, plötzlich das Tuch auf dem Mund spürte und hier in diesem Kellerbau wieder aufwachte.

Beim ersten Mal, als sie noch bei Verstand war, hatte sie den Mann angefleht, ein Kondom zu benutzen. Dass sie noch Jungfrau war, hatte sie sich nicht zu sagen getraut, weil ihn das vielleicht noch mehr erregt hätte. Sie nahm die Pille nicht, außerdem hatte sie Angst vor Krankheiten. Mittlerweile war Aids allerdings ihre geringste Sorge.

»Aber natürlich machen wir es safe«, hatte der Mann gesagt und seine Hose geöffnet. Schon sein Tonfall hatte den Satz als Lüge entlarvt. Heiser und lüstern.

Hoffnung, hier jemals wieder lebend rauszukommen, hatte sie nicht mehr. Dass es hier nicht nur um eine Lösegeldentführung ging, dass sie sterben musste, war ihr klargeworden, als der nach Kernseife riechende Vergewaltiger seine

Strumpfmaske abgenommen hatte; genau in dem Moment, in dem er das erste Mal in sie eindrang.

Jetzt kann ich dich identifizieren, hatte sie gedacht und angefangen zu weinen. Dichtes, leicht gewelltes sandfarbenes Haar, faltenfreie Haut, ein kleiner Leberfleck auf der rechten Wange, ein etwas zu langer Hals für den kleinen, ovalen Kopf mit der hohen Stirn.

Niemand lässt ein Opfer frei, das das Gesicht des Täters kennt.

Zuvor, als der Mann noch gesichtslos gewesen war, hatte er sich eine halbe Stunde lang Zeit gelassen und jede Stelle ihres nackten Körpers abgeleckt. Daran konnte sie sich noch erinnern, im Gegensatz zu anderen Erlebnissen aus ihrer Vergangenheit.

Fast war es so, als wären die wichtigsten Erinnerungen an ihr eigenes Ich von ihrem Schmerzgedächtnis überschrieben worden. Von dem allerdings, was ihr an Misshandlungen widerfahren war, hatte sie jedes Detail gespeichert: wie der Verrückte mit dem Allerweltsgesicht ihr mit der Spitze einer Bastelschere in die Brustwarze gestochen hatte. Wie er den Ledergurt am Hals ein Loch fester geschnallt und sie eine Nutte genannt hatte, wütend darüber, dass sein Glied nicht schneller wieder steif wurde. Dann hatte er sie eine Weile allein gelassen, und das waren fast die schlimmsten Momente ihres Martyriums gewesen. Nicht zu wissen, wann es weiterging und mit welchem Folterinstrument er wieder zu ihr zurückkam.

Das alles hatte vor drei Tagen begonnen.

Wenn meine Toiletten-Rechnung stimmt.

Zu Hause (wo immer das gewesen sein mochte) war sie höchstens einmal am Tag gegangen, und hier hatte sie sich schon dreimal entleeren müssen. Ihr Kot war durch die Metallfedern des matratzenlosen Pritschenbetts gefallen. Zur Bestrafung hatte der Entführer ihr eine volle Bierbüchse ins Gesicht geschlagen. Wenn sie jetzt die Stelle, an der früher ihre Schneidezähne gewesen waren, mit der Zunge berührte, schoss ihr der Schmerz direkt ins Gehirn und legte dort einzelne, lückenhafte und völlig unbrauchbare Erinnerungen an ihre Vergangenheit frei: zum Beispiel, dass sie auf den Führerschein sparte, im Chemieleistungskurs beim Abschreiben erwischt worden war und sich ohne Einwilligung ihrer Mutter einen Schmetterling auf den Knöchel hatte tätowieren lassen.

Tut mir leid, Mama. Ich hoffe, du bist mir nicht böse.

Schon in der ersten Nacht hier im Keller hatte sie gespürt, wie sich ihr Geist von ihrem Körper trennen wollte. Sie war in einen fiebrigen Schlaf verfallen und hatte geträumt, dass sie wieder neun Jahre alt war und mit ihrem Vater *»Wenn du müsstest«* spielte. Das Spiel war auf den langen Busfahrten durch Berlin entstanden; ihre »Touren«, wie sie es genannt hatten. Die wenigen Wochenenden, an denen ihr Vater nicht arbeiten musste, hatten sie sich stets in eine andere Linie gesetzt und oben, von der vordersten Reihe des Doppeldeckers aus, die Stadt erkundet. Mit ihrer Frage »Wenn du müsstest, Papa, würdest du eher einen Liter saure Milch trinken oder ein Glas Wurstwasser?« hatte alles begonnen.

»Iiih, eklig. Keines von beiden.«

»Das gilt nicht.«

»Ich muss mich entscheiden?«

Sie hatte mit den Augen gerollt, als wäre ihr Vater schwer von Begriff. »Deswegen heißt es doch: *Wenn du müsstest.*«

Und dann hatte er das Wurstwasser gewählt, und sie musste kichern. »Boah, bist du eklig.«

Ihr Vater hatte lachend gekontert: »Okay, wenn du müsstest: Würdest du lieber Markus oder Tim einen Kuss geben?« Er wusste, dass sie beide nicht leiden konnte, und sie hatte sich wie erwartet den Finger in den Mund gesteckt und geschlagene zehn Minuten gebraucht, um sich für einen der beiden Klassenkameraden zu entscheiden.

Aber für wen nur? Markus oder Tim?

Sie war aus dem Schlaf geschreckt, und so wie die Reste des Geträumten kurz nach dem Aufwachen ins Nichts verschwanden, lösten sich die wenigen verbliebenen Erinnerungsfetzen mit dem Schrei auf, der ihr entwich, als sie bemerkte, dass der Psychopath wieder zu ihr in die Hölle zurückgekommen war und sich erneut daranmachte, sich an ihr zu vergehen.

10. Kapitel

Berlin.

Herzfeld stand mit dem Handy in der Hand vor dem Panoramafenster seines Büros im achten Stock der Treptowers. Der beeindruckenden Aussicht auf die Skyline Berlins und der mit Eisschollen bedeckten Spree zu seinen Füßen schenkte er keine Aufmerksamkeit.
Wieder und wieder hatte er die Mailboxansage seiner Tochter abgehört, und jedes Mal aufs Neue war die Hoffnung enttäuscht worden, weitere Hinweise auf Hannahs Verbleib zu erhalten. Wenn sie versteckte Botschaften in ihrer Ansage plaziert hatte, dann konnte er sie nicht entschlüsseln. Nach seinem vierten Versuch wählte er die Festnetznummer ihres ehemaligen gemeinsamen Wohnsitzes, aber in dem Einfamilienhaus am Schlachtensee ging niemand an den Apparat.
Am liebsten hätte er es direkt auf Hannahs Handy versucht; nach seinem Auszug jedoch hatte sie sich in einer Trotzreaktion eine neue Nummer zugelegt und sie ihm bis heute nicht mitgeteilt.
Er schluckte und wählte erneut.
»Apparat Frau Dr. Schirmherr, guten Tag?«
Normalerweise versetzte es ihm einen Stich, wenn er den Mädchennamen seiner Frau hörte, den sie noch während des laufenden Scheidungsverfahrens wieder geführt hatte, bevor die Trennung rechtskräftig wurde. Jetzt war nicht die Zeit für Selbstmitleid.

»Hallo, Normen, ich bin's, Paul. Ich muss mit Petra sprechen.«

»Worum geht es denn?«, fragte der Mann am anderen Ende. Das spöttische Grinsen war trotz der schlechten Verbindung unüberhörbar. Verdammt, das durfte doch nicht wahr sein. Da rief er ein einziges Mal freiwillig seine Ex-Frau an, und ihr Scheidungsgrund ging persönlich an den Apparat. Vor zwei Jahren hatte Petra ihm Normen als ihre rechte Hand in dem von ihr geleiteten Architekturbüro vorgestellt. Zwei Monate später hatte diese rechte Hand in ihrem Höschen gesteckt.

»Wo ist sie?«

»Petra ist leider schon im Flugzeug. Darf ich etwas ausrichten?«

»In was für einem Flugzeug?«, fragte er verwirrt.

»Ein Airbus 380«, kam es überheblich zurück. Erst jetzt realisierte Herzfeld die typischen Geräusche eines internationalen Flughafens im Hintergrund: das Stimmengewirr, der Standardgong, der einer Durchsage in mehreren Sprachen voranging. Petra war spezialisiert auf die Entwicklung von Großbaustellen für Einkaufszentren in aller Welt, es war daher nicht ungewöhnlich, dass sie mit ihrem Privatsekretär auf Reisen war. Kaum vorstellbar hingegen war, dass Petra ihm ihr Handy anvertraut haben sollte. Vermutlich hatte sie seinen Namen im Display gelesen und das Telefon weitergereicht.

»Hören Sie, es ist sehr wichtig. Ich muss sie wirklich dringend sprechen«, bat Herzfeld. Fast wäre ihm »Es geht um Leben und Tod« herausgerutscht, aber das hätte seine Tochter womöglich in Gefahr gebracht.

»Du darfst niemandem etwas sagen!«

Normen räusperte sich affektiert. »Ich würde Sie ja gerne

mit Petra verbinden, aber Qantas macht auch in der ersten Klasse keine Ausnahme.«

Qantas?

»Ist sie etwa in Australien?«

Er hatte schon beim ungewöhnlichen Klingelton vermutet, dass es sich um ein Ferngespräch handeln musste.

»Neuseeland, auch wenn ich nicht wüsste, was Sie das angeht.«

Am liebsten hätte Herzfeld dem Idioten sämtliche Schimpfworte an den Kopf geworfen, die ihm auf der Zunge lagen, doch dann hätte der Schleimkriecher noch schneller aufgelegt, als er es gewiss ohnehin schon beabsichtigte.

»Hören Sie, es war nett, mit Ihnen zu plaudern, aber jetzt muss ich einchecken, und das Bodenpersonal bittet mich, sofort mein Mobilfunk…«

»Ist meine Tochter bei Ihnen?«, unterbrach Herzfeld ihn mit der Frage, die er seiner Frau persönlich hatte stellen wollen. Zwar hatte er wenig Hoffnung, die Mailboxansage könnte eine Fälschung sein, aber im digitalen Zeitalter war es ein Leichtes, eine authentisch klingende Sprachnachricht aus alten Aufnahmen zusammenzuschneiden. Er musste systematisch jeden Zweifel an Hannahs Entführung eliminieren, so winzig er auch sein mochte. Erst dann konnte er sich voll und ganz auf ihre Befreiung konzentrieren.

»Hannah?« Normen klang ehrlich erstaunt. »Nein, sie hat uns nicht begleitet. Falls es Ihnen entfallen sein sollte, Professor, Ihre Tochter muss zu Hause für das Abitur lernen.«

Aber zu Hause kann ich sie nicht erreichen!

»Kennen Sie Hannahs Handynummer?«

»Ja. Aber nach allem, was ich gehört habe, wäre es nicht in ihrem Interesse, sie weiterzugeben. Sie entschuldigen mich.«

Und mit diesen Worten hatte der Mistkerl tatsächlich aufgelegt.

Wütend ballte Herzfeld die Faust um das Handy. Am liebsten hätte er es gegen die Wand geworfen oder, noch besser, in die Glasvitrine mit den historischen Exponaten hinein, die ihm die Fakultät zu seinem vierzigsten Geburtstag geschenkt hatte. Vielleicht hätte er seinem Drang sogar nachgegeben, hätte das Telefon nicht in dieser Sekunde in seiner Hand vibriert.
Er starrte auf das Display und ließ einige Intervalle verstreichen, bevor er die Aufnahmefunktion aktivierte und das Gespräch entgegennahm. Obwohl der unbekannte Teilnehmer mit unterdrückter Rufnummer anrief, war Herzfeld sich ziemlich sicher, wer ihn erreichen wollte.
Er vermutete einen Mann mit verstellter Stimme, der sich über einen verschlüsselten, im Ausland verwalteten Internetrouter eingewählt hatte.
Hannah hatte gesagt, er würde sich *Erik* nennen.

11. Kapitel

Helgoland.

Das Atelier unter dem Dach war das einzige abschließbare Zimmer im Haus. Außerdem war es mit einem Blick überschaubar, es gab keine Betten, unter denen man sich verstecken, keine Schränke, aus denen ein Eindringling hervorspringen und sie von hinten anfallen könnte. Linda hatte den Riegel der Holztür vorgelegt und zusätzlich einen Stuhl mit fester Metalllehne unter die Klinke gestellt. Trotzdem fühlte sie sich hier im Dachgeschoss nicht mehr sicher. Nicht, seitdem sie gestern bemerkt hatte, dass jemand in ihrem Bett gelegen hatte. Und erst recht nicht, seitdem sie aus dem Haus geflüchtet war, um am Westufer eine Leiche zu finden.

Allein dem Bitten und Drängen ihres Bruders war es zu verdanken, dass sie überhaupt in das Haus zurückgekehrt war. Und das auch nur, weil die Alternative, zur Polizei zu gehen, noch unangenehmer gewesen wäre.

»Und was willst du den Bullen sagen?«, hatte Clemens sie am Telefon gefragt, als Linda ihn gestern, noch vor den Brandungsmauern stehend, wieder angerufen hatte.

»Was glaubst du denn, was passiert, wenn du denen steckst, dass du zufällig über eine Wasserleiche gestolpert bist? Verdammt, Linda, wir können jetzt alles gebrauchen, nur keine Aufmerksamkeit.«

»Du meinst, *du* kannst keine Aufmerksamkeit gebrauchen.«

Was immer er Danny angetan hatte, das Schicksal ihres Stalkers war gewiss nicht zur Kenntnisnahme der Behörden bestimmt.

»Nein. Glaub mir, Kleines, ich bin nicht blöd. Mir kann nichts passieren. Aber *dein* Name steht bereits im Polizeicomputer. Und zwar nicht in der Rubrik ›Opfer‹. Du wirst als ›hysterische Zicke‹ geführt, die grundlos harmlose Männer beschuldigt. Sobald du zu den Bullen marschierst, werden die feststellen, dass dein Ex seit Tagen spurlos von der Bildfläche verschwunden ist. Und jetzt liegt ein anderer Mann tot vor deiner Haustür? Ich bitte dich. Wenn du die nächsten Tage nicht in U-Haft verbringen willst, solltest du gar nichts unternehmen.«

»Ich kann den Kerl doch nicht einfach so liegen lassen«, hatte Linda gegen das tosende Meeresrauschen angebrüllt.

»Warum denn nicht? Der wird ja wohl nicht wegrennen. Und helfen kann dem eh keiner mehr. Also geh zurück ins Haus, schließ dich ein und warte ab, bis ein anderer Dummer über die Leiche stolpert. Dann hat der den Stress an der Backe und nicht du. Und bald hat sich der Sturm gelegt, und ich komm dich wieder abholen.«

»Aber was, wenn Danny ihn umgebracht hat?«, hatte sie ängstlich gefragt.

Immerhin ging schon der Mord an Shia auf sein Konto. Linda war eines Tages nach Hause gekommen und hatte sich darüber gewundert, dass ihre Waschmaschine in den Schleudergang startete, obwohl sie seit acht Stunden nicht zu Hause gewesen war. Sie hatte ihre Katze nur noch tot aus der Trommel geborgen. Auf dem Bullauge der Waschmaschine hatte ein Post-it geklebt. *»Wenn du mich nicht mehr liebst, sollst du gar nichts mehr lieben.«*

»Was, wenn der Sadist es nicht mehr bei Tieren belässt?«

»Dann müsste er mehr Leben haben als deine Katze«, hatte Clemens' unzweideutige Antwort gelautet.
Sie hatten noch eine Weile diskutiert, und am Ende hatte ihr Bruder sich durchgesetzt. Sie zeigte den Fund nicht an, obwohl es ein Leichtes gewesen wäre, zum Gasthaus *Bandrupp* zu gehen, in dem sich ihres Wissens sämtliche Entscheidungsträger der Insel zur Lagebesprechung trafen. Stattdessen kehrte Linda nach oben ins Haus zurück, um sich hier im Atelier zu verbarrikadieren. Sie hatte die Nacht nur mit einer Patchworkdecke auf dem Boden verbracht und das Gefühl, nicht eine Stunde geschlafen zu haben. Jetzt spürte sie jeden Knochen und fühlte sich gleichzeitig übermüdet und aufgedreht. So als hätte sie mehrere Nächte lang durchgetanzt und sich nur mit Aufputschmitteln wach gehalten.
Linda gähnte und trat an das Sprossenfenster. Sie streckte sich und suchte dabei nach einer Lücke in der dichten, dunklen Regenwand vor ihren Augen.
Wann habe ich eigentlich das letzte Mal die Sonne gesehen?
Der Horizont war in der Nacht noch näher an die Inselfelsen herangerückt. Die Seevögel, sonst allgegenwärtig, waren verschwunden. Stattdessen flog eine einsame Plastiktüte durch die Luft, wurde von widerstreitenden Windströmen in verschiedene Richtungen gerissen und schließlich aus Lindas Gesichtsfeld über die Klippen hinaus auf die Nordsee getrieben.
Linda fröstelte. Nicht der Kälte wegen, die sie am zugigen Fenster noch stärker empfand, sondern weil sie wusste, dass sie früher oder später die Tür aufschließen und nach unten gehen musste. Lange würde sie den Druck ihrer Blase nicht mehr aushalten, und sie hatte Durst.
Und dann war da ja auch noch die Handtasche!

Ihr Blick wanderte zu der Stelle hinter dem Fenster, an der man bei besserem Wetter den Trampelpfad erkennen konnte. Ihr schlechtes Gewissen regte sich wieder.
Unten, nur einen Steinwurf vom Fuß des Kraterhügels entfernt, lag die Leiche eines Mannes, der noch vor kurzer Zeit Familie, Kollegen und Freunde gehabt hatte, die sich jetzt sicher um ihn sorgten und ihn vermissten. Irgendwo wartete jemand auf seine Rückkehr, vielleicht seine Ehefrau, und verzweifelte an der schrecklichen Ungewissheit, was ihrem Mann zugestoßen war. Für Linda war der Tote ein Unbekannter, für Clemens ein Problem; aber für jemand anderen war dieser Mann ein geliebter Mensch, der fehlte. Dieser Gedanke hatte sie schon gestern beschäftigt, und aus diesem Grund hatte sie sich in einem einzigen Punkt nicht an die Anweisungen ihres Bruders gehalten. Clemens hatte ihr geradezu befohlen, die Leiche unter gar keinen Umständen anzufassen. Doch wenn sie schon gegen ihre Gefühle handelte und den Mann einfach so, wie Treibgut, zurückließ, wollte sie wenigstens wissen, *wen* sie im Stich gelassen hatte. Vielleicht hatte Clemens ja recht. Vielleicht war es besser, jemand anderes würde den Leichnam finden. Aber vielleicht konnte man die Entdeckung ja etwas beschleunigen, wenn sie seine Identität kannte? Allein deshalb hatte Linda gestern die kleine Herrenhandtasche an sich genommen, die nur wenige Meter neben dem Toten auf der Uferschutzmauer gelegen hatte. Bis jetzt allerdings hatte sie es noch nicht gewagt, einen Blick hineinzuwerfen.
Sie drehte sich um.
Das vom Wasser fleckige Lederetui mit der braunen Schlaufe stand noch immer unberührt auf ihrem Zeichentisch.
Also schön, worauf wartest du noch?
Linda näherte sich, immer noch unschlüssig, ob sie es wa-

gen sollte, die Tasche zu öffnen. Gestern hatte sie einen Stock durch die Handschlaufe geschoben und sie so ins Haus tragen können, ohne sie anfassen zu müssen.

Und jetzt?

Sie seufzte und zog ein Paar Handschuhe aus den Taschen ihrer Outdoorjacke, die über der Stuhllehne hing.

Wenn sie Fingerabdrücke vermeiden wollte, blieb ihr nichts anderes übrig, als die dicken Fellfäustlinge überzuziehen. Dünnere Fingerhandschuhe hatte sie nicht mitgenommen, weshalb sie jetzt schon am Reißverschluss zu scheitern drohte. Sie benötigte mehrere Anläufe, dann hatte sie es geschafft. Die Tasche war offen.

Sie hatte sich leicht angefühlt. Und tatsächlich war sie bis auf ein Handy völlig leer. Keine Brieftasche, keine Schlüssel, keine Dokumente.

Linda nahm das Mobiltelefon vorsichtig heraus und legte es auf ihren Schreibtisch. Das Display leuchtete in einem fluoreszierenden Grün und zeigte vier Anrufe in Abwesenheit. Zudem blinkte in der linken, oberen Ecke das Symbol einer durchgestrichenen Glocke.

Auf stumm geschaltet. Kein Wunder, dass ich die Anrufe nicht hören konnte.

Linda drehte die Handtasche mit der Öffnung nach unten, schüttelte sie heftig, aber es fielen keine weiteren Gegenstände heraus.

Also gut, dann wollen wir mal das Ding hier in Augenschein nehmen.

Das Handy war ein pinkfarbenes Modell mit großem Display, das eher zu einem jungen Mädchen als zu einem älteren Mann passte. Sie streifte die Handschuhe wieder ab, griff nach einem Bleistift und drückte mit dem stumpfen Ende auf die Menütaste.

Interessant.
Alle vier Anrufe kamen von derselben Mobilfunknummer. Der erste war vor einer halben Stunde eingegangen. Drei weitere vor wenigen Minuten, alle im kurzen Abstand. Im SMS-Menü fand Linda einen Hinweis, dass keine Nachrichten auf der Mailbox hinterlassen worden waren.
Sie notierte sich die Nummer auf ihrem Zeichenblock und sprang zum Hauptmenü zurück. Hier machte sie eine weitere, sehr merkwürdige Entdeckung: Die vier verpassten Anrufe waren die einzigen Anrufe, die überhaupt gespeichert waren. Auch schien der Besitzer selbst nicht damit telefoniert zu haben. Oder er hatte den gesamten Rufnummernverlauf kurz vor seinem Tod gelöscht, was möglich, aber ungewöhnlich war.
Linda legte den Bleistift zur Seite und dachte nach. Sie war wie elektrisiert, doch anders als die Anspannung der letzten Stunden war diese hier von einer belebenden Qualität. Zum ersten Mal seit langer Zeit hatte sie das Gefühl, etwas Konstruktives zu tun. Die Identität des Mannes zu klären lag ihrer aktiv veranlagten Natur viel mehr, als sich wie ein ängstliches Häschen vor einer unbekannten Gefahr zu verkriechen.
Also weiter.
Linda zog das Handy hervor, das Clemens ihr besorgt hatte und dessen Nummer nur ihrem Bruder bekannt war. Sie überprüfte noch einmal, ob die Rufnummernunterdrückung aktiviert war. Dann wählte sie die Nummer des Teilnehmers, der vor kurzem nicht weniger als viermal versucht hatte, den Toten am Strand zu erreichen.
Beim ersten Läuten hielt sie die Luft an, was das Gefühl, ihr Herz würde zerspringen, noch einmal verstärkte. Schon beim dritten Läuten war sie völlig außer Atem und sog gie-

rig die Luft ein. Beim vierten Freizeichen schwand ihr der Mut. Sie wollte auflegen, doch da war es zu spät.
Jemand hatte abgehoben.
Ein Mann.
Er klang gehetzt, seine Stimme war belegt. Fast schien es Linda, als habe er ebenso große Angst wie sie selbst.
Er sagte: »Ja, hallo? Sie sprechen mit Paul Herzfeld.«

12. Kapitel

Berlin.

Hallo? Ist da jemand?«

Wer immer ihn angerufen hatte, hatte noch keinen Ton gesagt. Aber Herzfeld konnte die Person atmen hören.

»Was wollen Sie von mir?«, fragte er und nahm den Apparat vom Ohr, um zu überprüfen, ob die Verbindung noch stand. Sein Display zeigte alle verfügbaren Empfangsbalken, außerdem rauschte es in der Leitung.

»Erik? Sind Sie das?«

Keine Antwort. Nur schweres Atmen in der Leitung. Herzfelds Handynummer war nur engsten Freunden und Familienmitgliedern bekannt. Keiner von denen rief mit unterdrückter Rufnummer an. Möglicherweise hatte sich jemand verwählt. Möglicherweise traute er sich nicht, wieder aufzulegen.

Möglich. Aber nicht sehr wahrscheinlich.

»Hören Sie, ich weiß nicht, wer Sie sind. Ich weiß nicht, was Sie von mir wollen. Ich garantiere Ihnen: Wenn Sie meiner Tochter auch nur ein einziges Haar krümmen, dann wird das Wort ›Schmerz‹ eine völlig neue Bedeutung für Sie bekommen, haben Sie mich verstanden?«

Herzfeld wusste, dass er auf der Schneide eines Rasiermessers balancierte. In jedem Handbuch für psychologische Verhandlungsführung lautete die Überschrift des ersten Kapitels: »Verärgern Sie nicht den Geiselnehmer.« Aber in diesem Fall galten andere Spielregeln. Hier gab es kein Schema F.

Momentan hatte er nur wenige Informationen über den Entführer, doch die sprachen eine eindeutige Sprache. Zum Beispiel die Frauenleiche – sie war offensichtlich von einem Profikiller präpariert und so grausam zugerichtet worden, dass der Täter hundertprozentig davon ausgehen konnte, dass die Tote früher oder später auf dem Obduktionstisch seiner Sondereinheit landen würde. Und er wusste anscheinend auch, dass Herzfeld in dieser Woche Dienstbereitschaft hatte.

Der Täter hatte präzise anatomische Kenntnisse. Sonst ergäbe die komplizierte Plazierung der Telefonnummer im Schädel der Leiche keinen Sinn. Wenn es nicht um etwas Persönliches ging, hätte der Entführer einfach zum Telefon greifen und seine Forderungen stellen können.

Seit ihm dies klargeworden war, fragte Herzfeld sich vergeblich, was er einem Menschen angetan hatte, dass dieser eine Frau ermordete und Hannah entführte.

»Ich gehe davon aus, dass Sie genau wissen, wer ich bin«, sagte er zu dem stummen Teilnehmer am anderen Ende. »Dann wissen Sie auch, was mir durch meinen Beruf beim BKA für Möglichkeiten zur Verfügung stehen, um Menschen wie Sie zu finden. Und zu töten. Aber sollten Sie vernünftig sein, dann werde ich auf jeden Deal eingehen, den Sie mir vorschlagen. Stellen Sie Ihre Forderung, und ich werde sie erfüllen. Ich will meine Tochter lebend zurück.«

Noch während er sprach, begriff er, dass es in diesem Fall keinen Deal geben würde. Herzfelds Rachen trocknete aus, ihm wurde übel.

Nein, hier geht es nicht um Geld, sonst hätten sie Petra kontaktiert. Sie stammte nicht nur aus einer reichen Familie, sondern verdiente auch dreimal so viel wie er. Wenn jemand innerhalb weniger Stunden eine größere Summe bereitstellen konnte, dann war sie es. Eine Tatsache, die jemandem, der die Tat so akribisch ausgeführt hatte, bei der Vorrecherche kaum entgangen sein konnte.

Herzfeld versuchte, kraftvoller zu sprechen, als er sich fühlte: »Sagen Sie, was Sie wollen. Sie kriegen es. Ich will nur meine Tochter wiederhaben.«

Er machte eine Pause, dann fragte er: »Erik?«

Nichts. Das Atmen war verschwunden. Er hörte es nicht mehr. Auch das statische Rauschen war verschwunden.

Nein, bitte nicht …

Ein Blick auf das Handy bestätigte seine Vermutung.

Ich habe es versaut. Ich hatte einen Kontakt, er hing am seidenen Faden, aber ich habe ihn zerrissen.

Die Person am anderen Ende der Leitung hatte aufgelegt.

Herzfeld schlug wütend mit der flachen Hand auf den Schreibtisch, dann dachte er über seine nächsten Schritte nach. Naheliegend war es, den Anruf zurückzuverfolgen, doch so einfach wie im Film ging das nicht. Jede Mobilfunkgesellschaft verlangte eine richterliche Anordnung, bevor sie die Daten zur Verfügung stellte, die für die Ortung eines Handys notwendig sind.

Sollte er es wagen, Dritte einzuweihen, obwohl Hannah ihn angefleht hatte, das nicht zu tun?

»Sonst muss ich sterben …«

Andererseits, was blieb ihm für eine Wahl, wenn dieser Erik, wie immer er auch in Wirklichkeit hieß, nicht mit ihm reden wollte? Oder war es doch jemand anderes in der Leitung gewesen?

Aber wieso hat er dann keinen Ton gesagt?

Herzfeld öffnete die Sprachdatei und konzentrierte sich auf die Atemgeräusche, die sein Telefon aufgezeichnet hatte.

Weil er auf volle Lautstärke geschaltet hatte, ließ ihn das unvermutete Klingeln des Telefons heftig zusammenzucken.

»Hallo?«

Diesmal gelang es ihm nicht, die Aufnahmefunktion zu aktivieren, bevor er dranging. »Erik?«

Zuerst rauschte es nur, und Herzfeld dachte schon, der Mensch am anderen Ende würde wieder stumm bleiben, doch dann hörte er drei Worte, die ihm den nächsten Tiefschlag versetzten.

Drei Worte, die zu Herzfelds größter Verwunderung von einer jungen Frau gesprochen wurden, die mit fast tonloser Stimme sagte: »Erik ist tot.«

13. Kapitel

In der Hölle.

Sie erinnerte sich dunkel daran, dass der Wahnsinnige ihr einen Zettel mit einem Text gegeben hatte, den sie in ein Telefon hatte sprechen müssen. Einer der wenigen Momente, in denen er sie nicht betatscht hatte, vielleicht, damit ihre Stimme nicht zitterte, wenn sie das Lebenszeichen – oder was immer diese Sätze zu bedeuten hatten – auf Band sprach. Zwei gebrochene Rippen und einen Dammriss später waren die Qualen so unerträglich geworden, dass sich ihre Seele nahezu vollständig von ihrem Körper entkoppelt hatte.

Im Augenblick stand ihr früheres Ich wie ein ausrangierter Waggon auf dem Abstellgleis ihres Bewusstseins. Nur ein kläglicher Rest von dem, was ihre Persönlichkeit ausmachte, saß weiterhin in dem Zug, der immer tiefer hineinraste in einen Tunnel aus Schmerzen.

Ein Gummischwamm, so groß wie ein Golfball, steckte in ihrem Mund und drückte permanent auf die pochende Wunde im Zahnfleisch. Doch dieser Schmerz war eine willkommene Ablenkung. Ihr Vergewaltiger hatte eine neue Körperöffnung in ihrem Unterleib gefunden und schien sie zerreißen zu wollen. Sie schrie seit zehn Minuten, nur durch erstickungsartige Hustenanfälle unterbrochen, aber wegen des Beißballs drang kaum mehr als ein dumpfes Stöhnen hervor.

»Das gefällt dir, was? Du kleine Nutte!«, hechelte er über ihr.

Sie verkrampfte, was den Schmerz noch grässlicher machte. Es folgte ein ersticktes Grunzen, das Zeichen, dass die Stöße bald heftiger werden würden.

Doch gänzlich unerwartet ließ die Bestie von ihr ab. Plötzlich – sie hatte nicht bemerkt, wie er vom Bett gestiegen war – stand er neben ihr und winkte in eine kleine Kamera, die in der Zimmerecke rechts oberhalb der Tür hing und ununterbrochen blinkte. Das tat er jedes Mal, wenn er in ihr gekommen war. Das erste Mal hatte sie es noch klebrig zwischen den Beinen herauslaufen gespürt, mittlerweile ließ die brüllende Wunde dort unten keine solchen Empfindungen mehr zu.

»Ich werde jetzt gehen, du kleine Nutte«, hörte sie ihn sagen. Sein feuchter Atem sprühte ihr ins Gesicht. Sie wollte sich die gesamte Haut vom Körper kratzen.

»Nenn mich nicht Nutte. Mein Name ist …«

Sie weinte, weil es ihr nicht mehr einfallen wollte.

»Irgendwann komme ich wieder.« Er nahm ihr Kinn zwischen Daumen und Zeigefinger, presste seine Finger brutal in ihren Kieferknochen. »Willst du wissen, was dich erwartet, sobald ich zurück bin?«

Sie weinte noch heftiger, schüttelte den Kopf und betete, er möge sie endlich in Ruhe lassen.

»Na gut, es sollte zwar eine Überraschung sein, aber ich zeig's dir trotzdem.«

Was? Nein, nicht zeigen. Bitte nichts mehr zeigen …

Starr vor Angst blickte sie auf ein rostiges Messer, das er ihr vor das Gesicht hielt. Der Griff in seinen Händen war mit einem fleckigen Seidentuch umwickelt.

»Hiermit werde ich dich zur Frau machen.«

Er zog fragend die Augenbrauen zusammen, als hätte sie etwas gesagt, was ihn verwirrte. »Dachtest du etwa, das hätte ich schon getan?« Irgendwie fand eine Zigarette den Weg in seinen Mund. Nachdem er sie angezündet hatte, hob er wieder das Messer. »Nein, nein, nein. Ich hab doch genau gemerkt, wie viel Spaß du dabei hattest. Und das ist falsch. Verboten. Eine richtige Frau muss keusch gehalten werden, verstehst du?«

Nein. Ich verstehe gar nichts mehr. Bitte, lass mich gehen.

»Es gibt die unterschiedlichsten Techniken, um eine Frau zur Frau zu machen«, fuhr er gnadenlos fort. »Ich persönlich finde die Methode, die in Somalia angewendet wird, am faszinierendsten. Immerhin werden dort über siebenundneunzig Prozent aller Frauen beschnitten.«

Beschnitten?

Sie rüttelte panisch an ihren Fesseln und verschluckte sich an ihren geknebelten Schreien, was dem Mann mit der Zigarette im Mund ein Lächeln abrang.

»Nur die Ruhe. Noch weißt du ja nicht, welches Ritual ich für dich ausgewählt habe.«

Er ließ das Messer von der einen in die andere Hand wandern.

»Werde ich dir nur die Klitoris entfernen? Oder neben den äußeren die inneren Schamlippen gleich mit? Oder sollte ich dir, so wie in Somalia üblich, danach deine Yoni zunähen? Was meinst du?«

Sie versuchte sich aufzubäumen, riss an den Lederfesseln, mit denen ihre Hände und Füße an der Pritsche fixiert waren. Er beugte sich über ihr Gesicht und blies ihr den Zigarettenrauch in die Augen. »Ganz gleich, was ich mache …«, sagte er. »Eins steht fest: Du wirst es nicht überleben.«

Und mit diesen Worten tat er etwas, was sie als Wohltat empfand, bevor ihr bald darauf die Grausamkeit seiner Handlung bewusst wurde.

»Ich lass dich jetzt eine Weile allein«, hörte sie ihn noch sagen. »Besser, du nutzt die Zeit, die dir noch bleibt.«
Die schwere Brandschutztür fiel hinter ihm ins Schloss. Und sie betrachtete ungläubig ihre Handgelenke, die der Wahnsinnige gerade von ihren Fesseln befreit hatte.

14. Kapitel

Berlin.

»Darf ich Sie mitnehmen, Herr Professor?«
Herzfeld sah erstaunt auf. Er hatte den Porsche, der neben ihm gehalten hatte, nicht kommen hören, so sehr war er in Gedanken versunken. Er blieb auf dem BKA-Parkplatz stehen. Wegen des dichten Schneeregens konnte er den Fahrer des luxuriösen Geländewagens nicht auf Anhieb erkennen.
»Kommen Sie, steigen Sie ein!«
Herzfeld trat einen Schritt vor und spähte mit zusammengekniffenen Augen durch das halb geöffnete Beifahrerfenster.
Ingolf von Appen. Na, der fehlt mir jetzt gerade noch.
»Wieso sind Sie nicht im Institut?«, fragte Herzfeld misstrauisch.
»Als Sie weg waren, ist mir zu allem Überfluss auch noch übel geworden. Ihre Kollegen haben mir daher nahegelegt, das Praktikum zu schmeißen.« Ingolf lächelte zerknirscht. »Ich glaub, ich hab's versaut. Aber vielleicht kann ich es ja wiedergutmachen, wenn ich Sie mitnehme?«
»Danke, das ist nicht nötig.«
»Sie wollen doch bei diesem Sauwetter nicht etwa mit den Öffentlichen nach Hause fahren?«
Herzfeld wehrte ab und wollte auf den Taxistand direkt vor der Einfahrt zum BKA zeigen, der aber, wie er jetzt erkannte, verwaist war.

»Ein Taxi? Da können Sie bei dem Wetter lange warten. Die sind alle weg.«

Herzfeld zögerte. So schnell fiel ihm keine Notlüge ein. Welchen Grund konnte er vorgeben, das Angebot des Praktikanten auszuschlagen? Die Wahrheit konnte er ja schlecht sagen.

Meine Tochter wurde entführt, und wenn die Frau, die Hannahs Handy gefunden hat, mich zurückruft, will ich alleine sein und frei reden können.

Falls diese Frau überhaupt noch einmal zurückrief.

Schon bei ihrem letzten Gespräch, vor zwanzig Minuten, hatte sie mehrmals auflegen wollen. Zuerst hatte Herzfeld noch gedacht, die junge Frau gehöre zu den Entführern. Doch dann hatte sie merkwürdigerweise von Herzfeld einen Beweis gefordert, dass er wirklich bei der Polizei arbeitete, was keinen Sinn ergab, wenn sie mit dem Täter gemeinsame Sache machte.

Herzfeld hatte kurz nachgedacht und sie dann gebeten, sich über eine Auskunft ihrer Wahl direkt mit dem Bundeskriminalamt an der Elsenbrücke verbinden zu lassen.

Wenige Minuten später wurde eine »gewisse Linda« zu ihm durchgestellt, die »dringend« Professor Herzfeld sprechen wollte. Danach hatten beide ein wenig mehr Zutrauen gefasst, tänzelten während des Gesprächs jedoch weiterhin wie zwei Boxer vor dem großen Kampf umeinander herum. Keiner wollte seine Deckung aufgeben. Keiner wollte den Anfang machen und Informationen preisgeben, bevor der andere nicht seine Fragen beantwortete. Wobei Herzfeld ungewollt bereits mehr als genug ausgeplaudert hatte.

Linda konnte sich unschwer zusammenreimen, dass seine Tochter entführt worden war; immerhin hatte er beim ers-

ten Anruf einen gewissen Erik mit dem Tode bedroht, falls er Hannah nicht lebend zurückbekam.
Schließlich gab sich Linda einen Ruck und überraschte Herzfeld mit einem Monolog, der sich teils wie eine Rechtfertigung, teils wie ein Geständnis anhörte: »Vermutlich reite ich mich noch tiefer in die Scheiße als ohnehin schon, und mein Bruder wird mich umbringen. Aber wenn Sie wirklich der sind, der Sie vorgeben, Professor, dann werden Sie den Anruf sicher orten können oder so etwas, und dann kann ich Ihnen auch gleich sagen, wo ich bin. Außerdem klingen Sie wie jemand, der Hilfe braucht, und ob Sie es glauben oder nicht, da haben wir beide etwas gemeinsam. Ich weiß, wie beschissen es sich anfühlt, wenn man in der Klemme steckt und einen braucht, der einen da rauszieht. Also vertraue ich jetzt einfach mal auf meinen Instinkt, von dem ich nicht behaupten kann, dass er mich noch nie betrogen hat, ganz im Gegenteil. Das letzte Mal, als ich auf ihn hörte, fand ich mich danach mit einem Psychopathen im Bett wieder, aber scheißegal, ich kann mich hier sowieso nicht verstecken, und Sie können nicht zu mir kommen, also, was hab ich zu verlieren?«
Und dann hatte sie ihm von Helgoland erzählt und dass sie sich auf der Insel vor einem Stalker versteckt hielt, weswegen sie auf keinen Fall wollte, dass ihr Aufenthaltsort publik wurde, und deshalb nicht zur Polizei ging. Er erfuhr von der Herrenhandtasche und von Hannahs Telefon. Und von dem Mann, bei dem sie beides gefunden hatte und der Herzfeld ganz sicher keine Informationen mehr geben würde: *»Todsicher!«*
»Wo müssen Sie denn hin?«, ließ Ingolf nicht locker. Mittlerweile hatte der Sohn des Innensenators einladend die Beifahrertür geöffnet.

Ohne es zu wissen, stellte von Appen damit die entscheidende Frage: *Wohin?*
Herzfeld war sich sicher, was er als Nächstes zu tun hatte. Er brauchte seinen Tatortkoffer. Beim BKA hätte er die Ausleihe quittieren müssen, aber zu Hause bewahrte er seinen privaten Koffer auf mit allem, was er für eine erste Tatortuntersuchung und die Sicherung von Beweismitteln benötigte. Außerdem wollte er Bargeld und Sachen zum Wechseln aus seiner Wohnung holen, während er auf Lindas Rückruf wartete.
»Ich hab mir ein Taxi zum Stand bestellt«, log er Ingolf an, da klingelte sein Handy.
»Linda?« Er drehte sich vom Porsche weg und konzentrierte sich auf die nur schwer zu verstehende Stimme am anderen Ende.
»Also das sag ich Ihnen gleich: Noch mal mache ich so eine Scheiße nicht mit.« Sie brüllte, als stünde sie in einem Windkanal. »Ich hab getan, was Sie wollten, ja? Bin zum Strand runter und hab seine Taschen durchsucht. Genauer gesagt, steh ich hier immer noch und würde am liebsten über die Wellenbrecher kotzen. Mann, war das eklig. Und dabei habe ich ihn nicht mal angefasst. Musste ich auch nicht. Denn sein Name steht mitten auf dem T-Shirt.«
»Erik?«
»So ist es. Quer über die Brust mit einem wasserfesten Edding geschmiert. Aber wie ich schon sagte: Was immer der Typ Ihrer Tochter angetan hat, Professor, aus dem bekommen Sie nichts mehr raus.«
Da irrst du dich, dachte Herzfeld und musste an die Worte seiner Tochter auf der Mailbox denken. Hannah hatte nicht gesagt: »Erik wird sich bei dir melden.« Nicht: »Er wird dir weitere Informationen geben.« Sondern: »Warte auf Erik.

Er hat weitere Anweisungen für dich.« Mit Betonung auf *weitere.* Die erste Anweisung hatte er heute Morgen im Kopf der zerstückelten Frauenleiche gefunden. Jetzt gab es einen zweiten Toten. Man musste kein Genie sein, um das Muster zu erkennen: Der Entführer spielte eine morbide Schnitzeljagd. Er spickte seine Opfer mit Hinweisen, die Herzfeld entweder zu seiner Tochter führten.

Oder zu ihrer Leiche.

In seinem Rücken hupte es zweimal kurz, und er drehte sich zu Ingolf um, der immer noch mit laufendem Motor auf ihn wartete. »Telefonieren können Sie auch im Auto«, rief er lachend.

Herzfeld schüttelte den Kopf und sprach wieder ins Telefon: »Danke für alles, was Sie bis hierhin für mich getan haben, Linda. Jetzt muss ich Sie noch um einen letzten Gefallen bitten: Rufen Sie die Inselklinik an, und informieren Sie einen Mann namens Ender Mueller von dem Leichenfund. Wichtig ist, dass Sie ausschließlich mit ihm reden, haben Sie das verstanden?«

Sonst wird es offiziell. Und dann fällt die Leiche in den Hoheitsbereich Schleswig-Holstein, für den ich nicht zuständig bin. Man würde mir nicht erlauben, dass ich den Toten öffne, um nach Hinweisen zu suchen …

»Wer zum Teufel ist Ender Mueller?«

»Der Hausmeister der Klinik, ich kenne ihn gut.«

»Was für ein Zufall«, höhnte Linda.

Eben nicht. Eher ein zusätzlicher Beweis, dass der Täter es auf mich persönlich abgesehen hat, und zwar in meiner Funktion als Rechtsmediziner, dachte Herzfeld. Erst der Zettel im Kopf der Toten, dann die zweite Leiche ausgerechnet auf einer Insel, in deren Krankenhaus Herzfeld schon oft seziert hatte, vor seiner Berliner Zeit, als er noch in der Uniklinik in Kiel arbeitete. Wer immer dahintersteckte, wusste genau über ihn Bescheid.

»Ich werde Ender gleich anrufen und Sie ankündigen, Linda. Sprechen Sie bitte mit niemand anderem, bis ich bei Ihnen bin.«

»Bis *Sie* bei mir sind?«, höhnte Linda. »Haben Sie mir vorhin nicht zugehört? Orkan Anna nimmt gerade Anlauf für die Olympischen Winterspiele im Häuserweitwurf. Das Dach vom Krankenhaus ist übrigens schon abgedeckt, da werde ich sicher keinen erreichen.«

Ingolf hupte wieder.

»Wie lange wird das noch andauern?«, fragte Herzfeld und signalisierte dem Praktikanten, dass er es sich anders überlegt hatte.

»Der Katastrophenschutz sagt, mindestens drei Tage«, hörte er Linda gegen den Wind brüllen, während er in den Porsche kletterte. Der plötzliche Temperaturanstieg ließ ihn erschauern. Ingolf schenkte ihm ein leicht süffisantes »Na, wer sagt's denn«-Lächeln und trat aufs Gaspedal, kaum dass Herzfeld die Tür zugezogen hatte und sogleich von den Beschleunigungskräften in die beheizten Ledersitze gedrückt wurde.

»Die Wellen sind meterhoch, hier würde nicht mal Moses mehr rüberkommen. Wir sind völlig abgeschnitten.«

»Ich finde schon einen Weg«, versicherte Herzfeld und beendete das Gespräch mit Linda, als sie die Ausfahrt raus auf die Straße schossen.

Ingolf warf ihm einen fragenden Blick zu. »Und, wo soll's hingehen?«

»Helgoland«, antwortete Herzfeld, und Ingolfs süffisantes Lächeln verschwand.

15. Kapitel

Helgoland.

»Hey, wissen Sie eigentlich, weshalb Männer keine Cellulitis bekommen?«

»Bitte?«, fragte Linda, verwirrt über den plötzlichen Themenwechsel. Eben noch hatte Ender Mueller ihr die Ohren vollgejammert, dass alle Verantwortlichen – die Ärzte, Schwestern und Pfleger – sich verdrückt und ihn allein in dieser »Klinikruine« zurückgelassen hätten, und jetzt wollte ihr der Hausmeister tatsächlich einen Witz erzählen?

»Cellulitis, also Orangenhaut, Sie wissen schon. Wieso kriegen Männer so was nicht?«

»Weil's scheiße aussieht?«, klaute Linda ihm die Pointe. Sie zog hinter Enders Rücken skeptisch die Augenbrauen zusammen. Der Hausmeister ging zwei Schritte vor ihr und schob eine Rolltrage einen nur notdürftig ausgeleuchteten Krankenhausflur entlang. Die Hauptstromleitung funktionierte nicht, und um das Notstromaggregat nicht unnötig zu belasten, waren die Lampen hier unten auf Sparbetrieb geschaltet.

»Ach, den kennen Sie schon?« Ender drehte sich kurz zu ihr um. Sein Blick wirkte wie der eines Kindes, dem an der Supermarktkasse zehn Cent zum Bezahlen der Kaugummis fehlen, aber Linda war nicht in der Stimmung, ihn wieder aufzumuntern: »Sie rollen gerade eine Leiche in die Pathologie und erzählen dabei schlechte Witze? Was zum Teufel stimmt nicht mit Ihnen?«

Ender zuckte wie ein geschlagener Hund zusammen, was ihn noch kleiner wirken ließ, als er ohnehin schon war. Der Deutschtürke war das, was Lindas Bruder einen »Sechzehn-zu-Neuner« nennen würde: ein Muskelzwerg im Breitbildformat. Was dem Hausmeister an Körpergröße fehlte, versuchte er offensichtlich mit Hanteltraining wettzumachen. Seine Oberarme erinnerten Linda an große Schinken, die in Fleischereien von den Decken hängen. Er trug ein langärmeliges T-Shirt unter einem blauen Handwerkeroverall, der entweder in der Wäsche eingelaufen war oder mit Absicht so eng anlag, dass er die enormen Oberschenkel zur Geltung brachte (Linda tippte schwer auf Letzteres).

Immerhin schienen die Muskelberge nicht allein auf einem Anabolikafundament gewachsen zu sein, schließlich hatte Ender es ganz alleine geschafft, die Leiche vom Strand inmitten des Sturmes in sein Elektromobil zu wuchten. Linda hatte ihm stumm und fassungslos zugesehen. Stumm, weil es keine Worte gegeben hätte, die Entwicklung zu beschreiben, die ihr Leben in den letzten Stunden genommen hatte. Fassungslos, weil es diesen Ender Mueller tatsächlich gab und das alles kein schlechter Scherz war.

Linda hatte den Hausmeister, den sie auf Mitte, Ende dreißig schätzte, nach mehreren Anläufen im Gasthaus *Bandrupp* erreicht. Im Krankenhaus (die Nummer der Klinik hing auf einem Notfall-Zettel am Küchenbrett) war – wie erwartet – niemand ans Telefon gegangen, und seine private Nummer stand nicht im dünnen Telefonbuch der Insel. Sie hatte eine Zeitlang überlegt, wie sie das Gespräch mit dem Hausmeister am besten eröffnen sollte … *»Entschuldigen Sie, aber ein Professor Herzfeld bittet Sie, nach einer Leiche zu sehen …?«* Eine Vorbereitung, die sich als unnötig herausstellen sollte, denn in der Zwischenzeit hatte Herzfeld

seinen Bekannten schon angerufen und genauestens instruiert. Wenige Minuten später war Ender vorgefahren, um die Wasserleiche in die Klinik zu schaffen.
»Schon wieder so ein Lebensmüder«, hatte er gesagt und auf den Toten mit dem »Erik«-T-Shirt gezeigt, kaum dass sie bei den Wellenbrechern angekommen waren. »So haben wir uns kennengelernt, wissen Sie. Einmal im Jahr springt hier jemand von der Klippe. Wenn's Zweifel gibt, kommt Herzfeld und seziert im Krankenhaus. Ist ein feiner Kerl.«
Linda war stumm geblieben, hatte sich nicht einmal den Regen aus dem Gesicht gewischt und nur gehofft, dass der Alptraum schnell vorbeiging. Doch das tat er nicht.
»Denke, der Professor hat recht. Das soll besser erst mal keiner mitkriegen, oder?«
Sie hatte nicht gewusst, ob der Hausmeister wirklich eine Antwort verlangte, und nur mit den Achseln gezuckt.
»Ich meine, keine Polizei mehr da, die Ärzte sind weg – und dann auf einmal eine Leiche? Nee, nee. Das gäb nur Panik, wo hier jetzt doch keiner mehr von der Insel runterkommt.«
Mit diesen Worten hatte Ender den mitgebrachten Leichensack ausgerollt und über den Toten gelegt. Zum Glück hatte er sie nicht um Hilfe gebeten, obwohl Linda an Enders angeekeltem Gesichtsausdruck zu erkennen glaubte, dass er den Umgang mit Toten nicht gewohnt war, was sie ein wenig beruhigte.
»Nicht, dass Sie mich für einen Freak halten, Lady«, hatte er ihr noch zugerufen, kurz bevor sie mit der Leiche im Gepäck Richtung Klinik gefahren waren. »Aber wenn Herzfeld sagt, es muss sein, dann muss es das. Ich vertrau ihm blind.«
Linda hatte sich erst geweigert, Ender zu begleiten, es sich dann aber anders überlegt. In ihrem Haus fühlte sie sich

nicht mehr sicher, auf der Insel kannte sie niemanden, und sie hatte es satt, sich noch länger zu verstecken. Jede Gesellschaft war besser, als weiter alleine zu sein – selbst wenn es sich bei der Gesellschaft um einen kleinwüchsigen Bodybuilder mit einem merkwürdigen Sinn für Humor handelte, dem sie gerade zu den Fahrstühlen folgte, um mit ihm in den Leichenkeller des Krankenhauses zu fahren.

Sofern das Notstromaggregat nicht aussetzt und wir hier steckenbleiben.

Verwundert hätte Linda das heute auch nicht mehr.

»Ich hoffe, das verdammte Sauwetter ist in drei Tagen wieder vorbei.« Ender kratzte sich die lichte Stelle in seiner Prinz-William-Frisur. Linda fragte sich, weshalb Männer, die einen markanten Schädel hatten, sich nicht gleich eine Vollglatze schneiden ließen, wenn man ohnehin schon mehr Kopfhaut als Haare sah.

»Wieso ausgerechnet drei Tage?«, fragte sie und schloss zu ihm auf.

»Sonst schaff ich es nicht mehr zu DDT.«

»DDT?«

»Deutschland Deine Talente. Die Fernsehshow. Ich mach das hier nicht mehr lange.«

Sie hatten eine Flügeltür erreicht, deren undurchsichtige Rauchglasscheiben bis zum Boden reichten. »Hausmeister, das ist auf Dauer nicht meins, ich bin zu Höherem berufen!«

»Aha.« Linda nickte und fragte sich, ob es nicht doch besser gewesen wäre, sich allein zu Hause im Dachgeschoss mit Comiczeichnungen abzulenken.

»Ich hab es mit meiner Stand-up-Comedy bis zum Recall geschafft, aber jetzt spuckt mir Anna in meine Karriere, wenn Sie verstehen, was ich meine.«

DDT! Linda erinnerte sich dunkel, wie sie einmal in eine Castingshow gezappt hatte, in der eine schwerhörige Rentnerin Tanzeinlagen vorführte, die mehr an einen epileptischen Anfall erinnerten als an den angekündigten Breakdance. Sie wurde von der nicht minder schwachsinnigen Jury abgewählt, während ein vierundvierzigjähriger Sachbearbeiter unter frenetischem Applaus des Publikums in die nächste Runde kam, weil er sich im Windelkostüm mit Schnuller im Mund seine Fürze angezündet hatte. Linda hatte sich gefragt, welche Idioten sich bei DDT freiwillig am Nasenring durch die Manege ziehen ließen. Die Antwort stand vor ihr.

»Mein Programm heißt Body-Comedy. Ich trete nackt vor die Jury, pose dabei mit meinen Muskeln und erzähle Witze.«

In Enders Augen funkelte es, als spiegelte sich die Lichterkette eines Tannenbaums darin. »Na ja. Nicht ganz nackt. Mein größter Muskel bleibt immer eingepackt.«

»Das ist jetzt ein Witz?«

»Nein. Aber wollen Sie noch einen guten hören? Gestern ist über mir eine Kellerwohnung frei geworden.«

Er kicherte. Linda verdrehte die Augen. Sie verließen den Trakt durch die Flügeltür und warteten vor dem Fahrstuhl. Kaum hatte Ender auf den Knopf gedrückt, klingelte es. Der Hausmeister fingerte ein schnurloses Festnetztelefon aus der durchsichtigen Plastiktasche eines Werkzeuggürtels, der ihm wie ein Patronengurt um die Hüfte schlackerte.

»Sana-Klinik, Ender Mueller, hallo? Was? Ach, du bist's. Nee, mein Handy ist aus. Das funktioniert im Keller eh nicht.«

Er lachte etwas übertrieben. »Ja, alles super bei uns. Mach dir keine Sorgen.«

Ender schenkte Linda ein verschwörerisches Zwinkern, die sich ernsthaft fragte, ob sie mit diesem Mann in den ankommenden Fahrstuhl steigen sollte. Sie fröstelte bei dem Gedanken an die Wahl, die ihr blieb: Zurück in das Haus, in dem ein Fremder – *Danny?* – in ihrem Bett gelegen hatte? Hier ausharren? Oder hinab in die Pathologie, in der es gewiss noch kälter war, nachdem der Stromausfall auch die Wärmepumpen der Klinik lahmgelegt hatte.

»Helgoland bedeutet ab sofort To-Hell-Go-Land, wenn du verstehst, was ich meine.« Zur Sicherheit übersetzte Ender seinem Anrufer den müden Witz: »Zur-Hölle-geh-Land. Hier geht gerade die Welt unter, keine Sau ist unterwegs. Ich hätte die Leiche auf einem Indischen Elefanten herschaffen können, das wäre keinem aufgefallen, Paul.«

Paul Herzfeld, dachte Linda. *Wer sonst.*

Sie betraten den Fahrstuhl. Ender ging, die Leiche schiebend, voran. Zum Glück war der weiße Sack blickdicht. Linda reichte es, die Konturen des Mannes unter der Folie zu erahnen.

»Ich hab der Lady gesagt, dass da bestimmt ein Lebensmüder wieder einen kalten Abgang hingelegt hat und … ähh, wie bitte?« Er sah zu Linda.

»Ja, sie ist bei mir, und, wenn mir die Bemerkung gestattet ist, die Frau hat Augen wie Männerfüße. Groß, feucht und schwarz.« Sein Lachen erstarb kurz nach dem Ansatz. »Was? Nee, der ist nicht von Fips Asmussen. Der ist von … ja, ist ja gut, okay. Ich hör dir ja zu.«

Es folgte eine längere Pause, die Ender hin und wieder durch vereinzelte »Hmmms« unterbrach, bis er schließlich lauthals ausrief: »Auf gar keinen Fall!«

Mittlerweile hatte sich die Fahrstuhltür im ersten Kellergeschoss wieder geöffnet. Ender zerrte die Rolltrage rückwärts aus dem Lift, und das Flurlicht, grell flackernde Neonröhren, ging automatisch an. Hier unten war es wider Erwarten wärmer als oben, dennoch konnte Linda noch immer ihren Atem sehen.

»Mag sein, dass es furchtbar wichtig ist, Paul. Aber du hast gesagt, ich muss nur rasch die Leiche in die Pathologie schaffen, und dann sind wir quitt.«

Sie blieben vor einer pistazienfarbenen Schiebetür stehen. Ender klemmte sich das Telefon zwischen Kinn und Schulter und zog die Tür mit beiden Händen auf. Der Raum, den sie betraten, hatte niedrige Decken und war etwa so groß wie ein Volleyballfeld. Auf den ersten Blick ins Halbdunkel hätte er als Hotelküche durchgehen können: weiße Fliesen, graue Steinbodenplatten, Edelstahlschränke und Waschbecken an den Wänden. Wäre da nicht der große Seziertisch gewesen, der wie eine Schlachtbank in der Mitte des Saales thronte …

»Auf gar keinen Fall. Nein, Mann. Ich hab schon Arschwasser, nur weil ich hier überhaupt in der Pathologie *stehe,* Mann.« Der Hausmeister drückte auf zwei große Lichtschalter neben der Tür, und mehrere Neonleuchten begannen bedrohlich zu flackern. Gleichzeitig nahm die Lüftung über ihren Köpfen ihren Dienst auf.

»Du verlangst echt zu viel von mir. Darf gar nicht daran denken, dass ich deinetwegen heute schon eine Leiche angefasst habe.« Ender zeigte beim Telefonieren wild gestikulierend auf eine Batterie von Kühlschrankfächern an der Wand zu seiner Rechten. »Ich hasse es, hier unten zu sein.« Er stoppte abrupt und drehte sich zu Linda um, die noch immer in der Türschwelle stand.

»Hey, was arbeiten Sie?«, fragte er.

»Was?«

»Ihr Beruf! Womit verdienen Sie Ihre Brötchen, Linda?«
»Ich male.«
»Wände oder Bilder?«, fragte Ender, nachdem er die Information weitergegeben hatte.
»Comics«, rief sie so laut, dass auch Herzfeld am anderen Ende der Leitung es gehört haben musste.
Ender kratzte sich wieder den Hinterkopf, als verwirrte ihn die Nachfrage des Professors.
»Die Augen waren dir egal, aber ihre Hände interessieren dich auf einmal, ja?« Er musterte Linda, dann sagte er: »Hübsche Finger. Wie die einer Klavierspielerin. Okay, ja. Ist gut.« Ender reichte ihr das Telefon.
»Was?«
»Er will mit Ihnen sprechen.«
Linda presste den feuchtwarmen Hörer ans Ohr. Das Gespräch hatte den Hausmeister ins Schwitzen gebracht. Nur wenige Sekunden später wusste Linda, weshalb. Herzfeld kam gleich zur Sache: »Ich hab mich informiert, Linda. Wie es aussieht, kann es tatsächlich längere Zeit dauern, bis ich bei Ihnen auf der Insel bin.« Im Hintergrund hörte sie das Geräusch eines Blinkers. »Und bis dahin bitte ich Sie um einen weiteren Gefallen.«
»Was?«, fragte Linda. Die Vorahnung ließ ihren Magen nach unten sacken.
»Sie müssen für mich die Leiche obduzieren.«

16. Kapitel

Berlin.

Legen Sie den Toten mit den Füßen Richtung Organtisch. Das ist der kleine Tisch mit dem Schiebetablett über dem Abflussbecken. Direkt neben der Handbrause, sehen Sie die?

Damit können Sie gleich mal Wasser ins Becken laufen lassen. Machen Sie es ganz voll. Und jetzt entfernen Sie den Leichensack.«

Herzfeld öffnete die Beifahrertür, noch bevor Ingolf vor dem Hauptbahnhof zum Stehen gekommen war. Während der Fahrt hatte er streng darauf geachtet, keine Namen zu nennen oder andere Informationen preiszugeben, auf die der Praktikant sich vielleicht einen Reim hätte machen können. Offenbar mit Erfolg. Dem Gesichtsausdruck nach, mit dem Ingolf ihn beim Abschied bedachte, war der gescheiterte Praktikant in erster Linie amüsiert über den durchgeknallten Professor, zu dessen Aufgabenroutine es offenbar zählte, Kollegen über Telefon Obduktionsnachhilfe zu erteilen.

Herzfeld tippte sich nur kurz an die Stirn. Für eine höflichere Verabschiedung von Ingolf fehlte ihm die Zeit. Es hatte schon viel zu lange gedauert, den Koffer mit dem Sektionsbesteck und den Tatortutensilien von zu Hause abzuholen. Zudem war der Verkehr die Hölle gewesen, wie immer in Berlin, wenn es regnet oder schneit. Oder, wie im Augenblick, beides zugleich. Mit der S-Bahn wäre er sicher schneller gewesen, wenn auch lange nicht so komfortabel wie mit Ingolf, der ihn erst zu seiner Wohnung und danach zum Hauptbahnhof gefahren hatte.

»Ziehen Sie sich Handschuhe über, möglichst dicke mit Noppen, und suchen Sie sich eine Gummischürze. Ender weiß, wo alles liegt, er soll Ihnen gleich zwei Organmesser geben, aber kein Skalpell, das bricht zu schnell ab, wenn man keine Übung hat. Sie könnten sich selbst verletzen. Und Sie brauchen eine lange Pinzette und eine Schere, mit der Sie die Kleidung des Toten aufschneiden können. Die Leiche muss komplett nackt sein.«

Menschenmassen strömten an Herzfeld vorbei in die Eingangshalle.

»Moment, Moment, Professor! Sind Sie eigentlich noch ganz bei Trost?«

Herzfeld glaubte die Handbewegungen vor sich zu sehen, mit denen Linda ihre Schimpftirade untermalte. Er wich einer Frau mit zwei Kindern aus, die in die entgegengesetzte Richtung drängte. Die gläsernen Drehtüren, die in die Ankunftshalle führten, waren hoffnungslos verstopft, weshalb Herzfeld mit seinem Tatortkoffer in der Hand im Windschatten eines Stahlbetonpfeilers stehen blieb, wo es zwar zugig war, aber zumindest konnte er hier ungestört reden.

»Nein, um ganz ehrlich zu sein, Linda, ich bin vermutlich nicht mehr bei Trost.« Er zögerte und überlegte noch einmal, ob er es wirklich wagen konnte, eine völlig Fremde ins Vertrauen zu ziehen. Allerdings hatte er sich ohnehin schon verplappert, vorhin, als er davon ausging, mit dem Entführer zu sprechen. Und die Warnung hatte sich in erster Linie darauf bezogen, keine offiziellen Stellen einzuschalten, also beschloss Herzfeld, das Risiko einzugehen.

»Ich habe heute Morgen im Kopf einer bestialisch zugerichteten Leiche eine Nachricht gefunden. Einen Hilferuf meiner Tochter Hannah. Als ich sie anrief, ging ihre Mailbox ran.« Herzfeld fasste die Ansage kurz zusammen und schloss dann: »Sie hat mich angewiesen, mit niemandem darüber zu reden. Insofern gefährde ich gerade Hannahs Leben, indem ich Sie einweihe.«

Einen Menschen, den ich nicht einmal kenne!

»Aber mir bleibt wohl keine andere Wahl.«

Herzfeld hatte eine von der Masse unentdeckte Notausgangstür gesichtet, durch die er in die Haupthalle schlüpfte. Er suchte auf der Anzeigetafel nach einem passenden Zug und vermutete zunächst einen technischen Defekt. Dann sah er die Schlange mit den wütend gestikulierenden Menschen vor der Information. Ihm schwante Übles.

»Habe ich das jetzt richtig verstanden?«, hörte er Linda fragen. »Ihre Tochter wurde entführt, und ich soll diesen Mann hier aufschneiden, weil Sie in seinem Körper weitere Hinweise vermuten?«

»Ja.«

Herzfeld löste sich aus dem Pulk der Reisenden, die entweder wütend oder resigniert die Anzeige kommentierten. Bis auf die S-Bahn waren alle Zugverbindungen gestrichen.

»Linda, hören Sie zu!« Herzfeld senkte die Stimme, als zwei Geschäftsreisende so nah an ihm vorbeigingen, dass ihm ihre Laptoptrolleys beinahe über den Fuß gerollt wären. »Ich weiß, ich verlange sehr, sehr viel von Ihnen, aber uns rennt die Zeit davon. Hannah ist Asthmatikerin. Wenn ihr das Spray ausgeht, bleiben ihr nur wenige Stunden.«

Und ich fürchte, das ist nicht einmal die größte Gefahr, in der sie steckt.

»Außerdem geht es hier nicht allein um meine Tochter.«

»Sondern?«
»Es ist schon die zweite Leiche. Wir haben es also mit einem Serienmörder zu tun. Was, wenn der Killer noch auf der Insel ist und seine Serie nicht abgeschlossen hat?«
Pause. Er spürte förmlich, wie sich die Gedanken im Kopf der jungen Frau am anderen Ende überschlugen. Ohne sie gesehen zu haben, ging er fest davon aus, dass er Linda auf den ersten Blick sympathisch finden würde. Er mochte Menschen, die mehr auf ihre Gefühle als auf ihren Verstand hörten. Und nach allem, was sie bereits für ihn getan hatte, musste Linda ein hilfsbereiter Mensch mit einem guten Herzen sein, an das er jetzt appellierte.
»Bitte, helfen Sie mir.«
»Ender denkt, der Mann hat sich selbst umgebracht«, erwiderte Linda matt.
»Da irrt er sich. Hannah hat angekündigt, dass ich von einem Erik weitere Hinweise bekomme. Und plötzlich liegt er tot am Strand, mit dem Handy in der Tasche, dessen Nummer ich heute Morgen im Kopf einer verstümmelten Frauenleiche gefunden habe. Muss ich noch mehr sagen?«
Eine weitere, diesmal längere Pause, die Linda mit einem tiefen Seufzer beendete. »Ich bin seit Jahren Vegetarierin. Ich kann mich nicht einmal mehr daran erinnern, wann ich das letzte Steak zerschnitten habe, und jetzt soll ich …«
»Keine Sorge. Ich leite Sie Schritt für Schritt an, okay? Hallo, Linda?«
Er sah auf sein Handy.
Verdammt.
Das Display war dunkel. Der Akku war mal wieder ohne Vorwarnung in die Knie gegangen. Weshalb hatte er sich nur dieses »Smartphone« aufschwatzen lassen. Was war *smart* an einem *phone,* dessen Akku nur wenige Stunden

hielt, weil der meiste Strom für Anwendungen draufging, die er noch nie genutzt hatte?
Facebook, Skype, Push-E-Mail. Mist.
Herzfeld wechselte den Koffer in die andere Hand und eilte durch den Notausgang wieder nach draußen in die Kälte. Die Drehtür hatte endgültig den Dienst quittiert und bewegte sich keinen Millimeter mehr. Auch vor dem Bahnhof herrschte das blanke Chaos. Ankommende Fahrzeuge kamen den abreisenden Gästen in die Quere, die momentan in der Überzahl waren. Ein Falschparker verschlimmerte die Situation noch, indem er den Taxi-Nachrückerplatz blockierte und dafür mit einem dröhnenden Hupkonzert gestraft wurde: Ingolfs schwarzer Geländewagen.
Herzfeld schirmte mit der Handfläche die Augen vor dem Schneeregen ab und sah sich um. Er hörte ihn, bevor er ihn sah.
»Nanu, Herr Professor?«
Ingolf von Appen lief über die schmale Zufahrtsstraße, die den Vorplatz vom Hauptgebäude trennte, und hob die rechte Hand, in der er eine Rostbratwurst hielt. Er zog bedauernd die Mundwinkel herunter, was seine arrogante Wirkung noch verstärkte. »Sie sind noch da?«
Herzfeld machte eine wegwerfende Bewegung. »Kein Zug. Die Oberleitungen sind eingefroren. Das blanke Chaos. Alles Richtung Norden liegt buchstäblich auf Eis.«
Aus dem Augenwinkel sah Herzfeld, wie ein Mann mit wütendem Gesichtsausdruck aus seinem Taxi sprang.
»Hey, du Idiot. Ist das deine Karre hier?«
»Karre?« Ingolf drehte sich entrüstet um. »Das ist ein Porsche Cayenne Turbo S.«
»Ich steck dir deinen Turbo S gleich in den Arsch. Du blöde Sau blockierst meinen Stellplatz.«

Der Mann war zwei Köpfe kleiner, wog aber mindestens das Doppelte des Praktikanten. Er schwenkte beim Reden eine geballte Faust.
Ingolf biss unbeeindruckt von der Wurst ab und drehte sich wieder zu Herzfeld. »Es geht mich ja nichts an, aber das, was ich vorhin mitbekommen habe, als Sie telefonierten, also …« Er schluckte seinen Bissen herunter. »Sie sind nicht wirklich krank, oder?«
»Nein.«
»Hey, Schwuli, bist du taub?« Der Fahrer wirkte aus der Nähe noch ärgerlicher. Speichelfäden hingen ihm aus dem Mund und verfingen sich in seinem Unterlippenbart. »Verfatz dich hier. Aber dalli.«
Ingolf hob, ohne sich umzudrehen, gebieterisch die Hand wie ein König, der seine Untertanen vom Balkon aus zum Schweigen bringen will. Herzfeld rechnete jeden Moment mit dem ersten Schlag des Taxifahrers.
»Und die Sache in Helgoland, was immer Sie da tun müssen, die ist Ihnen sehr wichtig?«
»Lebenswichtig.«
Ingolf nickte langsam, dann sah er wieder zu dem Taxifahrer, der schon die Hand nach ihm ausgestreckt hatte. »Wir sind gleich weg.«
»Was heißt denn *gleich*, du Lackaffe? Ich knall dir *gleich* deine Studentenbrille vom Kopp, wenn du dich nicht *sofort* verziehst.«
Ingolf lächelte unbeeindruckt, griff in die Tasche seines Mantels und zog ein Geldbündel hervor. »Würde das Ihre Ungeduld etwas besänftigen?«
Der Fahrer stutzte, sah erst zu Herzfeld, dann zu Ingolf. Schließlich griff er grinsend nach den Scheinen, die der Praktikant ihm vor die Nase hielt.

»Leg noch einen Fuffi drauf, und ich hol dir ’ne zweite Wurst.«

»Nicht nötig, aber danke fürs Angebot.« Ingolf nickte Herzfeld zu und deutete zum Eingang des Bahnhofs. »Ich würde vorschlagen, wir decken uns mit Proviant und warmen Decken ein. Bei dieser Witterung kann es rasch ungemütlich werden, wenn wir auf der Autobahn in einen Stau geraten.«

17. Kapitel

Helgoland.

Bis hierhin und nicht weiter.

Linda hielt die Lasche des Reißverschlusses zwischen Daumen und Zeigefinger und konnte sich nicht überwinden, den Leichensack zu öffnen.

Ender hatte den Toten auf den Sektionstisch gewuchtet und Herzfelds Anweisungen gemäß alle Geräte und Hilfsmittel besorgt. Das meiste davon hatte sich in den Instrumentenschubladen im Sektionssaal befunden, nur für den Kittel hatte er kurz den Raum verlassen müssen, um mit einer schweren Gummischürze wiederzukommen, unter der sich Linda wie die Fleischbeschauerin in einem Schlachthaus fühlte. Für sich hatte Ender keine Schutzkleidung geholt, weder Umhang noch Handschuhe, was ein klares Statement war. Im Augenblick hielt er den größtmöglichen Abstand und lehnte an einem Ablagetisch neben der Schiebetür zum Flur.

»Können wir jetzt mit der äußeren Leichenschau beginnen?«

Herzfelds Stimme füllte den Raum, nachdem es ihm offensichtlich gelungen sein musste, eine Stromquelle für den leeren Akku seines Handys zu finden. Ender hatte das Haustelefon laut gestellt und den Apparat samt Gürteltasche an einem Haken an der Arbeitslampe über dem Seziertisch befestigt, so dass der Hörer jetzt wie das Mikrofon eines Ringrichters vor Lindas Nase baumelte.

Also gut, betrachte es einfach als neue Erfahrung, versuchte sie, sich selbst zu belügen. *Hintergrundrecherche, um endlich die Gewaltszenen in meinem Comic besser hinzubekommen. Mehr ist das nicht.*

Mit erschreckender Klarheit wurde ihr bewusst, dass sie kurz davorstand, zum ersten Mal in ihrem Leben eine Leiche aus allernächster Nähe zu betrachten. Draußen hatten Wind und Wellen eine sichere Distanz geschaffen, zudem war sie gestern von dem Fund überrascht worden. Das hier war etwas völlig anderes. Es gab keine ablenkenden Naturgewalten, alles geschah, von dicken Kellerwänden abgeschirmt, im gleißenden Neonlicht eines gekachelten Raumes. Wenn sie jetzt den Leichensack öffnete und dem Toten ins Gesicht sah, würde es viel direkter, *sehr viel intimer* sein.

Und sehr viel schlimmer.

Linda dachte darüber nach, wie es sein konnte, dass man in einer Welt, in der täglich Menschen starben, so selten mit dem Tod konfrontiert wurde, und wurde sich im gleichen Atemzug darüber klar, dass sie derartige Überlegungen nur anstellte, um das Unvermeidliche hinauszuzögern. Dabei gab es lediglich zwei Möglichkeiten: Entweder sie weigerte sich. Oder sie glaubte dem verzweifelten Vater am anderen Ende der Leitung, dass das Leben seiner Tochter einzig und allein von ihrer Hilfsbereitschaft abhing.

Und vielleicht ist Hannah nicht die Einzige, die hier gerade in Gefahr ist?, dachte sie und versuchte, die Erinnerung an das nasse Handtuch in ihrem Bad und an Dannys Geruch zu verdrängen. Erik, die Frauenleiche in Berlin, Danny: Irgendwie musste das miteinander zusammenhängen, sie konnte sich nur nicht erklären, wie.

»Aber ich werde mir den Kerl nur von außen ansehen!« Mit

diesen Worten zog Linda am Reißverschluss, der wie bei einem Koffer einmal vollständig um den verhüllten Körper herum lief. Als der Sack in zwei Hälften geteilt war, entfernte sie mit einem Ruck die obere davon und schloss die Augen, was ein Fehler war, denn dadurch waren ihre restlichen Sinne noch empfänglicher für äußere Reize.

»Großer Gott«, hustete Ender.

Sie öffnete die Augen und stellte fest, dass der Anblick der Leiche um einiges erträglicher war als der Gestank. Auf den ersten Blick wirkte der Tote wie eine gut gestaltete, aber unrealistische Wachsfigur. Entseelt und viel zu unwirklich, um sich vor ihr zu fürchten.

Keine Schuhe!

Linda vermied es, dem Toten ins Gesicht zu sehen, daher war ihr Blick zunächst auf die Füße des Mannes gefallen, dessen Nägel schlecht geschnitten und am großen Zeh eingewachsen waren. Der Tote trug eine grobe Cordhose, die weiten Hosenbeine waren bis zu den Knien hochgerutscht. *Wie Streichhölzer*, musste Linda bei dem Anblick der dürren, stark behaarten Unterschenkel denken. Sie fragte sich, wie es möglich war, dass diese Hühnerbeinchen den gewaltigen Oberkörper des Toten durchs Leben getragen hatten. Auch wenn die Leichenfäulnis sicher einiges dazu beigetragen hatte, war sie sich nicht sicher, ob das die einzige Ursache für den enormen, aufgeblähten Bauch des Toten sein konnte, dessen Scheitelpunkt beinahe über dem seines Gesichts lag.

Über dem T-Shirt mit aufgekritzeltem Erik-Schriftzug trug er weder Pulli oder Jacke noch sonst ein dem Winter angemessenes Kleidungsstück. Schließlich zwang Linda sich, den Kopf in Augenschein zu nehmen, und war erleichtert, dass der Tote die Augen geschlossen hatte. Der Mund hin-

gegen stand einen kleinen Spalt offen, was dem aufgedunsenen Gesicht so etwas wie einen erstaunten Ausdruck verlieh. Zwei obere, nikotingelbe Schneidezähne lagen frei.
»Schildern Sie mir bitte alles, was Sie sehen«, forderte Herzfeld. Linda war froh, dass er sie nicht gebeten hatte, den Leichengeruch zu beschreiben, denn das wäre um einiges schwieriger gewesen. Von allen widerwärtigen Gerüchen war dieser der schlimmste, den sie je erlebt hatte. Dabei war der Gestank lange nicht so erdrückend und intensiv wie etwa der einer verstopften öffentlichen Toilette im Hochsommer. Dennoch war er allgegenwärtig und … *und süß?*
Der Duft setzte sich aus zwei Komponenten zusammen, die nicht zusammengehörten. Wie ein billiges Raumdeo in einer vielbesuchten Tankstellentoilette.
Linda versuchte, durch den Mund zu atmen, konnte aber auch dadurch nicht verhindern, dass ihr Magen rebellierte. Sie begann stockend, ihre ersten Eindrücke wiederzugeben.
»Kommt Ihnen der Tote bekannt vor?«, fragte Herzfeld am Ende ihrer Ausführungen.
»Nein. Ich habe ihn noch nie in meinem Leben gesehen.«
Wenn das Klischee stimmte und viele Herrchen ihren Hunden ähnlich sahen, dann musste dem Mann auf dem Seziertisch ein Bernhardiner gehören: quadratischer Schädel, dichter, fast fellartiger Haarwuchs und eine klobige Nase, deren Löcher mit sekretverschmiertem Sand verstopft waren. Linda hätte nicht einmal zu raten vermocht, ob der Mann ein liebender Familienvater oder ein griesgrämiger Single gewesen war. Ob er das Radio zu klassischer oder zu Rockmusik aufgedreht hatte und welche Partei er wählte. Die Hände waren grob und schwielig und die Daumennägel so groß wie Briefmarken, was auf körperliche Arbeit hindeutete. Die blassbraunen Schläfen waren ausrasiert, der

Nacken erst kürzlich geschnitten, also leistete er sich einen Frisör, aber was sagte das schon über einen Menschen aus? Er hatte sicher nicht viel Sport getrieben, gut und viel gegessen, sonst wäre das Doppelkinn nicht so ausgeprägt gewesen wie sein gesamter Oberkörper.

Herzfeld meldete sich wieder zu Wort: »Ich brauche ein vollständiges Bild, das bedeutet, Sie müssen ihn komplett aus dem Leichensack heben.«

»Der Kerl wiegt hundertzwanzig Kilo, mindestens. Das ist unmöglich.«

»Ist Ender noch in der Nähe?«

»Ja, *noch* …«, antwortete der Hausmeister von der Tür her. »Aber nicht mehr lange.«

»Quatsch nicht und pack mit an. Oder willst du als Weichei dastehen?«

»Du weißt, ich kann kein Blut sehen«, sagte Ender, machte aber erste Anstalten, sich dem Tisch zu nähern. Herzfelds Appell an seine Macho-Gene schien zu wirken.

»Du musst die Leiche nur auf die Seite drehen, damit Linda den unteren Teil des Sacks entfernen kann.«

»Alter, dafür schuldest *du* mir jetzt was.« Ender griff sich das gleiche Paar Gummihandschuhe wie Linda, das sich optisch kaum von herkömmlichen Geschirrspülhandschuhen unterschied.

»Gott, ist das 'ne Sauerei«, entfuhr es ihm, als er sich über den Sektionstisch beugte. Dann wandte er sich würgend ab.

»Was ist los?«, fragte Herzfeld.

»Ich glaub, Ihr Freund muss kotzen«, antwortete Linda, da drehte sich der Hausmeister schon wieder zum Tisch.

»Scheiße, muss ich nicht«, keuchte er und deutete auf die Leiche. »Aber der stinkt ja schlimmer als eine Messie-Bude.«

Bestimmt hatte der Körper schon im Freien diese starken Gerüche freigesetzt, nur waren sie am Ufer von den Winden fortgetragen worden.

Es dauerte noch eine Weile, bis Ender sich wieder gesammelt hatte, dann war der Moment gekommen, vor dem Linda sich fürchtete, seitdem sie hier unten im Keller stand: Vorhin am Strand hatte sie die Leiche nicht berühren müssen. Jetzt würde ihr das nicht länger erspart bleiben.

18. Kapitel

Der Arm fühlte sich kalt und feucht zugleich an und war noch schwerer, als er aussah. Durch die dicken Handschuhe konnte sie kaum etwas spüren, was ihr Gehirn nicht davon abhielt, zahllose Bilder auf die Leinwand ihres geistigen Auges zu projizieren. Für einen kurzen, unwirklichen Moment fühlte Linda sich in ihre Kindheit zurückversetzt, als sie ihrer Mutter bei der Zubereitung des Weihnachtsbratens half. Damals hatte sie mit dem Zeigefinger in die Haut des halb aufgetauten Putenschenkels gedrückt und nicht ahnen können, dass sich das kaum von dem Gefühl unterschied, eine menschliche Leiche zu berühren.

»Ihr müsst ihn mit seinem rechten Arm nach links von der Bahre auf den Obduktionstisch rüberziehen«, empfahl Herzfeld, und tatsächlich funktionierte es auf diese Weise problemlos. Ender, der den Rumpf von der anderen Seite des Tisches aus an der Schulter gepackt hielt, um die Leiche seitwärts nach oben zu drücken, presste die Augen fest zusammen. Das war auch besser so, denn dadurch entging ihm, dass sich die angefaulte und vom Regen durchnässte oberste Hautschicht unter Enders Griff mit einem schlürfenden Geräusch vom Körper des Toten löste und wie ein verschrumpeltes Butterbrotpapier an Enders Handschuh kleben blieb. Linda wurde speiübel, konnte den Brechreiz aber unterdrücken, indem sie sich voll und ganz darauf konzentrierte, den massigen Körper Eriks, der sich jetzt in

Seitenlage befand, in der Balance zu halten. Gemeinsam mit dem Hausmeister, der die Augen wieder geöffnet hatte, gelang es ihr, mit einigen schnellen Zügen die untere Hälfte des groben Kunststoffsacks unter dem Körper wegzuziehen, ohne dass die Leiche sich in Rücken- oder Bauchlage drehte. Linda warf die planenartige Hülle achtlos zu ihrer anderen Hälfte neben den Tisch auf den Steinboden.

»Und jetzt?« Ender hatte den Toten wieder auf den Rücken zurückgleiten lassen und betrachtete angewidert seine Handschuhe.

»Jetzt entfernen Sie Hemd und Hose«, forderte Herzfeld.

»Was? Nein, auf keinen Fall«, protestierte Linda.

Ender schüttelte abwehrend den Kopf und trat bereits einen Schritt zurück.

»Darüber haben wir doch schon gesprochen, Linda. Die Leiche muss nackt sein.«

»Darüber haben wir doch schon gesprochen, Herr Professor: Sie müssen verrückt sein.« Sie schüttelte den Kopf. »Ich habe gesagt, ich sehe ihn mir nur von außen an.«

Herzfeld seufzte. »Wie wollen Sie ihn denn von außen betrachten, wenn er noch angezogen ist? Falls er Verletzungen aufweist, werden Sie die so wohl kaum sehen. Das alles ergibt nur Sinn, wenn der Tote unbekleidet ist.«

Während der Professor sprach, meinte Linda eine Frauenstimme im Hintergrund zu hören, ähnlich der eines Navigationssystems, aber sie war sich nicht sicher. Sie fühlte, wie sich ihr Mund mit Speichel füllte. Am liebsten hätte sie geschluckt, aber sie hatte Angst, dass ihre Spucke nach dem Leichengeruch schmeckte, der sich bereits in ihrem Gehirn festgesetzt hatte.

Nur gut, dass mein Handy hier im Keller nicht funktioniert, dachte sie, während sie die Schere am unteren Saum des

T-Shirts ansetzte. *Ich wüsste nicht, was ich Clemens sagen sollte, wenn er mich jetzt anruft: »Ist gerade schlecht, Bruderherz. Erinnerst du dich noch an den Toten, den ich am Strand liegen lassen sollte? Tja, wie das Leben so spielt, ich steh gerade mit Mister Istanbul in der Pathologie und führe so was wie eine ferngesteuerte Obduktion durch. Ich ruf dich später zurück, sobald wir den Brustkorb geöffnet haben …«*

Linda trennte das T-Shirt mittig zwischen dem R und dem I des Erik-Schriftzugs in zwei Teile. Unter dem Stoff quoll der grüngräuliche Ballonbauch des Mannes wie eine Wurst aus seiner Pelle. Im Gegensatz zu den Beinen war der Oberkörper nur schwach behaart. Handbreite Dehnungsstreifen zogen sich wie Narbengeflecht nur wenige Zentimeter unter dem Bauchnabel von einer Seite zur anderen.

Von wegen, Männer haben keine Cellulitis, dachte sie und sah sich nach Ender um. Der Hausmeister nahm gerade eine ähnliche Gesichtsfarbe wie die Leiche an.

»Nein, keine Piercings oder Tätowierungen«, sagte Linda auf Herzfelds Frage nach erkennbaren besonderen Kennzeichen. »Nur eine kleine Narbe unter der linken Brustwarze. Die sieht so aus wie diese Dellen am Oberarm, die man früher von den Impfpistolen bekommen hat, wissen Sie, was ich meine?«

Wieder hörte sie die Frauenstimme, und diesmal konnte es an ihrem Ursprung keinen Zweifel geben, denn sie empfahl Herzfeld, die nächste Ausfahrt zu nehmen.

»Wie sieht es im Schambereich aus?«

»Das ist nicht Ihr Ernst!«

»Linda, meinen Sie, ich mache Witze? Ich würde es nicht verlangen, wenn es nicht notwendig wäre.«

»Ich würde mir eher einen Nagel ins Knie kloppen, als da

unten nachzusehen«, sagte Ender hinter ihr. Seine Bemerkung war wohl als emotionale Schützenhilfe gedacht, doch tatsächlich hatte sie den gegenteiligen Effekt. Linda wusste, es war kindisch, aber ihre Überwindungskraft verdankte sie zu einem großen Teil dem Willen, nicht mit dem Angsthasen von Hausmeister auf einer Stufe zu stehen.
Sie öffnete die Gürtelschnalle. Dann knöpfte sie die Hose auf. Der Rand einer weißen Boxershorts wurde sichtbar. Linda riss die Knopfleiste auf.
Wie ein Unfall. Das alles hier ist wie ein schlimmer Unfall, an dem man vorbeifährt. Man will nicht hinsehen, aber man tut es trotzdem.
»Offenbar hat der Mann sich eingenässt, bevor er starb«, sagte sie mit erstickter Stimme. Sie starrte auf einen dunkelgelben Fleck im Schritt. *Eingenässt, mein Gott. Wieso nennst du es nicht beim Namen? Der hat sich vollgepisst.*
Herzfeld räusperte sich. »Das ist normal. Am besten, Sie schneiden die Hosenbeine mit der Schere auf, dann können Sie die Kleidung besser entfernen.«
Guter Tipp. So brauchte sie Erik nicht anzufassen. Die Schere glitt mühelos durch den Stoff. An zwei, drei Stellen verletzte sie leicht die Oberschenkelhaut, was Linda verschwieg, als wäre sie eine Schülerin, die Angst hat, dem Lehrer einen Fehler zu beichten. Schließlich entfernte sie auf diese Weise auch die Boxershorts. Noch gelang es ihr, sich auf die Stoffreste zu konzentrieren, die sie mit beiden Händen zusammenklaubte und unter der Leiche wegzog, bis diese völlig nackt auf dem Seziertisch lag.
»Irgendwelche Auffälligkeiten?«
Wonach suchen Sie denn, Sie Irrer? Ein Harnröhrenpiercing? Ein Ring im Hodensack? Ein Tattoo auf der Eichel? Dann muss ich Sie leider enttäuschen.

»Nein«, sagte sie und schluckte ihre Wut hinunter. Aus irgendeinem Grund fühlte sie sich gedemütigt durch den Anblick des beschnittenen Geschlechtsteils, das unter einem dichten Schamhaarnest begraben lag.
»Sind seine Beine gespreizt?«
»Ja, etwas. Weshalb ist das wichtig?«
»Weil Sie sich den After ansehen müssen, um …«
»Halt, nein, nein, NEIN!« Linda lachte hysterisch auf und trat kopfschüttelnd vom Tisch zurück. »Auf gar keinen Fall.«
»Beruhigen Sie sich, okay? Ganz ruhig. Ich verstehe, dass das nicht einfach für Sie ist. Im Moment reicht mir nur ein erster Blick, ja? Sagen Sie mir, ob Sie etwas Ungewöhnliches sehen können, wenn Sie ihm zwischen die Beine blicken.«
»Nein.«
»Nein, was?«
»Nein, dem steckt weder ein Pfeil noch eine Axt im Arsch«, brüllte Linda ihre gesamte Anspannung in den Raum. Für eine Weile lang war es ruhig, selbst das Verkehrsrauschen am anderen Ende der Leitung schien verschwunden.
Dann meldete sich Herzfeld wieder. »Gut, das soll fürs Erste genügen.«
»Fürs Erste?« Linda sah sich hilfesuchend nach Ender um, der mit den Achseln zuckte.
»Jetzt nehmen Sie die Pinzette und drehen Sie damit die Augenlider nach außen um«, forderte Herzfeld.
»Bitte was?«
»Einfach unter die Augen fahren und das Lid wie Spaghetti nach außen um die Pinzette eindrehen.«
»Ich habe Sie schon verstanden. Meine Frage ist nur: Wozu der Mist, Dr. Frankenstein?«

Linda rieb sich mit dem Handrücken etwas Schweiß von der Stirn. Ihre Säurenarben brannten, als sie mit dem Gummi ihrer Handschuhe in Berührung kamen.

»Punktförmige Einblutungen in den Augenbindehäuten können auf einen gewaltsamen Erstickungstod hindeuten. Und anders können Sie das nicht überprüfen. Sehen Sie bitte nach, Linda.«

Schön, das ergibt Sinn.

Froh, nicht länger den Unterleib inspizieren zu müssen, griff sie zur Pinzette. Ender stöhnte, als spürte er ihre Handlungen am eigenen Leib, dabei ging Linda so vorsichtig wie möglich vor, um auf gar keinen Fall das Auge des Toten zu beschädigen.

Keine Schmerzen, ein Toter fühlt keine Schmerzen, sagte sie sich, und dennoch zuckte sie wie unter einem Stromschlag zusammen, als ihr die Pinzette ausrutschte und sie der Leiche direkt in das Weiße des Auges stach.

»Ja, hier sind kleine dunkelrote Punkte in den Augenbindehäuten. Wie Sprengsel auf einem Taubenei.«

Herzfeld quittierte diese Nachricht mit einem Grunzen, dann fragte er nach sichtbaren Verletzungen des Halses.

»Nein. Hier ist nichts zu sehen.«

»Und seine Kopfhaut? Fällt Ihnen da etwas auf?«, fragte Herzfeld.

»Er hat etwas Sand in den Haaren, aber es sieht nicht nach Blut oder so aus, wenn Sie das meinen.«

»Schön, dann sparen wir uns vorerst die übliche Rasur und kommen gleich zur Kopfhöhle. Liegt da ein Holz- oder Metallkeil, den Sie der Leiche unter den Rücken schieben können?«

Sie drehte sich zu Ender, der nur mit den Achseln zuckte.

Tolle Hilfe.

»Eher nicht.«
»Egal, es muss auch so gehen. Überstrecken Sie bitte den Kopf ganz weit nach hinten und öffnen Sie die Mundhöhle.«
»Wie oft denn noch? Ich werde den Kerl nicht aufschneiden.«
Herzfeld schnalzte genervt mit der Zunge. »Das müssen Sie vielleicht auch gar nicht. Es reicht fürs Erste, wenn Sie mit den Fingern die Kiefer auseinanderbiegen.«
Ich muss den Verstand verloren haben, sagte sich Linda, nicht zum ersten Mal seit Beginn der Sektion. Ihre Hand schwebte über dem Mund des Toten, die ausgestreckten Finger nur Zentimeter von seinen violetten Lippen entfernt.
»Das ist doch alles nicht normal hier.«
»Doch, Linda, wir gehen hier wie bei einer ganz normalen äußeren Leichenschau vor. Schritt für Schritt, so wie wir es auch bei mir im Institut machen würden. Nur so kann ich sicherstellen, dass wir nichts übersehen.«
»Hilft Ihnen weiter, dass der Typ ein Gebiss trägt?«
Linda wunderte sich immer mehr über sich selbst. Noch half es, dass sie sich vorstellte, sie wäre in einem Erste-Hilfe-Kurs und würde Wiederbelebungsmaßnahmen an einer Puppe üben. Selbst als sie mit ihren Fingern den Kiefer spreizte, hielt sich ihr Ekel in Grenzen. Die Prothese löste sich mit einem langgezogenen, fast unanständigen Schmatzer vom Gaumen und zog einen dicken Schleimfaden hinter sich her, als Linda sie herauszog und auf den Organtisch legte. Sie dachte schon, das Schlimmste wäre überstanden, bis sie den Fehler machte, noch einmal genauer in den Mund zu sehen.
»Da fehlt was«, stöhnte sie und begann zu zittern.

Sie spürte, wie Ender sich ihr von hinten näherte und ebenfalls erschrocken die Luft einsog.

»Ich bin raus aus der Nummer«, hörte sie ihn sagen, dann entfernten sich seine Schritte.

»Moment mal …« Herzfeld klang auf einmal sehr aufgeregt. »Fehlen der Leiche etwa die Kiefergelenke?«

Linda schüttelte den Kopf und führte die Pinzette ein weiteres Mal in die Mundhöhle. Die Finger zitterten wie ihre Stimme: »Nein. Irgendjemand hat der armen Sau hier die Zunge rausgeschnitten.«

19. Kapitel

Die Zunge?

Herzfeld sah zum Seitenfenster hinaus auf die vorbeiziehenden Leitplanken. Es war dunkel, sie hatten Berlin gerade erst hinter Heiligensee verlassen, und es schneite unvermindert, weswegen sie auf der A 24 nur mit Tempo achtzig vorankamen.

Ist die fehlende Zunge etwa schon der angekündigte Hinweis?

»Vielleicht hat er sie verschluckt?«, fragte Linda am Telefon.

»Nein, das ist anatomisch unmöglich.«

Spätestens seitdem Hannibal Lecter im *Schweigen der Lämmer* seinen Zellennachbarn Miggs auf spektakuläre Weise in den Suizid getrieben hatte, indem er ihn dazu brachte, seine eigene Zunge zu verschlucken, glaubten viele Laien, das sei tatsächlich möglich. In Wahrheit aber kann die Zunge allenfalls erschlaffen, nach hinten in den Rachen rutschen und damit die Atemwege blockieren, aber selbst dann hätte Linda den großen Zungenmuskel auf jeden Fall sehen müssen.

»Befindet sich Blut im Mundraum?«, fragte Herzfeld und spielte gedankenverloren an dem Ladekabel, das sein Handy mit dem Zigarettenanzünder von Ingolfs Porsche verband. Zum Glück hatte er daran gedacht, es von zu Hause mitzunehmen.

»Ja, aber nur ein bisschen. Das hat allerdings schon ausgereicht, um Ender in die Flucht zu schlagen«, versuchte sich Linda mit Galgenhumor.

Herzfeld biss sich nachdenklich auf die Unterlippe.

Das alles ergibt keinen Sinn.

Während die fehlenden Kiefergelenke der Frau ihre Identifikation erschwerten, deutete die abgeschnittene Zunge des Mannes auf eine andere Intention des Mörders hin. Das wenige Blut sagte Herzfeld, dass der Schnitt kurz nach dem Todeseintritt durchgeführt worden sein musste. Unmittelbar davor wäre die Blutmenge im Mund sehr viel größer gewesen.

Wie passte das zusammen?

Plötzlich wurde das Bild einer herausgerissenen Zunge von dem seiner lachenden Tochter überlagert, und Herzfeld schüttelte den Kopf, um Hannah aus seinen Gedanken zu vertreiben. Da er zu schwitzen begann, suchte er in der Armada an illuminierten Schaltern im Armaturenbrett nach dem Knopf, mit dem sich die Sitzheizung ausschalten ließ. Dabei fragte er Linda, ob sie eine Möglichkeit habe, ihm ein Foto der Leiche zu schicken. Ingolf zog die Augenbrauen hoch und bedachte den Professor mit einem »Na, das wird ja immer besser«-Blick.

Nicht der erste seit Beginn ihrer Fahrt, die laut Anzeige des Navigationssystems noch vier Stunden und siebenunddreißig Minuten dauern sollte, bis sie in Cuxhaven die Fähranlegestelle nach Helgoland erreicht haben würden. Es war nicht zu übersehen, dass der Praktikant darauf brannte, endlich eingeweiht zu werden. Vermutlich bereute Ingolf seine Hilfsbereitschaft bereits, aber offenbar hoffte er, mit dem Fahrdienst seinen Patzer von heute Morgen wiedergutmachen zu können. Er hatte mehrmals nachgefragt, ob

Herzfeld ihm eine zweite Chance im Obduktionssaal geben würde, wenn das Wochenende vorbei war. *»Dann komme ich auch mit Brillenband, Professor. Ich schwöre es.«*
»Ich habe weder ein Fotohandy noch Netz hier unten«, antwortete Linda.
Also gut, dann musste es bei dieser telefonischen Ferndiagnose bleiben.
Vorerst.
Herzfeld deutete auf die Rücklichter eines Kleinwagens, dem Ingolf seiner Meinung nach viel zu dicht auffuhr, und fragte: »Wenn Sie die Pinzette nach oben Richtung Gaumen einführen, stoßen Sie da auf einen Fremdkörper?«
»Nein, es fühlt sich weich an.«
»Verstehe.«
Anders als bei der Frauenleiche hatte der Täter diesen Schädel nicht von der Mundhöhle aus geöffnet, um darin etwas zu plazieren. Die fehlenden äußeren Kopfverletzungen sprachen auch nicht dafür, dass von anderer Stelle aus ein Loch in den Schädel gefräst worden war, vorausgesetzt natürlich, Linda hatte bei ihrer oberflächlichen Betrachtung nichts Wesentliches übersehen.
»Wie sieht es tief im Rachen aus?«
»Ich kann nichts erkennen, aber ich hab auch keinen Röntgenblick.«
»Haben Sie eine Taschenlampe?«
»Ich hab mein Handy. Das Display gibt etwas Licht.«
»Gut, versuchen Sie es damit und stellen Sie sich direkt hinter den Kopf. Dann gehen Sie etwas in die Knie und leuchten von oben in den geöffneten Mund.«
»Oh Mann, das darf doch alles nicht wahr sein …« Linda schimpfte vor sich hin, schien aber seine Anweisungen zu befolgen, denn auf einmal schrie sie auf: »Da ist was!«

»Was?«
»Keine Ahnung. Ist gelb. Sieht aus wie Plastik. Steckt tief unten im Hals.«
Herzfeld spürte sein Herz schneller schlagen.
»Okay, holen Sie es raus.« Pause. Er hörte ein angestrengtes Stöhnen, während Ingolf die Spur wechselte, um ein Streufahrzeug zu überholen. Für einen Moment war das Gespräch vollständig von dem Knistern und Knacken auf den Wagen einprasselnder Salzkörner übertönt. Erst als sie den Laster passiert hatten, konnte Herzfeld wieder verstehen, was Linda sagte: »… geht nicht.«
»Was geht nicht?« Er verkrampfte auf seinem Sitz.
»Es sitzt zu fest. Ich rutsche mit der Pinzette immer wieder ab. Und ganz ehrlich, ich hab auch langsam keinen Bock mehr, einer Leiche im Mund rumzustochern.« Lindas Stimme begann sich vor Wut und Ekel zu überschlagen.
Herzfeld zwang sich, ruhig zu bleiben, obwohl er wusste, dass er im wahrsten Sinne des Wortes sehr wahrscheinlich nur noch wenige Zentimeter von dem nächsten Hinweis entfernt war, den der Entführer für ihn versteckt hatte.
»Ich kann Ihren Widerwillen gut verstehen, Linda. Legen Sie die Pinzette beiseite, so funktioniert das nicht.«
Linda klang erleichtert: »Sie meinen, wir warten ab, bis Sie da sind?«
»Nein. Ich meine, Sie werden jetzt doch den Hals aufschneiden müssen.«

20. Kapitel

Helgoland.

Alles spricht dafür, dass der Gegenstand eine Kapsel ist, so wie bei der ersten Leiche. Wollen Sie nicht auch wissen, welche Nachricht darin aufbewahrt ist, Linda?«

»Nein.«

Sie zog im Gehen die Handschuhe ab und warf sie in das Waschbecken neben dem Ausgang. Ender hatte die Tür einen Spalt offen gelassen, durch den sie nun mit dem Telefon in der Hand in den Flur hindurchschlüpfte.

»Ich leg jetzt auf.«

»Nein, warten Sie. Hören Sie mir zu, bitte.«

Linda blieb stehen und sah sich orientierungslos um. Für einen kurzen Moment hatte sie vergessen, ob die Fahrstühle rechts oder links vom Sektionssaal lagen. »Sie können mir versprechen, dass im Himmel Jahrmarkt ist, aber ich werde kein Messer in diesen Mann hineinstechen.«

»Beantworten Sie mir bitte eine einzige Frage!«

»Ob Sie den Verstand verloren haben? Ja, ganz eindeutig.«

Linda sog gierig die Luft ein, doch merkwürdigerweise wollte der Leichengeruch nicht aus ihrer Nase verschwinden.

Herzfeld fragte: »Was, wenn die Hinweise mich nicht zu Leichen führen sollen, sondern zu Menschen, die noch am Leben sind? Vielleicht habe ich den ersten Hinweis auf Erik einfach zu spät gefunden? Möglicherweise sind wir Teil eines ebenso perfiden wie ausgeklügelten Spiels, und in dieser Leiche vor Ihnen steckt der Name eines Opfers, das noch gerettet werden kann. Und jede Sekunde, die wir hier miteinander diskutieren, gefährdet diese Rettung. Wollen Sie wirklich riskieren, dass wir zu spät kommen?«

»Das sind alles nur Hypothesen.« Linda hatte den Fahrstuhl erreicht.

»Die gelbe Plastikkapsel im Hals dieses Mannes ist keine Hypothese. Sie ist real. Sie können sich jetzt zurücklehnen und warten, bis ich bei Ihnen bin. Oder wir nutzen die Zeit, die uns zwischen den Fingern zerrinnt, und retten damit vielleicht ein Menschenleben.«

Linda lachte gekünstelt und drückte auf den Liftknopf. »Das ist doch absurd. Hören Sie auf, mich anzulügen, Professor.«

»Wie meinen Sie das?«

»Es geht Ihnen nicht um irgendwelche fremden Opfer. Es geht Ihnen einzig und allein um Ihre Tochter.«

Herzfeld sagte eine Weile lang nichts, dann schien es Linda, als höre sie ein Zittern in seiner Stimme, was aber auch an den Verkehrsgeräuschen liegen mochte, die mit seiner Frage übertragen wurden.

»Haben Sie Kinder?«

»Ich bin vierundzwanzig«, sagte sie mit ihrer »Gott bewahre«-Stimme.

»Wollen Sie mal welche haben?«

Sie schnaubte in den Hörer. »Wenn der Richtige kommt.« *Und wenn der Falsche für immer gegangen ist.* »Ja. Ich liebe Kinder. Ich bin selbst noch eins. Würde ich sonst Comics zeichnen?«

»Okay, dann haben Sie also schon mit dem Gedanken gespielt. Sie wissen noch nicht, wie es sich anfühlt, eine Mutter zu sein, aber Sie haben eine gewisse Vorahnung, hab ich recht?«

Laut Anzeigetafel setzte sich der Fahrstuhl vom ersten Stock aus in Bewegung.

»Ich weiß, worauf Sie hinauswollen, Professor. Und ja, ich an Ihrer Stelle würde genauso handeln, wenn mir jemand meine Tochter weggenommen hätte. Und trotzdem sind Sie ein verdammtes Arschloch, dass Sie mich so unter Druck setzen, einen Menschen aufzuschlitzen.«

»Linda?«

»Ja?«

Sie fragte sich, mit welchem fadenscheinigen Argument er als Nächstes kommen würde, um sie zur Rückkehr in den Sektionssaal zu überreden. Sie hatte mit allem gerechnet. Nicht aber damit, dass er sie zum Lachen brachte: »Wenn ich mich schon als Arschloch beschimpfen lassen muss, können wir uns dann wenigstens duzen?«

Ihr Lachen schallte durch den Flur. Es war nicht so befreiend, wie sie es sich gewünscht hätte, aber zumindest konnte ein Teil der aufgestauten Anspannung mit ihm entweichen. Dann öffneten sich die Fahrstuhltüren, und ihr Lachen ging nahtlos in einen langgezogenen Schrei über.

21. Kapitel

In der Hölle.

Wie lange war er schon weg?

Sie hatte kein Zeitempfinden mehr. Sie wusste nicht, ob sie nie eins besessen hatte oder ob es ebenso wie die Erinnerungen an ihren Namen, ihre Familie und die Umstände ihrer Entführung verschwunden war.

»Besser, du nutzt die Zeit, die dir noch bleibt«, hatte die Bestie ihr empfohlen, bevor er ihre Fesseln gelöst und sie alleine im Kellerverlies zurückgelassen hatte. Sie wusste nicht, was er damit gemeint haben konnte. *»Irgendwann komme ich wieder«*, hatte er gesagt – ein möglichst unbestimmtes Ultimatum, damit sie jede Sekunde in Angst vor seiner Rückkehr lebte. Er hatte ihre Lederfesseln gegen schreckliche Bilder in ihrem Kopf eingetauscht: von verstümmelten Frauen, blutenden Genitalien und rostigen Beschneidungswerkzeugen.

Wie lange war das her? Wie lange habe ich auf der Metallpritsche gelegen und versucht, gegen meinen Schmerz zu atmen? So wie es mir Papa beigebracht hat – früher, als wir zusammen joggen waren und ich Seitenstiche bekam.

Stunden? Tage? Ihr Peiniger zögerte die Zeit hinaus, in Vorfreude darauf, was er ihr als Nächstes antun würde.

»Ganz gleich, was ich mache … Du wirst es nicht überleben.«

Die erste Zeit, die er fort war, hatte sie sich kaum bewegt. Jedenfalls nicht willentlich, denn ihre Beine zitterten ununterbrochen, ebenso wie ihre Bauchdecke. Sie wagte es nicht, sich zwischen den Beinen zu berühren. Schon der Gedanke daran ließ die Schmerzen wieder aufflammen. Außerdem geilte der Wahnsinnige sich garantiert daran auf, wenn sie aufstehen und zu dem Waschbecken an der Wand gehen würde, um wenigstens das Blut von den Schenkeln zu reiben.

Fließt es eigentlich noch immer? Oder bilde ich mir das nur ein, weil ich ständig Blut im Mund schmecke?

Sie war sich sicher gewesen, nicht einmal die drei Schritte von der Pritsche bis zum Waschbecken zu überstehen. Am Ende würde die ewig blinkende Videokamera da oben nur ihren Sturz im Bunker festhalten.

Bunker, so nannte sie ihr Verlies wegen der dunkelgrauen, nackten Betonwände; grell erleuchtet von einer einzigen Glühbirne, die in ihrer Fassung am Kabel lose über einem Fleischerhaken von der Decke hing.

Einmal schon, kurz nachdem er weg war, hatte sie es gewagt, den Kopf zu heben, aber ihr war sofort schwarz vor Augen geworden. Jetzt versuchte sie es erneut.

Die Übelkeit, die sich bereits beim ersten Versuch eingestellt hatte, setzte wieder ein, doch jetzt war es besser auszuhalten, was darauf hindeuten mochte, dass einige Zeit vergangen war.

Zu viel Zeit?

Sie biss die Zähne zusammen, musste aber trotzdem aufschreien, als sie endlich auf beiden Füßen stand.

Ihre Beine waren nicht mehr vorhanden, zumindest fühlte es sich so an. Sie waren taub. Um nicht sofort wieder umzuknicken, ging sie in die Knie und kroch wie ein Baby auf allen vieren. Der Fußboden roch nach Staub und Ausscheidungen, vermutlich nach ihren eigenen, und sie wimmerte bei jeder Krabbelbewegung, mit der sie sich frische Druckstellen an den Knien zufügte.

Bitte, lieber Gott, lass ihn nicht ausgerechnet jetzt zurückkommen, betete sie in Gedanken. Die Vorstellung, er könne sie wie ein Hund am Boden kriechen sehen und sich daran aufgeilen, trieb sie zur Eile.

Aber wohin?

Sie wollte sich im Bunker umsehen, verlor darüber das Gleichgewicht und schrie auf, als sie auf die Seite mit den gebrochenen Rippen fiel. Komischerweise konnte sie sich an fast alle Einzelheiten der Vergewaltigungen erinnern, nicht aber, wie sie zu den Verletzungen im Brustkorb gekommen war, weshalb sie vermutete, dass sie bei der Entführung entstanden sein mussten.

Verdammt …

Als der stechende Schmerz etwas nachließ und sie sich die Tränen aus den Augen gewischt hatte, erkannte sie, dass sie in die falsche Richtung gekrochen war.

Bislang hatte sie es zum Ausgang hingezogen, auch wenn sie gehört hatte, wie ihr Peiniger die Brandschutztür mehrfach verriegelt hatte.

Jetzt, wo sie wieder zu ihrer Pritsche *(meinem Totenbett)* zurückblickte, sah sie erstmals den Karton. Er stand direkt unter dem Kopfende.

Was mag da drin sein?

Hoffnung flammte in ihr auf, und auch dieses Gefühl schmerzte, wenn auch nicht so sehr wie der Weg zurück über den Beton. *Denn Hoffnung ist nichts anderes als eine Scherbe im Fuß,* hatte sie irgendwo einmal gelesen, *die ewig schmerzt, bis man sie endlich herauszieht.*

Natürlich würde in dem Karton nicht der Schlüssel in die Freiheit liegen, das war ihr klar.

Oder doch? Immerhin hat er mir die Fesseln abgenommen. Sie hoffte auf Kleidung, vielleicht eine Flasche Wasser und etwas zu essen.

Meine Henkersmahlzeit?

Mit der Hoffnung hatten sich auch Hunger und Durst zurückgemeldet. Alles Empfindungen, für die sie keine Verwendung gehabt hatte, als ihre Welt nur aus Schmerz bestand.

Wer denkt schon ans Essen, wenn er stirbt?

Es dauerte quälend lange Minuten, bis sie es endlich geschafft und die Pappkiste erreicht hatte, die hier schon eine ganze Weile stehen musste. Die Seitenränder waren dunkel verfärbt durch die Feuchtigkeit, die vom Boden aufstieg.

Mit hastigen Bewegungen bog sie die Falzlaschen auseinander, öffnete den Karton und sah hinein.

Was zum Teufel …?

Kein Schlüssel. Kein Wasser. Keine Kleidung.

Wäre sie nicht so erschöpft gewesen, wäre sie zurückgewichen aus Angst vor der Schlange, die sich am Boden des Kartons schlängelte. Erst beim zweiten Hinsehen bemerkte sie, dass ihre auf Tod und Verletzungen programmierte Phantasie ihr einen Streich gespielt hatte. In dem Umzugskarton befand sich kein lebendiges Wesen, schon gar keine Schlange, sondern …

Ein Seil?

Nein, korrigierte sie sich selbst, nachdem sie in den ansonsten leeren Karton gegriffen hatte und daran zog. Kein Seil.

Das ist ein Strick.

Sie zog jetzt mit beiden Händen, so lange, bis sie sein Ende in der Hand hielt. Dann fing sie an zu schreien, denn es sah genauso aus, wie sie es befürchtet hatte.

»Besser, du nutzt die Zeit, die dir noch bleibt«, erinnerte sie

sich an die letzten Worte des Mannes, dem sie seit Tagen ausgeliefert war, und sah verzweifelt nach oben, hoch zu dem Fleischerhaken, an dem die Deckenlampe hing.
Wie gemacht für den Strick in ihren Händen, dessen Ende zu einer Schlinge geformt war.

22. Kapitel

Herzfeld hatte nicht den blassesten Schimmer, wo sie gestrandet waren. Ingolf war irgendwo in Brandenburg von der Autobahn abgefahren, um eine Tankstelle zu finden, nachdem sich über viele Kilometer hinweg keine Raststelle angekündigt hatte. Jetzt standen sie an einem dieser austauschbaren Autohöfe, die überall in der Republik gleich aussahen, mit einem Tankshop, der wie eine Shoppingmall aufgebaut war, inklusive Fast-Food-Counter und Café-Ecke, in der Herzfeld sich gerade an einem doppelten Espresso festhielt, während der Praktikant auf die Toilette gegangen war. Zuvor hatte Ingolf ihn mit Fragen gelöchert, an was für einem ungewöhnlichen Fall er denn gerade arbeite, der diese merkwürdigen Gespräche und die Fahrt Richtung Helgoland erfordere, noch dazu an einem Tag, an dem der Professor sich krankgemeldet habe. Herzfeld hatte ihn mit einem Verweis auf seine ärztliche Schweigepflicht vertröstet, wusste aber, dass er ihn früher oder später einweihen musste, wenn diese Irrfahrt wirklich andauern sollte. Doch alles zu seiner Zeit. Erst einmal musste er wieder Kontakt zu Linda aufnehmen.

»Was war denn da los bei Ihnen?«, fragte er, bemüht, nicht zu laut ins Telefon zu sprechen. Herzfeld hatte extra einen Platz etwas abseits gewählt, aber kaum hatte er Linda endlich erreicht, setzte sich ein Pärchen an den Nachbartisch, nur eine Plastikpalme von ihm getrennt.

»Wieso haben Sie aufgelegt?«
»Ich dachte, wir duzen uns.«
Herzfeld lächelte. »Okay, gerne. War das etwa ein Schrei, bevor du aufgelegt hast?«
»Tut mir leid. Ich dachte, ich hätte Danny gesehen.«
»Danny?«
»Mein Ex-Freund, er ... ach ... vergiss es.«
»Moment mal, dein Freund ist bei dir?«
»Nein. Hör mal, ich bin nervlich überdreht, ja. Mein Ex hat sich im letzten Jahr als Stalker entpuppt, und ich bin auf die Insel geflohen, um Abstand von dem Schrecken zu gewinnen, was mir ehrlich gesagt nicht ganz so gut gelingt, wenn ich in meiner Freizeit Leichen aufschneiden soll. Kein Wunder also, dass ich hier unten Gespenster sehe. Als der Fahrstuhl aufging, huschte hinter mir im Spiegel ein Schatten vorbei. War aber bestimmt nur meine Einbildung. Wie gesagt, meine Nerven sind im Moment nicht die allerbesten.«
»Dann ist ja gut. Ich hab mir Sorgen gemacht. Wo bist du jetzt?«
»Wieder im Sektionssaal.«
Herzfeld atmete erleichtert aus.
»Ich hatte Angst und wollte mir ein Messer holen«, schob Linda sogleich hinterher, um Missverständnissen vorzubeugen. »Um mich zu verteidigen. Nicht um Erik aufzuschneiden.«

Über vierhundert Kilometer Luftlinie von Herzfeld entfernt betrachtete Linda ihr Spiegelbild in der Klinge des Seziermessers. Hätte sie es nicht besser gewusst, hätte sie die dunkel geränderte Augenpartie einer vierzigjährigen Frau zugeordnet.

»Du darfst es nicht wie einen Bleistift oder Essbesteck halten, Linda. Greif es mit der ganzen Faust, wie einen Dolch.«

»Du lässt nicht locker, was?«

»Du kennst meine Gründe.«

Sie seufzte. Mittlerweile war ihr der Anblick der Leiche beinahe schon vertraut. Würde sie jetzt an ihren Schreibtisch gehen, könnte sie den übergewichtigen Mann mit den Storchenbeinen in allen Einzelheiten aus dem Gedächtnis heraus zeichnen. Irgendwie half ihr der Gedanke, sich den Toten als abstrakte Vorlage einer Übung an der Kunsthochschule vorzustellen, um noch mehr Distanz aufzubauen.

»Also schön, gesetzt den Fall, ich schaffe es, mich nicht vollzukotzen, was müsste ich tun?«

In Wahrheit hatte sie längst den Entschluss gefasst weiterzumachen, und das hatte der Schreck am Fahrstuhl bewirkt. Vorhin noch hatte sie geglaubt, ihren Ekel nicht überwinden zu können, doch kaum hatte sie den Seziersaal verlassen, hatte sie nicht Danny, sondern ein anderer, ebenso zerstörerischer Bekannter von hinten angesprungen: ihre Angst.

Sicher, während sie Erik ausgezogen und ihm in den Mund geschaut hatte, war ihr schlecht geworden. Abscheu und Widerwille hatten sich in ihr breitgemacht. Aber Angst? Nein. Dafür hatte es keinen Platz gegeben. Danny war für wenige Stunden vollkommen aus ihrem Bewusstsein verdrängt gewesen. Und damit hatte diese »ferngesteuerte« Leichenschau etwas erreicht, was ihr in den vergangenen Wochen und Tagen selbst im Schlaf nicht gelungen war. So unangenehm es auch war, mit einer Leiche im selben Raum zu sein, ihren immer intensiver werdenden Duft zu teilen ... – *sie zu berühren!* – jedes damit verbundene Gefühl war immer noch besser als diese irrationale, beklemmende Panik, unter der sie jetzt schon seit Monaten litt und vor der sie sogar bis nach Helgoland geflohen war.

Lieber kotzen als fürchten.

Sie musste grinsen, als sie darüber nachdachte, dass sie den Spruch auf ein T-Shirt drucken würde, wenn das hier alles vorbei war. Vielleicht würde sie ihn sogar einem ihrer Comichelden in den Mund legen.

»Setz das Messer unter der Kinnspitze an, drück es fest ins Fleisch und zieh es in einem Schnitt bis zum Brustbein nach unten«, forderte Herzfeld.

Mittlerweile hatte sie wieder Handschuhe und Gummischürze an. Frisches Wasser lief aus der Handbrause in das Auffangbecken am Fußende. Sie wollte gar nicht daran denken, womit es sich gleich mischen würde, wenn sie die Anweisungen befolgte.

»Ist das eigentlich erlaubt?«, fragte Linda mit Blick auf den Hals der Leiche. Der Mann musste sich kurz vor seinem Tode rasiert haben, sie konnte kleine Schnittwunden erkennen, die die Klinge in der grobporigen Haut hinterlassen hatte.

»Ich meine, das alles hier darf ein Laie doch gar nicht, hab ich recht?«

»*Ich* darf das, Linda. Du bist mein verlängerter Arm. Mach dir keine Sorgen, ich übernehme die volle Verantwortung.«

»Auch für meine Alpträume?«

Herzfeld schwieg am anderen Ende der Leitung.

Sie atmete einmal tief durch, dann setzte sie an.

Die scharfe Spitze der Klinge drang widerstands- und geräuschlos durch die Oberhaut. Sie hatte Blut erwartet, wenigstens ein dünnes Rinnsal, das aus der Schnittwunde austrat, aber es floss nicht ein Tropfen.

Hättest ruhig hierbleiben können, du Feigling, dachte Linda an Ender. Dann sprach sie zu sich selbst: »Das ist kein Mensch. Keine Haut. Das ist nur eine Puppe.« Tatsächlich fühlte es sich an, als glitte ein Teppichmesser durch feste Knetmasse. Die Haut teilte sich mühelos, und die Schnittränder bildeten zwei gelbrandige Kanten, die auseinanderklafften und den Blick auf bräunlich rote Muskulatur freigaben.

»Bist du fertig?«, fragte Herzfeld.

»Mental oder körperlich?«

»Sobald du den Brustkorb erreicht hast, setzt du erneut am Kinn an, aber diesmal schneide bitte rechts und links am Unterkiefer entlang.«

»Wieso flüsterst du auf einmal?«, wollte Linda wissen, und Herzfeld erklärte ihr, dass er nicht ungestört reden könne, weil jemand am Nachbartisch zuhörte.

Am Nachbartisch? Wo zum Teufel treibst du dich rum, während ich hier deine Drecksarbeit verrichte?

Lindas Anspannung schlug in Wut um: »Scheiße, kann ich nicht einfach durch den Hals stechen und das gelbe Ding da rausschneiden? Ich kann sogar von außen sehen, wo die Kapsel eine Beule wirft.«

»Auf keinen Fall. Mach es bitte genau so, wie ich es sage. Sonst könntest du den Gegenstand kaputt machen und alle Informationen zerstören.«

»Moment mal.« Linda setzte das Messer ab, mit dem sie bereits die Haut unter dem rechten Unterkieferknochen aufgetrennt hatte. »Kann das Teil explodieren? Ich meine, was, wenn es eine Bombe ist?«

»Das ist unwahrscheinlich. Hätte der Täter mich auf diese Weise töten wollen, hätte er den Sprengkörper schon in der ersten Leiche deponiert.«

Herzfeld klang bestimmt, aber nicht restlos überzeugt. Offenbar hatte er noch nicht an diese Möglichkeit gedacht.

»Dein Wort im Gehörgang des Psychopathen«, sagte Linda und machte sich wieder ans Werk. Als sie fertig war, fragte sie, ob es ein Problem sei, dass sie grobe Zacken geschnitten hatte. Rechts und links von der Luftröhre aus bildete das Schnittmuster zwei rechtwinkelige Dreiecke.

»Du machst das sehr gut«, lobte Herzfeld, obwohl er das Ergebnis ihrer Arbeit nicht sehen konnte.

Linda wusste, dass es nur eine Phrase war, dennoch beruhigte sie seine einfühlsame Stimme ein wenig. »Und jetzt?«

»Jetzt brauchst du beide Hände. Eine Hand fürs Messer, die andere für die Pinzette.«

Linda griff sich das Instrument vom Beistelltisch. Durch den Hörer schien das Klappern von Geschirr zu dringen. War der Kerl etwa *essen*?

»Mach es genauso wie eben beim Augenlid«, flüsterte der Professor jetzt wieder, nachdem er zuvor etwas lauter gesprochen hatte. »Halte eine Hautfalte fest und unterminiere mit der Klinge das Fettgewebe.«

»Unterminiere?«

»Sorry. Ich wollte sagen: Zieh die Haut nach oben, so weit es irgend geht, und löse das Fettgewebe darunter mit horizontalen Schnitten ab. Du musst die Klinge waagerecht halten und mit der Schneide jeweils zu den seitlichen Partien des Brustkorbs hinarbeiten. Ist ähnlich wie beim Filetieren.«

»Paul?«

»Ja?«

»Tu mir einen Gefallen und lass die Vergleiche, in denen Lebensmittel oder Kochmetaphern vorkommen. Mir ist auch so schon schlecht genug.«

Herzfeld entschuldigte sich ein zweites Mal.

Kein Mensch. Nur eine Puppe. Du bist im Kunstunterricht und sollst später die Eingeweide dieser Puppe zeichnen.
Die Haut löste sich unter dem Messer wie ein Stück Teppich von seinem Kleber. Als sie den Unterkieferbereich samt Hals auf diese Weise freigelegt hatte, konnte sie von der unteren Kinnspitze direkt in den Mund sehen.
»Dem steckt noch ein Stück Fleisch im Mund«, keuchte sie.
»Das ist der Zungengrund, wie wir es nennen. Der Täter wird nicht die ganze Zunge abgeschnitten haben. Du kannst den Stumpf ganz einfach …«
»… abschneiden«, vervollständigte Linda.
»Nein, nicht *abschneiden.* Du musst den Zungengrund *herausschneiden.* Stich die Spitze des Messers direkt in der Mitte des Unterkiefers im Mund nach unten, zirka fünf Zentimeter tief, direkt hinter den unteren Schneidezähnen. Dann ziehst du die Messerschneide an der Rückseite beider Unterkieferäste, direkt auf dem Knochen, nach links und rechts. Mit einer Klemme oder Pinzette fasst du das, was von der Zunge übrig geblieben ist, und ziehst es zu dir heran. Dann schneidest du mit dem Messer durch die Schleimhaut des Rachens, einmal durch das Zäpfchen hindurch. Und schon kannst du den Rest der Zunge ganz einfach herausziehen.«
Mit ekelverzerrtem Gesicht und mehrfach laut würgend folgte Linda Schritt für Schritt Herzfelds Anweisungen und trennte den blutigen Klumpen des amputierten Zungenmuskels aus dem Schlund des Toten heraus und legte ihn auf den Organtisch. Das Wasser im Ablaufbecken hatte sich blassrosa gefärbt, während Lindas Gesichtsfarbe zwischen Aschfahl und Kalkweiß wechselte.
Von da ab ging alles sehr schnell. Herzfeld wies sie an, den Kehlkopf von außen genau in der Mitte in Längsrichtung

mit der Spitze des Messers aufzuschneiden und dann den Knorpel wie bei einem Cocktailshrimp auseinanderzuziehen, bis ihr die gelbe Kapsel in die Hand fiel.
Linda war viel zu aufgeregt, als dass sie sich über den erneuten Lebensmittelvergleich hätte aufregen können. Und auch als sich der Adamsapfel des Toten mit einem lauten Knacken in ihren Händen in zwei Hälften teilte und ihr ein rundlicher gelber Gegenstand aus der Tiefe des Kehlkopfs entgegenleuchtete, überwogen ihre Neugier und Anspannung jegliches Ekelgefühl.
»Du wirst nie erraten, was dem im Hals gesteckt hat«, wollte sie gerade noch sagen, doch sie kam nicht mehr dazu. Das verhinderte das Geräusch, das sie im ersten Moment für eine Explosion hielt.
Linda fuhr herum und starrte mit angstgeweiteten Augen zur Tür. Als sie erkannte, wer für den Lärm verantwortlich war, hätte sie am liebsten das Seziermesser nach dem Hausmeister geworfen.
»Scheiße, bist du verrückt geworden?«, brüllte sie gegen den laut wummernden Krach an. Sie hatte so konzentriert gearbeitet, dass sie Enders Rückkehr nicht bemerkt hatte. Er hatte eine bierkastenförmige, tragbare Stereoanlage in den Saal geschleppt und mit voll aufgedrehten Lautstärkereglern in Funktion gesetzt.

»Hallo, was zum Teufel ist da los bei euch?«, wollte Herzfeld wissen, jetzt, da Ender den Pegel nach unten korrigiert hatte und man erkennen konnte, dass das kein Thrash-Metal war, der aus den Lautsprechern schallte, sondern herkömmliche Diskomusik.
»Sorry, meine Schuld. Wusste nicht, dass das Ding so laut eingestellt war.« Der Hausmeister zog ein zerknirschtes

Gesicht und drehte den CD-Player noch etwas leiser. »Hab das Teil aus meinem Büro geholt. Dachte, es würde die Sache etwas auflockern. Ich meine, bei Dr. Starck hören sie doch auch immer Musik.«

»Dr. *Wer?*«, fragte Linda entgeistert.

»Starck. Eine bescheuerte Arztserie im Fernsehen«, antwortete Herzfeld durchs Telefon. »Und soweit ich das hören kann, ist das Lady Gaga und keine Musik.«

Linda musste lachen. »In diesem Punkt sind wir uns mal einig, Professor.«

Sie bückte sich, um den Gegenstand aufzuheben, der ihr eben vor Schreck aus der Hand gefallen war.

»Moment mal. Ist das ein Witz? Das Ding da haben Sie gerade aus dem Mann herausgeholt?« Ender näherte sich aufgeregt dem Seziertisch, drehte aber wieder ab, als er das blutige Wasser im Auffangbecken sah.

»Ja«, bestätigte Linda. »Ein Überraschungsei.«

»Ein was?«, fragte Herzfeld.

»Genauer gesagt, die gelbe Plastikschale vom Ü-Ei, in der immer das Plastikspielzeug steckt.«

»Oder eine andere Überraschung«, ergänzte Ender, ohne sich der Doppeldeutigkeit seiner Bemerkung bewusst zu sein.

»Soll ich sie öffnen?«

Diesmal wartete Linda die Anweisungen Herzfelds nicht mehr ab. Die Neugier hatte sie gepackt.

»Könnte ein Foto sein«, sagte sie, während sie das eingerollte Papier herausholte und vor der Arbeitslampe über ihrem Kopf gerade zog.

»Was ist drauf? Können Sie etwas erkennen?« Herzfeld klang nervös. Sie hörte einen Stuhl rücken, als wäre er ruckartig aufgesprungen.

»Eine Frau. Graues Haar, rundes Gesicht. Sieht aus wie die typische Oma in der Werbung.« Sie zuckte mit den Achseln. »Ich hab sie nie zuvor in meinem Leben gesehen.«

»Darf ich mal«, fragte Ender, und wieder schrak sie zusammen, weil sie nicht bemerkt hatte, wie er hinter sie getreten war, um auch einen Blick auf das Bild werfen zu können. Der Hausmeister trat noch einen Schritt näher und beäugte die Fotos mit schief gehaltenem Kopf. »Leck mich am Arsch, wenn das nicht die alte Friederike Töven ist«, sagte er schließlich.

»Du kennst sie?«, fragten Linda und Herzfeld fast gleichzeitig.

»Nein, nicht direkt.« Ender kratzte sich besorgt am Hinterkopf. »Ich weiß aber, wo sie wohnt.«

23. Kapitel

Wie geht es Ihnen, Herr Professor?«

»Gut, äh, das heißt ...«, fast hätte Herzfeld vergessen, dass er sich offiziell ja krankgemeldet hatte, »... es geht besser, ich denke, ich werde am Montag wieder fit sein.«

»Schön zu hören«, sagte seine Sekretärin erleichtert am anderen Ende der Leitung.

Babettes Sorge war nicht gespielt. Die Siebenundvierzigjährige, die man auf den ersten Blick mit einem Mann verwechseln konnte, war die Glucke des BKA. Von den meisten Mitarbeitern wurde sie »Mutti« genannt, und das nicht nur in Anspielung auf ihre sechs Kinder.

»Sind Sie gut versorgt? Soll ich Ihnen eine Hühnersuppe bringen?«

»Nein danke, sehr liebenswürdig.« Herzfeld wünschte, es wäre wirklich nur eine Magen-Darm-Grippe, an der er litt. Er würde jede Krankheit der Welt in Kauf nehmen, wenn das seine Tochter retten würde.

»Der Personalrat ist sehr aufgeregt, weil Sie sich krankgemeldet haben und den Termin nicht wahrnehmen werden, Herr Professor.«

Ach ja, richtig. Herzfeld betrachtete die blaugrün geschwollenen Finger der rechten Hand. Nichts war ihm jetzt gleichgültiger als die Folgen seiner Schlägerei mit dem Tierquäler. Sollten sie ihn doch rausschmeißen. Mittlerweile hatte er Beweise unterdrückt und eine Frau angestiftet, die Totenruhe eines potenziellen Mordopfers zu stören. Gründe gab es also genug.

»Sie müssen in meinem Computer etwas nachsehen«, bat er seine Sekretärin, während er gemeinsam mit Ingolf wieder in den Porsche stieg. Neben ihnen versuchte ein verzweifelter Autofahrer, seine vereisten Wischwasserleitungen mit heißem Wasser aufzutauen. Auf Ingolfs Windschutzscheibe haftete nicht eine einzige Schneeflocke. Er hatte während ihrer kurzen Rast die Standheizung laufen lassen.

»Sie sind ja noch eingeloggt, Herr Professor«, sagte Babette kurze Zeit später tadelnd. »Was soll ich machen?«

»Friederike Töven. Sehen Sie bitte nach, ob Sie über diese Frau etwas in meinen Dateien finden.«

Kaum hatte Ender den Namen vorhin laut ausgesprochen, hatte Herzfeld sich gefühlt, als wäre er durch eine wichtige Prüfung gefallen. *Töven.* Er hatte den Namen schon einmal gehört oder gelesen, dessen war er sich sicher. Nur zu dumm, dass er sich nicht an den konkreten Zusammenhang erinnern konnte.

»Ich habe einen Termin in meinem privaten Kalender, weiß aber nicht mehr, wieso«, log Herzfeld.

»Mit oder ohne Umlaut?«, fragte Babette nach der Schreibweise.

»Notiert hab ich ihn mir mit ö und v. Am besten, Sie suchen den Namen in allen Varianten. Es kann eine Patientin sein, eine Kollegin, eine Polizistin oder der Name eines Falls.«

»Oje, Herr Professor. Sie sind doch sonst nicht so vergesslich. Ihnen muss es wirklich schlechtgehen. Sind Sie sicher, dass ich nicht doch besser mit Tee und warmen Wickeln vorbeikommen soll?«

Herzfeld spürte, wie er in die Sitze gedrückt wurde, und hoffte, Babette würde sich nicht über das Motordröhnen

des Porsches wundern, der gerade den Landstraßenzubringer Richtung Autobahnauffahrt entlangschoss.
»Starten Sie einfach den Suchlauf, das wäre mir eine große Hilfe.«
»Wenn ich Ihr gesamtes Aktenarchiv mit einbeziehe, kann das ein paar Minuten dauern.«
»Rufen Sie mich an, wenn Sie durch sind, ja?«
Herzfeld legte auf und wollte Ingolf ermahnen, bei dem dichten Schneeregen den Scheibenwischer nicht so sparsam einzusetzen, um nicht auch noch einen Unfall zu bauen, da kam schon wieder ein Anruf rein.
Zuerst dachte er, das Radio wäre angesprungen, dann realisierte er, dass die einleitende Fanfare zu Tschaikowskys Klavierkonzert Nr. 1 der Klingelton von Ingolfs Handy war.
Der Praktikant verdrehte die Augen und drückte mit dem Daumen auf eine Taste am Lenkrad.
»Hallo, Papa.«
»Hallo, mein Sohn.«
Mein Sohn? Meine Güte, der Innensenator klingt privat ja genauso gestelzt wie im Fernsehen.
Ingolf warf Herzfeld einen entschuldigenden Blick zu, dann sagte er: »Es ist gerade schlecht, ich bin unterwegs und nicht …«
»Bei dir ist es immer gerade schlecht«, unterbrach ihn der Vater rüde. Dann besann er sich wieder eines freundlicheren Tonfalls: »Ich habe eben ein längeres Gespräch mit Joe Harper in New York geführt.«
»Und?«
»Er sagte mir, das Geld wäre immer noch nicht angewiesen.«
»Wir sind uns ja auch noch nicht einig, Papa.«

Ingolf nestelte eine Packung Kaugummis aus der Innenseite seines Sakkos. Herzfeld fiel auf, dass der Praktikant ein Hemd mit Manschettenknöpfen unter seinem Maßanzug trug, und fragte sich, ob er das heute Morgen schon unter dem Kittel im Seziersaal getragen hatte. Vermutlich ging er in diesem Aufzug sogar zur Uni. Zugleich wunderte Herzfeld sich über die Natur des menschlichen Geistes, in den unpassendsten Situationen die nebensächlichsten Details zu registrieren.

»Junge, ich dachte, wir hätten das geklärt.« Der Befehlston des Vaters war wieder zurückgekehrt. Zu Herzfelds Erstaunen schien sich Ingolf auf die beginnende Auseinandersetzung zu freuen. Er richtete sich förmlich in seinem Sitz auf.

»Also verstärkst du die Polizeipräsenz auf den U-Bahnhöfen?«, fragte er seinen Vater.

Von Appen senior stöhnte laut auf. »Berlin ist pleite, wie soll ich das finanzieren?«

»Tja, lass mich kurz nachdenken.« Ingolf machte eine Pause, in der er mit den Fingern einen Trommelwirbel auf dem Lenkrad andeutete. »Oh ja, mir fällt da was ein. Das Zauberwort heißt: Sparen!«

»Junge, davon verstehst du nichts.«

»Ach nein? Ich sag dir mal, was ich nicht verstehe. Gestern bin ich an einem Plakat der Berliner Wasserbetriebe vorbeigefahren.«

»Und?«

»Werbung für einen Monopolisten? Was soll der Quatsch? Ich hab doch gar keine Wahl, von wem das Wasser aus meinem Hahn kommt. Nach meinen Recherchen kostet diese sinnfreie Imagekampagne den Steuerzahler mehr als eine Million Euro.«

»Mag sein. Aber ich brauche allein über fünfunddreißig

Millionen für mehr Polizeipräsenz auf den Straßen. Und zwar jährlich!« Der Vater klang jetzt wie in einer Talkshowdebatte.

»Die Plakate sind auch nur ein Beispiel, Papa. Du bist der Senator, sei kreativ, sonst …«

»Drohst du mir etwa?«

»Nein, ich warne dich. Als Jurist sollte dir der Unterschied zwischen Drohung und Warnung geläufig sein.«

Pause. Während Herzfeld zu begreifen versuchte, was er da gerade mit anhörte, musterte er Ingolfs Profil. Keine Veränderung. Er sah immer noch jungenhaft, arrogant und schnöselig aus, nur wollte das auf einmal nicht mehr zu seinen Worten passen.

»Du bist ein freier Mann, Papa. Du hast die Wahl. Entweder du willst, dass ich deinen Wahlkampf mit einer großzügigen Spende finanziere, oder …«

»Also gut, wann darf ich mit deinem Geld rechnen?«, unterbrach ihn der Senator jetzt ungeduldig. Offenbar hatte er erkannt, dass es sinnlos war, mit seinem Sohn zu streiten.

»Gleich nach der Pressekonferenz, auf der du die Rekrutierung von zusätzlichen Polizisten ankündigst. Aber beeil dich. Erst gestern wurde am U-Bahnhof Lichtenberg wieder ein Fahrgast ins Koma geprügelt.«

Ingolf legte nach einem halbherzigen Abschiedsgeplänkel auf. Ein leises Lächeln umspielte seine spitzen Lippen, was ihn noch jünger wirken ließ.

Herzfeld öffnete den Mund, sagte jedoch eine Weile nichts. Dann setzte er an: »Es geht mich ja nichts an, aber …«

Ingolf drehte sich zu ihm. »Tut mir leid, dass Sie es mit anhören mussten.«

»Tut es Ihnen nicht.«

Der Praktikant hob kurz die Hände vom Lenkrad, als wür-

de er sich ergeben. »Durchschaut«, lachte er. »Aber mein Vater ist selbst schuld. Ich wollte ihm ja sagen, dass ich nicht alleine bin.«
»Wollten Sie nicht«, widersprach Herzfeld erneut.
Du wolltest, dass ich das mitbekomme.
Ingolf lächelte noch breiter. Fehlte nur noch, dass er zu pfeifen begann.
War das ein Scherz, oder konnte es wirklich sein, dass ein neureicher Milchbubi die Geschicke der Berliner Politik mitbestimmte?
»Wie alt sind Sie?«, fragte Herzfeld.
»Einundzwanzig.«
»Und woher …«
»… ich mein Geld habe?«
Sie wechselten die Spur und wurden langsamer. Vor ihnen staute es sich. Ein Vordermann gab erste Zeichen mit seiner Warnblinkanlage.
»Schon mal was von *Facebook* gehört?«
Herzfeld rollte mit den Augen. »Sehe ich aus wie ein Idiot? Ich bin keine zwanzig mehr, aber ich lebe auch in dieser Welt.«
Ingolf schob den Kaugummi von einem Mundwinkel in den anderen und sagte: »Ich habe *stayclose.de* gegründet.«
»Sagt mir nichts.«
»Tut es kaum jemandem. Die Internetbude gibt es schon lange nicht mehr. Als ich dreizehn Jahre alt war, zogen wir von Hamburg nach Berlin-Zehlendorf. Ich verlor all meine Freunde.«
»Muss eine verdammt harte Zeit gewesen sein«, kommentierte Herzfeld lakonisch.
»Ja, und als ich mutterseelenallein auf dem Schulhof stand und meine Sandkastenkumpels vermisste, dachte ich mir:

›Mensch, Ingolf, das geht bestimmt vielen anderen ganz genauso.‹ Also gründete ich eine Website, auf der Schüler Kontakt halten können.«

»*Stayclose.de*«, warf Herzfeld ein.

»Es war nicht mehr als ein öffentliches Poesiealbum. Du lädst ein Foto hoch, deine Freunde finden dich und können dir was an die Pinnwand schreiben. Natürlich war ich nicht das einzige Genie, das den Geist der Zeit erkannt hat. Später schossen *schülerVZ, studiVZ, wkw, Facebook* und all die anderen Social Networks aus dem Boden.«

»Was für ein Pech!«

»Nein. Was für ein Glück! Auf meiner Seite hatten sich bereits vierzigtausend Schüler registriert, als ich eine E-Mail der Konkurrenz bekam.«

»Lassen Sie mich raten. Sie haben Ihre Seite für eine Million verkauft?«

Das verspielte Lächeln war zurück. »Nehmen Sie das mal vierzehn.«

»Vierzehn Millionen Euro?« Herzfeld presste die Lippen zusammen, damit ihm die Kinnlade nicht herunterklappte.

Ingolf lachte erneut. »Überwiesen an meinem vierzehnten Geburtstag. Albern, ich weiß, aber mir gefiel die Symbolik.«

»Und mit diesem Geld finanzieren Sie jetzt den Wahlkampf Ihres Vaters?«

Ingolf schüttelte den Kopf. »Papa kriegt nur die Zinsen. Harper hat das meiste davon gut angelegt – im Gegensatz zu meinem Vater. Der hat sein Vermögen mit Schrottimmobilien und wertlosen Investmentfonds nicht vermehrt, sondern verbrannt.«

Bevor Herzfeld noch länger darüber nachdenken konnte, ob er gerade auf den Arm genommen wurde, riss Babettes

Rückruf ihn in die Realität zurück. Er starrte auf sein Handy, voller Widerwillen, den Anruf entgegenzunehmen. Für einen kurzen Moment war er tatsächlich abgelenkt gewesen, jetzt musste er wieder an seine Tochter denken und an das Bild einer herausgerissenen Zunge, das er einfach nicht aus dem Kopf bekommen wollte.

»Ja?«, fragte er. Sein Puls beschleunigte sich im Gegensatz zum Porsche, der immer langsamer wurde.

»Treffer«, sagte sie fröhlich, während Herzfeld sich fragte, ob er wirklich wissen wollte, was sie herausgefunden hatte. Sie sagte es ihm, und schon nach ihrem ersten Satz fiel ihm wieder ein, in welchem Zusammenhang er den Namen Friederike Töven schon einmal gehört, vielmehr gelesen hatte. Er hatte gehofft, dass dieser Schrecken seiner Vergangenheit ihn niemals wieder einholen würde. Er hatte sich geirrt.

Herzfeld schloss die Augen und erinnerte sich an den Alptraum vor vier Jahren, dessen Nachbeben ihn in dieser Sekunde erreicht hatte, und wusste von da an, dass die Lage seiner Tochter ausweglos war.

Vier Jahre zuvor.

Berlin.

An jenem Tag, als die Dinge schon längst außer Kontrolle geraten waren und die Welt von Dr. Sven Martinek nicht länger lebenswert war, lachte die Sonne durch die Oberlichter des Rechtsmedizinischen Instituts in der Turmstraße. Es war kurz vor acht, die Morgenbesprechung gerade vorbei, und Herzfeld hätte an jenem Tag eigentlich gar nicht in den Räumen des Außenstandorts der Charité sein sollen. Die Koffer für einen Kurztrip mit Petra waren gepackt; ein »Lass es uns noch einmal probieren«-Wochenende in Barcelona, ausnahmsweise ohne Hannah. Herzfeld hatte noch zwei Stunden bis zum Abflug, unter seinem Kittel trug er Bermudashorts und T-Shirt. Wäre es nicht ausgerechnet sein alter Freund und Mentor, Professor Biel, gewesen, der ihn um kollegiale Amtshilfe gebeten hätte, säße er jetzt bereits in dem Taxi zum Flughafen. So war Petra allein vorausgefahren (was sich später als schlechtes Omen entpuppen sollte), und Herzfeld stand vor dem Seziertisch mit der kopflosen Männerleiche.

»Wir sind wirklich ratlos, Paul«, sagte der alte Professor und rieb sich die müden Augen. Biel hatte Tränensäcke so groß wie Teebeutel. Er schlurfte in halboffenen Gesundheitsschuhen um den Tisch.

Zwei Jahre hatten sie sich nicht mehr gesehen, bei dem Anblick seines alten Doktorvaters und Mentors hatte Herzfeld jedoch das Gefühl, es müsse eine wesentlich längere Zeitspanne vergangen sein. Biel wirkte älter als vierundsechzig, wenn auch wesentlich lebendiger als der Körper vor ihm auf dem Tisch.

»Der Tote wurde in seinem Auto gefunden?«

»Ja. Er saß angeschnallt auf dem Fahrersitz, beide Hände am Steuer. Das Fahrzeug wurde unter einem Alleebaum in Brandenburg aufgefunden. Ohne Dellen und Kratzer.«

»Also scheidet ein Unfall aus?«

»Und dennoch …« Biel deutete auf einen zweiten Seziertisch daneben, auf dem ein abgetrennter Männerschädel lag.

Dennoch hat irgendetwas dem Fahrer den Kopf gekostet, vollendete Herzfeld in Gedanken den Satz des erfahrenen Forensikers.

»Wir haben den Kopf auf dem Rücksitz gefunden«, sagte Biel. »Das Blutspurenmuster im Fahrzeug lässt keinen Zweifel daran, dass ihm der Kopf abgetrennt wurde, als er auf dem Fahrersitz saß. Spritzspuren an der Rückseite des Fahrersitzes und im rückwärtigen Fußraum. Feinste Tropfspuren auf dem Polster der Rückbank, passend zur Auffindesituation des Kopfes.«

Herzfeld trat an den Tisch, der im Gegensatz zu den Edelstahlquadern beim BKA eine sandfarbene Marmorplatte hatte. Hier wurde noch auf den Originalarbeitsflächen seziert, an denen bereits zu Rudolf Virchows Zeiten gearbeitet worden war.

Wie mit einer Guillotine, dachte Herzfeld, als er die Schnittwunde begutachtete. Der Kopf war mit einem scharfen, sauberen Schnitt etwas unterhalb des Kehlkopfs abgetrennt worden.

»Was sagt die Spurensicherung?«

»Keine Fremd-DNA, keine ungewöhnlichen Stofffasern, Fuß- oder Fingerabdrücke. Der Mann, ein vierundfünfzigjähriger Familienvater, war zum Zeitpunkt seiner Enthauptung wohl alleine im Wagen.«

Herzfeld begutachtete wieder den Rumpf der Leiche, der bereits die Organe entnommen worden waren.

»Saß er vielleicht in einem Cabrio? Und das Verdeck war geöffnet?«

Biel, der gerade noch einmal einen Blick in den Polizeibericht geworfen hatte, sah auf. »Woher weißt du das?«

Statt einer Antwort nickte Herzfeld nur. Das Bild fügte sich langsam. »Wie sieht's mit einem Abschiedsbrief aus?«

Biels Tränensäcke begannen zu zucken, wie immer, wenn er nervös wurde. »Du denkst an einen Suizid?«

Herzfeld nickte erneut. »Ich an eurer Stelle würde in der Nähe des Fundorts nach einem Baum oder einem anderen Fixpunkt suchen. Schaut nach, ob ihr daran oder in der Nähe Teile eines langen stabilen Seiles, beispielsweise aus Stahl, findet.«

Der bizarre Todesfall erinnerte ihn an einen Leichenfund in den USA. Ein Lebensmüder hatte ein dünnes Stahlseil an dem Stamm einer Eiche befestigt und sich das andere Ende mittels einer Schlinge um den Hals gelegt. Dann war er auf sein Motorrad gestiegen, hatte es beschleunigt und sich mit der Schlinge selbst enthauptet. Das Motorrad war nach dem Tod des Fahrers ausgetrudelt und ohne einen Kratzer mitten auf dem Feld zum Liegen gekommen. Der Kopf hatte wenige Meter dahinter gelegen.

Er wollte Biel gerade in seine Überlegungen einweihen, als die Tür des Sektionssaals aufgerissen und ein Kollege hereingestürmt kam, dessen Gesicht Herzfeld in den letzten Wochen nur noch in der Zeitung gesehen hatte.

»Sven, was ist los?«, brachte er gerade noch heraus, da musste er schon den ersten Schlag abwehren.

Dr. Sven Martinek hatte ihn nur schwach mit der Faust am Oberarm erwischt. Eigentlich hatte er auf Herzfelds Kinn gezielt, doch der hatte rechtzeitig abdrehen können. Jetzt war er auf die andere Seite des Seziertisches geflüchtet. Biel, der den Angriff zunächst fassungslos verfolgt hatte, wich ebenfalls zurück, als der Mann nach einem Sektionsmesser griff.

»Dreieinhalb Jahre«, schrie Martinek. Speichel trat ihm wie der Schaum eines Tollwütigen aus dem Mund. Er trug einen zerknitterten Anzug, ein schlecht gebundener Schlips schlackerte ihm wie ein Schal um den Hals. »Sie haben ihm dreieinhalb Jahre gegeben.«

»Es tut mir leid.«

»Es tut dir leid? Was erzählst du mir als Nächstes? Dass du weißt, wie ich mich fühle?«

Herzfeld schüttelte traurig den Kopf. »Nein. Das wäre eine Lüge. Ich kann deinen Schmerz nicht einmal im Ansatz nachvollziehen.«

Wohl aber die Wut, die Ohnmacht. Und das Verlangen nach Rache. Er hatte es selbst gespürt, in der Sekunde, in der er vor einem Jahr den Anruf mit der Nachricht bekommen hatte, wer auf seinem Seziertisch lag: Lily Martinek, vierzehn Jahre alt, Verdacht auf Sexualmord. Als er sie nackt vor sich gesehen hatte, ihren geschändeten Körper wie eine Anklage vor ihm ausgebreitet, die entseelten Augen stumpf zur Decke gerichtet, hatte er sich in einem ersten Impuls gewünscht, er würde das Seziermesser nicht in Lilys Körper versenken, sondern in den des Monsters, der ihr das angetan hatte: Jan Sadler, ein mehrfach wegen Exhibitionismus und sexueller Belästigung vorbestrafter Erzieher. Bei der Festnahme hatten sie Videos gefunden, die ihn zeigten, wie er die Vierzehnjährige entführt und vergewaltigt hatte.

Aus Sadlers Tagebucheinträgen, die er nach der Tat verfasst hatte, ging eindeutig hervor, dass er Svens Tochter am Ende der Entführung hatte umbringen wollen. Dazu kam es nicht mehr. Lily gelang es, ihre Fesseln zu lösen. Der Sadist hatte, auch das war seinem Tagebuch zu entnehmen, Lily jeden Schritt ihres Martyriums in allen perversen Einzelheiten angekündigt, jede einzelne Qual, die ihr drohte. Davor hatte er sie entsetzlicherweise am gesamten Körper abgeleckt.

Martineks Tochter wusste, was ihr bevorstand. Und da sie keine Fluchtmöglichkeit hatte, sah sie nur einen einzigen Weg, den drohenden Qualen zu entgehen: Voller Verzweiflung erhängte sie sich mit ihren eigenen Fesseln an einem Dachbalken.

»Du hast mein Leben zerstört. Ich hatte dich so sehr angefleht, es nicht in den Bericht zu schreiben«, schrie Martinek ihn an. Das Sektionsmesser zitterte in seiner Hand.

Tatsächlich hatte er darum gebettelt, er solle den Obduktionsbericht fälschen. Als betroffener Vater war Martinek aus ebendiesem Grund von der Obduktion ausgeschlossen worden, und Herzfeld bereute noch heute, dass er die Untersuchung von Lily nicht ebenfalls wegen moralischer Befangenheit abgelehnt hatte.

Er hätte es kommen sehen müssen. Der Befund hatte eindeutig ergeben, dass Lily sich selbst getötet hatte, und Martinek bat ihn, diese Erkenntnis zu unterschlagen. Denn nur, wenn Sadler selbst die Tötungshandlung ausgeführt hatte, konnte er wegen Mordes angeklagt werden.

»Schieb es dem Schwein in die Schuhe, ich flehe dich an. Er war es. Er hat sie aufgeknüpft. Wenn bekannt wird, dass sie sich selbst umgebracht hat, kommt er mit fahrlässiger Tötung davon.«

»Ich konnte den Bericht nicht fälschen«, sagte Herzfeld und hörte selbst, wie billig das klang, auch wenn es die Wahrheit war. Vor ihm stand ein Vater, der alles verloren hatte, und er diskutierte mit ihm über Moral und Vorschriften.

»Versteh doch: Im ersten Impuls war ich auch voll blinder Wut. Hätte ich die Gelegenheit gehabt, hätte ich geholfen, das Schwein zu töten.«

»Und wieso bist du mir dann in den Rücken gefallen?«, schrie Martinek schmerzerfüllt. »Ich wollte doch nur, dass du den Bericht änderst!«

»Das wäre mit Sicherheit herausgekommen, und dann hätten wir Sadlers Anwalt eine Steilvorlage für die Verteidigung gegeben.« Herzfeld senkte die Stimme. »Es ist mir doch selbst schwergefallen, mich an die Regeln zu halten. Aber hätte ich es nicht getan, wären die manipulierten Beweismittel aufgeflogen, und dann wäre Sadler eventuell sogar mit einem Freispruch davongekommen. Du weißt doch, wie das läuft.«

»Dreieinhalb Jahre.« Martinek sah ihn aus tief geröteten, tränenleeren Augen an. Seine Unterlippe zitterte. »Die alte Hexe hat ihm dreieinhalb Jahre gegeben – dafür, dass er meine Lily geschändet und in den Tod getrieben hat. Mein Ein und Alles.«

Herzfeld nickte. Er hatte es befürchtet. Wenn man in Deutschland Steuern hinterzog, wanderte man bis zur Rente in den Bau. Vergewaltigte man ein Kind, standen die Chancen nicht schlecht, dass man ungestraft oder nur mit einer Bewährungsstrafe davonkam.

Martinek schluchzte. »Sie haben das Tagebuch nicht als Beweismittel zugelassen.«

»Es tut mir so leid.«

»Die Richterin ist sogar unter dem Strafmaß der Verteidigung geblieben, weil sie dem Täter eine Chance auf Resozialisierung geben will.« Martinek wankte. Er musste sich auf der Marmorplatte des Sektionstisches abstützen. »Resozialisierung?«, brüllte er dann. »Der Abschaum darf weiterleben, während Lily die Maden aus den Augen kriechen?«

Er hatte am Ende so laut geschrien, dass seine Worte kaum noch zu verstehen gewesen waren. Doch plötzlich wurde er ruhig. So abrupt, dass Herzfeld den Nachhall seiner Stimme noch zu hören glaubte. War sein Blick bislang eher glasig gewesen, wirkte er auf einmal völlig klar. Wütend starrte er Herzfeld an: »Und du bist schuld.« Das Messer in seiner Hand hatte aufgehört zu zittern. Martinek trat einen Schritt näher.

»Sven …«

»Du sagst, du weißt nicht, wie ich mich fühle?«

»Hör mir bitte zu, Sven.«

Martinek kam noch näher auf Herzfeld zu. Auf einmal ließ er das Messer fallen. »Nein, das werde ich nicht. Jetzt wirst du mir mal zuhören, du Arschloch.«

Zu Herzfelds blankem Entsetzen packte Martinek den abgetrennten Kopf an den Haaren und hob ihn vom Seziertisch. »Du hättest besser auf deinen ersten Impuls hören sollen. Scheiß auf die Regeln! Scheiß auf das System! Indem du dich doch daran gehalten hast, hast du Lily ein zweites Mal getötet, Paul. Und dafür wirst du büßen. Mag sein, dass du heute noch nicht weißt, wie es sich anfühlt, wenn man das Wichtigste im Leben verliert. Aber ich bete ab sofort jeden Tag, dass du es irgendwann lernen wirst.«

Mit diesen Worten warf er den Kopf in Herzfelds Richtung, der viel zu verstört war, um ihm auszuweichen. Der

Schädelknochen traf ihn mit voller Wucht am Brustkorb, quetschte ihm zwei Rippen und fiel mit dem Geräusch einer aufprallenden Bowlingkugel auf den Steinboden, wo er nach wenigen kurzen Umdrehungen austrudelte.
Niemand hielt Martinek auf, als er aus dem Sektionssaal stürmte. Keiner meldete den Vorfall. Dazu bestand keine Veranlassung. Sven Martinek kam nie wieder aus seinem Sonderurlaub zum BKA zurück, den er für den Prozess beantragt hatte.
Herzfeld hatte später noch mehrfach versucht, ihn telefonisch zu erreichen, war dreimal zu seiner Wohnung in Lichterfelde gefahren, doch immer hatte er vor verschlossenen Türen gestanden. Schließlich erfuhr er von der Nachbarin, dass sein Kollege in das Haus seiner Eltern zurück nach Mecklenburg-Vorpommern gezogen war. Die Adresse besorgte er sich über das Grundbuchamt, doch in der kleinen Stadt namens Zarrentin hatte er ebenfalls keinen Erfolg. Das alte Herrenhaus am Schaalsee wirkte schon von weitem kalt und unbewohnt. Er sprach mit den Nachbarn, mit dem Postboten und den Angestellten des obligatorischen Supermarkts in der Ortseinfahrt – niemand hatte Martinek gesehen. Schon nach dem frühen Krebstod seiner Frau hatte der Rechtsmediziner zurückgezogen gelebt. Jetzt, nach der Ermordung seiner einzigen Tochter, schien er sich komplett abgeschottet zu haben.
Im Zuge der Suche nach seinem ehemaligen Kollegen traf sich Herzfeld auch mit dem Anwalt, der Martinek als Nebenkläger im Prozess gegen den Mörder seiner Tochter vertreten hatte. Dieser wunderte sich nicht darüber, dass sein Mandant von der Bildfläche verschwunden war. »Ich könnte sogar verstehen, wenn er die Welt, in der solche Urteile möglich sind, für immer verlassen hat.«

Der Anwalt hatte ihm eine Kopie der Prozessakte in die Hand gedrückt. Beim Lesen war Herzfeld immer wieder auf den Namen einer Person gestoßen, die Sven Martinek als »diese alte Hexe« bezeichnet hatte: die vorsitzende Richterin. Ihr Nachname war Erlang. Es war ihr letzter Richterspruch gewesen, bevor sie in den Ruhestand trat; bevor sie ihren Mädchennamen wieder annahm, als ihr die Medienberichterstattung um ihre Person und das Skandalurteil, das sie zu verantworten hatte, zu lästig wurde.
Heute nannte sie sich Töven. Friederike Töven.

24. Kapitel

Helgoland.

Das schieferummantelte Flachdachhaus stand an der Grenze zum Oberland der Insel und war zum vorderen Teil hin auf Stelzen gebaut, weswegen eine Hälfte der Veranda wie eine Sprungschanze über der felsigen Klippe hing. Im Sommer war der Hügel mit grünem Moos bedeckt. Jetzt zog sich die karge Erdoberfläche wie ein schmutziges Tischtuch den Abhang bis zum Meer hinunter. Dank Enders Elektromobil hatten sie bis zu dem am Ende der Sackgasse gelegenen *Haus Töven* nur wenige Minuten gebraucht. Zu Fuß hätte Linda selbst diese kurze Strecke kaum bewältigen können, der Wind stemmte sich mittlerweile wie eine Wand aus Beton gegen jeden, der sich nach draußen wagte. Im Vorgarten hatte der Sturm schon mehrere Blumenkübel umgeworfen, und selbst eine große, im offenen Carport untergestellte Pferdebox wackelte bedrohlich, wann immer der Wind in die Planen stieß.

»Mal sehen, ob die Olle noch auf der Insel ist«, brüllte Ender und hämmerte mit der Pranke gegen die Haustür. Auf der Herfahrt hatte er Linda erklärt, dass »die Olle«, die er auf Ende sechzig, Anfang siebzig schätzte, vor wenigen Jahren auf die Insel gekommen war und hier sehr zurückgezogen lebte, ohne nennenswerten Kontakt zur Inselbevölkerung zu halten. Einmal hatte er sie mit dem Elektromobil abgeholt und zu einer Untersuchung ins Krankenhaus gefahren, offensichtlich hatte sie Wasser in den Beinen und konnte nicht mehr so gut laufen. Er hatte versucht, eine Unterhaltung mit ihr anzufangen, doch sie war all seinen Fragen ausgewichen. Linda konnte sich kaum vorstellen, dass eine ältere Dame die Aufforderungen des Katastrophenschutzes ignoriert hatte, zumal ihr Haus direkt am Abgrund stand. *Haus Töven* erinnerte von der Ferne an ein Vogelnest im Felsen der Steilküste. Man musste schon großes Vertrauen in den Architekten haben, wenn man selbst bei einem drohenden Orkan das Haus nicht verließ.

»Hallo, Frau Töven. Sind Sie da?«

Linda fragte sich, was sie eigentlich der alten Dame sagen wollte, sollte sie auf Enders Rufen und Klopfen reagieren.

»Entschuldigen Sie bitte, aber wir haben Ihr Foto in dem Hals einer Leiche gefunden?«

»Keiner da«, brüllte Linda nach einer Weile. »Gehen wir.«

Der Hauseingang war nur durch ein dünnes Regendach abgeschirmt und bot wenig Schutz vor dem schneeverwehten Wind, der aus allen Richtungen blies. Linda war mittlerweile vollständig durchgefroren und hatte keine Lust mehr zu schreien.

»Nicht so hastig«, rief Ender zurück und zückte ein schweres Schlüsselbund, an dem nicht nur sämtliche Klinikschlüssel, sondern auch ein professioneller Dietrich hingen. Es dauerte keine zehn Sekunden, und die Tür stand offen.

»Wir können doch nicht einfach …«

Bevor sie »einbrechen« sagen konnte, war Ender in der Diele verschwunden.

Linda blieb keine andere Wahl, als ihm zu folgen. In der Kälte draußen hielt sie es keine Sekunde länger aus, und das zugige Elektromobil war keine Alternative.

Im Inneren des schmalen Hauses war es erstaunlich hell. Große Fenster öffneten sich zu allen Seiten und fingen so viel wie möglich von dem düsteren Winterlicht ein, das sich einen Weg durch die Wolkendecke gebahnt hatte. Ein einsamer dunkelblauer Lodenmantel hing in der Diele auf einem Bügel, darunter stand eine stattliche Auswahl an Wanderschuhen. An dem Schlüsselbrett neben der Garderobe waren Schlüssel verschiedener Größen sorgsam aufgereiht. Alle waren beschriftet, kein Haken war leer. Wegen des plötzlichen Temperaturumschwungs begann ihr die Nase zu laufen.

»Hallo, Frau Töven?«, rief Linda und zog sich ihre Handschuhe von den Fingern, um den Heizkörper prüfend anfassen zu können.

Lauwarm.

Über ihrem Kopf hörte sie schwere Schritte auf dem Dielenboden. Offenbar hatte Ender bereits die Treppe genommen, um sich im Obergeschoss umzusehen.

Linda zog die Haustür zu und ging langsam den Flur hinunter. Dabei passierte sie zunächst den Eingang einer Küche, die im Gegensatz zu dem sonst sehr modern wirkenden Haus eher altmodisch ausgestattet war. Zahlreiche Töpfe und Pfannen hingen in einem kreativen Durcheinander von der Decke über einem Küchenblock. Unweigerlich musste Linda an den Sektionstisch denken, auch weil ihr der süßliche Geruch noch immer in der Nase lag, und das, obwohl der Wind da draußen sie ordentlich durchgepustet hatte.

Das Haus sieht bewohnt aus. Aber es fühlt sich leer an.

Linda bemerkte eine aufgeschlagene Zeitung auf einem kleinen Tisch neben dem Arbeitsblock. Sie betrat die Küche und warf einen Blick auf das Datum. Die Sonntagsausgabe war von der vergangenen Woche, was nichts zu bedeuten hatte, weil auch die Post seit dem Sturm nur noch unregelmäßig kam. »Milde Richter«, las sie die Überschrift eines doppelseitigen Artikels. Im ersten Absatz fiel der Name *Friederike Erlang* im Zusammenhang mit einem Jan S.

Linda hörte ein Geräusch hinter sich und drehte sich um, da sie Ender zurück im Erdgeschoss vermutete, doch da war niemand.

»Hallo?«

Von einem Moment auf den anderen fühlte sie sich wieder so wie vor dem Fahrstuhl der Pathologie. Sie hatte Angst.

Linda griff nach ihrem Handy, als wäre es eine Waffe, mit der sie sich im Notfall verteidigen konnte, und rief nach Ender.

Keine Antwort.

Plötzlich vibrierte es in ihrer Hand, und fast hätte sie das Telefon fallen gelassen. Während sie ruhiger zu werden versuchte, um den Anruf entgegenzunehmen, las sie im Display, dass verschiedene Teilnehmer zuvor schon wiederholt versucht hatten, sie zu erreichen.

Verdammt. Sieben Anrufe in Abwesenheit. Vier davon von ihrem Bruder.

Draußen hatte sie das Klingeln im Rauschen des Orkans wohl überhört.

»Ja, hallo?«

»Wo seid ihr?« Herzfeld klang noch angespannter als in den Gesprächen zuvor.

»Wusstest du, dass dein Freund auch beim Schlüsseldienst arbeitet?«, fragte Linda bewusst ironisch, auch um sich selbst mit einer humorvollen Bemerkung die Furcht zu vertreiben. »Wir haben das Haus dieser Friederike Töven gefunden, scheint aber keiner da zu sein.«

»Nicht reingehen. Geht auf gar keinen Fall in das Haus der Richterin hinein!«

Aha. Richterin ist sie also.

Linda hatte die Küche wieder verlassen und spähte den Flur hinunter Richtung Wohnzimmer, wo gerade eine Standuhr dreimal hintereinander anschlug, obwohl es garantiert noch nicht so spät am Nachmittag war.

Kein Ender. Keine Frau Töven. Niemand.

»Nicht reingehen? Mann, echt, ich fasse es nicht. Du hast keine Probleme damit, wenn ich eine Leiche mit dem Messer bearbeite. Aber bei Hausfriedensbruch machst du dir ins Hemd.« Linda sprach bewusst lauter als notwendig, damit Ender sie hörte und endlich ein Lebenszeichen von sich gab. Wo steckte der Kerl bloß?

»Wir sehen uns hier nur kurz um und gehen dann wieder. Wo liegt das Problem?«, wollte sie wissen. Und dann sah sie es, bevor Herzfeld ihr antworten konnte, als sie die Tür zum Wohnzimmer öffnete.

»Das Problem« lag gefesselt in einem See aus Blut auf dem Parkett und stöhnte mit geschlossenem Mund um Hilfe.

25. Kapitel

Ender! Eeender!?« Linda tapste wie in Zeitlupe in das Wohnzimmer hinein und legte ihr Handy auf einem dunkelbraunen Sekretär ab. Am liebsten wäre sie schreiend aus dem Haus gerannt, hätte sie nicht bemerkt, dass die alte Dame noch lebte.

Hilfe! Die Frau braucht Hilfe, dachte sie und rief erneut nach dem Hausmeister.

Graues Haar, rundes Gesicht. *Wie auf dem Foto in der Ü-Ei-Kapsel.* Kein Zweifel, das war Friederike Töven.

Die Frau lag in gekrümmter Seitenlage, mit angezogenen Knien vor einer Glasvitrine, die Hände mit einer Drahtschlinge an die Knöchel ihrer Füße gefesselt.

Linda kniete sich neben sie, unschlüssig, was sie zuerst tun sollte. Der Erste-Hilfe-Kurs in der Fahrschule war schon lange her, sie konnte sich nur noch vage erinnern, dass man bei einem leblosen Körper zuerst die Atmung kontrollieren musste.

Und dieser Körper war mit einem Mal verdammt leblos!

Eben noch hatte Linda die Frau laut und deutlich stöhnen hören, aber jetzt bewegte sich ihr Brustkorb keinen Millimeter mehr.

Die Richterin war stark übergewichtig, eine cremefarbene Bluse spannte über enormen Brüsten. Sie trug einen weiten Rock mit Blumenmuster, dessen Grundfarbe wohl einmal Weiß gewesen war, sich jetzt aber von der Hüfte abwärts rostbraun verfärbt hatte. Fast wirkte es so, als hätte sie sich mit Absicht in der Blutpfütze unter ihrem Körper gewälzt. Linda konnte auf den ersten Blick keine offene Wunde erkennen. Der runde Kopf, das Gesicht, der voluminöse Oberkörper – nichts schien verletzt.

Okay, was hatte der Kursleiter damals gesagt? Die eigene Wange ist am sensibelsten.

Linda näherte sich mit ihrem Profil dem Gesicht der Frau.

Nichts.

Sie spürte nicht den leisesten Atemhauch.

Also schön. Wiederbelebung.

»Scheiße, was ist denn hier los?«, hörte sie Ender hinter sich rufen. Endlich war er heruntergekommen. Im nächsten Moment begann der Hausmeister bereits zu keuchen. Offenbar hatte er die Blutlache bemerkt, in der Linda kniete.

Konzentrier dich. Nicht ablenken lassen.

Sie musste die Atemwege frei machen, aber wie? Normalerweise hätte sie die Verletzte dazu auf den Rücken drehen müssen, aber das war wegen ihrer Fesselung fast ausgeschlossen. Linda musste sich vorerst damit begnügen, den Kopf der Töven aufzurichten, indem sie ihn erst zur Seite und dann nach hinten streckte.

»Die ist tot«, stammelte Ender.

»Sie hat gelebt, als ich reinkam«, widersprach Linda, dann merkte sie, dass der Hausmeister gar nicht mit ihr redete, sondern sich das Handy gegriffen hatte, um Herzfeld zu informieren, denn er sagte: »Ich glaube, sie versucht es mit Mund-zu-Mund-Beatmung.«

Tatsächlich hielt Linda mit Zeigefinger und Daumen die Nase der Richterin verschlossen und holte tief Luft. Dann legte sie die Lippen fest um den jetzt rot verschmierten Mund. Das Blut auf dem Parkett, in dem sich Linda immer wieder abstützen musste und das sie nun bei ihren Hilfsmaßnahmen auf Körper und Kleidung der Frau verteilte, fühlte sich dickflüssig an.

Ein-und-zwan-zig.

Eine Sekunde lang presste Linda mit aller Kraft die Atemluft aus ihren Lungen in den anderen Körper hinein. Dann drehte sie sich zur Seite, um Luft zu holen, und sah Ender mit dem Handy am Ohr. Er hatte irgendetwas zu Herzfeld gesagt, was sie im Zuge ihrer Wiederbelebungsversuche nicht verstanden hatte.

Kaum hatte sie wieder tief eingeatmet, drehte sich Linda zu der Frau um und stellte zu ihrem Entsetzen fest, dass der Brustkorb sich nicht wieder gesenkt hatte.

Verdammt!

Linda riss die Bluse auf und riss, ohne zu zögern, den fleischfarbenen Büstenhalter von den Brüsten.

»Pack doch endlich mit an!«, brüllte sie, aber Ender machte keine Anstalten, ihr dabei zu helfen, die Richterin auf den Rücken zu drehen.

»Die Flecke«, sagte er nur, und da fiel es ihr selbst auf.

Aber … aber wie ist das möglich?

Sie hatte es mit Herz-Lungen-Massage versuchen wollen, doch jetzt schreckte Linda davor zurück, die Haut zu berühren. Der Bereich um die linke Brust hatte sich an den seitlichen Körperpartien dunkelviolett verfärbt.

»Das sind Leichenflecke«, erklärte Ender unnötigerweise. Linda hatte sie vorhin in der Pathologie zur Genüge an Eriks Körper betrachten müssen.

Aber dann muss sie schon länger tot sein!

»Herzfeld fragt, ob man die Totenflecke noch wegdrücken kann.«

»Was?«

»Wenn du mit den Fingern darauf herumdrückst, wird die Haut dann etwas blasser?«

Linda, noch gänzlich unter dem Schock des unerwarteten Anblicks, presste den Zeigefinger auf die dunkelviolette Verfärbung der Haut. Erst vorsichtig, dann etwas fester. Gleichzeitig griff sie nach dem Handy, das Ender ihr reichte, ohne sich nach dem Hausmeister umzudrehen. Anders als vorhin in der Pathologie trug sie jetzt keine Handschuhe, weswegen die Berührung der nackten Haut des ausgekühlten Körpers direkter und irgendwie intim war. Und viel unangenehmer als bei Erik im gleißenden Neonlicht des Sektionssaals. Es fühlte sich an, als würde sie den Finger in ein kaltes Gelkissen drücken.

»Es geht nicht«, keuchte sie und wusste, dass das keine gute Nachricht war. *Das angetrocknete Blut auf dem Boden, die kalten Lippen bei der Mund-zu-Mund-Beatmung und jetzt die Leichenflecke.* »Sie bleiben dunkel. Ich kann die Leichenflecke so gut wie nicht wegdrücken.«

»Dann ist Frau Töven schon seit Stunden nicht mehr am Leben, Linda«, stellte Herzfeld fest.

Seit Stunden?

»Aber ich habe sie doch eben noch stöhnen hören?«

Linda fragte mehr, als dass sie es feststellte.

»Respirationsgeräusche bei Toten, das kommt öfter vor, wenn mit fortschreitendem Zerfallsprozess die Luft aus den Lungen entweicht«, erklärte Herzfeld. Im Hintergrund hörte sie Autos hupen, was ihr im Augenblick wie Lebenszeichen aus einer anderen Galaxie erschien. In ihrem Universum, auf dieser gottverlassenen, sturmumtosten Insel, gab es keine Zeichen menschlicher Zivilisation. Nur Gewalt, Schmerz und Tod.

»Und jetzt?«, fragte Linda erschöpft. Sie stand auf, sah an

sich herab. Ihre Hände, ihre zitternden Knie – alles voller Blut.

Mein Gott. Und überall meine Fingerabdrücke! In einem Haus, in das wir eingebrochen sind.

»Ender sagt, der Killer ist nicht mehr vor Ort. Trotzdem halte ich es für keine gute Idee, dass du dich im Haus daranmachst.«

»Woran soll ich mich machen?«, fragte Linda verstört, doch dann begann sie zu verstehen.

»Nein, oh nein«, sagte sie, doch Herzfeld überhörte ihre Proteste.

»Schafft die Tote in die Pathologie. Ich melde mich, sobald ich einem ehemaligen Kollegen einen Besuch abgestattet habe.«

26. Kapitel

Zarrentin?«, fragte Ingolf. »Nie von dem Ort gehört.« Sie hatten mehrere Ordnungswidrigkeiten begehen müssen, um dem Stau auf der Autobahn zu entgehen. Angefangen damit, dass Ingolf rückwärts den Standstreifen zurückgeprescht war, um die zweihundert Meter hinter ihnen liegende Baustellenausfahrt zu erreichen. Jetzt fuhren sie auf einer baumgesäumten Landstraße und überholten jedes Fahrzeug, das sich an die Geschwindigkeitsbegrenzung hielt.

»Ein Fünftausend-Seelen-Nest am Schaalsee. Ist ein Umweg von nicht mehr als zehn Minuten.«

»Laut Navi, aber ich denke, wir schaffen es in fünf. Doch was, bitte sehr, wollen wir da?«, fragte Ingolf.

»Hier lebt Martinek.«

»Und wer ist das nun wieder?«

Herzfeld seufzte. »Ich glaube, es ist besser, wenn Sie so wenig wissen wie möglich.«

Ingolf warf ihm einen raschen Blick zu, dann konzentrierte er sich auf die enge Kurve vor ihm, bei der jeder vernünftige Fahrer auch ohne Glatteisgefahr in die Bremse gestiegen wäre.

»Professor Herzfeld, ich bin vielleicht jung, aber ich bin nicht blöd. Ich weiß doch jetzt schon mehr, als Sie es für geraten hielten. Ihre Tochter ist in Gefahr, vermutlich wurde sie entführt.«

Er brachte das Kunststück fertig, selbst in der Kurve noch zu beschleunigen.
»Ich kann mir noch keinen Reim darauf machen, weshalb Sie via Telefon so etwas wie eine ferngesteuerte Obduktion ausführen lassen, und das, so wie es sich für meine Ohren anhört, von einer Frau mit nur geringer oder überhaupt keiner Expertise, aber da es eine oder sogar mehrere Leichen zu geben scheint, sind der oder die Entführer augenscheinlich sehr gefährlich. Ich bin zwar ein wohlerzogener junger Mann, der seinen Mitmenschen gerne behilflich ist, aber im Gegenzug, so denke ich, habe ich mir doch etwas Entgegenkommen verdient, wenn ich mich schon gemeinsam mit Ihnen in Gefahr begebe.«
Herzfeld drehte sich zu ihm. »Sie wollen Informationen?«
»Das wäre überaus zuvorkommend!«
»Hat Ihnen schon mal jemand gesagt, dass Sie so reden, als hätten Sie einen Stock im Arsch?« Herzfeld rang sich ein Lächeln ab, um seinen Worten die Härte zu nehmen.
Ingolf grinste. »Und hat Ihnen schon mal jemand gesagt, dass Sie einen ziemlich pubertären Sinn für Humor haben? Einen Hospitanten am ersten Tag nach einem Defibrillator zu schicken …«
Für einen kurzen Moment dachte Herzfeld voller Wehmut an die Obduktion vor wenigen Stunden zurück und daran, dass zu diesem Zeitpunkt seine größten Probleme eine rauschende Heizung im Schlafzimmer, ein vergessener Geburtstag eines alten Schulfreunds, ein Zeitungsabo, dessen Kündigung er schon wieder verpasst hatte, und die ersten grauen Haare an seinen Schläfen gewesen waren. Nicht zu vergessen natürlich seine Scheidung, der drohende Verlust seiner Approbation und die Funkstille zwischen ihm und seiner Tochter Hannah.

Was würde er darum geben, dass alles noch beim Alten wäre! »Wieso helfen Sie mir?«, fragte er Ingolf, nachdem sie eine Weile schweigend gefahren waren. Es war kurz vor zwölf Uhr mittags, draußen sah es aber aus wie kurz vor Sonnenuntergang. Die Xenonscheinwerfer des Porsches auszuschalten wäre in diesem Schneetreiben einem Suizidversuch gleichgekommen. Sie durchfuhren gerade ein seenreiches Gebiet, zu allem Überfluss zog auch noch Nebel auf. Wenigstens war der Verkehr auf der Landstraße nicht so dicht wie auf der A 24.

»Wieso spielen Sie meinen Chauffeur?«

Ingolf kratzte sich das vorstehende Kinn und wirkte mit einem Mal nervös: »Zuerst wollte ich höflich sein, als ich Sie im Schneeregen stehen sah. Dann habe ich gemerkt, dass Sie in der Bredouille stecken, und da ich keine Verpflichtungen an diesem Wochenende habe, kam es mir nicht gänzlich ungelegen …«

Herzfeld hob die Hand. »Bla, bla, bla. Ich glaub Ihnen kein Wort. Sie müssen mir nicht in den Arsch kriechen. Sie sind der Sohn des Innensenators, noch dazu anscheinend derjenige in der Familie, der die Hosen anhat. Ein Anruf, und Sie kriegen jeden Praktikumsplatz der Welt.«

Ingolf nickte. »Das könnte zutreffend sein. Aber ich will nicht *jeden* Platz. Ich will nur den einen an Ihrer Seite.«

»Weshalb?«

»Es erscheint mir angesichts der momentanen Entwicklungen wirklich kein sehr günstiger Moment zu sein, um mein Anliegen vorzutragen.«

»*Was* wollen Sie von mir?« Für einen Moment blitzte in Herzfeld die Erkenntnis auf, dass Ingolfs Hilfsbereitschaft vielleicht ebenso wenig ein Zufall gewesen war wie der Umstand, dass sie sich ausgerechnet heute kennengelernt hatten, und dann verstärkte der Praktikant sein Misstrauen noch, indem er sagte: »Ich will Ihnen ein Geschäft vorschlagen, Professor Herzfeld.«

»Ein Geschäft?«

»Ja. Es ist sehr lukrativ, der prognostizierte Jahresgewinn liegt bei etwa vierhundert Millionen Dollar, und das ist nur die pessimistische Schätzung im Businessplan.«

»Das ist ein Witz.«

»Nein, es geht um ein völlig neuartiges Produkt auf dem Weltmarkt für Sicherheitstechnologie. Eine Weiterentwicklung von *PetSave-One.*«

»PetSave-One?«, echote Herzfeld argwöhnisch.

»Ich habe das Patent entwickelt, nachdem Misty abgehauen war, unsere Katze. Wir haben sie zwei Wochen gesucht und schließlich in der leerstehenden Nachbarsvilla wiedergefunden, wo sie während eines Kontrollgangs des Sicherheitsdienstes hineingeschlüpft war. Und da hab ich mir gedacht, wie viel Sorgen wir uns bei der Suche hätten sparen können, wenn Misty einen GPS-Empfänger im Halsband gehabt hätte.«

»Den *PetSave-One?*«

»Genau. Mittlerweile sind die Dinger ja so klein, dass man sie auch unterm Fell einpflanzen kann. Das Tolle ist, Sie können mit den GPS-Modulen die Katze über Ihr iPhone tracken. Selbst wenn das Tier gar nicht verlorengegangen ist, ist es unheimlich interessant zu sehen, wo der Stromer sich den lieben langen Tag so rumtreibt. Sie können jeden Schritt auf Google Maps nachverfolgen.«

»Jetzt mal halblang.« Herzfeld fasste es nicht. »Meine Tochter ist entführt worden, und Sie wollen mir allen Ernstes ein Investment für ein Suchsystem nach entlaufenen Katzen aufquatschen?«

Ingolf zog ein zerknirschtes Gesicht. »Ich hab doch gesagt, es ist nicht der passende Moment. Und nein, es geht nicht um Haustiere. Dieses Patent hab ich längst wieder verkauft.«

Herzfeld wollte nicht wissen, für wie viele Millionen. Er wollte gar nichts mehr aus dem Mund dieses neureichen Schnösels hören. Am liebsten wäre er sofort ausgestiegen und hätte auf sich allein gestellt die Entführer seiner Tochter gejagt. Er überlegte ernsthaft, Ingolf bei der nächsten Gelegenheit aus dem Porsche zu schmeißen und auf eigene Faust weiterzufahren.

»Ich habe eine völlig neue, revolutionäre Idee. Eine Weiterentwicklung von *PetSave-One,* aber ich würde jetzt wirklich gerne das Thema wechseln und viel lieber etwas über unser Ziel der Reise erfahren. Dieser Martinek, er ist ein Freund?«

Herzfeld blickte nach vorne und fixierte ein Ortsschild. »Nichts, was über die Arbeit hinausging.«

»Da hatte Ihr Kollege aber einen ziemlich langen Arbeitsweg.« Ingolf deutete auf das Schild. Sie passierten die Ortseinfahrt von Zarrentin, 229 Kilometer von Berlin entfernt.

»Martinek hatte eine Wohnung in Lichterfelde, bis …«

… bis das mit Lily geschah.

Er zog es vor zu schweigen, bis Ingolf fragte: »Und er wird Ihnen helfen, Ihre Tochter zu finden?«

»Nein.«

Wenn er an Martineks letzte Worte dachte, musste er eher vom Gegenteil ausgehen: *»Mag sein, dass du heute noch nicht weißt, wie es sich anfühlt, wenn man das Wichtigste im Leben verliert. Aber ich bete ab sofort jeden Tag, dass du es irgendwann lernen wirst.«*

Martineks Gebete schienen erhört worden zu sein. Sehr wahrscheinlich hatte er dabei nachgeholfen.
Herzfeld war dankbar, dass er von der monotonen Frauenstimme des Navigationsgeräts in seinen düsteren Gedanken unterbrochen wurde. Sie hatten ihr Ziel erreicht.
»Keiner da«, murmelte er, als sie vor dem schiefen Jägerzaun hielten, der das Grundstück umfasste. Vor Jahrzehnten war das freistehende Herrenhaus sicher einmal der Blickfang des Ortes gewesen. Heute diente die graue Fassade mit den verrotteten Fensterläden allenfalls als Inspiration zu Schauergeschichten.
»Erinnert an ein Spukschloss. Dort zu klingeln ist bei den Dorfkindern sicher eine beliebte Mutprobe«, bemerkte Ingolf. »So viel zum Aufschwung Ost.«
Er wollte in die Einfahrt rollen, entschied sich aber angesichts der nicht geräumten Schneemassen dagegen und parkte schräg auf dem Bürgersteig. »Kein Licht, kein Rauch überm Schornstein«, sagte er und schaltete das Fernlicht an, um die Fassade besser auszuleuchten.
»Sogar das Dach ist marode. Himmel, wenn hier einer wohnt, zieh ich ins Dschungelcamp.«
»Dann viel Spaß in Australien«, sagte Herzfeld und deutete auf das Fenster im ersten Stock, hinter dem sich gerade der Vorhang bewegte.

27. Kapitel

Herzfeld war sich sicher, dass sie beobachtet wurden. Allein der Porsche auf dem Bürgersteig musste bei einigen Bewohnern der ebenfalls heruntergekommenen Häuser in der Nachbarschaft für Aufsehen gesorgt haben. Erst recht das ungleiche Paar, das auf dem Weg über den Hof bis über die Knöchel im Schnee versank. Während Herzfeld mit Schnürstiefeln, einer schwarzen Jeans und farblich passender Daunenjacke noch eher unauffällig wirkte, schien Ingolf gänzlich fehl am Platz. Bereits nach wenigen Metern hatte er einen seiner rahmengenähten Lederschuhe verloren und ruinierte seinen Kaschmirmantel, als er bei dem Versuch, den Slipper wieder aus dem Schnee zu klauben, der Länge nach hinschlug.

»*Grand malheur*«, fluchte er, was vermutlich einem Wutausbruch gleichkam. Bevor er den Schneematsch von Mantel und Anzug klopfte, richtete er sich gemächlich seine Haare.

»Und ich bleibe dabei«, rief Ingolf Herzfeld hinterher, während er mit nassen Socken in seinen Maßschuh schlüpfte. »Das Anwesen ist verwaist.«

Der Professor war bereits vorangegangen und stand am Fuß einer Treppe, die zu einer mächtigen Haustür führte. Auch er hatte es beim Näherkommen bemerkt: Das Fenster im ersten Stock stand einen kleinen Spalt offen. Der Vorhang wurde vom Wind bewegt.

Herzfeld betrachtete nachdenklich eine grüne Truhe aus wetterfestem Plastik unter dem Vordach, in der vermutlich die Sitzkissen für die Gartenmöbel verstaut waren, die jetzt im vorderen Teil des Grundstücks unter einer großen Linde verrotteten. Im Augenblick diente sie als Ablage für ein Paar fabrikneue, braune Industriegummistiefel. Herzfeld nahm sie in die Hand. *Größe 44,* wunderte er sich. Martinek war zehn Zentimeter kleiner als er. Hatte er wirklich die gleiche Schuhgröße wie er selbst? Nachdenklich öffnete Herzfeld den Deckel der Truhe, in der er keine Kissen, sondern einen grauen Pappkarton entdeckte.

»Geschwind mit Schwintowski«, las Ingolf den Werbespruch des Umzugsunternehmens vom Kartondeckel ab. Der Praktikant rieb sich mit einem Taschentuch den Regen von den Brillengläsern und blinzelte dem Professor kurzsichtig über die Schulter.

Wie die Stiefel musste der Karton schon geraume Zeit in der Kälte gestanden haben. Die Pappe war alt und feucht und riss beim Öffnen der Falzlaschen.

»Mein lieber Herr Gesangsverein.« Ingolf pfiff anerkennend durch die Zähne und deutete mit dem Bügel seiner Brille in die geöffnete Truhe. »Ich würde sagen, der Ausflug hat sich gelohnt.«

Die oberste Schicht des Kartons bestand aus Bargeld: dicke Packen mit Banderolen gebündelter Scheine. Herzfeld holte einen der Stapel heraus und ließ die Scheine wie ein Daumenkino durch die Finger gleiten.

»Das müssen mindestens hunderttausend sein«, schätzte Ingolf.

»157 560 Euro«, bestätigte Herzfeld und schüttelte resigniert den Kopf.

Verdammt, Sven.

»Sind Sie jetzt auch noch eine Art Rain Man, oder woher wollen Sie das auf einen Blick so genau wissen?« Ingolf sah abwechselnd auf das Geld und dann wieder zu Herzfeld.
»157 560 Euro. Das ist der Betrag, den Martinek mir damals geboten hat, damit ich die Beweise fälsche.«
Er erklärte Ingolf so kurz wie möglich, was zwischen ihm und seinem Kollegen vorgefallen war.
»Und Sie haben abgelehnt?«
Herzfeld nickte und legte das Bündel zu den anderen zurück. »Ja. Es war exakt die Summe, die er nach einer Erbschaft auf dem Konto hatte. Wie man sieht, ist es ihm seit dem Tod seiner Tochter nichts mehr wert.«
Herzfeld schob das Geld beiseite und stieß darunter auf eine in einer Wolldecke eingewickelte Axt.
»Hey, vorsichtig«, mahnte Ingolf, als Herzfeld das nagelneue, kurzstielige Werkzeug herausholte.
»Gehört so was zur Standardausrüstung für Rechtsmediziner?«
Herzfeld schüttelte den Kopf. »Nein. Für Einbrecher.«
Er deutete auf das Vorhängeschloss, mit dem die Eingangstür gesichert war, und zeigte Ingolf, was Martinek mit einem Edding auf den Holzgriff der kurzen Axt geschrieben hatte:
Du wirst sie brauchen, Paul.
»Scheint so, als werde ich erwartet.«
Herzfeld trat an die Tür, nahm das Schloss prüfend in die Hand, erkannte die Schwachstelle und zerteilte mit einem schnellen, geschickten Hieb ein verrostetes Glied in der Kette, wobei er sich auf die Lippe beißen musste, um nicht laut aufzuschreien, als ihm der Schmerz durch die geprellten Finger schoss.
Die Tür hatte keinen Knauf mehr, ließ sich aber problemlos aufziehen.

»Sie bleiben hier!« Herzfelds Ton duldete keine Widerrede, doch Ingolf blieb davon gänzlich unbeeindruckt. Er legte eine Hand hinters Ohr und fragte: »Hören Sie das?«

Verdammt, er hat recht. Was zum Teufel ist das?

Irgendetwas brauste und rauschte im Inneren des Hauses, und es wurde lauter, als sie eintraten. Doch das war nicht das einzig Befremdliche.

Schon auf der Schwelle bemerkte Herzfeld eine unerwartete und völlig unnatürliche Wärme, die nichts mit einer überhitzten Wohnung im Winter gemein hatte. Sie war wesentlich feuchter, fast wie in einem Gewächshaus.

»Das ist ja kaum auszuhalten«, keuchte Ingolf hinter ihm. Als Herzfeld sich umdrehte, sah er, wie sein Begleiter den obersten Hemdknopf öffnete. Auch Herzfeld begann zu schwitzen. Er tastete nach einem Lichtschalter neben der leeren Garderobe, doch der Deckenlampe fehlten sämtliche Glühbirnen.

»Sven?«, rief er, ahnend, dass er keine Antwort erhalten würde. Selbst wenn sich sein ehemaliger Kollege hier irgendwo versteckt hielt, würde er sie bei diesem Lärm kaum hören können.

Es sei denn, er steht direkt hinter mir.

Von einer irrationalen Furcht erfüllt, drehte sich Herzfeld herum, doch es war nur Ingolf, der jetzt in ihn hineinrannte.

»Vorsicht, bitte. Sie sind bewaffnet«, sagte er mit Blick auf die Axt, die Herzfeld immer noch fest umklammert hielt.

Herzfeld nickte nur und sah sich um.

Das Anwesen hatte den Grundriss eines kleinen Stadtschlosses. Direkt hinter einem geräumigen Windfang schloss sich ein doppelstöckiges Atrium an, von dem eine geschwungene Flügeltreppe in die oberen Gemächer führte. Rechts und links der beiden Treppenaufgänge lagen breite Durchgänge. Im Prospekt eines Maklers klang das sicher hochtrabend; in der Realität wirkte es trist und morbide, was auch daran lag, dass es nirgendwo Möbel oder Bilder gab, nur leere Wände mit ergrauten, fleckigen Tapeten.

»Ich sag doch, hier wohnt niemand mehr«, beharrte Ingolf erneut.

»Und wer ist dann für diesen Krach verantwortlich?« Herzfeld deutete nach links. »Sie warten hier, haben Sie verstanden?«

Ingolf nickte und setzte sich seine Brille wieder auf, deren Gläser sofort beschlugen.

Das Rauschen schien aus dem Durchgang links von Herzfeld zu kommen, also bog Herzfeld hier ab. Der schmale, düstere Gang erinnerte an einen Hotelflur, von dem in regelmäßigen Abständen kleinere Zimmer abgingen. Bis auf eine Tür waren alle verschlossen. Je weiter Herzfeld voranschritt, desto lauter wurde es.

Und wärmer!

Herzfeld erreichte die offenstehende Zimmertür, die zu einer kleinen Kammer gehörte, und entdeckte darin die Lärmquelle: Das Heizgebläse auf dem Boden verfügte über ein Edelstahlrohr mit dem Durchmesser eines Handballs und musste schon seit Stunden, *wenn nicht seit Tagen,* in Gebrauch sein. Die Düse glühte rot, und es roch nach verbranntem Kunststoff. Der Lüfter wäre stark genug gewesen, eine kleine Traglufthalle mit heißer Luft zu versorgen. Für den schmalen Durchgangsflur zum Speisezimmer war er völlig überdimensioniert.

Herzfeld griff nach dem Kabel in der Wand und riss es aus der Steckdose. Es wurde schlagartig kälter, aber es rauschte immer noch, wenn auch jetzt in einiger Entfernung.

»Es muss noch weitere Heizlüfter geben«, ließ ihn die Stimme in seinem Rücken zusammenfahren. Wütend vor Schreck, drehte er sich herum: »Ich hab doch gesagt, Sie sollen vorne auf mich warten.«
»Hab ich ja, und dabei hab ich das hier entdeckt.«
Ingolf hielt ihm mit schuldbewusster Miene einen schmalen Aktenordner entgegen.
Herzfeld legte die Axt auf den Boden, um beide Hände frei zu haben, dann schlug er den Pappdeckel auf. Hastig überflog er das ihm wohlvertraute Formular eines Obduktionsberichts, während ihm Ingolf mit dem Display seines Handys in dem Halbdunkel des Ganges etwas Licht spendete.

- Zerstörtes, frisch unterblutetes Hymen, Frau / Mädchen war bis dato Jungfrau
- Genickbruch
- Fremdspeichelreste auf der Haut des gesamten Körpers, insbesondere im Schambereich

»Woher haben Sie das?«, fragte Herzfeld, während er in der Spalte für die personenbezogenen Daten nach Namen und Alter des Opfers suchte. Beides war ausgespart.
Dafür fand sich auf der letzten Seite des Berichts ein einzelnes loses Foto. Das Polaroid zeigte eine junge Frau auf einem Sektionstisch. Martinek beugte sich über sie und öffnete ihr gerade den Brustkorb mit einem Y-Schnitt.
Nein. Das ist unmöglich.
Das Gesicht der Frau war auf dem Foto abgeschnitten, doch von Größe und Statur …
… könnte es hinkommen.
Bei dem Gedanken an seine Tochter glitt Herzfeld der Ordner aus den Händen.

»Die Akte lag ganz unten im Karton.« Ingolf hob sie wieder auf.
»Ergibt das für Sie hier alles irgendeinen Sinn? Der Bericht? Das Geld? Das Standgebläse?«
»Ich fürchte, ja«, antwortete Herzfeld leise. *Wie war noch mal das Lebensmotto, das du in deinem Facebook-Profil angegeben hast, Sven? Nichts dem Zufall überlassen?*
»Martinek weiß genau, was er tut«, sagte Herzfeld und deutete auf das Gebläse. »Er hat uns akustische Wegweiser aufgestellt.«
»Um uns wohin zu führen?«
»Das werden wir gleich herausfinden.«
Herzfeld sog die Luft durch die Nase ein. Jetzt, da der Geruch des verschmorten Kunststoffs etwas nachließ, verfing sich eine weitere übelriechende Duftkomponente in seinen Flimmerhärchen.
»Riechen Sie das auch?«, fragte er Ingolf und sah zu der holzeingefassten Glastür am Ende des Durchgangs. Ohne die Antwort abzuwarten, setzte er sich in Bewegung, zog die Schiebetür auf und entdeckte dahinter den nächsten Heizlüfter. Auch dieses Gerät glühte bereits vor Überlastung, und er kappte auch hier die Stromversorgung. Es dauerte eine Weile, bis er sich an die plötzliche Stille und das Dämmerlicht gewöhnt hatte, dann nahm Herzfeld mehr als nur Konturen wahr.
Das Speisezimmer war ein holzvertäfelter Saal mit hohen Stuckdecken, der zum hinteren Teil des Gartens mit einem gläsernen Erker abschloss. Wie in den anderen Räumen waren auch diese Wände nackt, allerdings konnte man an schwarzen Rändern auf dem Holz erkennen, dass hier vor einiger Zeit ein Gemälde in der Größe eines Wandteppichs gegenüber vom Esstisch gehangen haben musste. Wobei

Tisch als Bezeichnung für das einzige Möbelstück im Saal eine maßlose Untertreibung war. An dem rotschwarzen Mahagonimonstrum hätte gut und gerne eine Hochzeitsgesellschaft Platz gefunden, ohne sich in die Quere zu kommen. Derartige Feiern in dem alten Herrenhaus mussten lange zurückliegen, allein dem Zustand des Kronleuchters nach zu urteilen, der spinnwebenverhangen nur noch an zwei von sechs Schrauben von der Decke baumelte. Doch weder die Tafel noch der Leuchter waren das wirklich Auffällige im Saal.

»Gütiger Gott, was ist *das?*«, keuchte Ingolf und deutete zur Tischmitte. Der Praktikant hielt sich Mund und Nase zu.

Herzfeld trat einen Schritt vor und begann zu zittern.

Ich fürchte mich davor, es auszusprechen.

Auf der Speisetafel, direkt im Zentrum unter dem alten Kronleuchter, lag ein …

… ein Klumpen? Ein Körper?

Man konnte es nicht genau erkennen, denn über dem unförmigen Gebilde war ein weißes Tuch ausgebreitet.

Plötzlich wünschte Herzfeld sich den Lärm der Heizgebläse zurück, in der irrationalen Hoffnung, der Krach könnte seinen Geruchssinn wieder desensibilisieren. Was immer da unter dem Tuch auf ihn wartete, verströmte den unverkennbaren Geruch von Leichenfäulnis. Und damit nicht genug – der dünne Leinenstoff schien sich zu bewegen.

»Das ist ja noch lebendig«, würgte Ingolf, doch Herzfeld wusste es besser. Wie zum Beweis seiner schlimmsten Befürchtungen schlängelte sich eine weiße Made unter dem Tuch hervor und krümmte sich auf der Oberfläche der Tafel.

Zu klein. Das kann keine vollständige Leiche sein, dachte

er, und dieser Gedanke machte es für ihn noch unerträglicher.

Ich kann das nicht.

In seinen Ohren begann es zu summen, als würden nicht Käfer und Maden, sondern ein Schwarm Wespen das unter der Abdeckung verfaulende Fleisch zersetzen.

Deswegen die hohen Temperaturen. Deshalb die Luftfeuchtigkeit.

Martinek wollte den Fäulnisprozess beschleunigen.

Tränen traten Herzfeld in die Augen, als er die Hand nach dem zuckenden Stoff ausstreckte, doch es war unmöglich.

Ich schaffe es nicht.

Er hatte in seinem Leben schon Tausenden von Toten ins Gesicht gesehen, doch das, was er zu erblicken fürchtete, überstieg seine Kräfte bei weitem.

Herzfeld fühlte, wie ihm der Schweiß den Nacken hinunterrann, schloss die Augen und musste einen Ausfallschritt machen, weil er das Gleichgewicht zu verlieren drohte.

Bislang hatte er Ingolf die vollständige Sicht auf den Tisch versperrt, jetzt konnte auch der Praktikant erkennen, was den Professor so sehr schockiert hatte. Es waren weder der Gestank noch die Maden, die ihn davon abhielten, das Leichentuch wegzureißen, sondern das Asthmaspray, das direkt vor Herzfelds Augen auf dem Tisch lag.

28. Kapitel

Helgoland.

»Vorhin bei der Töven, wo hast du eigentlich die ganze Zeit gesteckt?«, wollte Linda wissen, als sie mit dem Fahrstuhl nach unten in die Pathologie fuhren.
Noch beim Sprechen fiel ihr auf, dass sie und Ender irgendwann ohne größeres Nachdenken zum Du übergegangen sein mussten.
Wahnsinn verbindet. Auch ein guter T-Shirt-Spruch.
»Ich hatte einige Mühe, die Luke zum Dachboden zu öffnen, das Schloss klemmte, und selbst mein Dietrich wollte nicht funktionieren. Gerade hatte ich das Ding geknackt, da hörte ich dich unten rufen.«
Die geräumige Aufzugskabine kam zitternd zum Stehen, und die Türen öffneten sich.
»Glaubst du, Herzfelds Tochter ist noch am Leben?« Linda hielt die unförmige Teppichrolle an einem Ende fest, damit sie auf dem Weg aus dem Fahrstuhl nicht von dem Krankenhausbett rollte. Ihre Hände fühlten sich merkwürdig taub an, seit sie noch im Haus der Richterin versucht hatte, sich das Blut abzuschrubben, in das sie sich gestützt hatte. Sie hatten beschlossen, für den Transport den Perserteppich zu benutzen, der vor der Couch gelegen hatte. Am Anfang hatte Linda die Drecksarbeit alleine machen müssen, da Ender sich geweigert hatte, mit anzupacken, solange noch Blut zu sehen war. Dafür hatte er die Leiche, nachdem sie in den Teppich gewickelt war, auf eigene Faust zum Auto getra-

gen, um sie den Anweisungen Herzfelds entsprechend hierher in die Klinik zu bringen.
»Oder meinst du, sie haben Hannah längst ermordet?«
»Keine Ahnung«, antwortete Ender. Sie schoben das Rollbett in die Pathologie und wurden von dem Geruch begrüßt, von dem Linda wusste, dass sie sich in tausend Jahren nicht an ihn gewöhnen würde.
»Ich weiß nur, dass uns bald die Tische knapp werden, wenn das hier so weitergeht.«
Ender rollte das Bett zu dem zweiten Sektionstisch, drei Meter von dem entfernt, auf dem Eriks aufgeschnittener Körper weiter ausdünstete. Immerhin herrschten dank des Heizungsausfalls kaum mehr als neunzehn Grad hier unten, und das war wesentlich besser als die Kälte außerhalb der Klinikmauern. Durch den Sturm hatte man draußen das Gefühl, durch einen Eisschrank zu gehen, was den angenehmen Nebeneffekt hatte, dass niemand unterwegs gewesen war, der sie dabei hätte beobachten können, wie sie die Leiche durch den Hintereingang in die Klinik getragen hatten.
»Auf drei«, sagte Ender und gab Linda ein Zeichen, sich das Fußende der Teppichrolle zu greifen, dann betteten sie die Richterin um. Als sie mit dem anstrengenden Unterfangen fertig waren, bemerkte Linda, dass dem Hausmeister die Hände zitterten. Sie berührte ihn sanft am Oberarm.
»Hast du Angst?«
Er sah sie aus erschöpften Augen an. »Du etwa nicht?«
»Doch, klar. Ich meine, wer freut sich schon über zwei Leichen an einem Tag?«
»Ein Bestattungsunternehmer«, versuchte Ender zu witzeln. Dabei war nicht zu übersehen, wie schlecht es ihm ging. Linda griff nach seiner Hand, die er ihr aber entzog.

»Lass uns mit der Arbeit beginnen«, sagte er und räusperte sich verlegen. »Wir haben nicht viel Zeit.«
Linda versuchte es ein zweites Mal, diesmal bekam sie ihn zu fassen. Seine Hand war schweißnass.
»Nein«, sagte sie.
»Wie nein?«
»Nein, wir werden hier gar nichts mehr machen, bevor ich nicht genau weiß, was mit dir los ist.«
Ender lachte nervös und rieb sich die freie Hand am Overall ab. »Was soll schon mit mir los sein?«
Er versuchte, gelassen zu wirken, aber seine Körpersprache verriet ihn. Vom Hals an abwärts war jeder Muskel angespannt, als wollte er für eine Meisterschaft im Bodybuilding posen.
»Pass auf«, sagte Linda und ließ ihn wieder los, um sich ein Seziermesser zu greifen. »Ich mach diesen Irrsinn nur mit, weil ich große Angst habe, dass hier wirklich ein Serienmörder auf der Insel herumläuft, und ich nicht will, dass bei nächster Gelegenheit irgendjemand aus meinem Hals ein Ü-Ei schneidet.«
»Und du willst Hannah retten«, warf Ender ein.
»Richtig, und das ist der springende Punkt. Als du vorhin zu meinem Haus gekommen bist, wusstest du da schon, dass Herzfelds Tochter entführt wurde?«
Ender schüttelte den Kopf. »Nein. Das hab ich erst später von dir erfahren.«
»Und trotzdem hast du dem Professor geholfen, bevor du auch nur ahnen konntest, was hier alles auf dem Spiel steht. Weshalb?«
Ender seufzte. Als er nicht antwortete, stemmte Linda sich beide Hände in die Hüfte.
»Weil Paul mir auch schon mal den Arsch gerettet hat«,

flüsterte er schließlich, machte eine kurze Pause und erklärte dann: »Als ich vor zwei Jahren hier anfing, war ich so ein Fifty-fifty-Typ. Die eine Hälfte der Belegschaft mochte mich, die andere wusste nicht, was sie von dem türkischen Popeye als Hausmeister halten sollte.«

Linda musste zum ersten Mal über eine Bemerkung Enders lächeln.

»Na ja, ich hatte auch keinen guten Start hier, das muss ich schon zugeben. Gleich der erste Arbeitstag ging voll in die Hose.«

»Wie das?«

»Ich hab dem Chefarzt meinen Lieblingswitz erzählt.«

»Den mit der Cellulitis?«

»Nee, den von dem Kind, das nach Hause kommt und zu seinem Vater sagt: ›Papa, der Markus in der Schule erzählt allen, ich wär schwul.‹ Sagt der Vater: ›Na, dann hau ihm doch eine runter.‹« Ender lächelte schon vor der Pointe. »Sagt der Sohn: ›Nee, der ist so süß.‹«

Linda musste schmunzeln. »Lass mich raten, der Chefarzt war homosexuell?«

Ender grinste. »Nee, dann hätten wir ja was gemeinsam gehabt.«

Ach ja?

Sie zog die Augenbrauen zusammen und wunderte sich, weshalb ihr Schwulenradar sie offenbar im Stich gelassen hatte. Normalerweise erkannte sie die sexuelle Orientierung ihres Gegenübers auf den ersten Blick. Einige ihrer besten Freunde waren vom anderen Ufer.

»Ich bin noch unentschieden«, klärte Ender sie auf, der ihre Gedanken gelesen zu haben schien. »Wie dem auch sei, der Witz kam nicht so gut an, weil der Sohn des Chefarztes sich erst vor einer Woche geoutet und damit für einen handfesten Familienskandal gesorgt hatte, der der Öffentlichkeit auf Helgoland nicht verborgen geblieben war. Und von da an stand ich wohl auf der gleichen schwarzen Liste wie der ach so missratene Sprössling vom Boss.«

»Und Herzfeld hat dich von dieser Liste wieder runtergeholt?«, fragte Linda.

Sie begann, die Leiche der Richterin auszupacken, indem sie ein Ende des Teppichs umschlug. Ender räusperte sich erneut und musste husten. Offensichtlich war es ihm unangenehm, über die Vergangenheit zu sprechen.

»Mehr als das. Vor anderthalb Jahren hat sich hier eine umgebracht. Eine Patientin, die ich oft im Rollstuhl spazieren gefahren habe. Sie konnte nach einem Schlaganfall nicht mehr gut laufen. Jedenfalls hab ich mich um sie gekümmert. Die, die mich nicht leiden konnten, beschimpften mich als anatolischen Erbschleicher. Und dann war ich am Ende tatsächlich der Letzte, den man mit ihr auf dem Gelände gesehen hatte, bevor sie sich samt Rollstuhl die Klippen hinunterstürzte.«

»Man hat dich verdächtigt?«, fragte Linda das Nächstliegende.

Ender wehrte ab, als wolle er nicht länger darüber reden, sagte dann aber: »Nur der Chefarzt. Für den war ich Ender bin Laden. Staatsfeind Nummer eins.«

Linda zog an dem losen Teppichende und bat Ender, darauf zu achten, dass die Leiche beim Auswickeln nicht vom Tisch fiel. Ihre Vorgehensweise war anstrengend und sicher unorthodox, *aber verdammt, Paul, mehr kannst du von einer Comiczeichnerin nicht erwarten.*

»Und Herzfelds Obduktion hat dich entlastet?«, fragte sie. Die Leiche hatte sich um die eigene Achse gedreht, war aber noch vollständig vom Teppich bedeckt.

»Besser noch«, antwortete er. »Paul hat den Abschiedsbrief der Frau am Ufer gefunden.« Ender sah sie bedeutungsschwer an. »Das war eigentlich gar nicht sein Job, die Polizisten vor Ort hatten geschlampt. Aber es ließ ihn nicht los. Zu einer Zeit, als sich alle schon auf mich eingeschossen hatten, machte er sich noch einmal alleine auf den Weg und fand den Brief, der mich raushaute.« Er lächelte. »Dafür bin ich Paul auf ewig dankbar, und deshalb helfe ich ihm bei diesem Wahnsinn und hoffe …«

Ender kam nicht mehr dazu, den Satz zu vollenden. Die plötzlich einsetzende Dunkelheit verschluckte sein letztes Wort und mit ihm den gesamten Obduktionssaal.

29. Kapitel

Zarrentin.

Der Geruch war bestialisch. Der Anblick der vibrierenden Madenkörper, die sich aus den Augenhöhlen schälten, entsetzlich. Und Herzfelds Schrei, nachdem er sich endlich einen Ruck gegeben und das Tuch von dem Leichenklumpen gerissen hatte, hallte spitz von den nackten Wänden des Speisesaals wider. Dann begann er zu lachen.

Herr im Himmel …

»Gott sei Dank«, sagte Ingolf, dem die Freude allerdings nicht ganz so ins Gesicht geschrieben stand wie dem Professor. Der Praktikant deutete auf den Kopf des Tierkadavers, den Herzfeld soeben freigelegt hatte. »Ich denke, die Symbolik ist nicht allzu schwer zu interpretieren.«

Herzfeld nickte. »Für Martinek bin ich ein dreckiges Schwein.«

Und vermutlich hat er recht. Vielleicht habe ich seine Tochter tatsächlich ein zweites Mal getötet, weil ich mich damals an die Vorschriften gehalten habe.

»Ich bin ein Schwein«, wiederholte er flüsternd.

»Schön«, näselte Ingolf, die Nase jetzt fest mit der gesamten Faust umschlossen, »nachdem wir das geklärt hätten, macht es Ihnen doch sicher nichts aus, wenn wir uns in einen Raum begeben, der olfaktorisch nicht ganz so gewöhnungsbedürftig ist? Hallo?«

Herzfeld hörte ihm gar nicht zu, während er langsam um die Tafel schritt. »Sven Martinek war ein Spezialist für Ritualmorde«, sagte er nachdenklich mehr zu sich selbst als zu Ingolf.

»Und das heißt?«

»Er war ein Meister der Symbolik. Ein Zahnstocher im Haar einer Toten, post mortem geschnittene Fußnägel, ein Eimer Teppichreiniger neben der Leiche – er erkannte das Muster und damit die entscheidenden Hinweise hinter jeder noch so scheinbar absurden Tathandlung. Wäre er nicht ein so brillanter Rechtsmediziner gewesen, hätte er auch Kriminalpsychologe werden können.«

»Ich verstehe immer noch nicht, weshalb uns das davon abhält, wieder an die frische Luft zu gehen.« Ingolf trat ungeduldig von einem Bein aufs andere, als müsste er auf die Toilette.

»Nicht so voreilig«, mahnte Herzfeld und ging in die Hocke, um den faulenden Schweinekadaver aus einer anderen Perspektive zu betrachten.

Ingolf stöhnte. »Sie erwägen doch nicht ernsthaft, das Tier zu sezieren?«

Herzfeld machte eine abwehrende Handbewegung und stand wieder auf. »Nein. Vermutlich würden wir damit unsere Zeit verschwenden. Martinek war ein akribischer Arbeiter, er hat sich immer an feste Arbeitsabläufe gehalten, also werden wir die wichtigen Hinweise nur in menschlichen Leichen finden.«

»Glauben Sie etwa, dass hier irgendwo welche rumliegen?« Ingolf wurde noch blasser.

»Ich bin mir nicht sicher, wohin uns die Wegweiser führen werden.«

Hoffentlich nicht zu Hannah.

»Wegweiser?«

»Ja, natürlich.« Herzfeld sah Ingolf kurz in die Augen, bevor er sich wieder zum Tisch wandte. »Die Axt, das Geld, das Asthmaspray – all das ergibt einen Sinn, ebenso wie die Hitze, der Obduktionsbericht und der Kadaver.«

»Und?«

»Wir haben etwas übersehen. Denken Sie nach, von Appen. Worauf sind wir auf dem Grundstück zuerst gestoßen?«

»Schnee.«

Herzfeld zog verärgert die Augenbrauen zusammen. »Ich rede von den Gummistiefeln.«

Er fing sich einen argwöhnischen Blick ein. »Sie meinen, die haben auch was zu bedeuten?«

»Alles geschieht aus einem Grund«, zitierte Herzfeld eine weitere von Martineks Lebensweisheiten, mit denen er im Sektionssaal um sich geworfen hatte, wenn er auf einen merkwürdigen Befund gestoßen war.

Es ist kein Zufall, dass mir die Stiefel passen.

»Und wofür stehen diese hässlichen Botten, bitte schön?«, wollte Ingolf wissen.

»Das ist genau die richtige Frage.« Herzfeld drehte sich zum Erker hinter dem Kopfende der Tafel und gab Ingolf ein Zeichen, ihm zu folgen. Als er so nah am Fenster zum Garten stand, dass sein Atem die Scheibe beschlug, hob der Professor den Arm und deutete nach draußen.

»Sie stehen für Pfützen, Regen, Nässe, für Wasser im Allgemeinen«, sagte er und zeigte auf ein kleines Bootshaus am Seeufer, zu dem das verschneite Grundstück sanft abfiel. Ein fahles Licht schimmerte matt durch die Löcher der Pappe, mit der das einzige Fenster des grauen Holzschuppens verkleidet war.

30. Kapitel

Es war das Arbeitszimmer eines Besessenen. Herzfeld war sich nicht sicher, ob Martinek es dekoriert hatte, um bewusst ein weiteres Zeichen zu setzen, oder ob sein Kollege in den letzten Wochen wirklich vollends den Verstand verloren hatte.

Einzig ein altes Ruder neben der Eingangstür erinnerte noch an den ursprünglichen Zweck des Bootshauses. Ansonsten glich der quadratische Raum, in dem früher einmal Ruderboote, Ersatzteile, Reinigungsmittel oder Planen aufbewahrt worden waren, einer bizarren Kultstätte.

Das Erste, was man beim Eintreten sah, war der Schrein. Er stand am Kopfende des Schuppens vor einem Metallrollo, vermutlich der Ausgang zum See hinaus, durch den man die Boote herein- und hinausschieben konnte.

Das Bild, das Martineks Tochter Lily bei dem Versuch zeigte, vierzehn Geburtstagskerzen auf einmal ausblasen zu wollen, stand im Zentrum dieses kleinen, von einer Weihnachtsbaumkette umrahmten Altars. Sie war die einzige Lichtquelle im Raum, wenn man von der Leuchtdiode eines kleinen Ölradiators absah. Im Gegensatz zu den gewaltigen Lüftern im Haus war diese Heizung auf kleinste Stufe gestellt und spendete nur dann ein wenig Wärme, wenn man direkt vor ihr stand.

Herzfeld trat einen Schritt näher und musterte die vielen persönlichen Gegenstände, die Martinek zum Andenken an seine Tochter um das Foto drapiert hatte. Auf der hölzernen Ablage des Schreins lagen ein Schülerausweis, ein Zahnspangenbehälter, eine Postkarte, Stifte, Süßigkeiten, Murmeln, ein Stoffesel, der an Lilys Kommunionskerze lehnte. Sie war erst zu einem Drittel abgebrannt. Herzfeld meinte vor sich zu sehen, wie Martinek sich hier niedergekniet und die Kerze angezündet hatte, um einsam und allein den Tod seiner Tochter zu beweinen. An diesem Ort musste ihn die Wut über das Urteil vergiftet haben.

Hier hat er den Plan gefasst, es mir mit gleicher Münze heimzuzahlen. Mir zu zeigen, wie es sich anfühlt, wenn man die eigene Tochter verliert.

»Irgendwie krank«, murmelte Ingolf hinter ihm. Dabei meinte der Praktikant nicht den Schrein, sondern die Fotos. Sie waren überall. Auf den Planken, an den Regalwänden, sogar an der Decke des Bootshauses hatte Martinek die Aufnahmen mit einem Presslufttacker befestigt. Die meisten zeigten Sadler, heimlich fotografiert und aus großem Abstand: An dem Tag, an dem er aus dem Gefängnis entlassen wurde. Wie er in einem U-Bahn-Eingang verschwand. Beim Aufschließen seiner Haustür. Auf einigen sah man den Kinderschänder in seiner Freizeit, beim Besuch einer Videothek, schwitzend auf einem Laufband, von dem Gebäude aufgenommen, das dem Fitnessstudio gegenüberliegen musste. Auf einem Bild verabschiedete Sadler sich mit einer engen Umarmung von einem Teenager vor einem Spielplatz. Viele Fotos waren vergrößert; vor allem die, auf denen der Killer lachte.

Ein Allerweltslachen, dachte Herzfeld und nahm eine grobkörnige Aufnahme in die Hand. *Nichts, wovor du deine Kinder warnen könntest.*

Er sah das Datum am Bildrand. Der Schnappschuss war

erst vor wenigen Wochen gemacht worden, worauf der Schnee auf dem Bürgersteig hinwies.

Martinek hatte ganze Arbeit geleistet. Gut möglich, dass er den Mörder seiner Tochter vierundzwanzig Stunden am Stück überwacht hatte, vielleicht sogar mehrere Tage.

Kein Wunder, dass du durchgedreht bist, Sven.

Zumal Martinek dreieinhalb Jahre hatte warten müssen, um diese Bilder schießen zu können.

»Wieso eigentlich sind Sie das Objekt seiner Rache?«, fragte Ingolf mit dem ihm eigenen geschwollenen Sprachduktus. Er hielt einen Zeitungsartikel hoch, den er auf dem Boden gefunden hatte. Er musste durch den Wind beim Betreten des Bootshauses zu Boden gewirbelt worden sein. In den Regalen stapelten sich Kisten mit ausgeschnittenen Berichten, die sich dem ersten Anschein nach allesamt mit dem Vergewaltiger und Kindesmörder beschäftigten.

Herzfeld sah in Ingolfs Richtung und wurde von einer Lichtreflexion in dem Regal hinter dem Praktikanten abgelenkt. Langsam ging er an ihm vorbei, schob einen Schuhkarton mit weiteren Fotografien zur Seite und kniff die Augen zusammen. Die Schrift auf dem Aufkleber war im Halbschatten nur sehr undeutlich zu lesen, daher trug er seinen Fund zum Schrein zurück.

»Ich meine, müsste Martinek sich nicht eher um diesen Sadler kümmern als um Sie?«, fragte Ingolf weiter.

Herzfeld nickte, dann sagte er: »Ich bin mir sicher, dieses Stadium der Rache hat mein Kollege längst hinter sich gelassen.«

»Woher wollen Sie das wissen?«

»Weil ich den Beweis gerade in Händen halte.«

Er streckte Ingolf das Einwegglas entgegen, das er eben dem Regal entnommen hatte.

»Jan Erik Sadler«, las Ingolf die Beschriftung vor. Herzfeld erschauerte, als er den zweiten Vornamen des Killers hörte.
»Ist es das, was ich denke?«, fragte Ingolf und deutete mit angewidertem Blick auf den Inhalt des Glases.
»Eine menschliche Zunge«, bestätigte Herzfeld und griff zu seinem Handy. »Ich informiere Linda, dass wir zumindest das Rätsel um Eriks Identität gelöst haben.«

31. Kapitel

Helgoland.

An. Aus. Pause. Und wieder an.

»Was geht hier vor?«, fragte Linda in dem kurzen Moment, in dem sie etwas sehen konnte. Dann ging das Licht wieder aus.

»Vielleicht der Notstrom.« Ender flüsterte besorgt, als könne er das unheimliche Hell-dunkel-Stakkato, dem sie sich auf einmal ausgesetzt sahen, noch verschlimmern, wenn er mit normaler Lautstärke spräche.

Oder er glaubt, dass wir nicht länger alleine sind.

»Kann sein, dass das Aggregat langsam den Geist aufgibt.« Der Hausmeister klang nicht sehr überzeugt. Das letzte helle Intervall hatte Ender genutzt, um zu den Lichtschaltern zur Tür zu gelangen, die er jetzt einen nach dem anderen erfolglos ausprobierte.

An. Aus. Pause.

Na toll, eine Lichtorgel in der Pathologie.

Linda überlegte, ob sie ihren Platz an Tövens Seziertisch aufgeben und sich mit einem der beiden Messer bewaffnen sollte, die in drei Meter Abstand auf dem Beistelltisch lagen. Sie bekam Gänsehaut.

Das laute Knacken war fast noch unangenehmer als die immer wieder über sie hereinbrechende vollständige Finsternis. Jedes Mal, wenn das Licht ausfiel, klang es, als würde einem Monster die Wirbelsäule eingerenkt. Die Geräusche prallten von den gekachelten Wänden gegen die Edelstahl-

tische und mischten sich mit einem unangenehmen, elektrostatischen Summen.
»Wo willst du hin?«, fragte Linda. Das Licht brannte wieder für drei Sekunden, und Ender stand bereits mit einem Fuß im Gang.
»Ich geh zum Hauptschaltraum. Bin gleich zurück.«
Klar. Lass mich nur alleine in der Disco des Teufels, dachte Linda, dann wurde ihr schlecht. Sie konnte kaum mehr das Gleichgewicht halten. Sie hatte den Fehler gemacht und auf den Seziertisch geschaut, als die Arbeitslampe darüber aufgeflammt war, und nun, da es wieder dunkel war, tanzte das Foto der toten Richterin auf Lindas Netzhaut. Als sie die sterblichen Überreste auf den Tisch gehievt hatten, hatte sich der Teppich aufgerollt. Mittlerweile hatten sich die Enden vollends vom Körper gelöst.
Friederike Tövens Leiche lag auf dem Bauch, der Rock bis über die Hüfte hochgeschoben, was den Blick auf einen zerfetzten und blutgetränkten Baumwollschlüpfer freigegeben hatte …
… und auf den Stock. Scheiße, Ender, bitte komm zurück!
Linda hielt die Augen fest geschlossen, um detaillierte Eindrücke zu vermeiden, aber das machte keinen Unterschied. Der Anblick des abgebrochenen Besenstiels, der zwischen den breiten Oberschenkeln direkt im Genitalbereich der Richterin steckte, hatte sich in ihrem Bewusstsein eingebrannt – und das auf ewig, wie Linda befürchtete.
Das Licht ging wieder an, wenn auch nur für eine Sekunde, und sie verspürte den unwiderstehlichen Drang, sich zu übergeben. Die Ursache des heftigen Blutverlusts war gefunden: Der Killer hatte Friederike Töven gepfählt.
Zonk.
Sie zuckte heftig zusammen. Diesmal war das Geräusch,

mit dem die Lampen sich ausschalteten, von anderer Qualität. Lauter, mit einem größeren Nachhall, aber ohne zu knacken.
Vermutlich hatte Ender den Hauptschaltraum erreicht und das Aggregat komplett heruntergefahren, denn nun konnte sie auch das Summen der Klimaanlage nicht mehr hören, und die Dunkelphase hielt an.
Dafür begann es zu klingeln.
Lindas Augen wanderten zu dem schwachen grünen Licht, das direkt über Eriks Leiche tanzte. Das Haustelefon der Klinik steckte noch immer in dem an der Lampe befestigten Werkzeuggürtel und läutete mit jeder Sekunde lauter.
Sie tastete sich zu dem anderen Sektionstisch hinüber, und als sie ihn erreicht hatte, geschahen mehrere Dinge in rascher Abfolge: Zuerst verstummte das Klingeln, und mit dem Display erlosch auch noch das letzte spärliche Restlicht. Sie hörte ein klirrendes Geräusch, das sie an früher erinnerte, wenn sie ihrer Mutter dabei geholfen hatte, das saubere Besteck in die Küchenschublade zu sortieren. Und dann, als das Telefon über dem Bauch der Leiche erneut anschlug, entfuhr ihr ein heller, spitzer Schrei. Ausgelöst durch eine Berührung, die sich wie ein kalter Kuss in ihrem Nacken anfühlte.

32. Kapitel

Zarrentin.

»Ich kann sie nicht erreichen.«

Herzfeld sah zu Ingolf, der, die Hände in die Hüften gestemmt, mit nachdenklich wiegendem Kopf vor dem Schrein stand, den Martinek im Andenken an seine Tochter im Bootshaus errichtet hatte.

Im Andenken und im Wahn.

»Haben Sie das hier schon gesehen?«, fragte der Praktikant.

Eigentlich hatte Paul es noch einmal mit einem weiteren Anruf in der Klinik versuchen wollen, doch jetzt trat er, das Handy in der Hand, neugierig näher. »Das ist das Bild von Lily.«

»Das meine ich nicht.«

Ingolf hob das schmale Tischtuch an, auf dem Martinek die Schätze ausgebreitet hatte, die ihn an seine Tochter erinnern sollten (*Todessouvenirs,* schoss es Herzfeld durch den Kopf), dabei kam die Kommunionskerze ins Wanken.

»Vorsicht«, mahnte er und wollte die Kerze festhalten, als er die Tastatur sah, die Ingolf freigelegt hatte.

Der morbide Altar war um einen Laptop herumgebaut, für das flüchtige Auge unsichtbar mit Tüchern und Servietten bedeckt. Lilys DIN-A4-Foto klebte nicht auf einer hölzernen Rückwand, wie Herzfeld bislang vermutet hatte, sondern auf einem flachen Computermonitor.

Plötzlich hörte er ein leises Summen, dann begann sich das Abbild des lachenden Mädchens gespenstisch zu verfärben.

»Der Laptop hat noch Saft«, stellte Ingolf fest. Herzfeld legte sein Handy neben den Computer, hauchte sich etwas Atem in die vor Kälte starren Finger, dann löste er das Foto vom Monitor, dessen Hintergrundbeleuchtung die Gesichter der beiden in ein kaltes, blaues Licht tauchte.
Das Eingabefeld für ein Passwort tauchte auf. Herzfeld tippte, ohne nachzudenken, den Vornamen von Martineks Tochter ein, und Sekunden später baute sich die typische Benutzeroberfläche eines Heimcomputers auf. Die Desktopansicht wirkte sehr aufgeräumt, nahezu leer. Neben den üblichen Icons für ein Textverarbeitungs- und Mailprogramm, Internetbrowsern und einer Steuerverwaltungssoftware gab es keine auffälligen Dateien oder Shortcuts, die es sich auf den ersten Blick zu öffnen gelohnt hätte, zumal Herzfeld keine Ahnung hatte, wonach er auf der Festplatte hätte suchen sollen.
»Sehen Sie mal im Verlauf nach«, riet Ingolf, und Herzfeld folgte dem klugen Ratschlag, indem er unter »Zuletzt verwendet« im Startmenü die Namen der Dateien überflog, die Martinek in letzter Zeit geöffnet hatte.
Er war nicht verwundert, dass er nur einen einzigen Eintrag fand; der Endung des Dateinamens nach war es ein Videofile:

•••*seethetruth.mp4*•••

»Sieh die Wahrheit?«, übersetzte Ingolf, während Herzfeld sich wieder so fühlte wie vor wenigen Minuten, als er kurz davorgestanden hatte, das Leichentuch von einem Klumpen Fleisch zu ziehen.
Und leider war er sich sehr sicher, dass es diesmal kein Schweinekopf wäre, den sie zu sehen bekommen würden.

Martinek hatte sich das Video in den letzten Wochen mehrfach angesehen oder überarbeitet.

Die Zeit rennt.

Entgegen der warnenden Stimme in seinem Kopf, es besser nicht zu tun, klickte Herzfeld die Datei an und beobachtete die Veränderungen auf dem Bildschirm.

Es dauerte geraume Zeit, bis sich das graue Fenster, das nicht größer war als das eines YouTube-Videos, mit Inhalt füllte.

Schon auf den ersten Blick entlarvte es sich als eine amateurhafte Collage: überbelichtet, unscharf und verwackelt, was den gezeigten Bildern aber nicht ihre Intensität nahm, obwohl man zunächst nur erahnen konnte, was genau die Kamera im Fokus hatte. Erst als die Aufzeichnung etwas schärfer wurde, löste sich das Bilderrätsel.

»Füße?«, fragte Ingolf und bat, das Video größer zu ziehen, aber anscheinend sah das Abspielprogramm keine Vollbildfunktion vor. Dafür war es möglich, den Bildschirm von der Tastatur zu entkoppeln, wie Herzfeld bemerkte, als Ingolf zwei Hebel am Seitengehäuse des Laptops umlegte und ihm den losgelösten Monitor reichte. Derweil zeigte die Aufnahme einen Frauenkörper, das Gesicht hatte der Kameramann ausgespart.

Glatte, jugendliche Haut; der Größe und Statur nach zu urteilen, ein Mädchen im Alter zwischen dreizehn und siebzehn Jahren.

Um sich von dem Grauen auf dem Video abzulenken, war Herzfeld in seinen professionellen Obduktionsmodus verfallen.

Sie liegt in einem geöffneten Leichensack auf einem Tisch, der dem im Esszimmer des Herrenhauses ähnelt. Die Hüfte ist schmal, rasierte oder gewachste Bikinizone, keine beson-

deren äußeren Kennzeichen, mit Ausnahme einer Tätowierung am linken Knöchel, verdammt …
Die Tätowierung riss Herzfeld aus dem Zustand des neutralen Beobachters und machte ihn wieder zum angsterfüllten Vater.
Ist das Hannah?
Er kannte diese Tätowierung nicht, aber das hatte nichts zu sagen. Vielleicht hatte sie sie sich erst vor kurzem stechen lassen. Und überhaupt, wie sollte er anhand einer schlechten, im Bierdeckelformat präsentierten Aufnahme seine Tochter identifizieren können?
Plötzlich war die Leiche des Mädchens nicht mehr allein im Bild. Martinek, der keine Scheu zu haben schien, sein Gesicht zu zeigen, trat vor die Kamera und blickte traurig in die Linse. In der einen Hand hielt er ein Sektionsmesser, in der anderen etwas, das zuerst wie eine Metallstange aussah, sich dann aber als das Ende eines Besenstiels entpuppte. Herzfeld konnte einige Einkerbungen im Holz ausmachen, die Martinek dem Stock mit dem Messer beigebracht haben musste.
»Und nun?«, fragte Ingolf neben ihm, als die Aufnahme zu Ende zu sein schien, denn der Bildschirm in Herzfelds Händen hatte sich wieder schwarz verfärbt. Eine Zeitlang sah man nur weißes Rauschen, doch dann lief die Aufzeichnung aus einer anderen Perspektive weiter. Martinek hatte das Stativ, auf dem die Handkamera stand, gedreht, so dass es jetzt seitlich zum Tisch stand. Man konnte sehen, wie er den Brustkorb des Mädchens öffnete.
»Nein!«, riefen Ingolf und Herzfeld fast gleichzeitig wie Kinobesucher, die sich vor der nächsten Szene des Horrorfilms fürchten, nur dass die immer größer werdende Wunde kein Spezialeffekt war.

»Ich liebe dich, Papa«, hörte Herzfeld in Gedanken seine Tochter sagen und wollte sich abwenden, weil er, wenn er zwischen zwei Übeln wählen müsste, lieber unwissend sterben als Martinek dabei zusehen wollte, wie der den Körper seiner Tochter aufschnitt. Doch das war nicht nötig. Die Aufnahme riss ab, noch bevor das Sektionsmesser den Bauchnabel des Mädchens erreicht hatte.

»Was macht er?«, fragte Ingolf. Für die folgenden Sequenzen hatte Martinek die Kamera selbst in die Hand genommen. Der weiße Leichensack war wieder fest verschlossen, wenn auch an mehreren Stellen von außen mit Blut verschmiert. Auf einem Schneidebrett am Kopfende des Tisches lagen die ausgeweideten Organe der jungen Frau, erst jetzt konnte man, dank eines kurzen Schwenks zum Fußboden, erkennen, dass der gesamte Raum mit einer wasserdichten Plane ausgelegt war.

Bislang hatte sich Martinek ohne Ton gefilmt, doch jetzt hörte man das Rascheln des Plastiks, als der Rechtsmediziner den Leichensack über den Tisch zog. Martinek legte kurz die Handkamera ab, um beide Hände frei zu haben, und in einem auf dem Kopf stehenden, eingeschränkten Ausschnitt konnte Herzfeld erkennen, wie sein ehemaliger Kollege den Sack auf eine bereitstehende Schubkarre hievte. Dann gab es den nächsten Schnitt, und die Aufnahme sprang ins Freie.

»Er bringt sie hierher zum Bootshaus«, kommentierte Ingolf unnötigerweise. Martinek musste sich die Kamera an einer Schlaufe um den Hals gehängt haben, die Kamera befand sich etwa in Brusthöhe und filmte aus dieser Perspektive das hintere Grundstück des Herrenhauses samt Bootshaus, Steg und See.

Außer keuchenden Atembewegungen und dem Knirschen

des Schnees war auf dem schaukelnden Video nichts weiter zu hören. Die Reifen der Schubkarre hatten den Steg erreicht, der auf den vereisten See hinausführte.

»Was hat er vor?«, murmelte Ingolf gerade, da eilte Herzfeld bereits mit dem Bildschirm aus dem Schuppen hinaus. Draußen war es trübe, aber noch nicht dunkel, weshalb er kein Problem damit hatte, die Geschehnisse auf dem Bildschirm zu verfolgen und sich zwischendurch mit raschen Blicken in der Umgebung zu orientieren, um die Aufnahme mit der Gegenwart abzugleichen. Der Steg nahm seinen Ursprung drei Meter versetzt hinter dem Bootshaus. Eine schmale Rampe führte über das Ufer, an dessen Kranz Schilfpflanzen wie Finger aus der Schneedecke hervorstachen.

Beim Näherkommen sah Herzfeld ein kleines »Betreten verboten«-Schild an einem Pfosten hängen, das er in diesem Moment ebenso ignorierte, wie es auch Martinek auf dem Video getan hatte.

Auf der Aufnahme hatte sein Kollege bereits das Ende des Stegs erreicht. Das Wasser musste an dieser Stelle einen hohen Pegel gehabt haben, Martinek brauchte nur einen kleinen Absatz nach unten zu nehmen, dann stand er samt Schubkarre und Leichensack auf dem Eis.

Von nun an gab es in der Aufzeichnung keine Zeitsprünge mehr. Martinek ging zielstrebig mit gleichmäßigen Schritten auf den See hinaus, das schneeverwehte Eis und Teile des Leichensacks immer im Blickwinkel der schaukelnden Kamera.

»Ist das eine Boje?«, fragte Ingolf und drängte sich an Herzfeld vorbei, als auch sie das Ende des Bootsstegs erreicht hatten und sich vor ihnen nichts als die Eisfläche des Sees erstreckte. Die Spuren der Schubkarre waren nicht mehr zu erkennen. Hier draußen, gut zwanzig Meter vom Ufer entfernt, wehte der Wind noch heftiger und schnitt wie ein Skalpell in die Finger, mit denen Herzfeld den Monitor hielt.

»Mag sein.« Er konnte nicht erkennen, was da etwa in der Mitte des Sees im Dämmerlicht auf der Eisdecke stand. Die Lichtverhältnisse zum Zeitpunkt der Videoaufzeichnung waren wesentlich besser gewesen als jetzt, doch der Winkel der Kamera erfasste nicht den dunklen Gegenstand.

»Ich geh mal nachsehen«, sagte Ingolf, und bevor Herzfeld es verhindern konnte, trat er über die Schwelle aufs Eis.

»Warte noch«, wollte er ihm nachrufen, da hatte der Praktikant sich schon schlitternd in Bewegung gesetzt.

»Die Sonne ist bald verschwunden«, rief er und zeigte, ohne sich umzudrehen, nach oben auf die geschlossene, grauschwarze Wolkendecke. »Noch ein paar Minuten, und wir sehen hier gar nichts mehr.«

»Bleib da!«, wiederholte Herzfeld seine Warnung und wollte schon den Bildschirm auf den Steg legen, um Ingolf zu folgen, als Martineks Stimme ihn davon abhielt.

»Hallo, mein Lieber.«

Er klang herzlich, nahezu feierlich, und etwas Wehmut schwang in der Aufnahme mit, daher wusste Herzfeld, dass die Worte nicht an ihn gerichtet sein konnten, lange bevor er die große Hand des anderen Mannes sah, die auf der Bildfläche erschien. Es folgte ein langer und fester Händedruck.

»Sieht aus wie ein Kreuz«, hörte er Ingolf rufen, doch Herzfeld hatte im Augenblick nur Augen und Ohren für die Ereignisse auf dem Bildschirm.

»Dann soll es also so sein?«, fragte Martinek, nachdem er die Hand des Unbekannten wieder losgelassen hatte.

Der körper- und gesichtslose Fremde gab keinen Ton von sich. Vermutlich hatte er genickt, denn jetzt griff Martinek wieder nach der Schubkarre, drehte sie um neunzig Grad und zog sie an den Griffen nach oben.

»Er bringt mich um, wenn du nicht genau das tust, was er sagt«, erinnerte sich Herzfeld an die Mailboxansage. *»Er kontrolliert jeden deiner Schritte.«*

Hatte sie ihm damit zu verstehen gegeben, dass Martinek einen Komplizen hatte? Einen Partner, der in dem Augenblick, in dem die Aufnahme gemacht worden war, neben Martinek stand und dabei zusah, wie der Leichensack langsam von der Schubkarre rutschte und mit einem satten Plumps in ein frisch geschlagenes Eisloch fiel?

»Nein«, schrie Herzfeld, während der Leichensack in der Dunkelheit des Sees verschwand.

Ich habe doch getan, was ihr wolltet!

Ingolf, der den Schrei irrtümlich auf sich bezog, blieb gut zehn Meter von dem Bootssteg entfernt stehen, aber das konnte ihn jetzt auch nicht mehr retten. Es war zu spät.

»Warte«, schrie Herzfeld erneut und legte den Monitor auf die Bohlen des Stegs. Ingolf hatte das Kreuz erreicht.

»Du stehst zu dicht dran.«

»Was mache ich?«, fragte Ingolf, und dann passierte es.

Es knackte so laut, als hätte ein Jäger auf der anderen Seite des Ufers ein Gewehr abgefeuert, dann brach Ingolf von Appen durch die Eisdecke ein und versank genauso schnell darunter wie kurz zuvor der Leichensack auf der Videoaufnahme.

33. Kapitel

Die Eisdecke war trotz der fast arktischen Temperaturen noch nicht fest genug zugefroren, was an den warmen Strömungen des Sees liegen konnte, von denen Martinek ihm einmal vorgeschwärmt hatte. Anders konnte Herzfeld es sich nicht erklären, weshalb das Eis unter Ingolfs Gewicht geborsten war. Quälend lange Sekunden verstrichen, in denen der Praktikant nicht mehr auftauchte.

»Hilfe«, schrie Herzfeld, während er sich vorsichtig auf allen vieren auf das kantige Loch zuschob. Der See wie das Ufer waren verlassen, Retter nicht in Sicht, dennoch wollte er nichts unversucht lassen, um auf sich aufmerksam zu machen. Er tastete nach seinem Handy.

Verdammt, ich hab es auf dem Schrein liegenlassen.

Herzfeld überlegte verzweifelt, ob ihm die Zeit blieb, über den Steg zum Ufer ins Bootshaus zurückzurennen, um dort nach Gegenständen zu suchen, die er bei seinen Rettungsversuchen gebrauchen könnte: das Handy, ein Seil, das Ruder oder eine Leiter, auf die er sich legen könnte, um sein Gewicht auf dem Eis besser zu verteilen. Er entschied sich dagegen.

Als Mediziner wusste er, dass bei einem Menschen direkt nach dem Eintauchen in eisiges Wasser ein Atemreflex ausgelöst wird, der für sich allein genommen schon zum Tod durch Ersticken wegen eines Krampfs der Stimmlippen führen kann. Ingolf stand ganz sicher unter Kälteschock,

und mit jeder Sekunde würde es ihm schwerer fallen, seine Muskeln zu bewegen. Wenn es ihm trotzdem gelingen sollte, aus eigener Kraft heraus wieder an die Oberfläche zu strampeln, und dann niemand in der Nähe war, würde der psychische Stress ihm endgültig den Rest geben. Schon Herzfeld gelang es kaum, nicht panisch zu werden.
Er glaubte, mit den Händen festzuwachsen, wann immer er sie bei den Vorwärtsbewegungen auf die Eisfläche pressen musste. Wenigstens betäubte die Kälte jeden Schmerz in seinen geschwollenen Fingern.
Er schob sich einige Meter versetzt in einem spitzen Winkel zum Steg auf die Stelle zu, an der er Ingolf das letzte Mal gesehen hatte.
»Ingolf«, schrie er mehrmals hintereinander und hatte Angst, nach unten zu sehen, weil er befürchtete, dass jede Sekunde ein Gesicht unter der Eisdecke auftauchen würde, aber zumindest diese Sorge war unbegründet, denn plötzlich hörte er es laut klatschen. Ingolf war wieder an die Oberfläche geschnellt, ruderte mit den Armen und saugte gierig nach Luft.
»Hey, hier. Hinter dir.«
Der Praktikant hörte ihn nicht. Und leider machte er bei seinen hilflosen Selbstrettungsversuchen alles falsch, was man nur falsch machen konnte: Er verschwendete seine Kraft an der Seite des Lochs, die dem Ufer abgewandt war, weshalb er keinen Blickkontakt hatte. Außerdem versuchte er, sich an der Bruchkante wie vom Beckenrand eines Swimmingpools aus abzudrücken, anstatt sich bäuch- oder rücklings aus dem Wasser zu ziehen. Aber woran hätte er sich auch festhalten sollen? Das Eis, auf das er sich stützen wollte, brach ab, was dazu führte, dass das Loch stetig größer wurde. Und Herzfelds ausgestreckter Arm war außer Sicht- und Reichweite.

»Ingolf, warte!«, schrie er aus Leibeskräften. Gleichzeitig hörte er es unter sich knirschen, und er betete zu Gott, dass er sein Gewicht besser verlagert hatte als Ingolf. Immerhin robbte er mittlerweile wie ein Bodensoldat auf die Einbruchsstelle zu.

»Ganz ruhig, beweg dich nicht«, brüllte Herzfeld, und endlich war er so nah, dass Ingolf ihn hörte. Der Praktikant drehte sich um, ohne den trügerischen Halt an dem gezackten Rand des Eislochs aufzugeben. Selbst die knappe Bewegung seines Kopfes schien ihm unendliche Mühe zu bereiten. Herzfeld sah ihm ins Gesicht und meinte darin bereits die ersten Anzeichen des Todes zu erkennen, die blassbläuliche Färbung der Gesichtshaut und der Lippen war nahezu identisch mit der der Leichen auf seinem Seziertisch. »Kirchhofrosen« hatten das die alten Gerichtsmediziner genannt.

»Keine Sorge, ich hol dich da raus«, versprach er, ohne eine Vorstellung, wie er das anstellen sollte.

Ingolf atmete schwer und sah ihn aus großen Augen an. Das einst so akkurat gegelte Haar lag ihm jetzt wie Seetang über der Stirn. Er klapperte mit den Zähnen.

» … mir leid«, presste er hervor.

»Nimm meinen Arm«, forderte Herzfeld energisch. Lange würde Ingolf sich nicht mehr über Wasser halten können. »Schaffst du es, etwas näher zu mir heranzukommen?«

Herzfeld bezweifelte es, aber Ingolfs Leben hing davon ab, dass er sich drehte. Bei dem Versuch, um das Loch herum zu der Stelle zu kriechen, an der Ingolf sich mehr schlecht als recht über Wasser hielt, drohte Herzfeld selbst einzubrechen oder viel zu viel Zeit zu verlieren.

»… weiß … nicht«, stöhnte Ingolf, drehte sich noch und streckte nun ebenfalls den Arm aus, doch er erkannte selbst, dass es so nicht funktionieren konnte. Der Abstand war einfach zu groß, wenn er sich nicht abstieß und auf die andere Seite schwamm.

Ingolf versuchte es. Und er scheiterte.

Nicht einmal zu einem einzigen Schwimmzug hatte es gereicht, seine Muskeln waren vor Kälte und Erschöpfung wie gelähmt, und es dauerte keine Sekunde, da war er wieder unter Wasser gesunken.

»Nein«, schrie Herzfeld und brachte sich selbst in Lebensgefahr, indem er sich weit nach vorne beugte und wie ein Kind, das einen Fisch fangen will, mit den bloßen Händen in das eisige Wasser schlug. In der Dämmerung wirkte die Oberfläche des Sees wie eine Öllache.

Herzfeld hatte gehofft, der Praktikant würde wenigstens noch einmal die Hand hochreißen, aber dazu fehlte ihm die Kraft. Dennoch war der Professor nicht völlig erfolglos, denn immerhin gelang es ihm, Ingolf an den Haaren zu fassen, und das reichte aus, um ihn, am Schopf gepackt, wieder an die Oberfläche zu ziehen. Sobald er den Kopf über Wasser halten konnte, tastete Herzfeld nach den Schultern, bis er endlich einen Arm gefunden hatte.

»Atme, hörst du mich?«, schrie er ihn an. Mit einer Hand an den Haaren, mit der anderem am Oberarm gepackt, konnte Ingolf zwar nicht wieder untergehen, aber auch nicht aus dem Wasser gezogen werden.

Okay, denk nach. Herzfelds Gedanken rasten, und dabei schrie er mit Durchhalteparolen auf Ingolf ein, der zwar die Augen offen hatte, aber immer teilnahmsloser wirkte. Seine vollgesogenen Kleider und die fehlende Spannkraft seines Körpers führten dazu, dass Ingolf sich wie eine lebende Leiche anfühlte. Aber immerhin versuchte er noch zu kommunizieren.

»Schaff … es … nicht«, murmelte er müde.

»Doch, doch, doch. Gib bloß nicht auf, das schaffst du.«

Aber wie nur, verdammt?

Herzfeld spürte, wie auch ihm die Kälte immer tiefer in die Haut schnitt, je länger er hier auf dem Bauch lag. Teile seines Oberkörpers fühlten sich taub an, andere brannten wie Feuer. Zudem schwappte immer mehr Eiswasser über die Kante und durchnässte nun auch seine Kleidung.

»Nicht ohnmächtig werden, hörst du?«

Ingolf hatte noch nicht das Bewusstsein verloren, aber seine Bewegungen wurden immer träger und wirkten wie ein unbewusstes Zucken im Traum. Seine Finger wurden schlaff und drohten sich aus denen Herzfelds zu lösen.

Herzfeld biss die Zähne zusammen, lockerte seinen Griff und nahm in Kauf, dass der Praktikant wieder untertauchte, was sich schnell als Fehler erweisen sollte. Denn noch bevor Herzfeld seinen letzten verzweifelten Plan in die Tat umsetzen und sich zur Seite drehen konnte, war Ingolf ihm erneut entglitten, und diesmal trieb er mit dem Kopf voran unter die Eisfläche.

34. Kapitel

Helgoland.

Das Licht in der Pathologie war wieder an, aber das machte die Sache nicht besser. Die Gefahr, der Linda sich ausgesetzt sah, war wie Radioaktivität. Unsichtbar und dennoch allgegenwärtig.

Noch immer brannte die Haut an der Stelle, an der jemand sie in der Dunkelheit berührt hatte. Noch immer verspürte Linda das Bedürfnis, wild um sich zu schlagen, so wie sie es vor wenigen Minuten getan hatte.

Als das Licht ausgefallen war.

Dabei hatte sie in ihren ziellosen Abwehrversuchen im Dunkeln nichts getroffen außer dem Instrumententisch, der mit großem Getöse umfiel, nachdem sie in einem Fluchtreflex gegen ihn gestolpert war. Gemeinsam mit ihm ging sie zu Boden.

Der Lärm war ohrenbetäubend gewesen und klang ihr jetzt noch in den Ohren. *Kein Geräusch dieser Welt kann furchterregender sein,* hatte Linda gedacht, bis sie das Knirschen gehört hatte – der typische Laut, den Ledersohlen auf einer harten Oberfläche erzeugen.

Linda hatte an ihren Vater denken müssen, der für Kleider nur wenig Geld ausgab, bei Schuhen aber eine Ausnahme machte ... *»Denn an den Schuhen erkennt man, wie stabil ein Mann im Leben steht, Liebes.«*

Und man hört, wie nah ein Mörder in der Dunkelheit ist.

Das Knirschen war erst leiser geworden, dann kam es wieder zurück, und Linda hatte nicht groß darüber nachgedacht, wie sie sich verhalten sollte. Angst ist wie ein schlecht dressierter Kampfhund, den man nicht an der Leine halten kann, wenn er Blut wittert. Sie bricht aus, unkontrolliert und so intensiv wie eine Naturgewalt, sobald man sich dem Tode nahe fühlt, und in dieser Extremsituation gibt es nur zwei Möglichkeiten: Angriff oder Flucht. Linda wählte Letzteres. Ohne aufzustehen, war sie im Sitzen nach hinten gestrampelt. Weg, nur weg von den knarzenden Schuhen, die immer näher kamen … *weit, weit weg* … bis es nicht mehr weiter nach hinten ging, weil sie mit dem Rücken an einer Heizung angelangt war. Etwa in diesem Moment verklangen die Geräusche. Im Sektionssaal herrschte eine völlige Stille. Selbst das elektrostatische Summen der Lampen war verschwunden.

»Sieh einem Mann auf die Füße, nicht in die Augen, wenn du seinen Charakter lesen willst.«

Linda kam eine weitere Erinnerung, diesmal an den Zitatenschatz ihrer Mutter, die jetzt vermutlich gerade die Schnittchen zubereitete, die ihr Vater jeden Samstag zur Sportschau vor dem Fernseher aß.

Wieso nur habe ich mich so selten dazugesetzt?, schoss es ihr in einer Mischung aus Verzweiflung und Wehmut durch den Kopf; ein unsinniger Gedanke in einer surrealen Situation: allein, in vollständiger Finsternis hockend, zwischen zwei Leichen auf dem Boden einer stillgelegten Pathologie. Und dann hatte sie das Aftershave gerochen. Das gleiche Aftershave wie gestern auf dem Kissen in ihrem Bett. *Oh Gott, war das wirklich erst gestern gewesen?* Nur dass es sich heute mit dem Geruch der Leichen auf den Sektionstischen vermischte.

Danny?

Sie hatte den Reflex unterdrückt, den Namen des Stalkers laut in den Raum zu schreien, obwohl sie sich sicher gewesen war, dass – wer immer hier mit ihr in der Pathologie war – ganz genau wusste, wo er sein Opfer finden konnte.
Mit der Hand auf den Mund gepresst und angehaltenem Atem hatte sie auf Geräusche geachtet, die nun nicht mehr an ihr Ohr drangen, dafür wurden die Gerüche intensiver, obwohl das auch Einbildung gewesen sein konnte; eine Sinnestäuschung, provoziert durch die archaische Furcht vor dem Unsichtbaren. Ihre Knie begannen zu zittern, so stark, dass ihr linkes Bein ausschlug, bevor sie es festhalten konnte, und deshalb war sie sich nicht sicher, ob sie oder der Unsichtbare das Messer mit dem Fuß berührt hatte.
Von diesem Moment an hatte sie alle Vorsicht fahrenlassen, um an die Waffe zu gelangen.
Sie verlagerte ihr Gewicht auf die Knie, tastete in der Dunkelheit mit hastigen, unkoordinierten Streichbewegungen auf dem Fußboden nach dem Messer und schnitt sich in den Handballen, als sie es endlich an der Schneide zu packen bekam, doch das war ihr in diesem Moment egal.
Du musst es wie einen Dolch halten, hatte Herzfeld ihr vorhin geraten, und genauso hielt sie es jetzt. Hier, in diesem Moment, seitdem das Licht genau in der Sekunde wieder aufgeflammt war, als sie gerade zum Stich hatte ausholen wollen, weil sie sich sicher gewesen war, dass das Gesicht ihres Angreifers nur noch wenige Zentimeter von ihrem eigenen entfernt sein konnte. Doch als es schließlich so weit war, als das Licht wieder anging, war die Gefahr verschwunden.
Nichts.
Keine Lederschuhe. Kein Aftershave. Kein Danny.
Niemand.

Sie war allein mit sich und dem Geruch und den Toten und ihrer nicht abebben wollenden Angst, die – im Gegenteil – sogar noch größer wurde, als sie nach einer Weile das erste Mal zu Boden sah.

Auf den ersten Blick konnte sie sich gar nicht erklären, weshalb ihr Magen sich so heftig zusammenzog, bis sie den Fehler in dem Bild erkannte: Unten, auf den Steinfliesen, lagen zwei Pinzetten, eine Ablageschale, Gummihandschuhe und weitere Sektionsutensilien. Ihr Messer hielt sie in der Hand, weswegen es nicht im Durcheinander bei den anderen Instrumenten liegen konnte.

Aber wo war das zweite?

Linda bückte sich kurz, nicht zu lange, aus Furcht, die Tür, durch die die Gefahr den Saal verlassen haben musste, zu lange aus den Augen zu verlieren, aber sie konnte es nicht finden. Das zweite Seziermesser war ebenso verschwunden wie der Hausmeister, der erstaunlich lange dafür benötigte, um vom Hauptschaltraum wieder zurückzukommen.

Verdammt, Ender, wo steckst du nur immer, wenn man dich braucht?, dachte Linda noch, als sie plötzlich das Schlurfen seiner Stiefel auf dem Gang hörte.

»Ender?«, rief sie, zuerst erleichtert, weil sie seinen Schritt wiederzuerkennen glaubte, auch wenn er ihr etwas langsam erschien. Dann schlug die Erleichterung in Freude um, als er tatsächlich in der Tür auftauchte.

»Gott sei Dank!« Sie wollte ihm schon einen Vorwurf machen, dass er sie so lange allein gelassen hatte, *allein mit dieser unsichtbaren Gefahr*, als sie das zweite Sektionsmesser entdeckte.

Es steckte in Enders Hals.

35. Kapitel

Zarrentin.

Schritt für Schritt ließ Herzfeld das Loch im Eis immer weiter hinter sich. Er wusste, er durfte nicht anhalten, nicht absetzen, keine Pause machen, denn einmal ausgebremst, würde er sich nie wieder in Bewegung setzen, nie wieder gegen die Schmerzen in seinen Armen, Beinen und gegen die Kälte ankämpfen können. Und er würde das rettende Ziel niemals erreichen, sondern erschöpft auf dem Steg zusammenbrechen und erfrieren.

Gemeinsam mit Ingolf.

»Nicht schlappmachen«, keuchte er mehr zu sich selbst als zu der Last auf seinen Schultern. Er trug Ingolfs schlaffen Körper wie einen Kohlesack, dessen Mantel er als unnützen Ballast bereits an der Unglücksstelle zurückgelassen hatte.

Der Sohn des Innensenators war zum Glück nicht so schwer, wie seine Körpergröße vermuten ließ, aber allein der Gegenwind machte den Weg zur Tortur. Jacke, Hose, Schuhe – alles war vom Eiswasser durchnässt und drohte auf Herzfelds Haut zu gefrieren, wenn sie nicht bald aus dem arktischen Windkanal herauskamen. Noch lag das Bootshaus etwa zehn Meter vor ihnen und damit in unerreichbarer Ferne.

Niemals zuvor hatte Herzfeld Kälte so sehr als Schmerz empfunden, jetzt verstand er die Berichte über Bergsteiger, die nur wenige Schritte vor dem Basislager im Schnee erfroren waren. Er sah die Holzhütte, wusste, dass der Schutz in greifbarer Nähe lag, und dennoch hatte er das schier übermächtige Verlangen, sich einfach auf den Boden zu legen und seinem Schicksal zu ergeben.

»...aaafen.«

»Was?«

Ingolf stöhnte müde etwas, was sich wie »schlafen« angehört hatte, aber da mochte Herzfeld sich geirrt haben.

»Nicht aufgeben!«, stieß er hervor. Auch wenn ihn jedes Wort zusätzliche Kraftreserven kostete, musste er Ingolf wach halten. Sonst wären alle Anstrengungen vergebens gewesen. Er durfte nicht wegdämmern.

Nicht jetzt. Nicht, da wir schon so weit gekommen sind.

Der Praktikant war schon vollständig unter dem Eis verschwunden und damit eigentlich verloren gewesen, hätte Herzfeld ihn nicht in letzter Sekunde an einem Schuh zu packen bekommen, just in dem Moment, in dem er sich zur Seite hatte drehen wollen, um mit der anderen Hand den Hosengürtel zu lösen.

Meinen Gürtel, wieso hab ich da nicht früher dran gedacht?

In der Schocksituation am Eisloch hatte Herzfeld überlegt, wie er an eine Spitzhacke, eine Leiter oder einen Ast gelangen könnte, und dabei die Rettungsleine, die er um die Hüfte trug, beinahe vergessen.

Irgendwie war es ihm am Ende nicht nur gelungen, den Gürtel aus den Schlaufen zu ziehen, ohne Ingolf dabei loszulassen, er hatte es zudem geschafft, ihn um den Knöchel des Ertrinkenden zu schlingen. Von da ab musste alles rasend schnell gegangen sein. So schnell, dass sich Herzfeld nicht mehr an jeden einzelnen Handlungsschritt erinnern konnte, der letztlich dazu geführt hatte, dass Ingolf, nach Atem ringend wie ein angeschossenes Tier, in verkrümmter Körperhaltung neben ihm auf der Eisfläche gelegen hatte.

Ganz offensichtlich hatte das Eis den Rettungsversuch überstanden, wobei Herzfeld zu der dem Ufer abgewandten Seite des Loches hatte kriechen müssen, damit der Gürtel wie eine natürliche Verlängerung von Ingolfs Bein funktionieren konnte, mit deren Hilfe er den Praktikanten dann bäuchlings über die Bruchkante gezogen hatte.

»Gleich da«, keuchte Herzfeld, und tatsächlich hätte es unter normalen Umständen keine drei Sekunden mehr gedauert. Ihm wurde schwarz vor Augen, seine eingefrorenen, nach Wärme und Entlastung schreienden Muskeln versagten ihm den Dienst und brachten ihn nur wenige Schritte auf den letzten, abschüssigen Metern vor dem Schuppen ins Straucheln. Allein die Tatsache, dass sie die Tür vorhin angelehnt gelassen hatten, verhinderte das Schlimmste. Sonst wären er und Ingolf vor dem Eingang zusammengebrochen, so aber stolperten sie in das Bootshaus hinein, wie ein Liebespaar, das es nicht mehr abwarten kann, und fielen gemeinsam zu Boden.

Geschafft. Fast.

Die plötzliche Windstille war eine Erlösung. Kein Rauschen im Ohr, keine Krallen mehr, die sich in die Haut schlugen, und, dem Radiator sei Dank, eine Zimmertemperatur knapp über dem Gefrierpunkt. Dafür lag Ingolf wie ein nasser Sack quer auf ihm und drückte ihm die Luft aus den Lungen.

Herzfeld glaubte nicht, zu größeren Kraftanstrengungen noch in der Lage zu sein, aber schließlich hatte er keine Wahl, als sich unter dem Praktikanten wegzudrehen, wenn sie überleben wollten. Vor allem Ingolf musste so rasch wie möglich raus aus seiner nassen Kleidung, sonst wäre eine Lungenentzündung noch das Harmloseste, was ihm blühte. Herzfeld verharrte eine Weile, auf Handballen und Knien abgestützt, und versuchte, sich in dieser Position zu sammeln.

Seine Zähne klapperten mit unverminderter Lautstärke, und die Schmerzen in den Muskeln waren durch den Temperaturanstieg eher schlimmer als besser geworden, denn jetzt begann langsam das Blut wieder zu zirkulieren, und das fühlte sich an, als krabbelte ein Ameisenschwarm durch seine Adern.

Als die Blitze vor den Augen nachließen und seine Atmung sich wieder etwas beruhigt hatte, griff er nach dem Stromkabel des Ölradiators und zog die Heizung, so gut es ging, näher zu sich heran. Sobald das Gerät in Reichweite war, stellte er das Gebläse auf die höchste Stufe und schob es zu Ingolf, der aussah, als kämpfte er gegen einen epileptischen Anfall an. Er zitterte am ganzen Körper.

»Wir müssen wieder ins Haus«, sagte Herzfeld und versuchte, Ingolfs Hemd aufzuknöpfen. Dessen Gesichtsfarbe war gespenstisch, die Lippen zu einem kaum erkennbaren dunkelblauen Strich verkümmert. Seine Körpertemperatur musste extrem abgefallen sein, wenigstens schien er kein Wasser in die Lungen bekommen zu haben, da seine Atmung zwar schnell ging, Herzfeld aber kein verdächtiges Brodeln oder Blubbern hören konnte.

Wenn es ihm gelang, Ingolf von seiner Kleidung zu befreien, bevor sie beide vor Erschöpfung einschliefen, könnten sie es vielleicht schaffen.

Herzfeld riss Ingolf mit einem Ruck die Knöpfe vom Hemd, weil es mit den zitternden, klammen Fingern nicht anders ging.

»Gleich beim ersten Date?«, flüsterte der Praktikant und schob die Hand zur Seite. Sein Versuch zu grinsen verrutschte zu einer Grimasse.

Herzfeld schüttelte energisch den Kopf. »Falsche Zeit für Scham.«

Ich hab wahrlich genug nackte Menschen gesehen. Die meisten waren tot, so wie du es gleich bist, wenn du nicht schnell deine Klamotten loswirst.

Aber Ingolf wollte sich partout nicht entkleiden lassen und wehrte Herzfeld immer energischer ab, während er sich immerhin so weit aufrichtete, dass er mit dem Rücken an der Heizung lehnen konnte.

»Ich schaff das schon alleine«, sagte er, was kaum zu verstehen war, weil in diesem Moment Herzfelds Handy anschlug. Ingolf hob den Zeigefinger und deutete zum Schrein, auf dem sich das Mobilfunktelefon beim Läuten wegen des Vibrationsalarms um die eigene Achse drehte.

Herzfeld nickte und kroch auf allen vieren zu einem Regal, an dessen Sprossen er sich hochzog.

»Hallo?«

Er musste das Telefon mit beiden Händen packen und sich ans Ohr pressen, um es nicht fallen zu lassen. Die Stimme am anderen Ende war so laut und durchdringend, dass selbst Ingolf es hörte. Er sah erschrocken auf und unterbrach seine Bemühungen, sich aus dem Hemd zu schälen.

»Was sagst du da?«, fragte Herzfeld entsetzt in die erste Pause hinein, die Lindas Redeschwall erlaubte. Er fühlte sich wieder so hoffnungslos wie noch vor wenigen Momenten am See.

»Wie konnte *das* denn passieren?«

Linda war es mit ihren nur schwer verständlichen, hysterisch ausgespuckten Worten gelungen, seine innere Kälte noch zu verstärken. Um sicherzugehen, dass er sie nicht falsch verstanden hatte, fragte er noch einmal genau nach: »Ender ist tot?«

36. Kapitel

Helgoland.

Keine Ahnung«, keifte Linda in den Hörer und suchte noch einmal den Puls des Hausmeisters, der mit dem Rücken zur Wand und ausgestreckten Beinen bei der Schiebetür lag, während sie neben ihm kniete.

»Das Licht ist ausgegangen, Ender war weg, das Licht ging wieder an, und er stand vor mir. Das Messer im Hals.«

Tatsächlich konnte sie nur noch den hellblauen Gummigriff erkennen. Es sah so aus, als wäre Ender von hinten angefallen worden und hätte sich erst in letzter Sekunde zu seinem Angreifer umgedreht. Das Messer steckte ihm schräg im Hals und war seitlich, etwa zwei Zentimeter neben dem Nacken, eingedrungen. Eine Austrittsstelle war nicht zu sehen.

»Aber Ender konnte noch gehen?«

Herzfeld klang müde, fast teilnahmslos, und Linda fragte sich, ob der Professor getrunken hatte. Es kam ihr vor, als müsste er sich auf jedes einzelne Wort konzentrieren. »Zwei Schritte, dann ist er in meinen Armen zusammengebrochen. Was soll ich jetzt tun?«

Verdammt, Paul, du hast mir nur gezeigt, wie man Menschen aufschlitzt, nicht, wie man sie repariert.

»Wir haben keine andere Wahl, du musst sofort Hilfe holen«, hörte sie ihn sagen.

»Und wen? Es gibt keine Ärzte mehr auf der Insel, zumindest keine, von denen ich weiß. Außerdem habe ich eine Scheißangst, dass der Killer zurückkommt.«

Sie musste an Danny denken, an das feuchte Handtuch, an die tote Katze in ihrer Waschmaschine und die Videobänder, die er von ihr im Schlaf gedreht hatte, und fragte sich, wie der Wahnsinn ihrer Vergangenheit mit dem Irrsinn der Gegenwart zusammenhing. Je länger sie darüber nachdachte, desto stärker zitterte ihre Hand, mit der sie das Telefon hielt.

»Kannst du dich da unten einschließen?«, fragte Herzfeld.

»Schon geschehen. Enders Schlüssel steckt von innen. Wenn der Irre nicht durch den Lüftungsschacht kommt oder so, sind wir sicher, aber ich weiß nicht, wie lange Ender hier noch durchhält.«

»Atmung?«

»Keine Ahnung, er bewegt sich nicht.«

»Puls?«

Sie presste Zeige- und Ringfinger gegen Enders Halsschlagader und war sich nicht sicher, ob sie wirklich etwas fühlte.

»Wenn, dann sehr schwach.«

»Blut?«

»Wenig.«

»Was heißt wenig?« Herzfeld klang atemlos, als steckte auch ihm ein Messer im Hals.

»Sein Overall ist besudelt, aber es spritzt nichts aus ihm raus.«

»Dann haben wir vielleicht Glück …«

»GLÜCK?«

»… und es sind keine wichtigen Gefäße verletzt. Wenn er noch gehen konnte, scheint auch das Rückenmark intakt zu sein.«

Wenn er überhaupt noch lebt.

»Ich weiß nicht, er ist echt übel zugerichtet, Paul.«

Linda spürte, wie sich unter ihrem Haaransatz eine Schweißperle löste, und das erinnerte sie wieder an Danny und die Säurenarben, die er ihr beigebracht hatte.

Verdammt, Clemens. Du hast gesagt, du hast dich um ihn gekümmert. Und jetzt?

Linda stöhnte und rieb sich mit der flachen Hand den Schweiß von der Stirn. »Soll ich das Messer rausziehen?«

»Auf gar keinen Fall. Auch darf er sich nicht bewegen! Halt ihn warm, wickel Decken um ihn und …« Den Geräuschen in der Leitung nach öffnete Herzfeld, wo immer er gerade war, eine knarrende Holztür und trat ins Freie. Der letzte Rest seines Satzes war vollständig in einem vom Wind erzeugten Rauschen untergegangen.

»Und *was?*«, fragte sie, während sie aufstand und überlegte, wie sie hier an warme Decken gelangen sollte, ohne die Pathologie verlassen zu müssen.

»Gib mir fünf Minuten!« Herzfeld klang jetzt weniger betrunken als schmerzverzerrt, das Telefonat schien ihm eine unendliche Last, unter der er demnächst zusammenbrechen würde. Das Windtosen im Hintergrund wurde immer lauter.

»Alles klar bei dir?«, fragte Linda, doch sie erhielt keine Antwort mehr.

»Scheiße, ich rede mit dir!«, brüllte sie, obwohl sie wusste, dass der Professor sie einfach weggedrückt hatte. Weil sie spürte, dass das Brüllen gegen die aufwallende Panik half, hörte sie nicht damit auf, Schimpfwörter in den Hörer zu schreien, bis ihre Stimme brüchig wurde.

»Was soll ich denn jetzt machen, du blödes Arschloch?«

Decken und Kissen gab es im Krankenhaus bestimmt reichlich. *Nur nicht hier unten im Leichenkeller.*

Ihre Augen wanderten zu einem rot-grünen Piktogramm an der Wand über dem Waschbecken. »Im Notfall Ruhe bewahren« mahnte das Schild in Druckbuchstaben. Linda lachte hysterisch auf.

Das kann doch nur ein Idiot geschrieben haben, der noch nie in einer echten Notlage war.

»Ruhe bewahren, kompletter Mist.«

Gilt das etwa auch für Stalking-Opfer, die sich mit einer aufgeschnittenen Wasserleiche, einer gepfählten Richterin und einem sterbenden Hausmeister in der Pathologie einer stillgelegten Klinik vor einem Psychopathen verstecken müssen?

Sie sah zu den Seziertischen. Mit einem Mal wurde sie unendlich müde. Die seelischen Kraftanstrengungen der letzten Stunden hatten sie an ihre Grenzen geführt. Linda unterdrückte ein Gähnen, und dabei fiel ihr die Liege wieder ein, mit der sie die Richterin in den Sektionsraum gerollt hatten.

Die Matratze. Richtig!

Sie ging zur Liege und zog eilig den Spannbettbezug von der Matratze. Der Stoff roch zwar muffig, war aber nicht stark verschmutzt und musste fürs Erste reichen.

»Etwas Wärmeres habe ich leider nicht«, flüsterte sie Ender ins Ohr, nachdem sie das Laken zu mehreren Lagen gefaltet und über ihm ausgebreitet hatte. Als Nächstes zog sie die Latexmatratze von dem Rost der Liege und schob sie mit einiger Anstrengung zur Tür. Herzfeld hatte zwar gesagt, Ender dürfte nicht bewegt werden, auf der anderen Seite aber konnte er auch nicht lange auf den kalten Fliesen liegen bleiben.

Wenn er denn die Kälte überhaupt noch spürt, dachte Linda, und von diesem Moment an wurde alles schlimmer.

Als Erstes riss Ender die Augen auf, schnappte nach Luft, und Linda wollte bereits Hoffnung schöpfen, als von einer

Sekunde zur anderen die Lebensgeister wieder schwanden. Und dieses Mal, wie es schien, endgültig.

Sämtliche Luft wich aus den Lungen des Hausmeisters wie aus einem aufgeschlitzten Autoreifen. Ender sagte ein letztes Wort: »Hilfe!«, dann war von seinen Augen nur noch das Weiße zu sehen, bevor er buchstäblich in sich zusammenfiel.

»Nein, tu das nicht. Du darfst nicht sterben!«, wollte Linda schreien, brachte aber nicht mehr als ein ersticktes Krächzen hervor, und das war womöglich ihr Glück.

Hätte sie ihre Verzweiflung laut hinausgebrüllt, hätte sie sich vermutlich verraten und in jedem Fall das warnende Geräusch überhört: Irgendjemand stand vor der Tür der Pathologie und steckte einen Schlüssel ins Schloss.

37. Kapitel

Oh nein, er dreht sich.

Von ihren Eltern, stolze Besitzer eines Eigenheims, hatte Linda gelernt, immer den Schlüssel von innen stecken zu lassen.

»Das schützt vor Einbrechern. Man weiß ja nie, wer sich unbemerkt einen Zweitschlüssel hat anfertigen lassen«, war ihre Mutter nicht müde geworden zu predigen, bevor sie regelmäßig vor dem Zubettgehen die Haustür kontrollierte. Tatsächlich war es bei ihren Eltern unmöglich gewesen, sich Eintritt zu verschaffen, sobald von innen das Schloss blockiert war. Aber was damals in dem Reihenhaus am Stadtrand funktioniert hatte, erwies sich hier unten in der Pathologie als nutzlose Sicherheitsvorkehrung. Für Linda gab es nur eine Erklärung: Die Schiebetür musste mit einem Gefahrenschloss ausgestattet sein, bei dem es unerheblich war, ob jemand von innen den Schließmechanismus blockierte oder nicht.

Wer immer da draußen war, hatte ganz offensichtlich den Schlüssel zur Pathologie und keine Probleme damit, ihn auch zu benutzen.

Denn er dreht sich, verdammt.

Der Zylinderkern des Schlosses bewegte sich im Uhrzeigersinn, und mit ihm der Schlüssel an Enders Bund, mit dem Linda erst vor wenigen Minuten die Schiebetür zweimal verriegelt hatte.

Was soll ich nur tun?

Sie starrte paralysiert auf den langsam rotierenden Schließzylinder. Am liebsten hätte sie geschrien und sich gegen den Haltegriff der Tür gestemmt. Gleichzeitig sträubte sich etwas in ihr, sich bemerkbar zu machen und sinnlos Kräfte zu verschwenden.

Also kämpfen?

Sie blickte zum Seziermesser auf dem Boden, das sie fallen gelassen hatte, als Ender in ihren Armen zusammengebrochen war. Es lag nur wenige Zentimeter neben dem Oberschenkel des Hausmeisters, an dem nun gar nichts mehr lebendig wirkte.

Ich bin allein!, wurde Linda im Moment ihrer größten Panik bewusst. *Allein in der Pathologie.*

Vor ihrem geistigen Auge blitzte ein Comicbild auf, sie sah sich selbst als Zeichnung mit einer Sprechblase über dem Kopf, in der sich Engelchen und Teufelchen miteinander stritten.

»Ich kann nicht allein gegen einen Mörder kämpfen!«

»Wer sagt dir, dass es ein Mörder ist, der vor der Tür steht?«

»Wer denn sonst?«

»Keine Ahnung. Vielleicht jemand, der dir helfen will?«

»Ach ja. So wie er Ender, Erik und der Richterin geholfen hat?«

Linda trug ihren inneren Kampf aus, während sich vor ihren Augen der Schlüssel im Schloss weiter um die eigene Achse drehte. Wer immer sich Einlass verschaffen wollte, ging betont langsam vor, als wolle er ja kein Geräusch erzeugen und möglichst unbemerkt eindringen.

Noch eine Dreihundertsechzig-Grad-Wendung, und die matt glänzende Stahltür konnte problemlos aufgeschoben werden.

»Von einem Helfer.«

»Von meinem Mörder!«

Sie wusste, ihr blieben nur noch wenige Augenblicke – und in denen musste sie handeln, sonst würde ihr die Entscheidung abgenommen werden.

Abwarten? Kämpfen? Oder …?

Linda entschied sich für das *Oder* und spurtete zu der den Sektionstischen gegenüberliegenden Schrankwand. Auf halbem Weg machte sie noch einmal kehrt, hob das Messer vom Boden und hastete wieder zu den Kühlfächern zurück, in denen die verstorbenen Patienten gelagert wurden.

Es waren nur zwei Fächer; vermutlich rechnete das kleine Inselkrankenhaus nicht mit mehreren Todesfällen zur gleichen Zeit.

Tja, so kann man sich täuschen …

Linda öffnete ein Fach und zog so leise wie nur möglich die Liegeschiene heraus. Hinter sich hörte sie ein Klacken, also war die Tür zum Eingang der Pathologie entriegelt. In dieser Sekunde fiel das Licht wieder aus.

Schnell, schneller …

Ohne nachzudenken, steckte sie sich das Messer mit dem Griff zwischen die Zähne, zog sich mit einem Klimmzug an der oberen Kante des Leichenkühlfachs hoch und schwang sich, mit den Füßen voran, in den Schacht hinein. Hier legte sie sich auf den Rücken und zog sich, die Handflächen fest gegen das glatte Metallgehäuse des Schachts gepresst, samt der Liegefläche wie ein Bobfahrer auf seinem Schlitten *in die dunkle Höhle hinein.*

38. Kapitel

Wie alle anderen Geräte der Pathologie war auch das Leichenfach neu und in unbenutztem Zustand. Linda drückte prüfend gegen die Tür, die sie eben erst hinter sich verschlossen hatte, und war beruhigt, sie auch von innen öffnen zu können. Ebenso erleichtert war sie über die Tatsache, dass das Kühlfach anscheinend nicht an die Stromversorgung des Notstromaggregats angeschlossen war. Es war erdrückend eng, aber wenigstens nicht kalt.

Soll ich hier auch den Schlüssel von innen stecken lassen, Mami?, dachte sie, als die Luke endgültig verschlossen war, und musste sich zwingen, nicht hysterisch in die Dunkelheit zu lachen.

Erst jetzt bemerkte sie, dass sie den Griff des Messers immer noch mit den Zähnen festhielt. Sie nahm es heraus und legte es auf ihrer Brust ab, die Finger fest um den Griff geklammert.

Er kommt!

Linda hörte ein langgezogenes Schleifen, dann Schritte. Die Geräusche, die zu ihr drangen, waren dumpf, aber dennoch erstaunlich gut zu hören, was daran liegen mochte, dass ihr Gehörsinn in der kalten, von sämtlichen Empfindungen abgeschirmten Dunkelheit auf Hochtouren arbeitete. Wenn sie der Schein nicht trog, stand der Eindringling direkt vor ihrem Kühlfach und atmete schwer, was sie in eine Art Schockstarre verfallen ließ. Sie rechnete damit, dass jeden

Moment die Luke aufgerissen wurde und sie ihrem Mörder ins Gesicht sah.

Linda schaffte es mit Mühe, den Impuls zu unterdrücken, die Tür wenigstens einen kleinen Spalt zu öffnen, um einen Blick auf die Person zu erhaschen, die sich mit schlurfenden Schritten durch die Pathologie bewegte. Im Augenblick schien er sich wieder vom Kühlfach zu entfernen, und paradoxerweise verstärkte das ihre Furcht, da in ihr die abwegige Vorstellung wuchs, der Wahnsinnige würde Anlauf nehmen, um sie aus ihrem Versteck zu zerren.

Verdammt, wo bin ich nur wieder reingeraten? Zwei Leichen, eine von mir halb aufgeschlitzt, die andere mit einem Stock im After und ein Hausmeister mit einem Seziermesser im Hals. Und ich stecke fest in einem Leichenkühlschrank!

Sie musste an das Blut im Ablaufbecken denken, Kampfspuren, Instrumente auf dem Boden – allein das in dem Werkzeuggürtel vertäute Haustelefon, das über der geöffneten Leiche baumelte, war ein verstörender Anblick, der sie in ihren Alpträumen heimsuchen würde, ebenso wie das Stöhnen, als die faulige Luft aus dem Körper Friederike Tövens entwichen war.

Im Augenblick blieb sie von derartig grauenerregenden Geräuschen verschont, und Linda war sich nicht sicher, ob das ein gutes oder ein schlechtes Zeichen war, dass es außerhalb des Kühlfachs in der Pathologie auf einmal völlig ruhig wurde.

Kein Keuchen, kein Schlurfen. Keine Schritte oder Schlüsselklimpern.

»Er ist weg«, meldete sich das Teufelchen nach einer langen Weile wieder zu Wort, in der sie sich keinen Millimeter geregt hatte.

»Wie willst du das wissen?«

»Wenn er wüsste, dass du hier in der Falle sitzt, hätte er dich längst rausgeholt.«

»Guter Punkt.«

»Sag ich doch. Raus hier.«

Linda atmete tief aus, legte beide Hände gegen die Innenseite der Luke hinter ihrem Kopf und wollte sie schon behutsam öffnen, doch dann zögerte sie.

Drinnen bin ich sicher. Draußen werde ich sterben.

Sie wusste selbst, wie unvernünftig dieser Gedanke war, so lächerlich wie die Annahme kleiner Kinder, nicht gesehen zu werden, sobald sie sich selbst mit der Hand die Augen zuhielten.

Aber hier drinnen, in der stahlummantelten Dunkelheit, fühlte sie sich weniger verletzlich. Es war ein fragiler Schutz, ein Kokon, aus dem sie nicht ausbrechen wollte, weil sie fürchtete, dass, sobald sie die Tür öffnete, nicht nur der Leichengeruch wieder von ihr Besitz ergreifen würde, sondern auch die Angst.

Kalte, nackte, lähmende Angst: Vor dem Killer, der für all die Leichen verantwortlich war: Erik, Töven. Und vielleicht Ender. Vor dem Wahnsinnigen, der hier auf der Insel, wahrscheinlich noch in der Klinik sein Unwesen trieb. Und vor Danny.

Am liebsten hätte sie geweint bei dem Gedanken, dass womöglich ein und dieselbe Person für den Terror verantwortlich war, der über sie hereingebrochen war: eine einzige Person, die Herzfelds Tochter entführt, die Leichen präpariert und Ender ein Messer in den Hals gerammt hatte.

Aber aus welchem Grund nur?

Linda biss sich auf die Unterlippe, versuchte, all ihren Mut zusammenzunehmen, und schließlich wertete sie das Klingeln des Telefons als ein Zeichen, ihr Versteck zu verlassen. Ahnungslos, dass nur wenige Meter von ihr entfernt ein Mann in der stockdunklen Pathologie zwischen den Sektionstischen kauerte.

39. Kapitel

Zarrentin.

Der zweite Weg war noch schlimmer als der erste, und zwischenzeitlich war Herzfeld sich sicher, dass sie es niemals schaffen würden, und das, obwohl er sich für die kürzere Strecke entschieden hatte.

Ingolf, dem es im Bootshaus von Sekunde zu Sekunde besser gegangen war, hatte für den Porsche plädiert: *»Standheizung … aktiv … Sitzheizung … sofort abhauen.«*

Doch Herzfeld hatte sich durchgesetzt und den Rückweg zum Haus eingeschlagen, was sich am Ende als die lebensrettende Entscheidung herausstellen sollte, denn Ingolf hatte sich überschätzt. Mit entkleidetem Oberkörper, nur notdürftig in eine alte Filzdecke gewickelt, die als Windfang an die Tür genagelt gewesen war, hatte er keine zwei Schritte aus eigener Kraft bewältigen können. Er knickte ein, kaum dass sie den Schutz des Schuppens wieder verlassen hatten. Herzfeld nahm Ingolf erneut huckepack und musste ihn mehrfach absetzen, bevor sie den Garteneingang des Herrenhauses erreicht hatten.

Im Vergleich zu ihrer Ankunft hatte sich das Innere des Anwesens merklich abgekühlt, aber es herrschten immer noch hochsommerliche Temperaturen im Speisesaal, was sich im ersten Moment als Wohltat, im zweiten als Qual entpuppte. Das Blut dehnte sich in den Gefäßen aus, und Herzfeld musste sich auf die Zunge beißen, um nicht vor Schmerz loszuschreien. Es war paradox. Vor wenigen Sekunden noch hatte er geglaubt zu erfrieren. Jetzt sehnte er sich schon wieder nach frischer Luft, so sehr spannte die Haut wegen der plötzlichen Wärme. Trotzdem hatte Herzfeld, sobald er dazu in der Lage gewesen war, den Heizlüfter im Speisesaal aktiviert, auch wenn dadurch der Gestank des verwesenden Schweins aufgewirbelt wurde. Ihre Körper benötigten dringend Wärme, auch wenn es sich nicht so anfühlte.

»Danke«, sagte Ingolf nach einer Weile, ohne Herzfeld anzusehen. Er musste etwas lauter sprechen, um das Rauschen zu übertönen.

Sie hatten sich beide bis auf die bloße Haut ausgezogen und knieten jetzt, in warme Wolldecken gewickelt, die Herzfeld in einer Truhe im Flur gefunden hatte, schon seit einer geraumen Weile in der Nähe des Standgebläses.

Herzfeld schüttelte abwehrend den Kopf.

»Doch, Sie haben mir das Leben gerettet.« Ingolf lächelte matt, dann schluckte er. »Mann, ich hätte nie gedacht, dass ich diesen abgegriffenen Spruch einmal selbst sagen würde.«

Herzfeld wollte etwas erwidern, aber es fiel ihm schwer, sich zu konzentrieren. Auf den wenigen Metern zum Haus hatte er nur an das eigene Überleben gedacht. Jetzt wanderten seine Gedanken wieder zurück zu Hannah. Und zu Linda.

Er sah zur Speisetafel, auf der sein Handy lag.

»Aber es stimmt«, hörte er Ingolf insistieren. Die Stimme des Praktikanten hatte sich verändert. Sie war belegt und wurde brüchig. »Ich stehe tief in Ihrer Schuld.«

Herzfeld warf ihm einen fahlen Blick zu und blieb noch weitere zehn Sekunden in der Nähe des Wärmestrahls, bevor er es wagen wollte, zu seinem Mobiltelefon auf dem Tisch zu kriechen.

»Sie sind mir was schuldig, wenn Sie nicht aufhören, wie ein Schauspieler in einer billigen Seifenoper zu klingen«, sagte er und stand auf.
Ingolf lächelte wieder. »Apropos Schauspieler. Hat Ihnen eigentlich schon mal jemand gesagt, dass Sie aussehen wie dieser Arzt, wie heißt er noch …«
»Schnauze!«, unterbrach Herzfeld ihn rüde, aber mit einem Lächeln in der Stimme.
»Nein, das war nicht sein Name«, versuchte Ingolf, lustig zu sein. »Aber Sie haben recht, mit S fängt er an.« Er kicherte lauter und länger, als es dem müden Schlagabtausch angemessen war, und auch Herzfeld hätte am liebsten schallend losgelacht; nicht, weil er Freude empfand, sondern, um diese Beklemmung loszuwerden, die ihn noch immer gefangen hielt, seitdem sie dem Tod entkommen waren. Doch im Gegensatz zu Ingolf fehlte ihm die Kraft für überflüssige Gefühlsregungen. Er musste sich ganz darauf konzentrieren, den Esstisch zu erreichen, ohne über die Decke zu stolpern.
Hannah, dachte er, als der Verwesungsgestank des Kadavers wieder stärker wurde, je näher er dem Tisch kam.
Beim Gehen spürte Herzfeld erst, wie müde er war. Die Wärme war jetzt angenehmer und schmerzte nicht mehr so sehr, stattdessen wirkte sie wie ein Schlafmittel. Zum Glück fühlte er nicht die typische Apathie vieler Kälteopfer, deren Lebensgeister langsam ausglühen, wenn man ihre Unterkühlung nicht rechtzeitig in den Griff bekommt. Ist die Körpertemperatur erst einmal unter eine kritische Marke gefallen, helfen keine Heizstrahler der Welt mehr.
Herzfeld fühlte ein Ziehen, als hätte er am gesamten Körper Muskelkater, aber das war der beste Hinweis darauf, dass er den heutigen Tag überleben würde. Erfrierende, so hieß es

in den Lehrbüchern, spüren ab einem bestimmten Punkt überhaupt keine Schmerzen mehr. Im Gegenteil, sie entwickeln angeblich in ihrem von den verschiedensten Hormonen und Transmittersubstanzen bombardierten Gehirn so etwas wie eine letzte Euphorie kurz vor dem Tod.
Aber wer weiß das schon so genau?, dachte Herzfeld und streckte die Hand nach seinem Telefon aus, das durch den Vibrationsalarm beinahe von der Tischplatte geruckelt wäre.
Er dachte darüber nach, dass vermutlich noch nie ein Toter zurückgekommen war, um sich für klinische Studien zur Verfügung zu stellen, und wollte das Gespräch entgegennehmen, als er bemerkte, dass das gar nicht möglich war.
Kein Anruf.
Sein Handy hatte wegen einer Terminerinnerung geklingelt.

TERMIN PERSONALABTEILUNG
(Schlägerei)

Er schaltete den Alarm ab, und der Termin verschwand ebenso schnell von der Anzeige wie aus seinem Bewusstsein. Noch vor wenigen Stunden hatte er sich gesorgt, seinen Job zu verlieren, doch das alles war unwichtig geworden. Jetzt zählte nur noch seine Tochter. Wenn es nicht Hannah war, die Martinek unter der Eisdecke im See versenkt hatte – wenn sie also noch lebte –, dann war es möglich, dass er einen weiteren Hinweis auf ihren Verbleib in der Leiche der Richterin plaziert hatte.
Herzfeld drückte auf Wahlwiederholung, um Linda in der Klinik zu erreichen.
Nachdem es mindestens zwanzig Mal geläutet hatte, ging

das Freizeichen in einen pulsierenden Besetztton über, und er versuchte es noch mal. Und noch mal.

Mit jedem neuen Versuch spürte er seine Verzweiflung wachsen. Er hörte Ingolf husten und die Nase hochziehen, doch das klang wie aus weiter Ferne, als befände der Praktikant sich nicht mehr mit ihm im selben Zimmer.

Geh ran. Bitte, Linda, geh ran!

Endlich, er hatte kurz davorgestanden, wieder aufzulegen und das Handy durch den Speisesaal zu schmeißen, nahm jemand ab.

»Linda?«, rief er so laut, dass Ingolf hinter ihm erschrak.

Es raschelte.

»Hallo, hörst du mich?«, fragte Herzfeld.

Jemand keuchte in den Hörer. Herzfeld war sich nicht sicher, ob es ein Lachen oder ein Husten war. Aber allein dieses Keuchen reichte aus, um zu wissen, dass es nicht Linda war, die an den Apparat gegangen war.

Sondern ein Mann.

Und dem pulsierenden Besetztzeichen nach, das Herzfeld jetzt wieder hörte, hatte der Unbekannte aufgelegt.

40. Kapitel

Helgoland.

Lindas Herz setzte aus.

Nicht im übertragenen Sinne, wie man so dahinsagt, wenn man sich erschreckt, sondern wortwörtlich. Die Herzklappen legten eine Pause ein, der Blutfluss kam ins Stocken, und Linda spürte zum ersten Mal in ihrem Leben die Anzeichen eines klaustrophobischen Anfalls.

Normalerweise hatte sie weder Probleme mit Höhen noch mit Höhlen. Sie liebte Sportarten, die die meisten Menschen für extrem hielten: Fallschirmspringen, Höhlentauchen, Bungeejumping. Die Vorstellung, in einem Fahrstuhl steckenzubleiben, bereitete ihr keine Alpträume. Doch seitdem das Telefon in der Pathologie zum ersten Mal geklingelt hatte, hatte sie das Gefühl, als steckte sie in einem Müllschlucker, dessen Wände sich langsam, aber unaufhaltsam aufeinander zubewegten. Gleichzeitig wuchs der Druck von innen, sie fühlte, wie sich ihr eine Manschette immer enger ums Herz legte, je länger das Telefon klingelte.

Dabei war das erste Läuten der Auslöser gewesen, sich endlich einen Ruck zu geben und aus ihrem Versteck zu steigen. Doch kaum hatte Linda die Kühlfachtür nur einen winzigen Spalt geöffnet, trat das Schlimmste ein, was sie befürchtet hatte: Sie wurde angesprungen. Von dem Geruch. Von den Geräuschen. Von der Angst.

Der Eindringling war noch da, und sie konnte von Glück sagen, dass das Telefon ihn abgelenkt haben musste und er sie bislang nicht gehört hatte. Starr vor Entsetzen, hatte sie in den Sektionssaal der Pathologie hineingehorcht und es nicht geschafft, sich selbst zu belügen: *Vielleicht träume ich das alles nur? Vielleicht habe ich nie eine Leiche gefunden, geschweige denn aufgeschnitten? Ich liege nicht in einem Leichenkühlfach, sondern in meinem Bett?*

Was hätte Linda darum gegeben, wenn es so wäre, aber weshalb fühlte sich das Messer in ihrer Hand dann so real an?

Sie hatte den Daumen auf die Schneide gepresst und erst damit aufgehört, als sie einen stechenden Schmerz gespürt hatte.

Also kein Traum. Scheiße.

Linda hatte sich den Daumen in den Mund gesteckt, wie ein Baby daran gesaugt, das Blut geschmeckt und an ihre Mutter denken müssen, die sie früher getröstet hatte, wenn sie Angst vor der Dunkelheit gehabt hatte.

»Schhhh, da ist niemand unter deinem Bett, Liebling.«

»Nein, nicht unter dem Bett, aber …«

… aber in der Pathologie, daran konnte es keinen Zweifel geben: Es waren Schritte gewesen, die sie hörte, keine Lüftungsgeräusche. Es waren Lichtreflexionen einer Taschenlampe gewesen, die durch den Saal zuckten, keine Sinnestäuschungen. Sie steckte in einem Kühlfach und nicht in einer wachtraumähnlichen Vision.

Irgendjemand, eine reale Person, war ans Telefon gegangen. Irgendwer hatte abgenommen und …

Gehustet!

Sie hatte es gehört, eine Mischung aus einem Keuchen und einem Lacher, als wollte der Mann sich über den Anrufer lustig machen. Jetzt, eine Weile, nachdem er wortlos das Gespräch unterbrochen hatte, hörte Linda erneut das Ge-

räusch schlurfender Schritte. Hatten sie sich vorhin von den Kühlfächern fortbewegt, kamen sie jetzt langsam näher.
Großer Gott, Hilfe, schrie Linda, wenn auch nur in ihren Gedanken, und dann machte sie den Fehler, den schweißnassen Knauf ihres Messers an ihrer Hose abzuwischen, um es im Falle des Falles sicherer im Griff halten zu können. Unglücklicherweise glitt ihr das Messer aus den gefühlstauben Fingern und verschwand mit einem Klirren zwischen den Streben der Liegeschiene.
Ihr blieb nicht lange genug Zeit, um sich Vorwürfe zu machen und darüber nachzudenken, ob der Unbekannte etwas gehört haben mochte, denn nur wenige Augenblicke später wurde die Tür zu ihrem Versteck ruckartig aufgerissen.

41. Kapitel

Du?«

Wieder fragte sich Linda, ob sie halluzinierte, seit sie aus dem Kühlfach geklettert war. Ihre Verblüffung war so groß, dass sie für einen Moment den Leichengeruch vergaß.

»Ender?«

Der Strahl seiner Taschenlampe leuchtete ihr nicht mehr direkt ins Gesicht, sondern war zur Decke gerichtet, wodurch die gesamte Pathologie in ein gespenstisches Schummerlicht getaucht wurde.

Jetzt, da Linda nur noch einen Schritt von ihm entfernt stand, musste sie sich die Hand vor den Mund halten, um nicht laut aufzuschreien. Enders Anblick war grauenerregend.

Wie die Leichen auf den Edelstahltischen wirkte auch der Hausmeister wie eine Wachsfigur aus dem Horrorkabinett. Sein lichtes Haar stand wirr zu allen Seiten ab, Gesicht und Hände waren ebenso blutverschmiert wie sein Overall, und der Knauf des Seziermessers im Hals hob und senkte sich mit jedem Atemzug.

»Wie … wieso … spürst du denn nicht …?«, setzte sie immer wieder an, unfähig, auch nur eine einzige Frage zu vollenden.

Wie ist das möglich?

Ender zuckte mit den Achseln und sah sie eher verwundert als erschrocken an. Er öffnete den Mund und wollte ganz

eindeutig etwas sagen, aber wegen seiner Verletzung kamen ihm nur schwerverständliche Laute über die Lippen.
Zwei Dinge waren offensichtlich: Linda hatte sich geirrt, der Hausmeister war nicht gestorben, sondern in tiefe Bewusstlosigkeit gefallen. Und er stand unter Schock, seitdem er wieder aufgewacht war.
Sie musste an eine Reportage über den Irak denken, in der über die Opfer von Selbstmordattentätern berichtet worden war. Ein Gemüsehändler hatte nach der Explosion nach seinem kleinen Sohn gesucht und erst gemerkt, dass ihm der linke Arm bis zur Schulter abgerissen war, als er das tote Kind unter den Trümmern der Marktstände hervorziehen wollte.
Auch Ender musste ähnlich traumatisiert sein, anders war es nicht zu erklären, weshalb er seelenruhig vor ihr stand und sich nicht im Geringsten über seinen Zustand zu wundern schien.
Er zog die Augenbrauen hoch und krächzte etwas, was sich wie »Was 'n los?« anhörte.
Linda schüttelte ungläubig den Kopf.
Das gibt's doch nicht. Er spürt das Messer nicht.
Offenbar produzierte sein Körper gerade eine Wagenladung Endorphine, die ihm den Schmerz und auch Teile seines Gedächtnisses nahmen.
»Hab … kältet …«, nuschelte er und griff sich an die Kehle.
Ja, klar. Du hast dir was eingefangen. Aber keinen Virus, sondern eine Klinge!
»Nein, nicht!«, rief Linda, als Ender Anstalten machte, den Kopf zur Seite zu drehen, vermutlich, um die verspannte Nackenmuskulatur zu lockern. Er warf ihr einen fragenden Blick zu, als wäre sie es, die mit einem Seziermesser im Körper vor ihm stünde, und nicht umgekehrt.

»Keine ruckartigen Bewegungen«, bedeutete sie ihm.
Linda war sich nicht sicher, ob sie die Situation eher verschlimmerte, wenn sie Ender aufklärte. Eine falsche Drehung, ein falscher Schritt, und er könnte für immer gelähmt sein, wenn nicht gar Schlimmeres. Andererseits trat Ender schon der Schweiß auf die Stirn, die Hände zitterten leicht. Früher oder später würde der Schock abebben und der Schmerz zurückkehren – und mit ihm die Erkenntnis. Linda wollte sich gar nicht erst ausmalen, wie Ender reagierte, wenn er das Messer in seinem Hals entdeckte.
»Wir sind überfallen worden«, begann sie sich langsam an die Wahrheit heranzutasten.
»Wem?«, presste Ender hervor. Mit jedem Wort klang seine Stimme einen Hauch verständlicher.
»Ich denke, von dem, der auch diese Menschen hier auf dem Gewissen hat.« Sie deutete in Richtung der Sektionstische.
»Verschteck?«
»Ja, ich hab mich versteckt.«
So in etwa.
Ender richtete den Strahl auf die Ausgangstür zu der Matratze auf dem Boden, dann zum Fußboden, um Linda nicht zu blenden. Dabei bemerkte er, dass sich die Schnürsenkel seines rechten Stiefels gelöst hatten. Er wollte sich bücken.
»Nein, nicht.«
»Wasch?«, fragte Ender.
»Der Killer hat dich schwer verletzt.«
Linda entschloss sich zu einer Notlüge. »Ich fürchte, du hast einen Schädelbruch oder so. Du musst dich ruhig verhalten, darfst dich nicht hektisch bewegen, bücken und dich auf gar keinen Fall anfassen, hörst du? Weder Hals noch Kopf.«

»Halsch?«, wollte Ender wissen, und da war es zu spät. Bevor Linda ihn abhalten konnte, hatte er bereits den Arm gehoben und bei dem Versuch, sich in den Nacken zu greifen, den Knauf des Messers berührt.

»Wassch schumm Teufel …«, waren seine letzten, erstaunlich klaren Worte, bevor er zu schreien begann. Erst lautlos, mit aufgerissenem Mund, wie ein Mann, dem man in die Hoden getreten hat und dem die erste Schmerzwelle die Luft zum Schreien raubt. Dann laut und kehlig.

Allen Warnungen Lindas zum Trotz taumelte er seitwärts zu dem Handwaschbecken neben der Tür, vor der er bis vor kurzem noch gelegen hatte, und richtete den Strahl der Taschenlampe auf den Spiegel darüber.

»Vorsichtig«, mahnte Linda ein letztes Mal vergeblich.

Ender sah sein Spiegelbild und begriff, was er gerade mit seinen Fingern berührt hatte. Seine Lippen formten ein erstauntes O. Er blinzelte, als wäre ihm etwas ins Auge geraten, dann fiel ihm die Taschenlampe aus der Hand. Es knackte laut und hohl, als sie auf den Fliesen aufschlug, kurz bevor Enders erschlaffter Körper es ihr gleichtat und stürzte.

42. Kapitel

Das ist eine Vollausstattung«, keuchte Ingolf mit gepresster Stimme und drückte von seiner Seite auf dem Beifahrersitz aus auf einen Knopf am Lenkrad. Der Motor sprang an. »Hundertfünfunddreißigtausend Euro Listenpreis, also bitte fahren Sie …«

»Vorsichtig, jaja«, sagte Herzfeld, rammte den Schalthebel in den Rückwärtsgang und setzte mit durchdrehenden Reifen zurück auf die Straße.

»Halt!«, rief Ingolf und griff nach dem Haltebügel über der Tür. »Nicht so schnell.«

Herzfeld schaltete mit einem kreischenden Geräusch in den Vorwärtsgang.

»Und wohin jetzt?«, stellte Ingolf eine berechtigte Frage. *Jetzt, wo wir wissen, wer hinter all dem Wahnsinn steckt?*

Herzfeld raste auf der notdürftig geräumten Landstraße Richtung Ortsausgang und starrte mit leerem Blick durch die noch teilweise beschlagene Windschutzscheibe. Der Schneefall hatte wieder eingesetzt.

Er zitterte vor Kälte, trotz Stand- und Sitzheizung, allerdings längst nicht so schlimm wie der Sohn des Innensenators neben ihm.

Ingolf litt unter unregelmäßig auftretenden Schüttelfrostattacken, klapperte nahezu ununterbrochen mit den Zähnen und hechelte beim Sprechen wie ein Hund, der stundenlang in der Sonne gelegen hat. Zudem konnte er seine

Finger nicht mehr bewegen, die nahezu um das Doppelte angeschwollen waren.

»Wir haben viel zu viel Zeit verloren«, wich Herzfeld der Frage aus und beschleunigte auf gerader Strecke.

Sie hatten das Herrenhaus schon vor einer geraumen Weile verlassen, nachdem ihre Unterwäsche, die sie auf den Rohren des Heizlüfters plaziert hatten, endlich getrocknet war. Der Praktikant trug jetzt einen dunkelblauen Jogginganzug, den Herzfeld in einer Sporttasche im Kofferraum gefunden hatte, und war in die warmen Decken gewickelt, die sie in vorausschauender Weise samt Proviant am Bahnhof für die Reise gekauft hatten. Herzfeld hatte seine Jeans wieder angezogen, obwohl die an einigen Stellen noch feucht war, aber lieber wollte er eine Lungenentzündung riskieren, als irgendetwas von Martineks Sachen zu tragen, die Kleider eines Entführers.

Eines Mörders?

»Ich brauche noch mal das Ladekabel«, forderte Herzfeld. Seine Stimme klang monoton, erschöpft von den Ereignissen, die sie beide an den Rand des Todes geführt hatten. Und zu einer Vermutung, die so schrecklich war, dass selbst der Gedanke daran unerträglich war: *Hannah ist tot.*

Ingolf reichte ihm das Ladekabel, und Herzfeld benötigte mehrere Anläufe, bis er beim Fahren den Adapter in die Buchse des Zigarettenanzünders eingestöpselt hatte. Früher, als Mobilfunktelefone in erster Linie zum Telefonieren genutzt wurden, konnte man sofort wieder loslegen, sobald das Handy an der Steckdose hing. Heute musste man erst einmal mehrere Minuten lang warten, bis das Smartphone einsatzbereit war. Zeit, die Herzfeld nutzte, um seine düsteren Gedanken zu sortieren, während sie den Weg zurück Richtung Autobahn fuhren.

Auf der einen Seite schien es keinen Zweifel daran zu geben, dass Martinek hinter all dem Schrecken steckte. Sein ehemaliger Kollege hatte erst die Hauptschuldigen für den Tod seiner eigenen Tochter büßen lassen, allen voran Jan Erik Sadler. Bevor er ihn ermordete, hatte Martinek dem Psychopathen die Zunge herausgeschnitten, mit der er Lily vor der Vergewaltigung am ganzen Körper abgeleckt hatte. Danach hatte die Richterin dran glauben müssen.

Und jetzt bin ich an der Reihe.

Das Auto wurde von einer Schneewehe getroffen, und Herzfeld bremste instinktiv ab.

Jetzt soll ich erfahren, was es heißt, die einzige Tochter zu verlieren, weil ich dir damals nicht geholfen habe, die Beweise zu fälschen.

Vieles sprach dafür, dass Hannah nicht mehr am Leben war. Schließlich hatte er gesehen, wie Martinek den Körper einer jungen Frau geöffnet und im See versenkt hatte.

Andererseits … Er suchte nach einem Ast, an den er sich im Gestrüpp seiner Verzweiflung klammern konnte.

… passt das nicht zu Sven. Er ist voller Hass und Rache, aber ich habe seiner Tochter nichts angetan. Und Hannah trifft erst recht keine Schuld, die es rechtfertigte, sie diesen Qualen auszusetzen.

Natürlich könnte er über Lilys Tod vollends den Verstand verloren haben. Doch dagegen sprach die kunstvolle Planung seiner Taten.

Und überhaupt, wenn Hannah bereits tot ist, wieso sollte ich nicht die Polizei einschalten dürfen?

War das nur eine zusätzliche sadistische Spielerei? Oder gab es doch noch eine Chance, Hannah zu retten, wenn er sich an die Regeln hielt? Nur wer war dann das tote Mädchen, das Martinek im See versenkt hatte? Und wer war sein

Komplize? Ein Profikiller konnte es kaum sein, der hätte das Geld in dem Umzugskarton verlangt. Also wer beteiligte sich an diesem blutigen und höchst persönlichen Rachefeldzug eines einzelnen Rechtsmediziners?

Viel zu viele Fragen. Keine Antworten. Herzfeld musste husten, und sein Bein schmerzte, dessen Wade sich wieder völlig verkrampft hatte.

Auch das noch.

Er verschluckte sich bei dem Versuch, den Hustenreiz zu unterdrücken. Mittlerweile lag Zarrentin bereits zwei Ortschaften hinter ihnen, und der Akku seines Handys hatte genügend Saft, dass er seinen Pincode eingeben konnte. Sobald das Telefon ein Netz gefunden hatte, meldete es sich mit unzähligen, sich überlagernden Pieptönen zurück, die jeweils einen verpassten Anruf in Abwesenheit signalisierten.

Er drückte auf Wahlwiederholung und hatte Linda am Apparat, noch bevor er es klingeln hörte.

»Na endlich«, keifte sie wütend. Ihre Stimme kam nicht durch das Telefon, sondern über die Lautsprecher des Porsches.

Herzfeld warf seinem Beifahrer einen raschen Blick zu, der nur müde mit den Achseln zuckte. Diesmal hatte sich Herzfelds Handy automatisch über Bluetooth mit der Freisprecheinrichtung verbunden. Er überlegte kurz, ob er das Gespräch wegdrücken sollte, entschied dann aber, dass es mittlerweile völlig gleichgültig war, ob Ingolf mithörte oder nicht. Außerdem schien der Grad seiner Erschöpfung mit den Temperaturen im Wageninneren zu wachsen, es war nur eine Frage der Zeit, bis er einschlief.

»Wo steckst du?«, wollte Linda wissen. Ihre Stimme klang weit vom Hörer entfernt und verhallt.

Bevor Herzfeld antworten konnte, hörte er ein lautes

Scheppern im Hintergrund, als hätte jemand einen Müllcontainer auf der Straße umgekippt.

»Was zum Teufel ist denn da los bei dir?«

»Wenn du es genau wissen willst …«, Lindas Stimme war wieder näher gekommen, »… ich hab's endlich geschafft, den Vorratsschrank umzuschmeißen.«

»Wozu das denn?«

»Um den Eingang zu blockieren«, sagte sie gereizt, als hätte sie ihm das schon tausend Mal erklärt. »Jetzt muss ich das Drecksding nur noch mit der Tür verkanten.«

Herzfeld spürte, wie die Hinterreifen auf einer Fahrbahnvereisung durchdrehten, und meinte, selbst den Halt zu verlieren.

Wieso verbarrikadiert sie sich in der Pathologie?

»Ich dachte, du hast einen Schlüssel?«, fragte er.

»Ja, Herr Professor Oberschlau, den hab ich tatsächlich. Aber augenscheinlich bin ich nicht die Einzige. Und außerdem lässt sich diese verpisste Tür auch von außen öffnen, wenn man von innen zugesperrt hat. Und da ich mich nicht noch einmal im Leichenkühlschrank verkriechen will, während hier jemand reinspaziert, trage ich Vorsorge, bis Hilfe kommt.«

»Das kann dauern«, murmelte Ingolf auf dem Beifahrersitz neben ihm. Herzfeld nickte und stellte die Wischer auf die höchste Stufe, doch selbst damit gelang es kaum, den windgepeitschten Schnee von der Windschutzscheibe zu wischen.

»Hör zu, Linda, du sagst ja selbst, dass der Killer noch in der Nähe sein kann. Ich denke, die Pathologie ist jetzt kein sicherer Ort mehr für dich.«

»Ach nein? Dabei hab ich mich die ganze Zeit doch so wohl hier gefühlt.«

»Du solltest da schleunigst abhauen.«
»Und Ender alleine lassen?«
Ach ja, richtig. Ender!
»Wie geht es ihm?«
»Beschissen. Er war kurzfristig wach, ist dann aber gestürzt. Zum Glück mit dem Bauch voran auf eine Matratze, die ich neben die Tür gelegt hatte. Keine Ahnung, ob er sich dadurch noch stärker verletzt hat. Hier ist es stockdunkel, seitdem der Killer im gesamten Gebäude den Strom abgeschaltet hat. Aber ich glaube, er atmet noch.«
»Er muss dringend operiert werden«, dachte Herzfeld laut.
»Ich hab schon angerufen, kannst du vergessen.«
Herzfeld stutzte. »*Wen* hast du angerufen?«
»Den deutschen Wetterdienst. Ich hab mich erkundigt, wann das Flugverbot nach Helgoland wieder aufgehoben wird. Die Meteorologen rechnen in fünf Stunden mit einem kurzen Zeitfenster, in dem der Sturm pausiert. Momentan noch würde es einem Rettungshubschrauber beim Flug die Rotorblätter wegreißen.«
Fünf Stunden? Das war zu lange. Viel zu lange.
Sowohl für Ender als auch für Hannah, sollte sie überhaupt noch am Leben sein.
»Du bist doch bei den Bullen, Paul. Kannst du denn keinen Spezial-Hubschrauber organisieren oder so?«, fragte Linda.
Herzfeld schüttelte den Kopf und setzte den Blinker für die Autobahnauffahrt. »Glaub mir, ich sage das jetzt nicht nur, weil meine Tochter mich gebeten hat, die Polizei rauszuhalten. Aber das ist nicht so einfach. Es gibt keine Hotline zum Heli-Fuhrpark, wo man einfach mal so anrufen kann, das BKA ist eine gewaltige Behörde. Bürokratie, Vorschriften.« Er schob hinterher: »Aber ich werde es versuchen.«

»Gut, denn ich habe keine Lust, Ender beim Sterben zuzusehen. Ich mach mir schon so vor Angst fast in die Hose, dass der Irre wieder zurückkommt, um mich als Nächstes zu pfählen, so wie die alte Frau hier.«

Diesmal war es Ingolf, der neben ihm instinktiv mit den Füßen mitbremste, weil Herzfeld zu schnell in die Kurve ging.

»Was hast du da eben gesagt?«, fragte er Linda und spürte, wie ihm das Blut ins Gesicht schoss.

Linda seufzte. »Ich will keine Sekunde länger als nötig hierbleiben, also ruf deine Bullenkumpel an und sag denen, dass ...«

Er unterbrach sie aufgeregt. »Nein, ich meinte das mit dem Pfählen.«

»Ja, was ist damit?«

Der Porsche setzte unglaubliche Kräfte frei, als Herzfeld auf dem Beschleunigungsstreifen das Gaspedal durchdrückte.

»Willst du damit sagen, dass Friederike Töven ein länglicher Gegenstand eingeführt wurde?«, fragte er, jetzt etwas lauter, um die Fahrgeräusche zu übertönen.

»Nein. Ich will damit sagen, dass ihr jemand mit einem Stock den Arsch aufgerissen hat«, schrie Linda zurück, wütender als je zuvor. »Scheiße verdammt, was spielt denn das jetzt noch für eine Rolle?«

»Zieh ihn raus!«, forderte Herzfeld, dann wechselte er über zwei Spuren direkt auf die Überholspur. Der Drehzahlmesser schoss in den roten Bereich.

»Spinnst du jetzt komplett?«, fragte Linda, nachdem sie eine Weile lang gar nichts mehr gesagt hatte. »Mein Leben war schon die Hölle, bevor ich dich kannte. Und jetzt ist es völlig im Arsch. Hätte ich dir nicht geholfen, müsste ich jetzt nicht auf ein Sondereinsatzkommando warten, das mich hoffentlich rechtzeitig hier wieder rausholt.«

»Pass auf, Linda. Ich verspreche dir bei allem, was mir lieb und teuer ist, dass ich einen Weg finde, in den nächsten zwei Stunden bei dir zu sein.«

Ingolf warf ihm einen zweifelnden Blick zu.

»Bis dahin hast du die Wahl, untätig die Leichen anzustarren oder mir dabei zu helfen, das Versteck meiner Tochter zu finden.«

Herzfeld erklärte Linda, was er auf Martineks Laptop ganz zu Beginn der Aufnahmen gesehen hatte: den Stab in der Hand seines ehemaligen Kollegen, das Messer, mit dem der Rechtsmediziner den Stock mit Schnitzereien versehen hatte.

Jetzt ergab diese Sequenz einen grauenhaften Sinn. »Martinek hat mir bislang in jeder Leiche eine Nachricht hinterlassen. Ich fürchte, die nächste hat er in den Holzstab geritzt.«

»Und ich fürchte, du kannst mich mal«, sagte Linda und legte auf.

Verdammt.

Herzfeld schlug mit der Faust gegen das Lederlenkrad.

»Hmm«, grunzte Ingolf, dem es mittlerweile etwas besserzugehen schien. Immerhin klapperten seine Zähne nicht mehr beim Sprechen. »Zwei Stunden?«

Er deutete auf den Bildschirm des Navigationsgeräts, der diese Zeitspanne allein für die Strecke bis zur Küste vorhersagte.

»Selbst wenn wir das Tempo hier durchhalten …«, Herzfeld hatte den linken Blinker auf Dauerfeuer gestellt, um die Autos vor sich von der Überholspur zu vertreiben, »… ist das wohl völlig unmöglich.«

Er sah zu Herzfeld, der in dem Adressbuch seines Handys nach einer Nummer suchte und dabei Probleme hatte, den rasenden Untersatz auf Spur zu halten.
»Es sei denn, Sie haben die Kurzwahl zu Superman in Ihren Kontakten abgespeichert.«
»So was in der Art«, sagte Herzfeld, nachdem er endlich die Telefonnummer gefunden hatte.
Er drückte auf das Symbol mit dem grünen Telefonhörer und war sich nicht sicher, ob er damit endgültig das Todesurteil für seine Tochter unterschrieb.

43. Kapitel

Lebenszeichen?«

»Nichts außer Hannahs Mailboxansage.«

»Tag der Entführung?«

»Keine Ahnung.«

»Beweise, dass Martinek involviert ist?«

Der wortkarge Teilnehmer, der Herzfelds Anruf schon nach dem ersten Klingeln mit einem mürrischen »Ja?« entgegengenommen hatte, hieß Florian Leuthner und war Einsatzleiter beim BKA.

»Die Präparation der Toten muss von einem Profi vorgenommen worden sein«, antwortete Herzfeld seinem Kollegen. »Die in den Leichen versteckten Hinweise brachten mich auf die Spur, und ich habe eindeutiges Videomaterial gesehen.« Herzfeld hatte den knappen Berichtston des BKA-Kommissars adaptiert und merkte, dass ihm die nüchterne Schilderung der Fakten dabei half, etwas Abstand zu dem Grauen zu gewinnen. »Der Computer mit der Aufnahme, auf der Martinek eine illegale Autopsie durchführt, befindet sich allerdings nicht mehr in meinem Besitz.«

Genauer gesagt, liegt der Laptopmonitor immer noch auf dem Steg am See.

»Bedingungen?«

»Wurden keine gestellt. Ich vermute einen Racheakt.«

»Klingt nicht gut«, murmelte Leuthner für seine Verhältnisse beinahe mitfühlend.

Herzfeld und er konnten sich nicht ausstehen, was vor allen Dingen damit zusammenhing, dass Leuthner ein bekennender Ossi-Hasser war. Der Chef der Abteilung für Schleuserkriminalität und Zwangsprostitution machte keinen Hehl aus seiner Abneigung gegen alles und jeden, der aus der ehemaligen DDR kam. Er empfand es als eine Zumutung, in Treptow zu arbeiten, fuhr niemals freiwillig in die Berliner Ostbezirke, hatte persönlich eine Verfassungsbeschwerde gegen den Solidaritätszuschlag angestrengt und hielt die Wiedervereinigung für eine größere Tragödie als Tschernobyl und Fukushima zusammen. Anfangs hatte er in Herzfeld einen Verbündeten gesehen, nachdem er erfahren hatte, dass der Rechtsmediziner noch vor dem Mauerfall »in den Westen gemacht« hatte. Als er dann aber merkte, dass Herzfeld kein Interesse daran hatte, sich plumpe Stammtischparolen anzuhören oder beim Feierabendbier über die undankbaren Ostler und den Untergang der D-Mark zu philosophieren, war die anfängliche Sympathie ins Gegenteil umgeschlagen. Privat würden die beiden sich nicht einmal die Hand geben. Beruflich aber waren er und Leuthner absolute Vollprofis, jeder bereit und willens, die persönliche Aversion so lange zurückzustellen, bis die Arbeit getan und der Job erledigt war. Aus diesem Grund war Herzfeld nicht sonderlich verwundert, dass sein Kollege nüchtern und professionell an den Fall heranging, dessen Einzelheiten er ihm zu Beginn des Gesprächs so sachlich wie möglich geschildert hatte. Angefangen von der Telefonnummer im Kopf der Frauenleiche über Hannahs Entführung, der ferngesteuerten Obduktion bis zu dem Angriff auf Ender, der jetzt dringend intensivmedizinische Hilfe benötigte.

»Auf Helgoland?«, hakte Leuthner nach.

»Ich weiß nicht sicher, wohin Hannah verschleppt wurde.«
»Möglicherweise also ins Ausland?«
Herzfeld ahnte den Hintergrund der Frage. Das BKA war für Kindesentführungen nicht zuständig, es sei denn, sie hatten einen internationalen Bezug. Leuthner wollte ihm also eine Brücke bauen.
»Nein. Um ganz ehrlich zu sein, glaube ich, dass Hannah noch in Deutschland ist, wenn sie denn noch lebt. Aber ich habe Sie auch nicht angerufen, um den offiziellen Weg zu gehen, Leuthner.«
»Sondern?«
Herzfeld wechselte von der Überholspur auf die rechte Seite und verlangsamte die Geschwindigkeit, um nicht so laut gegen die Fahrgeräusche ansprechen zu müssen. Ingolf neben ihm fiel vor Müdigkeit der Kopf nach vorne.
»Sie operieren doch öfter verdeckt. Ich dachte, Sie können mir ein Fluggerät organisieren, ohne dass es aktenkundig wird.«
»Geheimhaltung und Hubschraubershuttle schließen sich normalerweise aus«, sprach Leuthner seinen bislang längsten Satz in diesem Telefonat.
»Normalerweise«, wiederholte Herzfeld eindringlich.
Angesichts der zwischen ihnen herrschenden Antipathie schien es auf den ersten Blick keinen unpassenderen Gesprächspartner zu geben, den er um einen Gefallen hätte bitten können. Auf der anderen Seite war Leuthner ein Experte, wenn es darum ging, Menschen unter strengsten Geheimhaltungs- und Sicherheitsvorkehrungen aus den Fängen gewalttätiger Verbrecher zu befreien. Erst letzte Woche hatte sein Team mittels eines V-Manns einen Menschenhändlerring zerschlagen. Da der Spitzel einen Freier hatte töten müssen, um den Schleusern seine falsche Identität zu

beweisen, war diese Aktion ohne Wissen und Segen von Leuthners Vorgesetzten durchgeführt worden. Die Chefetage war erst aufgeklärt worden, als die Mission erfolgreich abgeschlossen war.

»Wieso die Geheimniskrämerei?«, fragte Leuthner Herzfeld, der gerade einen flüchtigen Blick zu Ingolf geworfen hatte. Entweder sein Beifahrer war eingeschlafen, oder er verfolgte die Unterhaltung mit geschlossenen Augen, den Kopf an das Fenster gelehnt.

»Hannah sagte auf ihrer Mailbox, sie würde getötet werden, sobald ich die Polizei einschalte. Und wenn Martinek involviert ist, kennt er die offiziellen Abläufe, und wir müssen davon ausgehen, dass er als Ex-BKA-Mann ein Frühwarnsystem aufgebaut hat, das ihn informiert, sobald ich mich nicht länger an seine Anweisungen halte.«

»Und wieso setzen Sie sich jetzt doch darüber hinweg?«

»Weil ich keine andere Wahl habe. Die Insel ist abgeschnitten, und mittlerweile ist dort nicht nur das Leben meiner Tochter in Gefahr.«

Leuthner grunzte verstimmt. »Sie hätten mich besser auf einer sicheren Leitung angerufen.«

»Auch dieses Risiko muss ich eingehen. Ich habe keine Zeit, mir ein Satellitentelefon zu organisieren. Der Hausmeister stirbt, wenn er nicht sofort auf die Intensivstation kommt. Moment, bitte.«

Herzfeld hörte einen pulsierenden Piepston und sah auf dem Display des Bordcomputers im Armaturenbrett, dass ein zweiter Anruf in der Leitung anklopfte. Laut Rufnummer kam er ebenfalls aus einem Büro der Berliner BKA-Dependance. Er entschuldigte sich kurz bei Leuthner, legte ihn auf Hold und nahm das zweite Gespräch entgegen. »Ja?«

»Verzeihen Sie bitte die Störung, Herr Professor«, sagte Yao, die Assistenzärztin, mit der er noch heute Morgen die verstümmelte Frauenleiche seziert hatte.
Mit einem nervösen Kribbeln im Magen fragte er sich, was sie von ihm wollte. »Gibt es ein Problem?«
»Sie wollten doch, dass wir den Mageninhalt untersuchen.«
Den Tablettenschleim, richtig. Das hatte er ganz vergessen.
»Die Ergebnisse vom Labor sind gerade eingetroffen. Es handelt sich um ein Zyankali-Derivat.«
»Also wurde die Frau vergiftet?«
»Nein. Es war ein Suizid.«
»Suizid?«, wiederholte Herzfeld so laut, dass Ingolf neben ihm aus seinem Halbschlaf hochschreckte. Er musste an die grausam entstellte Leiche denken und schüttelte den Kopf. »Der Unbekannten wurden die Kiefer herausgetrennt und die Hände abgeschnitten. Wie in drei Gottes Namen kommt ihr auf die abstruse Idee, sie könnte sich selbst getötet haben?«
»Es gibt eine Abschiedsnachricht.«
Herzfeld ließ diese Information einen Moment sacken, während sie eine Autobahnbrücke unterquerten, dann sagte er: »Dieser Abschiedsbrief muss eine Fälschung sein.«
»Es ist kein Brief, sondern ein Video«, widersprach Yao. »Und die Frau ist auch keine Unbekannte mehr.«
Herzfeld war zu perplex, um diese beiden Nachrichten zu kommentieren, was Yao die Gelegenheit gab, ihn mit weiteren Informationen zu verwirren. »Heute Mittag öffnete ein privater Wachdienst ein Penthouse in Berlin-Charlottenburg, nachdem der Alarm angeschlagen hatte«, begann Yao ihre Schilderung. »Das Luxusapartment war mit einer High-End-Sicherheitsanlage ausgestattet, die auch dann reagiert, wenn im Gebäude über einen längeren Zeitraum

hinweg keine Bewegung registriert wird. Als der Wachmann die Wohnung betrat, entdeckte er Blutspuren und mehrere abgetrennte Finger auf dem weißen Teppich. Er informierte die Polizei, und die Spurensicherung fand eine DVD im Player.«

»Ihr Testament?«

»Nicht nur das. Die Frau hat den kompletten Tathergang gefilmt. Wie sie in ihrer Küche sitzt und Tabletten nimmt, während sie sich von allen Freunden, Verwandten und Angehörigen per Videobotschaft verabschiedet.«

»Wissen wir, weshalb sie sich das antut?«, fragte Herzfeld und sah in den Rückspiegel.

Obwohl es erst kurz nach sechzehn Uhr war, herrschte bereits komplette Finsternis. Dafür hatte es aufgehört zu schneien, und der Verkehr war nicht mehr so dicht wie noch zu Beginn der Fahrt.

»Sie betont auf dem Band mehrfach, dass ihr Leben keinen Sinn mehr habe und die ganze Wahrheit früher oder später ans Licht komme.«

»Und wie erklärt ihr euch die Verstümmelungen?«

»Die erklärt sie selbst. Wörtlich sagt sie, ich zitiere …«, Herzfeld hörte Yao mit Papier rascheln, » … meine Hülle hat nach ihrem Tod noch einen Zweck zu erfüllen. Mein Körper wird danach ebenso schrecklich aussehen, wie meine Seele sich heute fühlt. Aber ich versichere hiermit, dass ich sämtlichen Verletzungshandlungen, die mir nach meinem Freitod beigebracht werden, im Vorhinein zugestimmt habe, und das sage ich im Vollbesitz meiner geistigen Kräfte.«

Herzfeld schüttelte den Kopf und scherte auf die linke Spur, um einen Kombi zu überholen, der einen heftig schlingernden Wohnwagen hinter sich herzog.

»Was macht euch so sicher, dass niemand mit einer Waffe hinter der Kamera steht und sie zu dieser Aussage zwingt?«

»Sie müssten die Aufnahme mit eigenen Augen sehen, Professor. Hundertprozentig sicher kann man sich da natürlich nie sein, aber ich habe selten so etwas Authentisches und Aufrichtiges gehört wie die letzten Worte von Frau Schwintowski.«

Herzfeld stockte der Atem. »Moment mal, was sagten Sie da gerade?«

»Aufrichtig. Es klang zu keiner Sekunde geschauspielert oder erzwungen ...«

»Nein, das meine ich nicht. Wie war ihr Name?« Er blinzelte mehrmals und erinnerte sich an den Schriftzug auf dem Umzugskarton, den sie vor Martineks Haustür in der Kissenbox gefunden hatten.

»Sybille Schwintowski, geborene Thron. Verheiratet mit dem Umzugsunternehmer Philipp Schwintowski. Eine gemeinsame Tochter, Rebecca, siebzehn Jahre alt. Von den beiden fehlt jede Spur.«

Geschwind mit Schwintowski!

Auch Ingolf neben ihm hatte den Namen gehört und warf ihm einen fragenden Blick zu, bevor er gähnend wieder die Augen schloss.

»Was hat das alles zu bedeuten?«, flüsterte Herzfeld so leise, dass Yao ihn über die Freisprechanlage nicht verstehen konnte.

»Haben Sie etwas gesagt?«

»Was? Äh, nein.«

Eine bis zur Unkenntlichkeit verstümmelte Leiche, die sich als Suizid enttarnte. Hannahs Entführung. Martinek. Die Seebestattung und ein Umzugsunternehmer, der samt Tochter verschwunden war – wie hängt das alles zusammen?

»Was wissen wir über den Mann?«, fragte er, und Yao begann erneut mit ihren Unterlagen zu rascheln.

»Philipp Schwintowski ist kein unbeschriebenes Blatt«, sagte sie. »In den achtziger Jahren stand er wegen Mordes vor Gericht, damals war er sechsundzwanzig Jahre alt. Er soll sein Vermögen mit illegalen Wetten und später als Kredithai gemacht haben. Die Presse nannte ihn den Buddha-Mörder, bezogen auf seine Leibesfülle. Eine Überwachungskamera hatte ihn dabei gefilmt, wie er einen säumigen Schuldner von der Brücke auf die Stadtautobahn warf, wo er von einem Lkw überrollt wurde.«

Herzfeld verzog das Gesicht.

»Doch die Anklage wurde fallengelassen, nachdem die Aufzeichnung unter mysteriösen Umständen gelöscht wurde. Fünfzehn Jahre später saß er dann doch noch in Tegel ein, wegen schwerer Körperverletzung. Er hatte einen Türsteher, der ihn nicht in ein Bordell lassen wollte, mit einem Schlagring verprügelt. Dafür gab es zweieinhalb Jahre. Nach neun Monaten war er wieder draußen.«

»Ich tippe auf gute Führung.«

»Korrekt. Er hat im Knast mit einer Sozialarbeiterin angebändelt, die ihn für ein Projekt zur Bekehrung straffällig gewordener Jugendlicher gewinnen wollte.«

»Und diese Sozialarbeiterin …«

»Hieß Sybille Thron. Sie wurde noch im Gefängnis mit Rebecca schwanger. Nach der Entlassung folgte die Hochzeit, und seitdem gibt es tatsächlich einige Anzeichen, dass Schwintowski es ruhiger angehen lässt. In den letzten Jahren gab es keinerlei körperlichen Übergriffe, nicht mal eine Kneipenprügelei, für die er früher berühmt-berüchtigt war. Ermittler gehen jedoch davon aus, dass er immer noch über gute Drähte in die Unterwelt verfügt und sein Umzugsunternehmen hauptsächlich eine Geldwäschefirma ist.«

»Wäre es dem Mann zuzutrauen, seine Frau post mortem zu zerstückeln?«, wollte Herzfeld wissen.

»Von seiner Gewalthistorie schon, aber die Ermittler bezweifeln es. Die Steuer hat ihn ein halbes Jahr beschatten lassen, und alle Fahnder waren sich darin einig, selten so einen fürsorgenden Familienvater erlebt zu haben. Er hat ein Jahr lang nicht gearbeitet, um das Babyjahr gemeinsam mit seiner Frau erleben zu können. Die beiden erneuerten regelmäßig ihr Ehegelöbnis, zuletzt vor sechs Monaten in Las Vegas. Und obwohl Sybille Thron zum Zeitpunkt der Hochzeit nahezu mittellos war, gibt es keinen Ehevertrag. Im Gegenteil, Philipp hat seiner Frau schon zu Lebzeiten mehr als die Hälfte seines Vermögens überschrieben, für den Fall, dass ihm etwas zustoßen sollte, inklusive des Penthouse, mehrerer Festgeldkonten und der Hochseeyacht.«

»Yacht?«

Ein Äderchen in Herzfelds Augenlid begann zu zucken, ohne, dass er etwas dagegen tun konnte.

»Ja, die *Rebecca I,* benannt nach der Tochter. Schwintowski gilt als begeisterter Off-Shore-Segler. Vor zwei Jahren hat er den Family-Cruiser-Cup gewonnen.«

»Welche Strecke ist er gefahren?«

»Wieso ist das wichtig?«

»Bitte!«, drängte Herzfeld. Das Zucken wurde schlimmer.

»Moment.« Er hörte eine Tastatur klackern, dann gab Yao ihm die Antwort: »Der Cruiser-Cup steigt regelmäßig im Rahmen der Nordseewochen.«

»Und verläuft?«

»In drei Teilstrecken rund um Helgoland.«

44. Kapitel

»Na endlich«, blaffte Leuthner, nachdem Herzfeld das Gespräch mit Yao beendet hatte und wieder zu seinem Kollegen gewechselt war. Obwohl die Stimme des Einsatzleiters um einiges lauter war als die von Yao, schaffte sie es nicht mehr, zu Ingolf durchzudringen, der mit dem Kopf an der Beifahrerscheibe endgültig eingeschlafen war.

»Tut mir leid, dass ich Sie habe warten lassen«, sagte Herzfeld mit belegter Stimme. Er fühlte sich wie betäubt. Hatte er noch vor wenigen Minuten geglaubt, einen Teil des Rätsels mit Martinek entwirrt zu haben, war die Lage jetzt undurchsichtiger denn je.

Weshalb hat Sybille Schwintowski sich selbst das Leben genommen und danach verstümmeln lassen? Von wem? Und wenn sie auf dem Abschiedsvideo tatsächlich die Wahrheit sprach, weshalb nur hatte sie ihren Körper überhaupt für diese wahnsinnige Schnitzeljagd zur Verfügung gestellt? In welcher Verbindung steht sie zu Martinek? Zu Sadler? Zu mir?

Zwischen all den Variablen schien es nur eine Konstante innerhalb des Wahnsinns zu geben. Und die hieß Helgoland.

Leuthner quittierte Herzfelds Entschuldigung mit einem mürrischen Grunzen, dann sagte er: »Ich hab in der Zwischenzeit recherchiert. Es gibt tatsächlich ein Fluggerät, das ich außerhalb des Dienstwegs organisieren könnte. Eine Cessna im Privatbesitz eines guten Freundes, mit der wir letzten Monat vier Kinder aus einem Bordell an der polnischen Grenze ausgeflogen haben. Aber die nützt Ihnen nichts.«

»Wieso? Das Wetter soll sich in einigen Stunden beruhigen«, sagte Herzfeld und deutete durch die Windschutzscheibe, als wäre Leuthner in der Lage, seine Beobachtung zu bestätigen. Tatsächlich hatte es aufgehört zu schneien, und der Wind war nicht mehr so stark.

»Vielleicht in Ihrer Region. An der Küste tobt ein Sturm. Auf Helgoland ein Orkan.«

Trotz der schlechten Nachrichten klang Leuthner nicht völlig hoffnungslos, daher fragte Herzfeld: »Was schlagen Sie vor?«

Statt einer Antwort sagte der Einsatzleiter nur: »Geben Sie mir eine halbe Stunde.«

»Wofür?«

»Ich sag es Ihnen, falls ich eine Lösung finde.«

Falls?

»Und wenn Sie keine Lösung finden?«

Neben ihm stöhnte Ingolf auf dem Beifahrersitz mit geschlossenen Augen.

»Hat dieses Gespräch nie stattgefunden«, hörte er Leuthner sagen. Dann war die Leitung tot.

45. Kapitel

Helgoland.

In nur wenigen Stunden hatte sich der Kellerraum der Klinik von einem sterilen, unbefleckten Sektionssaal in ein Schlachthaus verwandelt. Hätte Linda das blut- und schmerzgetränkte Chaos, das sich ihr bot, zeichnen müssen, hätte sie das Bild mit der Überschrift »Werkstatt des Wahnsinns« betitelt. Allerdings bezweifelte sie, dass ihr die Darstellung der Details gelungen wäre, hatte sie doch ihre Probleme mit expliziten Gewaltdarstellungen.

Das von den Wänden reflektierende, indirekte Licht der Taschenlampe, die sie neben dem Ablaufbecken mit dem Kegel zur Decke gestellt hatte, gewährte ihr nur einen schummrigen und ausschnitthaften Blick, aber das, was Linda darin erkennen konnte, drehte ihr den Magen um: zwei verwesende Leichen auf den Seziertischen, das halb geöffnete Kühlfach, ein umgestürzter Instrumentenschrank vor dem Eingang; daneben, auf einer Matratze, ein sterbender Mann mit einem Messer im Hals ... *und ich mittendrin.*

Linda hielt sich immer noch an dem Hörer des Haustelefons fest, obwohl ihr letztes Gespräch mit Herzfeld schon eine Viertelstunde zurücklag. Sie wusste nicht, ob es ihr mit dem verkeilten Schrank wirklich gelungen war, eine für den Killer unüberwindbare Barriere vor dem Eingang zu errichten. In Wahrheit bezweifelte sie das. Sie konnte nur hoffen, dass derjenige, der sie hier heimsuchen wollte, mittlerweile das Interesse an seinen Opfern in der Pathologie verloren hatte. Und dass Herzfeld schnell einen Weg fand, das Grauen hier zu beenden.

So ein verdammter Mist. Wenn andere jammern, dass sie sich mit den falschen Männern einlassen, dann geht's um geplatzte Dates und Seitensprünge. Und bei mir?

Sie prüfte noch einmal das Matratzenlaken, das sie notdürftig über Enders Oberkörper ausgebreitet hatte, und der Gedanke daran, dass aller Wahrscheinlichkeit nach bald ein anderes Laken auch sein Gesicht bedecken würde, versetzte ihr einen Stich.

Von allen negativen Emotionen, die sie gerade durchlitt, machte ihr vor allen Dingen das Gefühl der Hilflosigkeit zu schaffen. Ginge es nur um ihr Leben, wäre sie sofort aus der Klinik gerannt und hätte im Gasthaus *Bandrupp* Alarm geschlagen. Aber weder konnte sie Ender einfach so zurücklassen, noch lohnte sich das Risiko, das sie damit einging. Selbst wenn es ihr gelang, die Klinik unbehelligt zu verlassen, hätte sie damit nichts erreicht. Auf der evakuierten Insel gab es keinen erfahrenen Chirurgen, der Ender von seinem Messer befreien konnte. Von einem Anästhesisten ganz zu schweigen.

Andererseits kann ich hier nicht seelenruhig abwarten und ihm beim Sterben zusehen.

Sie nahm die Taschenlampe, leuchtete auf den Seziertisch mit Tövens Leiche und riss erschrocken die Hand vor den Mund: Die Leiche hatte sich verändert.

Nein, sie war verändert w o r d e n.

Als sie das letzte Mal einen Blick auf die Richterin gewagt hatte, hatte sie deren entblößten Hintern betrachten müssen. Jetzt hatte irgendjemand in der Zeit, in der sie sich im Kühlfach versteckt gehalten hatte, den Rock wieder heruntergezogen.

Linda drehte sich zu Ender, dessen Körper auf der Matratze im Zwielicht nur schemenhaft zu sehen war. Sie bezweifelte, dass der Hausmeister in seinem schockbedingten Irrlauf durch die Pathologie Hand an die Leiche gelegt hatte. Allerdings war er auch ans Telefon gegangen.

Das Telefon …

Sie betrachtete den Apparat in ihren Händen und beschloss, ihn wieder in den Werkzeuggürtel über Eriks Leiche zu stecken, damit sie beide Hände frei hatte.

Im Moment herrschte im wahrsten Sinne des Wortes vollständige Totenstille inner- und außerhalb der Pathologie. Seitdem der Strom vollständig ausgefallen … *oder abgestellt?* … war, rauschte noch nicht einmal mehr die Lüftung, und was das sehr bald für Auswirkungen auf die Atemluft hier unten haben würde, mochte Linda sich gar nicht erst ausmalen. Sie wandte sich wieder zu dem zweiten Seziertisch, streifte sich die schweißnassen Hände am Kittel ab und atmete tief durch.

Also los. Auf in die nächste Runde.

Langsam hob sie den groben Leinenrock an und zog ihn über die milchweißen Oberschenkel der Richterin nach oben. Aus irgendeinem Grund kam ihr diese Handlung noch widerlicher und obszöner vor, als Erik die Unterhose aufzuschneiden, vielleicht, weil es sich bei diesem Opfer um eine Frau handelte, noch dazu um eine ältere Dame, der man die Einkäufe in die Wohnung tragen und über die Straße helfen, *aber nicht den Unterleib entblößen sollte!*

Mit jedem Zentimeter Haut, den sie freilegte, wuchs Lindas Widerwillen.

»Wieso mache ich das eigentlich?«, fragte sie sich und bekam eine Antwort von ihrer inneren Stimme.

»Weil du diese Schnitzeljagd beenden willst.«

»Indem ich die Totenruhe einer Frau schände?«

»Indem du dem Professor den nächsten Hinweis gibst, der ihn zum Killer führt. Und damit Leben rettest.«

»Oder in den sicheren Tod …«

»Aber du könntest die Menschen wenigstens warnen.«

Doch wenn sie jetzt den Bürgermeister informierte, würde sie höchstens die eigene Haut retten und ganz sicher eine Panik unter den verbliebenen Bewohnern Helgolands auslösen, die sich auf der vom Unwetter abgeschnittenen Insel einem Serienmörder ausgesetzt sahen.

»Herzfeld hat gesagt, es wäre ein persönlicher Rachefeldzug gegen ihn und alle, die mit einem alten Fall etwas zu tun haben.«

»Ach ja, und wieso ist dann Ender unter den Opfern?«

»Weil er sich eingemischt hat, so wie ich. Wenn ich die Menschen also warne, bevor Herzfeld den Killer entdeckt und seine Tochter gefunden hat, gefährde ich sie eher, als dass ich ihnen helfe.«

Linda zog die Schultern nach oben und ließ sie seufzend wieder sinken. Sie konnte ihre gedanklichen Selbstgespräche endlos fortsetzen, sie würde immer wieder an ein und denselben Punkt gelangen: Hierzubleiben gefährdete ihr eigenes Leben, zu fliehen das von Herzfelds Tochter. Um Ender zu retten und den Rest der Bevölkerung zu schützen, brauchte es Hilfe von außen, die Herzfeld für die nächsten zwei Stunden versprochen hatte.

Also schön, Professor. Zwei Stunden, wie immer du das anstellen willst. So lange werde ich dir noch helfen, aber dann bin ich hier raus.

Linda hielt ihre Armbanduhr schräg in das Licht der Taschenlampe, um das Ziffernblatt ablesen zu können. Insgeheim war sie froh, dass das Deckenlicht nicht mehr funk-

tionierte und ihr dadurch die Einzelheiten des schaurigen Anblicks auf dem Seziertisch erspart blieben, die sie jetzt nur vermuten konnte.
Die wächserne Haut. Die Leichenflecke. Die blutverschmierten Innenseiten der Oberschenkel. Der verkrustete Stock …
Mittlerweile hatte sie den Rock bis zur Hüfte aufgeschlagen. Der Holzstiel ragte etwa fünfzehn Zentimeter aus dem After. Er fühlte sich rauh und spröde an, als Linda ihn packte, und erst da merkte sie, dass sie vergessen hatte, sich wieder Handschuhe anzuziehen.
Egal.
Sich einen Splitter einzuziehen, war im Moment ihre geringste Sorge. Linda spürte einen erstaunlich heftigen Widerstand bei dem ersten, zugegeben etwas zaghaften Versuch, den Stock herauszuziehen. Widerwillig begann sie mit auf- und abwärtsgerichteten Hebelbewegungen an ihm zu rütteln, um den in Leichenstarre verhärteten Schließmuskel zu dehnen. Die schmatzenden Geräusche, die sie dadurch erzeugte, klangen, als würde sie den letzten Rest aus einer leeren Duschgelflasche quetschen.
Linda hielt kurz inne, wartete ab, bis sich ihr zitternder Atem wieder etwas beruhigt hatte, und zog die Mordwaffe mit einem Ruck heraus.
Wie der Bleistift eines Riesen, schoss es ihr durch den Kopf, als sie das angespitzte Ende betrachtete. Was für eine bestialische Art, jemanden zu töten.
Linda schüttelte sich, dann entfernte sie den Sekretschleim, indem sie den Stock kurzerhand an ihrem Kittel abwischte. Als Nächstes richtete sie die Taschenlampe direkt auf den Stab und las die Nachricht, die dort mit ungelenken Schnitten in das Holz geschnitzt worden war.

46. Kapitel

53666 435 736 490«, wiederholte Herzfeld die lange Zahlenreihe, die Linda ihm eben durchgegeben hatte, damit Ingolf sie mitschreiben konnte. Sie hatten die A 24 verlassen und jagten an Hamburg vorbei die A 1 entlang weiter Richtung Nordseeküste. Ingolf war seit einigen Minuten wieder ansprechbar. Die müden Augen blinzelten, und alle paar Minuten versuchte er vergeblich, ein Gähnen zu unterdrücken. Die Nachwehen der Unterkühlung und des Schocks hatte er noch lange nicht überwunden.

»Könnte eine ausländische Telefonnummer sein«, sagte Herzfeld und betätigte die Lichthupe, um einen Vordermann von der Überholspur zu scheuchen.

»Hab ich schon ausprobiert.« Linda klang resigniert. »Kein Anschluss. Vielleicht fehlt mir ja die passende Vorwahl. Ich höre immer nur ein Besetztzeichen. Bei der zweiten geht es mir genauso.«

»Martinek hat noch eine zweite Nummer in den Stock geritzt?«

»Ja, auf dem Ende, das in ihrem Körper steckte«, antwortete sie angewidert. »Die Zahlen, soweit ich das erkennen kann, lauten: 908920 705 318 451.«

»Hast du das?«, fragte Herzfeld Ingolf leise, der müde nickte. Ohne seine Brille, die er im See verloren hatte, und mit unfrisierten, platt am Kopf klebenden Haaren wirkte er noch mehr wie ein Schuljunge, der die erste Stunde verschlafen hatte. Das ledergebundene Notizheft in seiner Hand verstärkte diesen Eindruck noch.

»Das könnte alles Mögliche sein«, mutmaßte Linda. »Eine Kreditkarte, eine Kontonummer, ein Schließfach oder ein Passwort.«

»Punkte«, meldete sich Ingolf neben ihm zu Wort.

»Was?«, fragten Herzfeld und Linda gleichzeitig.

Der Praktikant unterstrich die beiden Zahlenreihen auf seinem Notizblock.

»Wer spricht da im Hintergrund?«, wollte Linda wissen, und Herzfeld fiel auf, dass er ihr noch nichts von seiner Begleitung erzählt hatte. »Ingolf von Appen. Er arbeitet mit mir im Institut und fährt mich«, beschied er knapp in einem Ton, der klarmachte, dass er jetzt keine Zeit mit weiteren Erklärungen verschwenden wollte.

»Und was hat er gefragt?«, wollte sie wissen. Herzfeld sah zu Ingolf. Der Praktikant unterstrich die beiden Zahlenreihen auf seinem Notizblock. Offensichtlich fiel es ihm schwer, sich zu konzentrieren, die Worte wollten nur stoßweise und unter größter Anstrengung aus seinem Mund kommen.

»Punkte. Sind da Punkte?«

»Wo?«

Ingolf rollte mit den Augen, dann sagte er schwerfällig: »Zwischen den Zahlen.«

»Moment«, antwortete Linda und schien sich vom Telefon wegzubewegen. Herzfeld hörte Wasser rauschen, dann den Ruf ihrer Stimme aus einiger Entfernung: »Ich säuber den Stock noch mal über dem Ablaufbecken.«

Herzfeld drehte sich fragend zu Ingolf, der sich mit schmerzverzerrtem Gesicht auf seinem Sitz nach vorne zu beugen versuchte.

»Worauf wollen Sie hinaus?«

»PetSave-One«, stöhnte der Praktikant. Doch bevor Herzfeld nachfragen konnte, wieso er um Himmels willen nun wieder damit anfing, schrie Linda plötzlich auf.
»Das gibt's doch nicht!« Ihre Stimme klang jetzt wieder näher.
»Woher hast du das gewusst? Da sind tatsächlich Punkte.«
Ingolf rang sich ein fahles Lächeln ab. »Jeweils einer pro Zahlenreihe, nehme ich an. Die erste beginnt mit 53 Punkt 666, die zweite mit 9 Punkt 08, richtig?« Seine Lebensgeister schienen langsam zu erwachen.
»Ja. Was hat das zu bedeuten?«
Statt einer Antwort öffnete Ingolf das Handschuhfach, nahm einen ebenso schmalen wie dicken Lederordner heraus und warf ihn Herzfeld in den Schoß.
»Was soll das?«
»Das ist die Bedienungsanleitung des Cayenne.«
»Das sehe ich. Aber was hat das mit den Zahlen …«
»Ich bin zu müde. Sehen Sie bitte für mich nach.«
»Wonach denn?«, fragte Herzfeld ungeduldig. Auch Linda wiederholte ihre Frage, was die Punkte zu bedeuten hatten.
»Navigationssystem. Stichwort: Geokoordinaten.«
Ingolf deutete auf die Anleitung, und Herzfeld begann zu ahnen, worauf er hinauswollte. »Sie meinen …«
»Ja. *PetSave-One,* das System, das ich entwickelt habe, schon vergessen? Es arbeitet mit GPS-Daten, und die erkenne ich, wenn ich sie sehe. Die ersten Ziffern sind die Longitude-, die zweiten die Latitude-Angaben. Sie dürfen aber die Punkte nicht vergessen.«
»Und die kann man einfach in dieses Navigationssystem eingeben?«, fragte Herzfeld, voller Hoffnung, dem Versteck seiner Tochter damit einen gewaltigen Schritt näher gekommen zu sein.

»Ja«, nickte Ingolf müde. Seine Augen begannen wieder zu flattern, und er hielt sie bereits geschlossen, als er sagte: »Aber nicht *einfach.* Ich hab keine Ahnung, wie es geht …« Er gähnte breiter und länger als zuvor und wollte noch einmal zu sprechen ansetzen, doch die Müdigkeit drohte ihn erneut zu übermannen.

Rasch kündigte Herzfeld Linda seinen Rückruf an und legte auf. Nach einem kurzen Blick in den Rückspiegel scherte er über zwei Spuren auf den Standstreifen aus, wo er direkt neben einem Kilometerschild zum Stehen kam.

Er benötigte quälend lange Minuten, um in der telefonbuchdicken Anleitung des Luxuswagens das Kapitel mit der Programmierung des satellitengesteuerten Navigationssystems zu finden.

Schließlich hatte er es geschafft und wusste nicht, ob er lachen oder weinen sollte, als der Bordcomputer Ingolfs Vermutung bestätigte.

Martinek hatte tatsächlich in den Stab, mit dem die Richterin zu Tode gequält worden war, die Koordinaten für ein geographisches Ziel eingeschnitzt.

Ein Ziel, das sich laut Display des Navigationssystems mitten in einem Waldgebiet im Landkreis Cuxhaven befand.

Außerhalb befahrbarer Straßen.

Fernab jeder menschlichen Siedlung.

47. Kapitel

Anderthalb Stunden später gruben sich die Breitreifen des Geländewagens tief in den schneebedeckten Forstweg.

Das Navigationssystem warnte schon seit einem Kilometer, dass sie den Bereich befahrbarer Straßen verlassen hatten, seitdem sie in Höhe Hemmoor von der Landstraße in das Waldgebiet abgebogen waren. Die Nordseeküste war noch gute zwanzig Kilometer entfernt, und schon hier zeigte sich eine Schneise der Verwüstung, die der Wind in den vergangenen Stunden geschlagen hatte. Äste waren abgeknickt, eben erst hatten sie einen entwurzelten Baum umfahren müssen. Dabei war der Wagen von einer Böe erfasst worden, die selbst den tonnenschweren Koloss zur Seite gedrückt hatte, so dass Herzfeld das Lenkrad mit beiden Händen hatte packen müssen, um nicht von dem immer schmaler werdenden Pfad geweht zu werden.

Verdammt, wie mag es erst auf hoher See zugehen? An eine Überfahrt war tatsächlich nicht zu denken.

Die Kronen der Bäume schaukelten wild über ihren Köpfen. Den Schnee, der ihre Äste heruntergedrückt haben musste, hatten sie längst verloren. Nur hin und wieder ergoss sich eine letzte puderzuckerartige Verwehung auf die Windschutzscheibe.

Der Himmel, soweit Herzfeld es durch das Fenster des Schiebedachs über seinem Kopf erkennen konnte, war immer noch verhangen, aber immerhin schneite es schon länger nicht mehr. Dafür wurde es rasch dunkler, obwohl der Sonnenuntergang erst in einigen Stunden bevorstand.

Er musste an Frau Schwintowski denken, die ihren Freitod angeblich gefilmt hatte, bevor sie von irgendjemandem zerstückelt und in einen Umzugskarton verfrachtet worden war.

Es war erst wenige Stunden her, als er heute Morgen mit ihrer Obduktion begonnen hatte. Und doch erschien es ihm wie eine Ewigkeit.

»Wo sind wir?«, fragte Ingolf neben ihm gähnend. Der Praktikant hatte die Fahrt über geschlafen und kam erst langsam wieder zu sich.

»Das wüsste ich auch gern.«

Auf dem Bildschirm des Navigationssystems zeigte sich eine Fahne als Signal dafür, dass sie in wenigen Metern ihr Ziel erreicht hatten. Noch konnte Herzfeld nichts außer licht stehenden Bäumen erkennen, hauptsächlich Kiefern und Birken. Sie setzten die Fahrt noch eine Minute fort, dann begann die schwarz-weiß quadrierte Rennfahne auf dem Bildschirm des Navigationssystems zu wackeln, und Herzfeld stoppte den Wagen.

»Sie haben Ihr Ziel erreicht«, murmelte er zu sich selbst.

Mitten im Nirgendwo

»Vielleicht hat Linda die Koordinaten im Dunkeln falsch abgelesen?«, mutmaßte Ingolf. Er hatte sich eine Ersatzbrille aus dem Handschuhfach gegriffen und sah sich nach allen Seiten um.

Sie standen an einer Gabelung, von der ein Forstweg auf eine Lichtung führte. Abgesehen von einem Hinweisschild für Wanderer und einem verschneiten Stapel geschlagener Baumstämme in einiger Entfernung gab es nichts zu sehen.

»Okay, von Appen, Sie bleiben hier im Auto. Ich sehe mich nur kurz mal um«, sagte Herzfeld und ließ den Motor laufen, damit das Fernlicht aktiviert blieb, mit dem er das Gelände vor ihm ausleuchtete.

»Sind Sie sicher, dass Sie da alleine rauswollen?«, fragte Ingolf.

»Was soll schon passieren? Hätte Martinek uns töten wollen, hätte er oft genug die Gelegenheit dazu gehabt.«

»Und fast wäre es ihm gelungen«, gab Ingolf zu bedenken. »Was, wenn Sie hier in einer ausgehobenen Grube einbrechen?«

Herzfeld schüttelte den Kopf. »Ich glaube, das am See war ein Unfall. Ich hoffe es zumindest. Und wenn nicht, wäre das ein Grund mehr, dass Sie im Auto bleiben, damit Sie mich notfalls befreien können.« Herzfeld sah den Praktikanten streng an: »Haben Sie das verstanden?«

»Jawoll, Sir«, sagte Ingolf und salutierte. »Nur eins noch.«

Herzfeld hatte schon die Hand an der Tür. »Was?«

»Brennt es dort drüben?«

Herzfeld folgte der Richtung, die Ingolfs Zeigefinger ihm wies ... *Tatsächlich!*

Jetzt, da die akkurat gestapelten Stämme direkt von den Xenon-Scheinwerfern erfasst wurden, gab es keinen Zweifel.

»Dahinten steigt Rauch auf«, bestätigte Herzfeld und hatte wegen des Gegenwinds einige Mühe seine Tür aufzudrücken. Eine starke Windböe presste mit aller Kraft dagegen und zerriss die graue Rauchfahne, die er eben noch über den Baumstämmen ausgemacht hatte.

Die Kälte, die in den Wagen strömte, bestätigte den Wetterbericht im Radio, der Temperaturen von minus zwölf Grad vorhergesagt hatte.

Herzfeld sprang vom Fahrersitz und versank knöcheltief im Schnee. Er schloss die Wagentür und stakste auf die Lichtung. Schon nach wenigen Metern konnte er die Quelle des Rauchs ausmachen: Dichter, betonfarbener Qualm quoll aus einem windschiefen Ofenrohr auf dem Dach eines Bauwagens für Waldarbeiter.

Unter seinen Füßen zerbrach ein vom Schnee bedeckter Ast, und Herzfeld hielt instinktiv inne. Er wollte gerade weitergehen, als es hinter ihm mit einem Mal heller wurde.

»Ich hab doch gesagt, Sie sollen im Wagen bleiben«, rief er und drehte sich um, doch dann verschlug es ihm die Sprache.

Die Beifahrertür war angelehnt, die Innenbeleuchtung des Porsches war an, weshalb Herzfeld auf den ersten Blick sehen konnte, dass der Sohn des Innensenators verschwunden war.

»Ingolf?«

Herzfelds Magen zog sich zusammen.

Er blickte abwechselnd zum Bauwagen und zum Porsche. Trotz des Rauchs auf der einen und des Deckenlichts auf der anderen schienen beide Fahrzeuge völlig verlassen.

Herzfeld wollte zurück zum Wagen laufen, doch dann besann er sich und ging zunächst einmal in die Knie.

Nichts.

Er hatte befürchtet, Ingolf neben dem Auto reglos am Boden liegen zu sehen, aber da war er auch nicht.

»Ingolf«, rief er erneut. Keine Antwort.

Was zum Teufel geht hier vor?

Vorsichtig schlich er sich zum Porsche zurück.

Er hatte die Motorhaube umrundet und war auf der Beifahrerseite angelangt, doch wider Erwarten wurde er weder angefallen noch überwältigt.

Und von dem Praktikanten fehlte weiterhin jede Spur.

»Ingolf?«

Die Lüftung des Geländewagens knackte, während Herzfeld sich der geschlossenen Hecktür näherte. Durch die getönten Scheiben hindurch konnte Herzfeld nichts als eine leere Rückbank erkennen.

Er griff nach dem Türgriff, ballte die Finger um den Hebel und riss mit einem lauten Schrei die Hintertür auf. Doch da war niemand, den er durch sein Gebrüll hätte erschrecken können. Keine Gefahr, die ihm ins Gesicht schlug.

Und auch kein Ingolf.

Der Innenraum des Cayenne war leer.

»Wo bist du?«, flüsterte Herzfeld in die Dunkelheit des Waldes, zu der er sich ratlos umgedreht hatte.

Jetzt, da das Licht aus dem Wagen ungehindert nach draußen fiel, erkannte er die tiefen Fußabdrücke im Schnee. Soweit Herzfeld es erkennen konnte, verlief ihre Spur vom Wagen aus geradewegs auf eine kleine Baumgruppe am Wegesrand zu, unter der sich auch eine ausgewachsene Eiche befand.

»Wo sind Sie?«, rief Herzfeld erneut und folgte den Spuren.

Was hat Ingolf vor? Wieso ist er wortlos im Wald verschwunden?

Je näher er der Baumgruppe kam, desto dunkler wurde es. Zum ersten Mal in seinem Leben wünschte er sich, auch die Rechtsmediziner beim BKA wären mit Dienstwaffen ausgerüstet.

Und er verfluchte sich, dass er nicht auf seine Instinkte gehört hatte. Er hatte von Anfang an geahnt, dass mit diesem Ingolf etwas nicht stimmte, selbst wenn er der Sohn des Innensenators war. Wer fuhr schon seinen Professor quer durch Deutschland, nur um den Praktikumsplatz zu retten?

Geschäftsidee? Schwachsinn.

Unsicher, ob er weiter nach Ingolf suchen oder besser zum Wagen zurückgehen sollte, blieb er stehen, etwa einen Meter von der Eiche entfernt.

Und jetzt?

Er sah zum Wagen, dann zu der Baumgruppe, hinter der sich die Spuren zu verlieren schienen, und als er den Blick nach unten richtete, bemerkte er es.

Verdammt.

Er hätte gleich darauf kommen müssen. Die Fußspuren, denen er gefolgt war. Im Schnee. Sie waren zu tief.

Viel tiefer als meine.

So als hätte Ingolf eine schwere Last getragen.

Oder …

Herzfeld begriff die Wahrheit in der Sekunde, in der der Schatten hinter dem Baum hervortrat.

Oder wenn jemand Ingolf aus dem Auto getragen hatte.

Bevor er erkannte, wer ihm den getränkten Lappen vor den Mund presste, hatte Herzfeld bereits das Bewusstsein verloren.

48. Kapitel

Er war wieder am See. Nur war es diesmal nicht Ingolf, sondern er selbst, der durch die Eisdecke gebrochen war und mit dem Kopf unter Wasser um sein Leben strampelte. Herzfeld wollte die Hand heben, um die Bruchkante zu erreichen, doch dafür fehlte ihm die Kraft. Zwar spürte er weder Kälte noch Feuchtigkeit, dafür aber das lähmende, bleierne Gewicht, das ihn nach unten zog; hinab in die Dunkelheit, wo seine Lungen unter dem Druck des Wassers endgültig zerbersten würden. Er wusste, wenn er einatmete, würden sich seine Bronchien mit Wasser füllen.
Doch wie sollte er dem unwiderstehlichen Drang, nach Luft zu schnappen, widerstehen? Er konnte nicht mehr länger den Atemreflex kontrollieren, und am Ende war es auch gleichgültig, ob er mit oder ohne Wasser in den Lungen ertrank. Er riss die Augen auf und sah den Riss direkt über ihm. Das Eis war so nah, dass er es mit der Zunge berühren konnte.
Plötzlich entfernte sich die gefrorene Wasserdecke, als wäre sie beleidigt, dass Herzfeld ihr die Zunge herausgestreckt hatte. Er glitt weiter nach unten, und als der Druck so stark wurde, dass sein gesamter Körper zu zerplatzen drohte, ließ er sämtliche Hoffnungen fahren. Er dachte ein letztes Mal an Hannah und öffnete den Mund.
Sein nach Luft ringender Schrei war so laut, dass Herzfeld selbst aufwachte.

Gott sei Dank …
Erleichtert darüber, dass es lediglich ein Alptraum gewesen war, brabbelte er atemlos vor sich hin, nur um seine Stimme zu hören, die ihm bewies, dass er noch am Leben war.
In der Realität war es um einiges dunkler als in seinem Traum. Herzfeld war sich im ersten Moment nicht sicher, ob er überhaupt die Augen geöffnet hatte. Er spürte mehrere Tropfen, die ihm von der Nase perlten, sein Hemd klebte ihm an der Brust, aber die Feuchtigkeit stammte nicht vom See, sondern von dem Angstschweiß, der ihm aus allen Poren gebrochen war. Herzfeld wollte sich über die Stirn wischen und erlitt ein Déjà-vu.
Wieder war es ihm nicht möglich, die Hände zu bewegen, diesmal, weil sie hinter seinem Rücken gefesselt waren.
Was geschieht mit mir?
Verwirrt drehte er den Kopf in alle Richtungen und sah immer noch nichts außer hellen Lichtfäden in der Dunkelheit.
Er schluckte und schmeckte Blut, dann tanzten stechende Kopf- und Nackenschmerzen in die erste Reihe seines Bewusstseins. Herzfeld blinzelte mehrmals. Langsam gewöhnte er sich an das Zwielicht, das nur von einer winzigen Lichtquelle genährt wurde. Eine rote LED-Lampe, zwei Schritte von ihm entfernt, glühte schwach, aber gleichmäßig, und je länger Herzfeld in ihre Richtung sah, desto deutlicher wurden die Konturen der Videokamera, zu der sie gehörte. Lange Zeit schien sie wie von Geisterhand gehalten im Raum zu schweben, dann erkannte er das dreibeinige Stativ, auf dem sie befestigt war, die Linse genau auf Herzfeld ausgerichtet.
Wo zum Teufel bin ich?
Unweigerlich musste Herzfeld an Extremistenvideos den-

ken, in denen Terroristen ihren Geiseln vor laufender Kamera den Kopf abschnitten, und er fragte sich, ob hinter seinem Rücken vielleicht ein Tuch mit arabischen Schriftzeichen aufgehängt war.

Er versuchte sich umzudrehen, was ihm wegen der Schmerzen nicht sehr gut gelang, dann fiel sein Blick auf das gewölbte Blechdach, das sich über dem ansonsten holzverschlagenen Raum erstreckte, und er begriff, wo er gefangen gehalten wurde.

Ich bin in dem Bauwagen.

Mit dieser Erkenntnis kam die Erinnerung an die letzten Minuten zurück, bevor er das Bewusstsein verloren und in einen Alptraum hinabgesunken war: *Der Rauch aus dem Kaminrohr hinter dem Holz, Ingolf, der verschwunden war, der Lappen auf seinem Mund.*

Wieder wollte er sich berühren, diesmal, um seine pochenden Schläfen zu massieren, und wieder wurden seine Arme zurückgerissen.

Der Stuhl, auf dem er saß, hatte Metallstreben statt einer Rückenlehne und war fest mit den Füßen im Bretterboden verschraubt. Herzfelds Hände waren mehrfach mit einem rauhen Strick umwickelt.

Obwohl ihm klar war, dass er sich die Haut über den Pulsschlagadern aufscheuern würde, musste er wenigstens versuchen, sich von den Fesseln zu befreien. Doch noch ehe er ernsthaft damit begonnen hatte, öffnete sich plötzlich eine Tür, und mit einem Schwall sibirischer Kaltluft betrat Sven Martinek den Bauwagen.

Er hielt eine elektrische Laterne in der Hand, von der Sorte, mit denen Straßenbaustellen gesichert werden, und schwenkte sie in Herzfelds Richtung. Dabei nickte er ihm zu, wie einem Nachbarn, den man zufällig beim Müllrausbringen im Hof trifft. Er schloss die Tür und legte einen kleinen Querriegel vor, bevor er sich direkt vor Herzfeld aufbaute.

Krank, war das erste Wort, das dem Professor durch den Kopf schoss, als er seinen ehemaligen Kollegen zum ersten Mal seit langer Zeit wiedersah.

Er sieht krank aus.

Und das, obwohl der gelbstichige Schein der Baustellenlaterne wie ein Weichzeichner wirkte.

Großer Gott, Sven. Was ist nur aus dir geworden?

Martineks äußere Erscheinung war ein Spiegelbild seiner zertrümmerten Seele. Er war vollständig zerstört, sowohl psychisch als auch physisch. Seine Kleider schienen seit Wochen nicht mehr gewaschen worden zu sein und rochen nach Schweiß, Dreck und nassem Hund. Die Stiefel, von denen sich an den Spitzen bereits die Sohlen lösten, waren ebenso fleckig wie sein mit Bartstoppeln überzogenes Gesicht. Er hatte mindestens zehn Kilo abgenommen, weshalb alles, was er trug, viel zu groß wirkte. Die Haare waren ebenso lange nicht geschnitten worden wie seine Nägel.

Du zerfällst, dachte Herzfeld und wusste nicht, was er zu dem Mann sagen sollte, der einst so penibel auf sein Äußeres geachtet hatte und nun von einem Penner kaum mehr zu unterscheiden war.

Martinek brach das Schweigen, nachdem er die Baulampe an einen Haken neben einem verhangenen Fenster rechts von Herzfeld an die Wand gehängt hatte.

»Na endlich.« Er sah auf seine Armbanduhr. »Du hast dir ganz schön Zeit gelassen. Ich dachte schon, du willst gar nicht mehr aufwachen.«

Er drehte sich um, ging zu einer unbequem wirkenden Sitzecke und öffnete eine Truhe unter der Bank.

»Aber ich bin froh, dass du bei mir bist«, sagte er, Herzfeld den Rücken zugekehrt, was dem Professor weitere Sekunden gab, in denen er versuchte, seine Handgelenke aus den Fesseln zu befreien.
Nachdem er sich wieder umgedreht hatte, hielt Martinek eine Wasserflasche in der Hand. »Das meine ich vollkommen ernst. Ich freue mich, dass du mich gefunden hast.« Der Klang seiner Stimme war so traurig wie der Blick seiner Augen.
Er trat nah an Herzfeld heran, in dem von einem Augenblick auf den anderen eine unbändige Wut aufloderte.
»Wo ist Hannah?«, fragte er mit einer Kraft, die er selbst nicht für möglich gehalten hatte, nachdem er sich immer noch halb betäubt fühlte. Es gab nur diese eine Frage. Alles andere interessierte ihn nicht. »Lebt sie noch?«
Martinek runzelte die Stirn. »Für wen hältst du mich?«, fragte er erschöpft. Er trank einen Schluck aus der Flasche und stellte sie auf dem Boden ab. Dann zog er aus den Tiefen seiner Jackentasche eine halbautomatische Pistole hervor.
»Glaubst du ernsthaft, ich habe mir so viel Mühe mit meinem Denkzettel gegeben, nur um dir am Ende Rede und Antwort zu stehen?«
Er tippte sich mit dem Lauf der Waffe gegen die Stirn, um ihm einen Vogel zu zeigen.
Herzfeld schloss für einen kurzen Moment die Augen und zwang sich, nicht zu brüllen. »Denkzettel? Du ermordest Menschen. Du spielst mit dem Leben meiner Tochter, Sven. Hannah ist krank. Sie stirbt, wenn sie zu lange ohne Medikamente ist.«
»Asthma, wissen wir.«.
»*Wir?* Mit wem arbeitest du zusammen?«

Sein ehemaliger Kollege verzog die Mundwinkel. »So läuft das nicht, Paul. Das hier ist nicht der Showdown, in dem der Killer aus purer Angeberei seine Motive erläutert, um dem Helden die Zeit zu geben, damit er sich befreien kann.« Er hielt inne. »Aber eines kann ich dir ruhig verraten. Auf deinem Handy ist eine SMS eingegangen. Hatte ich dir nicht verboten, das BKA einzuweihen? Und dann ausgerechnet Leuthner? Ich dachte, ihr könnt euch nicht leiden! Er schreibt dir, die neuesten Wettermeldungen würden ein Orkanfenster vorhersehen. Früher als erwartet. Eine kurze Flaute, in der ein Zwanzig-Minuten-Flug nach Helgoland unter Umständen möglich wäre. Er hat einen Piloten organisiert, der auf einem Sportflughafen nahe Cuxhaven auf dich wartet und der, ich zitiere, ›krank genug wäre, das Risiko auf sich zu nehmen‹.«

Martinek lächelte zynisch. »Unser Kollege hat richtig recherchiert. Leider aber ist die Wetterbesserung nur von kurzer Dauer und tritt bereits in der nächsten halben Stunde ein, sie wird dir also nicht viel nutzen. Ich war daher so frei, den Flug mit einer Antwort-SMS dankend zu stornieren, bevor ich dein Telefon zerbrochen und die Überreste im Wald vergraben habe.«

Womit du nicht nur mein Handy, sondern auch meine einzige Chance zerstört hast, auf die Insel zu kommen.

»Du solltest dem Unwetter übrigens dankbar sein.«

»Wieso?«

»Helgoland liegt nicht in deinem Zuständigkeitsgebiet, Paul. Ich weiß zwar nicht, wie du es geschafft hast, an die Informationen zu kommen, die dich schließlich hierher zu mir führten, aber ich tippe mal darauf, du hast jemanden vor Ort, der dir hilft, richtig?«

Herzfeld nickte unbewusst.

»Diesen Hausmeister, nehme ich an. Na, ist ja auch egal. Ohne den Orkan hättest du jedenfalls keinen dazu bringen können, die Drecksarbeit für dich zu erledigen. Wäre das Inselkrankenhaus nicht evakuiert worden, hätte ein Staatsanwalt offiziell eine Obduktion eingeleitet. Und sobald die Verbindung zwischen Hannah und dem Toten herausgekommen wäre, hätte man dich von allen weiteren Ermittlungen ausgeschlossen. Kommt dir diese Situation bekannt vor?«

Das also war der Plan, dachte Herzfeld. Martinek hatte damals an der Obduktion seiner eigenen Tochter nicht teilnehmen dürfen, und jetzt sollte Herzfeld dasselbe Grauen erleben und sich notfalls mit Gewalt Zugang zu den Ermittlungsergebnissen verschaffen müssen, um seine Tochter zu retten.

»Der Orkan hat dir einen Alleingang ermöglicht, ohne den du niemals so schnell vorangekommen wärst«, beschied Martinek.

Herzfeld hielt die Luft an und unterbrach die Versuche, sich die Fesseln abzustreifen. Sein ehemaliger Kollege hatte sich keine große Mühe mit den Knoten gegeben, vermutlich fehlte ihm die Erfahrung, jemanden ruhigzustellen.

Bestimmt hat er seinen Komplizen die Drecksarbeit machen lassen. Der Mann auf dem Video, der ihm dabei geholfen hat, die Leiche im See zu versenken. Jemand, der nicht in der Lage ist, einen ordentlichen Knoten zu binden, hat nicht das Zeug zum kaltblütigen Geiselnehmer, geschweige denn zum Serienkiller. Herzfeld betete zu Gott, dass seine Gedanken nicht reines Wunschdenken waren.

»Ich verstehe das alles nicht, Sven. Du bist doch kein Mörder«, sagte er und suchte den Blickkontakt zu Martinek, der sich neben die Kamera gestellt hatte.

»Bist du dir sicher?«
»Ja, dessen bin ich mir sicher. Du magst vielleicht die Hinweise vorbereitet haben, und womöglich hast du auch die Leichen präpariert. Vielleicht, aber da habe ich schon ernsthafte Zweifel, geht der gesamte Plan auf dich zurück. Immerhin war die Pfählung der Richterin ja ein eindeutiger Hinweis auf ein Sexualdelikt.«
»Ich wusste, du würdest es verstehen«, sagte Martinek mit dem Anflug eines traurigen Lächelns.
»Nein. Ich mag deine Zeichen entschlüsselt haben. *Verstanden* aber habe ich sie nicht, Sven. Wieso tust du das alles?«
Wieso tust du mir das an?
Martinek biss sich auf seine aufgeplatzte Unterlippe und ließ die Pistole von der einen in die andere Hand wandern. Dann stellte er eine Gegenfrage. »Wusstest du, dass die Richterin über Sadler wahrscheinlich nur deshalb so eine milde Strafe verhängt hat, weil ihr Mann einmal ein Verfahren wegen sexueller Belästigung am Hals hatte?«
Herzfeld schüttelte den Kopf.
»Magnus Töven war Dirigent, und eine junge Frau, eine Cellistin, hatte sich an ihm rächen wollen, weil er sie wegen Unpünktlichkeit aus dem Orchester geworfen hatte. Später zog sie alle Anschuldigungen zurück, doch der Ruf des Mannes war ruiniert. Bis zu seinem frühen Herzinfarkt fand er nie wieder eine Anstellung.«
Herzfeld seufzte. »Dann weißt du ja selbst, wohin blinde Vergeltungswut führen kann, Sven. Die Töven rächt sich mit milden Urteilen an der Frau, die ihren Ehemann denunziert hat, oder vielmehr an der Gesellschaft, in der so etwas möglich ist. Aber du zerstörst meine Familie, obwohl ich deine Tochter nicht auf dem Gewissen habe.«

»Siehst du das so?«, fragte Martinek und klang etwas enttäuscht.
»Ja. Denn ich bin nicht Sadler. *Ich* habe deine Tochter weder vergewaltigt noch ermordet.«
»Nein.« Martinek machte eine Pause, in der er nachdenklich auf die Waffe in seinen Händen starrte, und sagte dann: »Lily hast du nicht umgebracht. Sie nicht.«
Sie nicht?
»Wieso betonst du das so?«
Martinek hob die Waffe, drehte die Hand seitwärts, so wie man es aus amerikanischen Kinofilmen kennt, und zielte auf Herzfelds Brust. »Wie ich schon sagte, das hier ist kein Film-Showdown.«
Ohne hinzusehen, griff er nach der Kamera neben sich, drückte auf einen Knopf an ihrer Seite und zog einen briefmarkengroßen Gegenstand aus einem Fach, das sich mit einem langgezogenen Piepen geöffnet hatte.
»Was hast du vor?«, fragte Herzfeld, der das Unheil kommen sah, doch Martinek gewährte ihm keinen Blick auf den Inhalt seiner Faust. Er stand jetzt zwischen ihm und der Kamera und stierte Herzfeld mit einem Blick an, der von Sekunde zu Sekunde an Ausdruck verlor.
»Du hast recht, Paul. Ich bin kein Mörder. Dazu habe ich nicht den Mumm.« Er atmete schwer. »Aber es geht hier nicht nur um dich oder deine Tochter. Es geht um sehr viel mehr, das hat er mir klargemacht.«
Er?
»Wer ist er?«
»Du wirst ihn schon sehr bald kennenlernen, schätze ich. Hab Vertrauen. Er ist ein guter Mann.«
Entsetzt wurde Herzfeld klar, dass Lilys Tragödie Martineks Verstand vergiftet haben musste. Er war vollkommen

aufgelöst, seine Worte waren ebenso verstörend wie seine Taten. Im Augenblick presste er sich den Handballen vor den Mund. Herzfeld sah nur noch, wie Svens Kehlkopf infolge der würgeartigen Schluckbewegungen wie ein Fahrstuhl auf- und abfuhr.

»Was hast du gemacht?«, rief er und rüttelte verzweifelt an seinen Fesseln. Nur noch wenige Sekunden, und sie würden sich lösen, da war er ganz sicher. Aber die wollte ihm Martinek nicht gewähren, der wieder seine Waffe hob.

»Du hast gesagt, du bist froh, dass ich gekommen bin«, fragte Herzfeld in einem letzten Versuch, ihn von seinem Vorhaben abzuhalten. »Weshalb?«

Martinek blinzelte, als würde er ernsthaft über die Frage nachdenken. Dann sagte er leise: »Damit ich am Ende nicht alleine bin.«

Er sah Herzfeld mit tränennassen Augen an und presste sich die Waffe gegen die Stirn.

»Ich hab doch sonst niemanden mehr, der mich versteht.«

Dann drückte er ab.

Die Wucht der Detonation war so stark, dass Herzfeld Teile des Schädels und der Gehirnmasse ins Gesicht spritzten. Martinek zuckte noch ein paarmal, nachdem er auf dem Boden des Bauwagens aufgeschlagen war. Doch das waren nur noch die unkontrollierten Reflexe seines sterbenden Nervensystems.

49. Kapitel

Herzfeld schrie. Aus Verzweiflung. Vor Schock. Um Hilfe.

Er brüllte Martineks Namen, selbst dann noch, als dessen Gliedmaßen schon längst nicht mehr zuckten und jegliches Leben aus dem Körper gewichen war. Dann rief er nach Ingolf, und schließlich schrie er vor Schmerz, als er seine Handgelenke unnatürlich weit überdehnte, um sie aus den Fesseln drehen zu können.

Noch mehr als die blutig gescheuerten Handgelenke schmerzte schon jetzt die bittere Erkenntnis, dass Martinek ihn nicht betäubt und gefesselt hatte, um ihm etwas anzutun. Martinek hatte ihn in Schach gehalten, damit Herzfeld den Suizid seines gebrochenen Kollegen nicht verhindern konnte.

Geschafft!

Mit einem letzten Ruck hatte Herzfeld seine Fesseln gelöst, war vom Stuhl aufgesprungen und beugte sich mit einem leichten Schwindelgefühl zu der Leiche hinunter, als die Tür aufsprang und Ingolf hereinstolperte.

Sein Mantel war voller Schnee. Vermutlich hatte er betäubt darauf im Wald gelegen.

Er stützte sich an der Wand ab und beugte sich keuchend vornüber, so dass Herzfeld schon dachte, der Praktikant müsste sich wegen Martineks Anblick übergeben. Als Ingolf aber wieder aufsah, begriff er, dass der Sohn des Innensenators allein schon durch den Weg zum Bauwagen an den Rand seiner Kräfte gelangt war. Wie er selbst hatte auch Ingolf blutige Handgelenke, was darauf hindeutete, dass er sich ebenfalls befreit haben musste, um ihm zu Hilfe zu eilen.

»Halt, nicht weiter«, rief Herzfeld, und erst da bemerkte Ingolf die Blutpfütze auf dem Boden, in die er beinahe hineingetappt wäre.

»Ach du lieber Himmel, ist das …?«

»Ja, Martinek.«

»Und haben Sie …?«

»Nein. Das war er selbst. Holen Sie mir meinen Koffer.«

»Ja«, sagte Ingolf und nickte, machte aber keine Anstalten, sich zu bewegen. Der Anblick des Todes hatte ihn hypnotisiert. Wie paralysiert starrte er auf den Körper.

»Hey, wach auf. Wir dürfen keine Zeit verlieren«, blaffte Herzfeld. Erst als er es noch ein weiteres Mal wiederholte, drang er zu Ingolf durch.

»Entschuldigung, was haben Sie gesagt?«

»Meinen Koffer. Bringen Sie mir mein Sezierbesteck.«

»Warum denn das?« Ingolfs Gesichtsfarbe wurde noch einmal um einige Nuancen blasser.

Herzfeld deutete auf die immer noch rot blinkende Kamera über seinem Kopf.

»Martinek hat vor seinem Suizid einen Speicherchip verschluckt. Ich muss ihn so schnell wie möglich herausholen, bevor die Magensäure ihn zerstört.«

50. Kapitel

Herzlichen Glückwunsch, Professor Herzfeld. Wenn Sie bis hierhin gekommen sind, haben Sie Ihre Lektion schon sehr bald gelernt.«

Paul hatte den stark übergewichtigen Mann, der ihn in einem beinahe vertrauten Ton mit Namen ansprach, niemals zuvor gesehen.

»Wer ist das?«, wollte Ingolf wissen. Der Praktikant hatte sich erstaunlich schnell wieder erholt und sich wider Erwarten als große Hilfe erwiesen. Nicht nur, indem er ihm den Koffer mit dem Sektionsbesteck gebracht hatte; er hatte ihn auch bei der Öffnung der Bauchhöhle des toten Martinek unterstützt, was wegen des erst kürzlich eingetretenen Todeszeitpunkts und der äußeren Umstände einer Teilsektion auf dem Fußboden eines Bauwagens wesentlich blutiger abgelaufen war als üblich.

Um den Mikrochip aus Martineks Magen extrahieren zu können, hatte er entkleidet und in eine auf dem Rücken liegende Position verbracht werden müssen, wobei sich Ingolf für beides nicht zu schade gewesen war, obwohl man am Zittern seiner Unterlippe die enorme Anspannung ablesen konnte, unter der er stand. Körperlich wie seelisch. Die Nahtoderfahrung am See war noch längst nicht verdaut, da musste er zusehen, wie Herzfeld in weniger als fünf Minuten den Körper eines Mannes vom Hals bis zum Schambein aufschnitt, die in der Kälte des Bauwagens dampfenden, vor

Blut triefenden Bauchlappen zur Seite klappte, den Magen des Toten zwischen Leber und Milz aus der Tiefe der Bauchhöhle hervorzog und dann den Magen öffnete, um darin nach der Speicherkarte zu tasten. In der Eile hatte er sogar auf Handschuhe verzichtet.

Später würde Herzfeld an diesen unwirklichen Moment im Bauwagen mit Schaudern zurückdenken, doch in jenem Augenblick hatte die Angst um Hannah jede andere Emotion blockiert.

Er dachte nicht darüber nach, dass er erstmals einen Menschen aufgeschnitten hatte, der ihm nahegestanden hatte. Seine Gedanken kreisten einzig und allein um das, was er im Magen zu finden befürchtete. Ihm graute vor der Aufzeichnung, die er auf dem Chip vermutete, und doch betete er, dass das Video nicht durch die Magensäure zerstört worden war.

Und seine Gebete waren erhört worden.

Ohne die Wasserflasche, die Martinek vor seinem Tod bereitgestellt hatte, hätten sie die Blut- und Sekretreste nicht so rasch von der Speicherkarte entfernen können, die jetzt wieder in der Kamera steckte. Da der seitlich ausgeklappte Monitor nicht größer war als der Handteller eines Erwachsenen, mussten sich Herzfeld und Ingolf dicht aneinanderdrängen, um etwas erkennen zu können. Martineks Leiche hatten sie zuvor in den hinteren Teil des Bauwagens neben den ausgebrannten Ofen gezogen und notdürftig eine Decke über ihn gelegt.

»So wie es aussieht, haben Sie sich diesmal nicht an die Vorschriften gehalten«, sprach der Mann weiter in die Kamera. Der Unbekannte mit dem Doppelkinn lachte freudlos. Er stand so dicht vor der Linse, dass der Bildausschnitt nur die Partie vom Haaransatz bis zum Hals einfing. Die Aufnahme war unvorteilhaft ausgeleuchtet, und da er aus einem leichten Winkel von unten gefilmt wurde, wirkte der Fremde noch aufgedunsener. Beim Sprechen entblößte er gelbe, vom Zigarettenrauch angegriffene Zähne.

»Um bis zu diesem Punkt zu kommen, mussten Sie wichtige Beweise unterschlagen, die Sie beim Sezieren entdeckt haben. Komisch. Als Sven das von Ihnen verlangte, haben Sie ihm diese Bitte abgeschlagen.« Wieder erklang das freudlose Lachen. »Aber diesmal geht es ja auch um Ihre eigene Tochter. Blut ist dicker als Wasser, hab ich recht?«

»Wer bist du?«, flüsterte Herzfeld, und als hätte der Mann auf dem Video ihn gehört, stellte er sich vor.

»Sie fragen sich sicher, wer ich bin. Mein Name ist Philipp Schwintowski, und Sie wüssten wohl nur zu gerne, welche Rolle ich hier spiele, richtig?«

Herzfeld nickte unbewusst.

»Das ist ganz einfach zu erklären: Ich bin der Vater des Mädchens, das Sie getötet haben.«

Ingolf drehte sich ruckartig zu Herzfeld um, der seinen fragenden Blick ignorierte.

»Haben Sie die Bilder im Bootshaus gesehen?«

Die Überwachungsfotos von Sadler, die Martinek geschossen hat?

Herzfeld fühlte sich mit einem Mal so, als stünde er auf schwankenden Schiffsplanken.

»Hätte Sven diesen Bastard nicht seit seiner Entlassung aus dem Gefängnis beschattet, hätte ich Rebecca niemals gefunden.«

Rebecca?

Dunkel erinnerte er sich an die Zusammenfassung der Familienverhältnisse, die Yao ihm vor kurzem durchgegeben hatte: *»Sybille Schwintowski … Verheiratet mit dem Um-*

zugsunternehmer Philipp Schwintowski. Eine gemeinsame Tochter, Rebecca, siebzehn Jahre alt. Von den beiden fehlt jede Spur.«

»Die Richterin hat geglaubt, man könne einen Kinderschänder resozialisieren. Glauben Sie das auch, Herr Professor? Ich sag Ihnen, was ich darüber denke, wie man mit verurteilten Verbrechern umgehen sollte.«

Für einen Augenblick sah man nur eine große Handfläche, dann war die Kamera verdunkelt. Als Herzfeld wieder etwas anderes außer Schatten erkennen konnte, war das Objektiv neu ausgerichtet, und Schwintowski saß auf einem Stuhl, der nicht für seine Gewichtsklasse ausgelegt schien. Über dem massiven Oberkörper spannte ein mausgrauer Wollpullover mit V-Ausschnitt.

»Ich denke, jeder Täter sollte so lange leiden wie sein Opfer. Und wie seine nahen Angehörigen. Was in meinem Fall bedeuten würde: Sadler muss bis zu seinem Tod die schlimmsten Qualen aushalten.«

Schwintowski. Lily. Rebecca. Sadler.

Herzfeld begann das Ausmaß des Grauens zu begreifen.

»Menschen wie Sadler sind nicht therapierbar. Sobald sie die Gelegenheit bekommen, suchen sie sich das nächste Opfer. Kaum war das Monster aus dem Knast, schlug es wieder zu. Und diesmal griff es sich meine Rebecca.«

Tränen liefen über Schwintowskis Wangen.

»Er hat sie in einen Keller einer stillgelegten Fleischfabrik in Hohenschönhausen geschleppt. Hier hat er sie zwei Tage lang vergewaltigt.« Seine Stimme brach, und auch Herzfeld schossen die Tränen in die Augen.

»Es war vor vier Wochen. Sven hatte Sadlers Minivan bis zu dem Parkplatz vor den Sportplätzen im Westend verfolgt. Rebecca war eine gute Fußballspielerin, müssen Sie wissen.

An dem Abend hatten sie einen großen Sieg gefeiert, und es war schon spät, als sie sich am Fahrradstand von ihren Freundinnen verabschiedete. Für einen Moment war Sven abgelenkt gewesen. Er hatte Sadler schon seit Stunden verfolgt und war eingeschlafen. Als er wieder aufwachte, war Sadlers Minivan verschwunden. Der Parkplatz war leer, nur ein einziges Fahrrad stand noch da. Das von Rebecca. Sie hatte so einen Korb auf dem Gepäckträger für ihre Sportsachen. Den hatte das Schwein zurückgelassen.«
Schwintowski beugte sich nach vorne und rückte wieder etwas näher an die Kamera heran. Er verschränkte die Hände im Schoß.
»Wissen Sie, dass ich mich nicht mehr daran erinnern kann, wann ich das letzte Mal geschlafen habe, seitdem Martinek an meiner Haustür klingelte – mit Rebeccas Schülerausweis in der Hand.«
Seine Stimme flatterte.
»Er hatte ihn in ihrer Sporttasche gefunden. Ich hab sofort versucht, sie auf dem Handy anzurufen. Der Sadist hat sie ihre Mailbox besprechen lassen, einen letzten Abschiedsgruß für die Eltern. Danach habe ich nicht den Fehler gemacht und mich auf die Polizei verlassen. Erst recht nicht, nachdem ich hörte, welche Art Gerechtigkeit Martinek widerfahren war. Wenn Sie sich mit meinem Lebenslauf beschäftigen, werden Sie Gerüchte hören, die Ihnen bestätigen, dass ich ein Mann bin, der die Dinge gerne selbst in die Hand nimmt. Sadler hatte sich das falsche Opfer ausgesucht.«
Herzfeld nickte zustimmend und erinnerte sich an Yaos Personenbeschreibung: *»Philipp Schwintowski ist kein unbeschriebenes Blatt. (…) Die Presse nannte ihn den Buddha-Mörder, bezogen auf seine Leibesfülle. Eine Überwa-*

chungskamera hatte ihn dabei gefilmt, wie er einen säumigen Schuldner von der Brücke auf die Stadtautobahn warf, wo er von einem Lkw überrollt wurde.«

»Martinek half mir bei der Suche. Wir klapperten alle Orte ab, an denen er Sadler in den letzten Wochen beobachtet hatte. Der siebente war ein Treffer. Doch leider kamen wir zu spät. Rebecca war bereits tot, als wir sie fanden.«

Deswegen die Aufnahme von der Leiche der jungen Frau auf Martineks Laptop.

Herzfeld hasste sich für den Anflug der Erleichterung, den er spürte, als ihm klarwurde, dass es nicht Hannah gewesen war, *sondern Rebecca,* die Martinek gemeinsam mit ihrem Vater im See bestattet hatte. Die zuvor durchgeführte und auf Video festgehaltene Obduktion hatte die Taten dokumentieren sollen, die Sadler begangen hatte.

»Aber immerhin …« Schwintowski zog die Nase hoch und wischte sich mit dem Handrücken Tränen von den Augen. »Immerhin konnten wir Sadler schnappen. Wir haben ihn im Nachbarkeller gefunden, als er sich gerade die Bänder ansah, die er gefilmt hat, während er Rebecca folterte. Die Hose hing ihm an den Knöcheln. Er war leicht zu überwältigen, weil er sich gerade einen …« Schwintowski schluckte. »Wussten Sie, dass die Vergewaltigung für ihn nebensächlich war? Er wollte sich einen darauf runterholen, dass er Rebecca in den Tod getrieben hatte.«

Das also war Methode und Ziel des Sadisten, dachte Herzfeld. Im Grunde war Sadler eine feige Sau. Sicher würde man in seiner Vergangenheit auf eine Reihe von Misshandlungen und Demütigungen stoßen, und ganz bestimmt hielt der Triebtäter sich selbst schon seit seiner Kindheit für genau das Stück Scheiße, das er war. Nur in den wenigen Sekunden, in denen er die Macht spürte, die er über das Leben anderer Personen hatte, entwickelte er ein eigenes Selbstwertgefühl und fühlte sich mächtig. Und weil diese Sekunden so selten waren, war er dazu übergegangen, sie auf Film festzuhalten.

Großer Gott. Kein Wunder, dass Schwintowski durchgedreht war und nach Rache gegen jeden dürstete, der auch nur entfernt etwas mit dem bestialischen Mord an seiner Tochter zu tun hatte. Töven und Sadler hatte er gemeinsam mit Martinek schon ausgeschaltet.

Und jetzt bin ich an der Reihe. Nur, dass er mich nicht töten, sondern leiden lassen will. Er will es mir mit gleicher Münze heimzahlen.

Herzfeld wurde übel bei dem Gedanken, wie unwahrscheinlich es war, dass zwei Väter, die ihre Töchter verloren hatten, Hannah am Leben lassen würden.

Im nächsten Moment wurde es Herzfeld endgültig unheimlich, da es wieder den Anschein hatte, als könnte Schwintowski Gedanken lesen: »Ich weiß, Sie sind im Grunde kein schlechter Mensch, Herr Professor. Sie haben meine Tochter weder geschändet noch ein mildes Urteil gefällt. Mein Rachedurst bezog sich anfangs nur auf die Richterin. Und natürlich auf Sadler, dem ich noch an Ort und Stelle die Zunge herausgeschnitten habe, mit der er Rebecca …«

Schwintowskis Stimme brach erneut, und es gelang ihm nicht, das Unaussprechliche zu formulieren.

… mit der er sie ableckte, bevor er sie vergewaltigte.

»Im ersten Impuls wollte ich Sadler zu Tode foltern und die Richterin von meinen Leuten erledigen lassen. Aber dann machte Martinek mir klar, dass es hier nicht nur um uns geht.«

Er lehnte sich müde im Stuhl zurück, und Herzfeld richtete sein Augenmerk zum ersten Mal auf den Raum, in dem

Schwintowski sich befand. Den braunen Holzstreben nach war er auf einem leeren Dachboden. Seitlich von ihm musste ein kleines Fenster sein, durch das das nötige Licht für die Aufzeichnung fiel.

»Es geht um das gesamte System, das Opfer zu Tätern macht«, erklärte Schwintowski. »Um die Polizei, die viel zu überlastet ist, um bei jeder Vermisstenanzeige eine Suchaktion zu starten. Es geht um Gerichte, die Steuersünder härter abstrafen als Kinderschänder. Um Psychologen, die Freigang für Vergewaltiger empfehlen, sobald sie ein Trauma in ihrer Kindheit entdecken, während man mich für meine illegalen Casinos am liebsten in eine Einzelzelle sperren würde. Und natürlich geht es um einen rechtsmedizinischen Apparat als Teil eines sogenannten Rechtsstaats, der am Ende nur den Tätern nützt und die Opfer ein zweites Mal bestraft.«

Schwintowski kniff die Augen zusammen und hob mahnend den wulstigen Zeigefinger. »Wir haben abgewartet, bis Sadlers Verletzung abgeheilt war. Martinek hat ihm den Zungenstumpf zugenäht, damit das Schwein uns nicht verblutet. Und danach, als er wieder gesund war, haben wir ihn die Drecksarbeit machen lassen.«

Also hat Sadler die Leichen verstümmelt? Die Richterin gepfählt?

Herzfeld fragte sich, wie sie die Bestie dazu zwingen konnten, und fand selbst die Antwort: Sie hatten ihm Hannah als Gegenleistung versprochen. Jetzt war er es, dem die Tränen in die Augen schossen.

»Zugegeben, die Schnitzeljagd, die Sie zu Ihrer Tochter führt, mag grausam sein. Aber die Hinweise stecken in den Körpern der Menschen, die den Tod verdient haben. Sie haben immerhin noch eine kleine Chance, Ihre Tochter zu retten. Unsere Familien hingegen haben schon alles verloren, wofür es sich zu leben lohnt.«

Daher der Suizid von Schwintowskis Frau. Es stimmte also tatsächlich: Sybille Schwintowski war weder zu der Einnahme der Tabletten noch zu ihrem Abschiedsvideo gezwungen worden, das die Spurensicherung in dem Penthouse gefunden hatte.

»So, nun sind Sie fast am Ende Ihres Erkenntniswegs, Herr Herzfeld. Ich könnte Ihnen jetzt natürlich verraten, wo wir Ihre Tochter versteckt halten. Aber ganz so einfach will ich es Ihnen nicht machen. Wie gesagt, nach allem, was ich recherchiert habe, sind Sie ein guter Mensch. Aber auch gute Menschen machen Fehler, und für die müssen Sie einstehen.«

Er wischte sich eine Träne aus dem Augenwinkel.

»Ich bin nicht so geartet wie Sven. Theatralik liegt mir nicht. Daher werde ich Ihnen den letzten Tipp mündlich geben: Wir haben Hannah mit Sadler alleine gelassen.«

Oh Gott.

In Herzfelds Innerstem öffnete sich eine dunkle Tür.

»Folgen Sie dem weißen Licht von Alcatraz, wenn Sie sie finden wollen.«

»Was zum Teufel meint er damit?«, fragte Ingolf, dessen Anwesenheit Herzfeld vollkommen vergessen hatte.

»Ich an Ihrer Stelle würde mich beeilen, wenn Sie Hannah nicht für immer verlieren wollen.« Das waren Schwintowskis letzte Worte. Er stand auf. Erst verschwand sein Kopf aus dem Blickfeld der Kamera. Als Nächstes sah man nur noch seine Beine, denn er war auf den Stuhl geklettert, auf dem er die ganze Zeit gesessen hatte.

»Nein«, schrien Herzfeld und Ingolf gleichzeitig, da hatte Schwintowski den Stuhl bereits mit einem Bein nach hinten weggetreten.

Seine Frau hatte Tabletten gewählt. Martinek eine Pistole. Schwintowski einen Strick.
Herzfeld zuckte zusammen, als er sah, wie Schwintowskis an dem Seil hängender Körper wild zu zucken begann, so lange, bis die um seinen Hals zugezogene Schlinge die Blutzufuhr zum Gehirn vollständig unterbrochen hatte. Und während Herzfeld starr vor Entsetzen auf die vor der Kamera baumelnden Füße blickte, wurde ihm bewusst, dass mit Philipp Schwintowski der letzte Mensch gestorben war, der ihn zu dem Versteck seiner Tochter hätte führen können.

51. Kapitel

Wir haben Hannah mit Sadler alleine gelassen.«

Herzfeld wusste, diese Worte würden ihn ewig verfolgen, wenn es ihm nicht gelang, Schwintowskis letztes Rätsel zu lösen. Eigentlich hätte er erleichtert sein müssen, denn Sadler lag tot auf dem Seziertisch in der Pathologie der Inselklinik, was bedeutete, dass Hannah nicht länger in seiner Gewalt sein konnte. Aber möglicherweise hieß das nur, dass es für sie längst zu spät war. Und selbst wenn Hannah es bis jetzt gelungen war, das Martyrium des sadistischen Triebtäters zu überleben, befand sie sich momentan in einem Verlies, allein und ohne ihre lebenswichtigen Medikamente.

»Folgen Sie dem weißen Licht von Alcatraz.«

»Ich nehme mal an, er meint damit nicht die Gefängnisinsel vor San Francisco?«, mutmaßte Ingolf.

»Nein, das war vermutlich nur ein Hinweis auf ein Gefängnis auf einer Insel. Sehr wahrscheinlich läuft alles auf Helgoland zusammen.«

Bereits vor einigen Minuten hatte Herzfeld den Umzugsunternehmer in den Tod springen sehen, und noch immer konnte er sich nicht von dem Anblick der langsam hin- und herpendelnden Füße lösen. Laut dem Ladebalken am Bildschirmrand dauerte die Aufzeichnung noch eine knappe Dreiviertelstunde an.

Obwohl Herzfeld am liebsten die gesamte Zeit über in dem

Bauwagen verharrt wäre, um herauszufinden, ob sich brauchbare Hinweise auf dem Band versteckt hielten, wusste er doch, dass ihnen dafür nicht die Zeit blieb.

Wir haben keine vierzig Minuten, um das Video zu Ende zu schauen. Verdammt, uns bleiben nicht einmal mehr vierzig Minuten, um auf die Insel zu kommen.

Er wollte das Video stoppen, als ihn ein letzter Blick auf den Timecode davon abhielt.

»Was haben Sie?«

»Etwas stimmt hier nicht«, flüsterte Herzfeld. Er berührte den Touchscreen.

Das Bild fror ein, und er deutete auf die linke untere Ecke des Monitors.

»Was soll da sein?«, fragte Ingolf, während er sich den Nacken rieb. Um überhaupt etwas erkennen zu können, musste der hochgewachsene Praktikant sich wieder zu dem kleinen Kamerabildschirm bücken.

»Laut diesem Timecode hier hat Schwintowski sich bereits vor drei Tagen umgebracht. Die letzte Fähre ging vorgestern. Spätestens seitdem muss Martinek also auf dem Festland gewesen sein.«

»Wann wurde Sadlers Leiche auf Helgoland gefunden?«, fragte Ingolf.

»Linda hat sie gestern am Ufer entdeckt, das heißt aber nicht, dass sie dort nicht schon langer gelegen haben könnte.«

»Schön, Schwintowski hat Sadler alias Erik dort deponiert. Das war vor drei Tagen, kurz bevor er sich erhängte.« Ingolf zog argwöhnisch die Augenbrauen zusammen. »Aber was geschah in der Zwischenzeit?«

Der Professor nickte. »Gute Frage! Wer hat Ender gerade eben erst das Messer in den Hals gerammt, wenn Sadler und

Schwintowski nicht mehr leben und Martinek nicht auf der Insel war?«

»Sie meinen ...?«

»Ja. Es muss noch einen dritten Mittäter geben.«

Herzfeld berührte erneut den Bildschirm und spulte die Aufnahme zu der Stelle zurück, an der Schwintowski seinen Stuhl wegtrat.

»Könnte auch eine Manipulation sein«, mutmaßte Ingolf, der in der letzten Sekunde seinen Blick abgewandt hatte, um die entsetzlichen Bilder nicht noch einmal sehen zu müssen. »Aber weshalb sollte Martinek sich umbringen und Schwintowski ...«

»Schhhh!«, fiel ihm Herzfeld ins Wort und führte mahnend seinen Zeigefinger an die Lippen. »Haben Sie das gehört?«

»Nein. Was?« Ingolf drehte sich wieder zur Kamera.

Herzfeld spulte noch einmal zurück und stellte auf volle Lautstärke.

Tatsächlich. Ich hab mich nicht geirrt.

Ingolf nickte aufgeregt. »Ist das ein Gong oder so etwas?«

Durch das Hintergrundrauschen war es kaum wahrnehmbar, weshalb sie es beim ersten Mal überhört hatten, doch jetzt, da Herzfeld wusste, worauf er achten musste, gab es für ihn keinen Zweifel. »Nein, kein Gong. Das ist eine Uhr.«

Und die habe ich heute schon einmal gehört.

»Stimmt«, pflichtete Ingolf ihm bei. »So ein altes Ding steht bei uns zu Hause in der Bibliothek.«

»Und irgendwo auf Helgoland.«

Herzfelds Puls beschleunigte sich. Bis jetzt hatte er nur vermutet, dass Hannah auf der Insel festgehalten wurde. Der Fundort der Leichen musste nicht auch der Ort ihres Verstecks sein, und außerdem hatte er den ersten Hinweis auf seinem Berliner Seziertisch gefunden. Doch jetzt gab es endlich eine konkrete Spur auf Helgoland. Es war erst wenige Stunden her, da hatte er eine Standuhr anschlagen hören, während er mit Linda telefoniert hatte. Er war sich nur nicht mehr sicher, wo genau sie in diesem Augenblick auf der Insel gewesen war.

»Geben Sie mir Ihr Handy«, forderte er.

Ingolf schüttelte bedauernd den Kopf und zog sein Funktelefon aus der Tasche seiner Jogginghose. »Das funktioniert nicht mehr«, sagte er. »Martinek hat den Akku und die SIM-Karte entfernt, während ich bewusstlos war.«

Verdammt. Aber nicht anders zu erwarten.

»Dann müssen wir wohl zu einer Telefonzelle fahren.«

Herzfeld wollte gerade die Kamera vom Stativ lösen, um sie als Beweismittel mitzunehmen, als Ingolf ihm in den Arm fiel.

»Was ist denn?«

»Wollen Sie denn nicht erst testen, ob die WLAN-Verbindung noch steht?«

»Wie meinen Sie das?«

Ingolf tippte mit dem Zeigefinger auf die rote LED-Leuchte. »Mir scheint, Ihr Kollege war ein Technik-Freak. Erst der Tablet-PC, bei dem man den Bildschirm abschrauben kann, jetzt eine internetfähige Kamera.«

»Soll das etwa heißen, alles, was wir hier gesehen haben, ist online?«

Das Geständnis, die Vorwürfe, die Selbsttötung?

»Nein. Aber irgendwie muss das Videofile ja von der Insel hier in den Bauwagen gekommen sein. Und da vermute ich mal, Schwintowski hat per Videochat seinen Freitod direkt in den Speicher hier übertragen. Rein technisch gesehen wäre das mit diesem Modell jedenfalls möglich.«

Ingolf bat Herzfeld, zur Seite zu treten, und drückte auf verschiedene Knöpfe an dem Seitengehäuse der Kamera. Mehrere Zahlen- und Datenreihen ersetzten das Bild von Schwintowskis in der Luft baumelndem Körper.
Ingolfs Hände zitterten, und seine Finger hinterließen feuchte Abdrücke auf dem Bildschirm, aber er brauchte nicht lange, um zu einem ersten Fazit zu gelangen: »Es ist so, wie ich es mir gedacht habe.« Er drehte sich zu Herzfeld um, der vergeblich zu verstehen versuchte, was der Praktikant da gerade überprüft hatte.
»Schwintowski hat einen anonymen Chataccount gewählt, seine Kamera auf der Insel also als Bildtelefon benutzt. Und Martinek hat die Aufzeichnung mit dieser Kamera hier protokolliert und abgespeichert.«
»Und?«
»Leider gibt es kein *und.* Die Verbindung steht schon seit Tagen nicht mehr, weshalb ich keine ...« Ingolf hörte mitten im Satz auf zu sprechen und reagierte auch nicht, als Herzfeld ihn nach dem Grund dafür fragte. Stattdessen hielt er die Kamera jetzt mit beiden Händen fest und versperrte Herzfeld die Sicht auf das, was er an ihr verstellte.
»Hah«, rief er plötzlich erregt, und als er wieder vom Stativ zurücktrat, lag eine Mischung aus Euphorie und Furcht in seinem Gesichtsausdruck.
»Was ist?«
»Wie gesagt, der Chatraum mit Schwintowski ist längst geschlossen. Aber ich sehe im Verlaufsprotokoll, dass Martinek sich in den letzten Tagen immer mal wieder in eine andere Verbindung eingewählt hat.«
Noch bevor Herzfeld nachfragen konnte, hatte Ingolf bereits einen Link auf dem Touchscreen angetippt, und eine rotierende Sanduhr zeigte sich in der Mitte des Monitors.

Es dauerte nicht einmal zehn Sekunden, bis ein heller Signalton den erfolgreichen Verbindungsaufbau quittierte. Zehn Sekunden, bis sich die ersten verschneiten Bilder zeigten.

Und bis Herzfeld erstickt aufschrie, als er den bunkerartigen Kellerraum sah.

52. Kapitel

In der Hölle.

Es war leichter gegangen, als sie gedacht hatte. Ihre Metallpritsche hatte genau unter der Glühbirne gestanden und damit direkt unter dem Fleischerhaken. Sie brauchte eine Weile, bis sie so weit bei Kräften war, um auf das Bett zu steigen, aber als sie es schließlich geschafft hatte und relativ stabil auf den Drahtfedern stand, konnte sie mühelos das Kabel vom Haken nehmen und an dessen Stelle den Strick befestigen.

»Na, ist es das, was du willst?«, fragte sie trotzig in die Kamera und fasste einen Entschluss. Nicht den, zu sterben. Das war längst beschlossene Sache. Lieber würde sie sich freiwillig in den Tod stürzen als ihre empfindlichsten Stellen dem Irren mit dem Beschneidungsmesser überlassen.

Weitere Schmerzen halte ich nicht aus.

»Außerdem werde ich es ja eh nicht überleben«, sprach sie zu sich selbst. An dem Versprechen, das ihr der Killer gegeben hatte, hatte sie nicht den geringsten Zweifel. Der Ausdruck in seinen Augen, während er sie vergewaltigt, geschlagen, getreten und mit der Schere misshandelt hatte, war ebenso hart wie unmissverständlich gewesen. Für ihn war sie kein Mensch, sondern eine Nutte, ein Wegwerfobjekt. Sobald er mit ihr fertig war, *sobald er mich beschnitten hat,* würde er sie entsorgen. Die einzige Chance, die ihr blieb, war, den Zeitpunkt und damit die Umstände ihres Todes selbst zu bestimmen.

Und dieser Zeitpunkt war jetzt.
Sie würde springen. Gleich nachdem sie eine letzte Vorkehrung getroffen hatte.
Hastig, etwas zu schnell und daher ungelenk, stieg sie von der Pritsche und knickte um. Dieser neue, zusätzliche Schmerz machte sie wütend, und sie fing wieder an zu weinen, vor allem, weil sie wusste, dass sie sich jetzt eine Weile ausruhen musste, bis sie wieder auftreten konnte – und das kostete Zeit, die sie nicht hatte.
Denn gleich kommt er zurück. »Irgendwann«, hat er gesagt. Aber wann war *irgendwann?*
Sie zog die Knie bis unters Kinn und rieb sich den Knöchel an der Stelle, an der sie tätowiert war, streichelte den Schmetterling und wünschte sich, sie könnte fliegen.
Aber selbst das würde mir jetzt nicht mehr helfen, nicht wahr?
Als der Schmerz zu einem leisen Pochen abgeklungen war, versuchte sie, sanft aufzutreten, aber es ging nicht. Für sich allein betrachtet, war diese Verletzung harmlos, verglichen mit alledem, was sie bis jetzt hatte erleiden müssen. Aber in der Gesamtschau war der verstauchte Fuß der letzte Tropfen, der das Fass an Qualen zum Überlaufen gebracht hatte. Im Augenblick jedenfalls würde sie es nicht bewältigen, die Pritsche in die Ecke des Bunkers zu wuchten, um von dort aus die Kamera kaputt schlagen zu können.
Sie ahnte, nein, sie *wusste,* dass ihr Mörder nur deshalb so lange weggeblieben war, weil es ihn aufgeilte, zu sehen, wie viel Macht er über sie besaß. Vermutlich beobachtete er sie die ganze Zeit. Wahrscheinlich würde sein Schwanz hart werden, wann immer er sich später das Video ansah, auf dem sie in den Tod sprang. Doch dieses Vergnügen wollte sie ihm nicht bereiten. Wenn sie starb, dann ohne Publikum.

Nur, wie zerstöre ich die Kamera, bevor er zurückkommt?

Sie kroch in die Ecke, über der das weiterhin rot blinkende Aufnahmegerät mit einer einfachen, aber praktischen Doppelklebeband-Konstruktion befestigt war. Die Kamera arbeitete über Funk und mit Batterie, jedenfalls konnte sie kein Kabel sehen, an dem sie es einfach nach unten hätte reißen können.

Dem Winkel nach war sie in diesem Augenblick, wo sie direkt unter dem Objektiv hockte, gar nicht oder nur zum Teil zu sehen, und die Erkenntnis, dass sie schon jetzt aus dem Blickfeld des Wahnsinnigen verschwunden war, erfüllte sie mit einer irrationalen Freude, die jedoch nur von kurzer Dauer war und von einer tiefen Traurigkeit abgelöst wurde.

Nicht nur er kann mich nicht sehen. Ich selbst werde mich nie wieder im Spiegel betrachten können.

Sie schloss die tränenden Augen und versuchte verzweifelt, die Erinnerungen an ihre eigene Identität aus den Tiefen ihres Bewusstseins hervorzukramen, doch alles, was sich ihr zeigte, waren zusammenhanglose Splitter:

- ihr Vater auf einem Fahrrad
- mehrere Umzugskartons, so wie der, in dem sie den Strick gefunden hatte
- ihre Mutter am Flughafen
- der Tätowierer, der sie warnte, dass die Stelle besonders weh tat

Sie erinnerte sich daran, dass sie das Abi machen wollte und gut in Mathe und Sport war – aber das reichte ihr nicht.

»Ich will nicht sterben!«, flüsterte sie und schluckte heftig. »Nicht, ohne zu wissen, warum.«

Sie wischte sich die Tränen aus den Augenwinkeln, dann sagte sie etwas lauter: »Und nicht, ohne zu wissen, *wer* ich bin.«

Trotzdem rappelte sie sich wieder auf und humpelte zur Pritsche zurück. Besser, sie zeigte sich wieder, bevor der Irre zurückkam. Auf dem kalten Boden liegen zu bleiben, würde ihre Erinnerung auch nicht wieder in Gang setzen. Nachdenken konnte sie auch mit einem Strick um den Hals.

53. Kapitel

Das wird nicht funktionieren«, protestierte Ingolf, der Mühe hatte, Anschluss zu halten. Herzfeld stakste eilig durch den knöchelhohen Schnee über die Lichtung zum Porsche zurück. Die vom Stativ hastig abgeschraubte Videokamera trug er unter seiner Daunenjacke verborgen, wobei er feststellen musste, dass diese Vorsichtsmaßnahme unnötig war.

Leuthner hatte recht behalten. Wie um sie zu verhöhnen, hatte sich das Wetter merklich gebessert, und es bestand keine Gefahr, dass die Kamera durch Wind oder Niederschlag beschädigt werden könnte. Der Sturm war zu einer steifen Brise geworden, und entgegen jeder Vorhersage fanden sogar einige wenige Strahlen der Abendsonne ihren Weg durch die aufgerissene Wolkendecke.

»Beeilung«, rief Herzfeld und drehte sich kurz nach hinten um, um zu sehen, wo Ingolf blieb. Der Praktikant rieb sich fröstelnd die Arme, die er eng um den Oberkörper geschlungen hatte. Wegen seines dunklen Jogginganzugs schien er vor der grauschwarzen Kulisse des Waldes und der geschlagenen Holzstämme hinter ihm nahezu zu verschwinden.

»Wir können nicht fahren«, keuchte er, und Herzfeld beschlich eine dunkle Vorahnung: »Hat er Ihnen die Schlüssel abgenommen?«

»Ja, aber das ist nicht das Problem. Ich hab noch einen Ersatzschlüssel im Wagen versteckt.«

»Okay, dann nichts wie los.« Herzfeld stapfte wieder voran, dem Porsche entgegen, dessen Innenbeleuchtung immer noch brannte, weil drei der vier Türen offen standen. »Wir müssen in den nächsten Ort. Hilfe holen.«

Herzfeld hatte keine Ahnung, wie die Wetterverhältnisse auf offener See waren, aber er vermutete, unter diesen Bedingungen würde zumindest ein Rettungshubschrauber eine Starterlaubnis erhalten. Ganz gleich, ob Leuthner, BKA, Polizei oder Rettungsleitstelle – er musste sich unbedingt mit jemandem in Verbindung setzen, bevor das Wetter wieder umschlug.

Und bevor meine Tochter in den Tod gesprungen ist.

Er hatte nur ein leeres Drahtgestell und nackte Wände gesehen, mehr hatte die Kamera nicht eingefangen, weil sie sich in die hinterste Ecke des Kellers verkrochen hatte, wie er aus ihren Atemgeräuschen hatte schließen können. Aber der Strick an dem Fleischerhaken sprach Bände. Er signalisierte ihm, dass Hannah kurz davorstand, das Schicksal von Martineks Tochter zu teilen. Schwintowski hatte ihm die Augen geöffnet. Es war Sadlers Masche, seine Opfer so lange zu quälen, bis sie vor den Augen seiner Kamera aus Angst vor weiterer Folter den Freitod wählten. Zwar lag Sadler jetzt schon seit einem Tag tot auf Lindas Seziertisch. Aber was hatte der Sadist Hannah alles angetan, bevor er gegangen war? Welche Qualen hatte er ihr angekündigt? Und wie lange hatte sie allein und verlassen in ihrem Verlies in Erwartung unvorstellbarer Schmerzen gehockt? Sicher lange genug, um ihre Seele zu brechen.

Sadler mochte nicht mehr am Leben sein. Aber die Saat, mit der er Hannahs Psyche vergiftet hatte, war es immer noch. Und aus diesem Grund hatte ihn Schwintowski angespornt, sich zu beeilen.

Es war nur noch eine Frage von Minuten, bis Hannah ihre letzte Entscheidung traf.
Und sprang.
»Wo genau liegt der Ersatzschlüssel?«, erkundigte sich Herzfeld, als er den Feldweg erreicht hatte. Unter der Schneedecke war die Erde durch den Dauerfrost hart wie Beton und wäre für den Geländewagen problemlos befahrbar gewesen. Wenn da nicht …
»Nein, nein, nein!«, schrie Herzfeld und schlug sich mit beiden Händen gegen die Schläfen. Ingolf, der zu ihm aufgeschlossen hatte, nickte bedauernd und machte alles nur noch schlimmer, als er sagte: »Es tut mir so leid.«
Ach ja? Es tut dir leid, dass meine Tochter sich gerade auf Helgoland erhängt, während wir hier hilflos im Wald hocken? Ohne Handys? Ohne Auto?
Ihre Situation war ausweglos, und das durch eine ganz banale Schikane: Martinek hatte sämtliche Reifen zerstochen. Selbst wenn sie es auf den Felgen zurück zur Hauptstraße schafften, würde das viel zu viel Zeit kosten, die sie nicht hatten.
Außer sich vor Wut, Sorge und Enttäuschung, trat er gegen einen der Platten und schmiss mit aller Gewalt die rechte hintere Tür zu.
»Uns steht leider nur ein einziger Ersatzreifen zur Verfügung«, sagte Ingolf und öffnete die Heckklappe. Er beugte sich in den Kofferraum und fingerte einen Zweitschlüssel unter dem Notreifen hervor.
»Der hilft uns jetzt auch nicht mehr weiter.«. Herzfeld lehnte sich resigniert mit dem Kopf gegen das Fenster der Fahrertür. Dabei fiel sein Blick auf die ledergebundene Bedienungsanleitung des Cayenne, die in den Fußraum vor den Beifahrersitz gefallen war. Wie von einem Stromschlag

getroffen, zuckte er zusammen. Nach einer Schrecksekunde riss er die Tür auf und plazierte die Kamera nach dem Einsteigen auf der Rückbank.

»Los, los, los«, rief er nach Ingolf, der gerade die Heckklappe wieder zuwerfen wollte und jetzt verwirrt zu ihm nach vorne sah. »Was haben Sie vor?«

»Den Ersatzschlüssel, her damit.«

Ingolf schloss den Kofferraum, beeilte sich jedoch nicht sonderlich, um auf den Beifahrersitz zu klettern. »So kommen wir aber nicht sehr weit«, unkte er, während er Herzfeld den Schlüssel reichte.

»Unser Weg ist kurz.«

»Kurz? Der nächste Ort liegt zehn Minuten entfernt. Bei dem Zustand meines Wagens bedeutet das … wohoaaa!«

Ingolf hielt sich mit einer Hand an dem Haltegriff über der Tür fest, mit der anderen stützte er sich auf dem Handschuhfach im Armaturenbrett ab, um gegen die Fliehkräfte anzukämpfen, die plötzlich gegen ihn wirkten, weil Herzfeld in das Gaspedal gestiegen war. Die Kombination aus luftleeren Reifen und holprigem Waldweg führte dazu, dass der Porsche sich nicht mehr wie eine luftgefederte Luxusmaschine, sondern wie ein bockiges Wildpferd anfühlte und Ingolf abwechselnd mit dem Kopf gegen die Scheibe oder die Decke knallte.

»Sind Sie angeschnallt?«, war das Letzte, was Herzfeld seinen Beifahrer fragte, der schrie, dass sie in die falsche Richtung fahren würden. In der Tat bewegten sie sich tiefer in den Wald hinein und nicht zur Landstraße zurück. Herzfeld hatte immer größere Mühe, den Wagen auf der schmalen Spur zu halten.

»Wollen Sie uns umbringen?«

Du bist nahe dran, Kleiner.

Herzfeld vergewisserte sich mit einem raschen Blick, dass der Gurt eingerastet war, dann schloss er die Augen und riss das Lenkrad herum.

Der Porsche streifte einen vom Schnee verdeckten Findling und hätte deshalb sein Ziel um ein Haar verfehlt. Nach einer kurzen Drehung aber schlug er ungebremst gegen eine zweihundert Jahre alte Eiche, deren Stamm wie ein Messer durch den Kühlergrill schnitt, den Motorraum bis zum Armaturenbrett hin in zwei Teile zerriss und einen Deformationsdruck auslöste, der die vorderen Fenster des Wagens wie Konfetti zerplatzen ließ.

54. Kapitel

Helgoland.

Mit zunehmender Kälte hier unten in der Pathologie wurde auch das Rasseln lauter. Enders Bemühungen, Luft zu holen – genauer gesagt, die Bemühungen seines bewusstlosen Körpers –, klangen so, als würde jemand mit einem Strohhalm die letzten Tropfen aus einem Plastikbecher saugen.
Linda kniete neben ihm, seitdem er sich im Schlaf zu drehen versucht hatte. Enders unkontrollierten Bewegungen war ein leichtes Zittern der Beine vorausgegangen, das sich vorerst wieder beruhigt hatte. Dafür rollten seine Augäpfel unter den geschlossenen Lidern unruhig von einer Seite zur anderen.
»Keine Sorge, alles wird gut«, wiederholte Linda einen Satz, an den sie schon lange nicht mehr glaubte und den sie nur deshalb ständig aufsagte, weil ihr sonst nicht viel zu tun übrigblieb. Von den zwei Stunden, die Herzfeld ihr abgerungen hatte, waren nur noch wenige Minuten übrig, und sie sah keinen Anlass zu der Hoffnung, dass der Professor sein Versprechen halten und professionelle Hilfe schicken würde. Immer wieder hatte sie versucht, ihn zu erreichen. Erst hatte das Telefon endlos geklingelt, später war dann immer sofort die Mailbox angesprungen.
»Der Teilnehmer ist vorübergehend nicht zu erreichen. Sie können aber eine Nachricht …«
Linda seufzte verzweifelt.

»Noch eine Viertelstunde, dann mach ich mich selbst auf den Weg«, versprach sie Ender, dessen feuchtkalte Hand sie fest gedrückt hielt, damit er wenigstens im Unterbewusstsein spürte, dass er nicht alleine war.

Während sie mit den Knien auf der Matratze abgestützt vor dem Hausmeister hockte, kämpfte sie gegen mehrere Gefühle gleichzeitig an, eines unpassender als das andere. Doch nach und nach wurde alles überlagert von dem Drang, auf die Toilette zu müssen.

Das letzte Mal war sie im Strandhaus gegangen, und das lag eine Ewigkeit zurück. Zwar hatte sie in den letzten Stunden kaum etwas getrunken, aber jetzt drohte ihre Blase zu platzen. Sie hatte schon überlegt, eine Schüssel zu benutzen, einzig und allein das bleierne Gefühl der Müdigkeit hielt sie momentan noch davon ab.

In den letzten Minuten war sie mehrfach in einen Sekundenschlaf weggedriftet. Zu allem Überfluss hatte sie nun auch noch Hunger, trotz der unappetitlichen Umgebung.

Sie fühlte sich unterzuckert, kaum mehr in der Lage, den Arm zu heben, wenn sie nicht schnell etwas zu essen bekam.

Daher kommt also der Name Leichenschmaus, war einer ihrer letzten irrationalen Gedanken, während ihr der Kopf nach vorne fiel und sie einnickte. Sie spürte, wie sie das Gleichgewicht verlor, aber es machte ihr nichts aus, zur Seite gegen die Kachelwand neben der Matratze zu kippen. Nur die Verbindung zu Ender wollte sie nicht kappen, weshalb sie seine Hand umso fester hielt, je tiefer sie in einen traumlosen Schlaf versank. Leider währte dieser nur für kurze Dauer.

Der Donnerschlag, der sie zurück in die Gegenwart katapultierte, war so heftig, dass sie für einen schläfrigen Moment sich einzureden versuchte, sie hätte ihn nur geträumt. Doch dann dröhnte es wieder so laut, als stünde Linda unter dem Kessel einer Glocke, auf die jemand einen Hammer herunterkrachen ließ.

Jemand musste von außen mit voller Wucht gegen die Tür gesprungen sein, anders konnte sich Linda die Vibration und den Nachhall nicht erklären.

Im Dämmerlicht der zur Decke strahlenden Taschenlampe waren keine Veränderungen zu erkennen, aber Linda war überzeugt, dass das Stahlblatt der Tür zumindest von außen zerbeult sein musste. Sie hätte sich nicht gewundert, auch Ausbuchtungen an der Innenseite zu finden.

Erneut traf ein dumpfer Gegenstand *(ein Fuß? ein Körper?)* die Tür, und diesmal tat Linda das, was sie bis jetzt vor Schreck unterlassen hatte: Sie schrie auf und ließ Enders Hand los.

Hunger, die volle Blase, Müdigkeit und Erschöpfung waren vergessen. Sie rappelte sich auf und starrte die Tür an, hinter der die Geräusche nicht verstummt waren. Zwar warf sich jetzt niemand mehr dagegen, dafür hörte Linda ein metallisches Klappern. Und dann sah sie es.

Das Licht.

Kalt und schneidend wie die Kante eines Messers fiel es durch den langsam größer werdenden Spalt in der Tür, was bedeutete, dass sich jemand von außen mit aller Kraft gegen den Griff stemmen musste, um sie aufzuschieben. Allein der umgekippte Instrumentenschrank verhinderte, dass der Eindringling bereits im Raum stand.

»Wer sind Sie?«, schrie Linda. Keine Antwort.

Das Ruckeln an der Tür hielt unvermindert an, auch wenn der Spalt fürs Erste nicht mehr breiter wurde. Wie beabsichtigt hatte sich die Kante des Schranks mit dem Griff

verkeilt, weshalb die Tür sich nicht weiter aufziehen ließ. Allerdings änderte der Eindringling seine Technik und versuchte nun nicht mehr länger, die Tür zur Seite zu schieben, sondern schlug von außen dagegen, um mit der Wucht der Erschütterung auch das Hindernis wegzudrücken.
Linda handelte instinktiv, indem sie zunächst Ender samt der Matratze aus der Gefahrenzone zog. Dann stemmte sie sich gegen den Schrank, um zu verhindern, dass er von der Tür wich. Solange seine Kanten rechts mit der Wand und links mit dem Schiebegriff abschlossen, war es dem Killer unmöglich, die Tür aufzuschieben.
Es sei denn, er findet noch einen anderen Weg zu mir.
Sie spähte zur Decke, konnte im Zwielicht aber keine Abdeckplatten für Lüftungsschächte über ihrem Kopf entdecken, was nicht hieß, dass es dort oben keine gab. Aber noch schien der Eindringling seine Strategie nicht ändern zu wollen. Im Gegenteil. Wieder und wieder warf er sich gegen die Schiebetür, und jedes Mal gelang es Linda nur unter enormen Kraftanstrengungen, den zurückspringenden Instrumentenschrank nach vorne zu pressen. Sie wusste, es war nur eine Frage der Zeit, bis ihr Widerstand gebrochen war.
Es sei denn …
Panisch sah sie sich um und überschlug die Zeit, die sie benötigte, um weitere Hindernisse heranzukarren.
Die beiden schweren Sektionstische standen einige Meter entfernt und damit in unerreichbarer Ferne, ganz davon abgesehen, dass sie fest im Boden verankert und damit unbeweglich waren.
Aber die Liege!
Linda nutzte eine Ruhepause, die der Fremde vor dem Eingang offenbar nötig hatte, um sich die Rolltrage zu greifen,

mit der sie die Richterin transportiert hatten. Ohne groß darüber nachzudenken, ob sie damit wirklich etwas ausrichten konnte, kippte sie die Liege hochkant und ließ sie nach vorne gegen die Tür fallen. Dadurch öffnete sich eine Schublade des Instrumentenschranks, und verschiedenste Gegenstände fielen heraus. Neben Plastikschläuchen, Holzspateln und Gummibändern bemerkte Linda zwei lange, angespitzte Metallstäbe, die wie Eispickel aussahen und die ihr wie ein Geschenk des Himmels erschienen.

Unter dem Wummern der von außen erneut auf die Stahltür einprasselnden Schläge schnappte sich Linda einen der Pickel und stieg auf den Instrumentenschrank. Dadurch war es ihr möglich, die obere Gleitschiene der Tür mit den Händen zu berühren. Fieberhaft tastete sie an ihr entlang, bis sie auf das stieß, was sie gesucht hatte.

Eine Schraube!

»Was wollen Sie von mir?«, schrie sie, ohne eine Antwort zu erhalten.

Die Wucht der Schläge, die die Tür erzittern ließ, ließ auch Linda bei jedem Treffer erschrocken zusammenzucken, weshalb sie mehrfach ansetzen musste, bis es ihr gelang, die Spitze des Metallstabs zu plazieren.

Vor Angst und Verzweiflung außer sich, schlug sie mit der bloßen Hand gegen den Gummigriff des Pickels, setzte dann noch einmal neu an und glaubte tatsächlich zu spüren, wie es ihr gelang, die Schraube ein wenig zu lockern. Sie stellte sich vor, sie müsste dem Killer da draußen einen Zahn aus dem Gebiss brechen, drückte die Spitze noch weiter in die Schiene *(ins Zahnfleisch hinein)* und riss dann den Hebel nach oben.

Hat es funktioniert? Steht die Schraube jetzt so weit ab, dass sie die Schiene blockiert?

Linda wusste es nicht. Sie hatte auch keine Ahnung, weshalb die Geräusche im Gang vor der Pathologie auf einmal verstummt waren, kurz nachdem sie von dem Instrumentenschrank heruntergestiegen war.

Am ganzen Körper bebend, eine Hand um den Eispickel gekrallt, die andere in den Haaren vergraben, starrte sie die Tür an, die sich nicht mehr bewegte.

Tränen schossen ihr in die Augen, als ihr klar wurde, dass sie irgendwann zwischen dem Versuch, mit der Liege eine weitere Barriere zu schaffen, und ihren Bemühungen, die Schraube zu lockern, die Kontrolle über ihre Blase verloren haben musste. Der Fleck zwischen ihren Beinen wurde langsam kalt und fügte der Mixtur grässlicher Gefühle noch das der Scham hinzu.

Und jetzt?

Linda ahnte, dass sie sich allenfalls einen geringen Zeitaufschub erarbeitet hatte. Und sie würde es ohne fremde Hilfe nun niemals mehr nach draußen schaffen. Das letzte bisschen Kraft, das noch in ihr gesteckt hatte, war verbraucht.

Erschöpft sank sie mit dem Rücken an die Wand gepresst zu Boden und vergrub das Gesicht in den Händen. In ihren Ohren rauschte es so laut, dass sie nicht einmal mehr ihren eigenen keuchenden Atem hörte.

Ganz zu schweigen von dem leisen Klacken, mit dem sich die Tür des zweiten Leichenkühlschranks von innen öffnete, kurz nachdem Linda für einen Moment die Augen geschlossen hatte, um die Aussichtslosigkeit ihrer Lage zu überdenken.

55. Kapitel

Das Erste, was Linda registrierte, war die Stimme, die ihr gleichsam vertraut wie unwirklich erschien. Dann öffnete sie die Augen und bemerkte, dass einige Zeit vergangen sein musste, denn das Notstromaggregat lief wieder und damit auch die Deckenbeleuchtung.

Ihr blieb keine Zeit mehr, darüber nachzudenken, weshalb sie den Mann, der sie wie ein Schraubstock umklammert hielt, nicht hatte kommen hören. Die Frage, ob sie tatsächlich vor Erschöpfung eingeschlafen war, war unwichtig angesichts der zu erwartenden Schmerzen.

Angesichts meines nahen Todes.

»Erkennst du mich nicht?«, nuschelte der Psychopath, dem Linda keinen Namen geben wollte, nicht einmal in Gedanken. Denn seinen Namen zu formulieren hieße, ihr Ende zu akzeptieren.

Sie wollte aufstehen, aber das ließ der Mann nicht zu, indem er sie, an den Oberarmen gepackt, mit dem Rücken gegen die Wand drückte.

»Ich habe mich ein wenig verändert, seitdem wir uns das letzte Mal gesehen haben«, sagte der Kerl und klang dabei, als spräche er mit vollem Mund, obwohl sein Gesicht aussah, als wäre das Gegenteil der Fall. Seinem Gesicht fehlte der halbe Unterkiefer, und in der linken Wange klaffte ein grob gezacktes Loch. Die Quelle des fauligen Atems, der Linda mit jedem Wort ins Gesicht wehte. Und der Grund,

weshalb jedes Wort aus seinem Mund von Zischlauten begleitet wurde.
»Ich bin's doch: Danny, dein Liebster.«
Danny.
Jetzt konnte Linda sich nicht mehr gegen die Wahrheit stemmen. Der Killer war kein Fremder mehr. Die Gefahr hatte einen Namen. Und sie kam auch nicht von außen, sondern hatte sich die ganze Zeit nah bei ihr versteckt gehalten.
Direkt in dem Kühlfach neben mir.
Dann hatte sie sich also doch nicht geirrt, und es war keine Einbildung gewesen, als sie vorhin glaubte, seinen Schatten im Spiegel des geöffneten Fahrstuhls vorbeihuschen zu sehen. War er seitdem mit ihr in der Pathologie gewesen? Linda riss den Mund auf und versuchte, von Danny loszukommen, als dieser unerwartet seinen Griff lockerte.
»Ganz ruhig, Liebling. Hab keine Angst!«
Danny Haag, der Stalker, den ihr Bruder für immer von ihr hatte fernhalten wollen – der Mann, vor dem sie nach Helgoland geflüchtet war, nur um sich hier in der Hölle wiederzufinden –, ebendieser Mann versuchte zu lächeln und verstärkte dadurch seinen fratzenhaften Anblick.
Er streckte ihr die Hand entgegen, als wollte er ihr aufhelfen.
»Dein Bruder Clemens wollte uns auseinanderbringen«, sagte er schwerfällig. Linda blieb am Boden hocken und sah entsetzt zu Danny auf, dem Tränen in den Augen standen.
»Er ist gegen unsere Liebe, Kleines. So sehr, dass er versucht hat, mich umzubringen. Wusstest du das?«
Linda schüttelte ihren Kopf wie in Trance.
Sie registrierte, dass Dannys Haare, einst der ganze Stolz des eitlen Künstlers, weder geschnitten noch gewaschen waren.

»Erst haben sie mich zusammengeschlagen, dein Bruder und seine tätowierten Freunde. Dann haben sie mich im Wald zurückgelassen. Und auf einmal taucht dieses Mädchen auf. Er hat ihr gesagt, wo sie mich findet.«
Er sprach langsam, bemühte sich, verständlich zu sprechen, was ihm wegen seiner Verletzungen aber nicht gelang. Die Worte hatten oft keinen Anfang und kein Ende, schwappten zischelnd ineinander über.
Danny zog die Nase hoch. Seine Stimme wurde weinerlich.
»Fast wären wir für immer getrennt gewesen, Liebling. Du weißt nicht, was ich durchmachen musste. Halbtot, im Kofferraum, im Wald. Nur die Erinnerung an dich und an unsere Liebe hat mich am Leben erhalten. Ich habe gebetet, dass du vorbeikommst, mein Engel, und mich rettest. Aber stattdessen kam der Teufel. Ich dachte, die Kleine wird mir helfen, da nimmt die sich eine Waffe, die dein Bruder im Wagen für sie plaziert hatte, und schießt mir ins Gesicht.«
Linda tappte benommen mit der linken Hand auf dem Fußboden herum in der Hoffnung, eines der Instrumente zu berühren, die vorhin aus dem Schrank gefallen waren.
Den Eispickel vielleicht, am besten das Seziermesser. Verdammt, wo hab ich das Messer gelassen?
»Ich glaube, das Mädchen war nicht einmal strafmündig«, sagte Danny, und in ihrer Angst hatte Linda fast vergessen, von wem er sprach.
»Damit sie nicht ins Gefängnis muss, wenn sie erwischt wird. Doch es hat nicht funktioniert, wie du siehst. Sie hat nicht kontrolliert, ob ich auch wirklich tot bin. Sonst hätte sie bemerkt, dass ich den Kopf noch rechtzeitig zur Seite gerissen hatte.«
Er präsentierte Linda den durch die Kugel zerstörten Unterkiefer. Sie stand auf.

Widerwillig empfand Linda so etwas wie Mitleid mit Danny, dem der Sabber unkontrolliert aus den Wundrändern tropfte.

»Ich gebe zu, unmittelbar danach war ich voller Hass. Ich wollte mich rächen. An deinem Bruder, diesem Mädchen und, ich gestehe, auch an dir, denn du hast mich nicht einmal angerufen. Und ich konnte dich unter deiner Nummer nicht mehr erreichen. Und während ich zu Hause liege, mich mit Schmerzmitteln vollpumpe und vergeblich auf deinen Anruf warte, hab ich mir ausgemalt, was ich euch alles antun kann.«

Er grinste sein schauerliches Lächeln, und Lindas Mitleid wandelte sich in blankes Entsetzen. »Wie hast du mich gefunden?«, stieß sie hervor.

»Über deine E-Mails. Zum Glück hast du mir dein Passwort gegeben.«

Gegeben? Du hast es ausspioniert! Wie die PIN meiner Mailbox und alles andere, mit dem ich meine Privatsphäre zu schützen versuchte!

»Ich hab die Mail von Clemens gelesen. Er schrieb, dass er das Haus auf Helgoland für dich organisiert hat, so als wärst du einverstanden. Ich habe die letzte Fähre genommen, bevor der Sturm ausbrach.«

Linda konnte sich bildhaft vorstellen, wie Danny dick vermummt von Bord gegangen war. Den Schal um den Kopf geschlungen, wie so viele andere Fahrgäste auch, die ihr Gesicht vor der Kälte schützen. Nur dass sein Schal seine Wunden verbergen sollte.

Aber wenn du meinetwegen hier warst, was hast du dann mit Herzfelds Tochter zu schaffen? Wieso all die Toten? Und wer hat eben da draußen randaliert?

Danny machte Anstalten, sie im Gesicht zu berühren, doch sie wich zurück.

»Was hast du denn, Süße?« Er öffnete einladend die Arme. »Ich hab doch gesagt, dass ich dir nicht mehr böse bin. Das ist vorbei. Eine ganze Zeitlang war ich voller Hass, ja, das gebe ich zu; sogar am ersten Tag noch, als ich hier auf der Insel eintraf. Ich wollte dir Angst einjagen, hab mich in dein Bett gelegt, deine Handtücher benutzt. Aber dann habe ich gehört, wie du mit deinem Bruder telefoniert hast. Du wolltest wissen, was er mir angetan hat. Gott, Linda, du warst so wütend, so besorgt um mich, da wusste ich, dass er dich gezwungen hat, die Stadt zu verlassen, und dass du mich immer noch liebst. Das tust du doch, oder?«

Linda wurde übel, doch sie wusste, sie musste alles tun, damit die Dinge nicht sofort wieder eskalierten. »Ja, Danny«, krächzte sie deshalb und rappelte sich hoch.

»Sieh mich an!«, forderte er und trat einen Schritt näher.

Linda wog ihre Optionen ab und kam zu dem Schluss, dass sie über keine verfügte. Sie war unbewaffnet, ihr einziger Helfer war tot oder lag im Sterben, und sie hatte sich selbst eingeschlossen.

»Sag mir, dass du mich liebst.«

»Ich liebe dich«, log sie.

»Deine Stimme ist voller Zweifel.«

Und deine voll des Wahnsinns.

»Weil ich nicht verstehe, wieso du dich hier versteckt hältst«, versuchte sie, ihre Scharade aufrechtzuerhalten. »Wieso hast du dich nicht schon früher gezeigt?«

»Ich habe mich geschämt, Linda. Versteh doch. Als ich kam, wollte ich mich rächen. Als ich dich sah, wollte ich nur noch bei dir sein. Aber wie konnte ich dir so unter die Augen treten?«

Er deutete auf sein zerstörtes Gesicht. »Ich hatte Angst, du würdest mich nicht mehr wollen. Also blieb ich im Hintergrund. Aber ich war immer in deiner Nähe, erst recht, als ich merkte, dass du hier in Schwierigkeiten steckst.« Er schluckte schwer, als hätte er einen Kloß im Hals. »Ich bin dein Schutzengel.«

»Du bist also nicht gekommen, um mir weh zu tun?«, fragte Linda, ihre Lippen zu einem grotesken Lächeln überspannt. Lange würde sie sich nicht mehr verstellen können. Immerhin gelang es ihr, nicht zurückzuzucken, als Danny ihre Haare berührte.

»Ich würde dir niemals ein Leid zufügen, das weißt du.«

Du hast meine Stirn verätzt und meine Katze getötet!

»Und wieso hast du *das* dann getan?«

»*Was* getan?«, fragte er und klang ehrlich erstaunt.

»All die Menschen. Was haben sie verbrochen?«

»Die da?«, fragte er, ihren Blicken folgend, die erst zu Ender am Boden und dann von einem Seziertisch zu dem anderen wanderten.

Danny schüttelte den Kopf. »Damit habe ich nichts zu tun.«

Nichts zu tun? War das möglich?

»Das ist jemand anderes, ich schwöre es. Ich hab keine Ahnung, was hier vor sich geht. Ich dachte, du kannst mir das erklären. Hat dich Clemens gezwungen, die Toten aufzuschneiden?«

»Nein«, antwortete sie und bereute im gleichen Atemzug ihre Unüberlegtheit. Clemens war die Hassperson, auf die Danny alles projizierte, und das hätte sie ausnützen sollen.

»Wer zwingt dich dann?«

»Ich erkläre es dir, wenn wir hier raus sind, Danny.«

Sie wollte sich zur Tür wenden, doch er hielt sie an der Hand fest.

»Linda?«

Sie drehte sich zu ihm und erschauerte. Obwohl ein Teil in ihr die Gewalt, die ihm zugefügt worden war, bedauerte, kam sie nicht umhin zu denken, dass Dannys äußere Gestalt erstmals seinem kranken Wesen entsprach.

»Was?«, fragte sie ihn.

»Gib mir einen Kuss!«

»Wie bitte?«

Ihre Kehle schnürte sich zu.

»Einen Versöhnungskuss. Damit ich weiß, dass ich mich in dir nicht getäuscht habe.«

Er hob das Kinn an, von dem sich ein Speicheltropfen wie eine Spinne an ihrem Faden abseilte.

Nein, bitte nicht. Bloß das nicht.

Sie schloss die Augen, was er als Aufforderung missverstand. Als er sie an sich zog, musste sie sich zwingen, nicht laut zu schreien.

»Ich weiß, für andere bin ich hässlich. Aber du siehst mich mit den Augen der Liebe. Ist doch so, oder, Linda?«

»Ja.«

Sie schloss die Augen und fühlte, wie sich sein nasser Mund gegen den ihren presste; wie seine Zunge versuchte, ihre geschlossenen Lippen zu spalten. Sie schluckte schwer, um sich nicht übergeben zu müssen.

Eine Weile verstärkte er den Druck, dann ließ er von ihr ab, so abrupt, dass sie das Gleichgewicht zu verlieren drohte, als er sie nicht mehr festhielt.

»Was ist?«, fragte sie und las die Antwort in seinen Augen. Sie waren voller Hass, Wut und Enttäuschung. Linda kannte seine Schübe, die jähzornigen Stimmungsschwankungen, die ihn zum Äußersten trieben.

Verdammt, ich hab's versaut.

Danny hob das Hemd an, und sie sah das Seziermesser, das

sie gesucht hatte, zwischen seinem Bauch und Hosenbund klemmen.
»Du Schlampe«, flüsterte er. Dann klatschte ihr seine geöffnete Hand ins Gesicht. Linda wollte sich die brennende Wange reiben, da schoss ihr schon der nächste Schmerz durch den Kopf. Danny hatte sie unvermittelt an den Haaren gepackt. »Glaubst du, ich spüre nicht, wie du mir etwas vorlügst?«
Jetzt stand er hinter ihr, die Klinge gegen die Kehle gepresst. Wieder roch sie sein Aftershave, und diesmal bereitete es ihr noch größere Übelkeit als der allgegenwärtige Leichengeruch.
»Du ekelst dich vor mir.«
»Nein, Danny.«
»Ich spüre, dass du mich nicht mehr liebst.«
»Doch.«
»Hast du einen anderen?«
»Was? Nein, ich schwöre …«
Danny griff einen ihrer Arme, bog ihn hinter dem Rücken nach oben und drückte sie nach vorne. Gemeinsam stolperten sie auf einen der Leichentische zu.
»Bitte, Danny, lass es uns noch mal versuchen. Ich liebe dich.«
»Ich hab die Schnauze voll von deinen Lügen.«
Er blieb stehen und riss ihren Kopf an den Haaren herum, so dass sie Ender ein letztes Mal sehen konnte, der von den Ereignissen um ihn herum weiterhin nichts mitbekam. Die Taschenlampe hatte Danny unweit der Matratze liegen gelassen, weshalb Enders Umgebung jetzt weitaus besser ausgeleuchtet war als die, in der sie stehen geblieben waren.
»Lief da was mit dem?«, wollte Danny allen Ernstes von ihr wissen.

Linda wusste nicht, was sie auf diesen Wahnsinn entgegnen sollte. Er drückte sie wieder nach vorne, und Linda hatte eine böse Vorahnung, wohin der gezwungene Marsch durch die Pathologie sie führen könnte.

»Oder fickt dich der Kerl, mit dem du die ganze Zeit telefoniert hast?«

Sie hatten das Ablaufbecken erreicht, und wie erwartet lockerte Danny seinen Griff, um den Wasserhahn aufdrehen zu können.

Der Strahl prasselte hart in das Becken, das seit der Obduktion bereits halb voll blutigem Wasser war, und Linda dachte fieberhaft darüber nach, was sie sagen oder tun konnte, um das Unvermeidliche abzuwenden. Ihr fiel nichts ein, und von dem Moment an, an dem der Wasserspiegel die Überlaufmarke erreicht hatte, ging alles sehr schnell. Linda hatte nicht einmal mehr Zeit, ein letztes Mal Luft zu holen, und atmete einen Schwall kaltes Wasser ein, als Danny sie in das Becken drückte.

»Wenn ich dich nicht kriege, darf dich keiner haben!«, schrie er.

Ganz ruhig. Noch ist nichts verloren, dachte sie und wollte gleichzeitig schreien, weinen und … *atmen.*

In einem Comic, den sie vor Jahren gezeichnet hatte, hatte eine Heldin ihren Mörder überlistet, weil sie sich rechtzeitig tot gestellt hatte, lange, bevor ihr tatsächlich die Luft ausgegangen war. Doch jetzt musste Linda lernen, wie unrealistisch diese Szene war.

Einmal unter Wasser gedrückt, war sie nicht mehr Herr ihrer Bewegungen. Instinktiv trat, schlug und strampelte sie um sich. Schon jetzt, nur wenige Sekunden nach dem Untertauchen, glaubte sie, keinen weiteren Moment mehr ohne Sauerstoff auskommen zu können. Ihre Haut prickelte, als wäre sie mit Juckpulver eingerieben. In diesem Zustand war es ihr unmöglich, die Muskeln bewusst zu entspannen, damit Danny sie irrtümlich bereits für tot halten und zu früh von ihr ablassen würde.

Ich werde sterben.

Ihre Hände schlugen gegen den Stahlrand des Sektionstisches.

Ender. Aufstehen. Messer. Hilfe.

Ihre letzten Gedanken hatten sich auf einzelne Worte reduziert. Noch schrien sie in ihrem Kopf umher, aber bald würden sie leiser werden. So wie ihre Hände nicht mehr lange auf dem Rand der Wanne herumpatschen würden.

Sie hörte ein immer lauter werdendes Dröhnen, als säße sie in einem startenden Flugzeug. Feuerblitze tanzten vor ihren Augen, von denen sie nicht mehr wusste, ob sie sie geschlossen oder offen hielt.

Ich. Will. Nicht. Sterben.

Linda schlug sich die Knie unter dem Ablaufbecken an, aber sie spürte nur Dannys festen Griff im Nacken.

Das Dröhnen in ihrem Kopf war in ein rhythmisches Wummern übergegangen. Ihre Bewegungen wurden langsamer, und jetzt drohte ihr Körper zu erschlaffen, nicht, weil sie es vortäuschte, sondern weil sie tatsächlich im Begriff war zu sterben.

Neeeein!

Sie ballte ein letztes Mal die Hand zur Faust, auch wenn sie wusste, dass sie nicht mehr die Kraft haben würde, um sie nach hinten zu schlagen; dem Stalker ins Gesicht, der sich mit seinem gesamten Körpergewicht über sie beugte.

Aber …?

Linda öffnete die Finger, um sie sofort wieder zu schließen.

Was … ist … das?

Eine Kindheitserinnerung mischte sich unter das Dröhnen in ihrem Schädel. Sie musste an einen Waldspaziergang denken und an eine Steinschleuder, die ihr Vater aus einem Ast für sie geschnitzt hatte, und konnte zunächst den Sinn dahinter nicht erkennen, bis ihr klarwurde, was sie da gerade durch Zufall auf dem Sektionstisch ertastet hatte.
Ich …
Linda griff noch ein wenig fester zu …
Ich will …
… riss mit dem letzten Aufbäumen gegen den Tod ihren Arm nach oben, in die Richtung, in der sie den Kopf des Stalkers vermutete.
… nicht sterben …
Und sie hatte Glück.
Ein anderer hätte vielleicht einen größeren Abstand gehalten. Hätte in den letzten Sekunden des Todeskampfs seinen Griff gelockert. Aber Danny hatte Linda beim Sterben so nahe wie möglich sein wollen. Daher befand sich sein Gesicht nur kurz über der Wasseroberfläche, als die Spitze des Holzstabs, mit dem die Richterin gepfählt worden war, ihm durch die rechte Augenhöhle in das Innere seines Schädels drang.

Linda spürte den tonnenschweren Druck auf ihrem Körper verschwinden und riss den Kopf hoch. Sie hustete und schrie gleichzeitig, weshalb sie nicht ausreichend Luft in die Lungen bekam, während sie neben dem Ablaufbecken zu Boden stürzte.
Sie wusste, sie durfte hier nicht so liegen bleiben, zumindest würde sie sich ausstrecken müssen, sonst würde sie doch noch ersticken, aber stattdessen zog sie die Knie bis zur Brust und fühlte sich, als steckte ihr Kopf unter einer Plas-

tiktüte. Jeder Atemzug war eine Qual, die ihr schier übernatürliche Kraftanstrengungen abverlangte.

Ich schaff's nicht.

Wenigstens verschwendete sie keinen Gedanken daran, was mit Danny geschehen war und ob er sie jede Sekunde wieder anfallen würde, in der sie kampfunfähig auf dem Boden nach Sauerstoff rang. Der Presslufthammer in ihrem Kopf, der immer lauter wurde, zertrümmerte jeden Gedanken, bis auf den einen: *Luft!*

Er wütete so laut unter ihrer Schädeldecke, dass sie die anderen Geräusche um sie herum nicht wahrnahm.

Weder Dannys Röcheln neben ihr noch das Kreischen und Knirschen der Ausgangstür, hinter der jemand von außen eine Brechstange angesetzt hatte, um sich endgültig den Weg ins Innere der Pathologie zu bahnen.

56. Kapitel

»Wo steht die Uhr?«

Linda öffnete die Augen, glaubte zu träumen und schloss sie wieder.

»Hey, nein, nein, nein. Nicht einschlafen!«

Sie spürte ein Rütteln – wie in einem Auto, das über Kopfsteinpflaster fährt, nur dass es sich anfühlte, als hätte sie mit dem Körper, der gerade von zwei starken Männerhänden gehalten wurde, nichts mehr zu tun. Als wäre es jemand anderes, dem dieser ebenso markant wie müde aussehende Mann die Haare aus dem Gesicht strich.

»Wer sind Sie?«, fragte Linda mit einem Nuscheln, das dem des Stalkers gar nicht so unähnlich war. Ihre Zunge fühlte sich angeschwollen und betäubt an.

»Ich bin's«, antwortete der Mann wenig geistreich, dann schrie er etwas hinter sich in den Raum zu den anderen, die im Hintergrund herumwuselten.

Sind sie jetzt gleich mit einer Armee gekommen, um mir den Rest zu geben?

Lindas Kopf sackte nach vorne, dem Kerl mit der Daunenjacke gegen die Brust. Zum ersten Mal seit langer Zeit fühlte sie sich geborgen, obwohl sie immer noch davon ausging, an einem der Killer zu lehnen, der für die Leichen verantwortlich war, die nicht auf das Konto ihres Ex-Freunds gingen.

»Danny«, keuchte sie entsetzt, als ihr einfiel, dass sie nicht wusste, was mit ihm geschehen war.

»Keine Sorge«, beruhigte sie der Unbekannte mit der sonoren Stimme, die ihr zunehmend vertraut erschien. »Du hast ihm ein Auge ausgestochen, er ist vor Schmerz ohnmächtig geworden und in Gewahrsam. Er kann dir nichts mehr tun.«

Beinahe wäre sie wieder weggedriftet, wenn der Mann sie nicht wieder geschüttelt hätte. Weitaus belebender allerdings waren die Worte, die er als Nächstes zu ihr sagte: »Ich bin's, Linda. Paul Herzfeld.«

Sie riss die Augen auf, blinzelte mehrmals und schüttelte ungläubig den Kopf, der sich auf einmal völlig leer anfühlte.

»Paul?«, fragte sie, als hätte sie den Namen noch nie gehört. *Du hast es wirklich geschafft?*

»Ja. Hab keine Angst mehr. Alles wird gut.« Er packte ihr Gesicht mit beiden Händen und sah ihr tief in die Augen. »Ich muss nur wissen, wo genau du gewesen bist, als die Standuhr angeschlagen hat!«

57. Kapitel

»Haus *Töven.* Wo ist das?«, fragte Herzfeld den stämmigen Mann, der sich ihm vor dem Ausgang der Klinik in den Weg stellte.

Die Landung des Rettungshubschraubers auf dem Klinikparkplatz hatte eine Traube von Menschen angelockt, unter ihnen ein grobschlächtiger Hüne, der sich ihm mit sonorer Stimme als Bürgermeister der Insel vorstellte. »Mein Name ist Till Bandrupp, und ich verlange endlich zu erfahren, was hier vor sich geht.«

Sein Misstrauen war ihm deutlich ins Gesicht geschrieben, und Herzfeld verstand das nur zu gut. In seinem momentanen Aufzug entsprach er eher dem Klischee eines geistig verwirrten Serienmörders als dem eines Professors der Rechtsmedizin. Seine Kleidung war ebenso blutverschmiert wie seine Hände, der Gurt des Porsches hatte ihm beim Aufprall in den Hals geschnitten, die Haare standen in alle Richtungen, und sein Gesicht war von Schmauchspuren des aufgeplatzten Airbags überzogen. Nur Ingolf, der zutiefst erschöpft im Krankenhaus zurückgeblieben war, hatte bei seiner Ankunft noch weniger vertrauenerweckend gewirkt.

»Mein Name ist Paul Herzfeld, ich leite eine Sondereinheit beim BKA«, sagte er und zeigte dem Bürgermeister seinen Ausweis. Gleichzeitig gab er dem Rettungsarzt und dem Piloten, der sie hergeflogen hatte, ein Zeichen, ihm zu fol-

gen, doch die beiden Männer blieben unschlüssig stehen, als Bandrupp abwehrend die Hand hob.
»Moment mal. Sie können doch nicht einfach hier auftauchen und …«
»Doch, ich kann. Und ich verspreche Ihnen, alles aufzuklären, nur jetzt hab ich dafür keine Zeit.«
Herzfeld sah dem Mann mit dem wettergegerbten Gesicht tief in die Augen und spürte, dass er es nicht mit einem Paragraphenreiter zu tun hatte, der auf die Einhaltung von Formalitäten pochte, wenn es Zeit zu handeln war.
»Bitte!«, sagte er mit Nachdruck. »Das Leben meiner Tochter Hannah hängt davon ab, dass wir jetzt schnell sind.«
Bandrupp zögerte noch kurz, dann trat er einen Schritt zur Seite und sagte mit einem knappen Nicken: »Also gut. Ich bringe Sie hin. Aber ich hoffe, Sie haben unterwegs eine verdammt gute Erklärung für mich.«
Er ging voran und führte sie zu einem Elektromobil, das der Bürgermeister bei seiner Ankunft direkt neben dem Rettungshubschrauber geparkt hatte. Eine kräftige Böe ließ den Wagen erzittern, die aber bei weitem nicht mit dem Sturm der letzten Stunden zu vergleichen war, auch wenn die dunklen Wolken über der Nordsee darauf hindeuteten, dass die kurze Ruhephase sich schon wieder ihrem Ende näherte.
Bandrupp sah zum Himmel, dann zu Herzfeld, der mit seinem Tatortkoffer auf dem Schoß auf dem Beifahrersitz Platz genommen hatte, und sagte schließlich zu dem Piloten und dem Rettungsarzt auf der Rückbank: »Sie müssen wirklich von allen guten Geistern verlassen sein, dass Sie sich hier rausgewagt haben.«
Die Männer nickten.

Wenn Ender und Hannah diesen Tag überlebten, hatten sie ihr Leben am Ende einer Bedienungsanleitung zu verdanken. Als Herzfeld vor einigen Stunden hatte nachlesen wollen, wie man das Navigationsgerät von Ingolfs Wagen programmierte, hatte er auch einen Absatz überflogen, in dem das Sicherheits-GPS-Modul des Porsches beschrieben war. Zu jenem Zeitpunkt hatte ihm die Information über das integrierte Unfallrettungssystem nur ein ungeduldiges Stirnrunzeln abgerungen. Er wollte wissen, wie man das Navi mit Geokoordinaten fütterte, nicht, was passierte, sobald sich nach einem Zusammenstoß die Airbags öffneten. Laut Herstellerangaben sollte es von da ab weniger als zehn Minuten dauern, bis die Leitstelle den Peilsender des Wracks lokalisiert und ein Rettungsteam zum Unfallort geschickt hatte.

Bei dieser Zeitangabe hatten die Ingenieure untertrieben. Es dauerte sieben Minuten, wie Herzfeld jetzt wusste. Und sie hatten auch keinen Krankenwagen geschickt, nachdem er das Fahrzeug mit Absicht gegen den Baum gesetzt hatte, sondern einen Hubschrauber.

Der Rettungsarzt und sein Assistent, die auf der Lichtung gelandet waren, hatten sich zuerst gefreut, ihre Patienten wohlbehalten neben dem völlig zerstörten Geländewagen vorzufinden. Als sie dann aber hörten, was Herzfeld und Ingolf von ihnen verlangten, tippten sie auf einen ernsthaften Schock, den die beiden erlitten haben mussten. Erst als Herzfeld seinen BKA-Ausweis zückte und darauf bestand, mit einem Kollegen namens Leuthner verbunden zu werden, begannen sie zu begreifen, dass die beiden Spinner es offenbar ernst meinten und *wirklich* zu einem Privatflughafen in der Nähe Cuxhavens geflogen werden wollten, wo angeblich ein Pilot mit einer Cessna auf sie wartete.

Als das Rettungsteam hörte, ein Mann läge mit einer schweren Stichverletzung im Hals im Inselkrankenhaus und müsse dringend aufs Festland transportiert werden, prüften sie die Wetterlage und entschieden, sich der Sache selbst anzunehmen.

Um keine Vorschriften zu verletzen, bestand der Arzt zunächst darauf, Ingolf und Herzfeld in die nächste Notaufnahme zu fliegen, bevor es weiter nach Helgoland ging. Doch dann stellte er verblüfft fest, dass der Jüngere der beiden Verunfallten der Sohn des Innensenators war, eines Politikers, dessen Biographie er gelesen hatte und den er seitdem verehrte. Den endgültigen Ausschlag, sie mitzunehmen, gab dann eine Plastiktüte, die Ingolf aus einem Geheimfach im Kofferraum unter dem Reserverad hervorzog und den beiden Helfern mit den Worten »Betrachten Sie es als Schlechtwetterzulage«, überreichte.

Herzfeld wollte gar nicht wissen, wie viel Bargeld der Praktikant spazieren fuhr, aber die Mienen der beiden nach einem Blick in die Tüte sprachen Bände.

Und so war es gekommen, dass das Rettungsteam nach Rücksprache mit der Leitstelle das Wetterfenster genutzt und Kurs auf Helgoland genommen hatte. Sie hatten die Insel nach zwanzig Minuten heftiger Turbulenzen erreicht, wegen derer sich Ingolf mehrfach übergeben musste. Im Moment hockte der Praktikant auf einer Pritsche in der Klinik und war zu nichts mehr zu gebrauchen.

Zwanzig Minuten.

Schneller, als Herzfeld zu träumen gewagt hatte.

Und vermutlich dennoch zu spät.

Auf dem Weg zu dem Haus an der Klippe beschränkte er sich darauf, für den Bürgermeister das Nötigste zusammenzufassen: dass seine Tochter von einer Gruppe verzweifelter Eltern entführt worden war, die sich als Justizopfer sahen und sich mit ihren Taten an den Menschen rächen wollten, die in ihren Augen ihr Elend zu verantworten hatten.

»Und die Entführer sind alle tot?«, fragte Bandrupp ungläubig, als sie vor Tövens Haus an der Steilküste hielten.

»Ja. Sie haben den Freitod gewählt, nachdem ihre Mission erfüllt war.«

Sadler, Töven, meine Tochter. Ihre Racheopfer liegen entweder in der Pathologie … oder sind auf dem besten Weg dorthin.

»Und wie sind die Mörder auf die Insel gekommen, ohne dass wir es bemerkt haben?«, fragte Bandrupp, doch Herzfeld wollte nicht noch mehr Zeit mit Erklärungen vergeuden, auch wenn die Antwort für ihn auf der Hand lag, als er bei ihrer Ankunft die Pferdebox im Carport der Richterin sah: *Geschwind mit Schwintowski.*

Der vertraute Werbespruch auf der windbewegten Plane schrie ihm geradezu ins Gesicht.

Geschwind, sonst stirbt dein Kind.

Er ging jede Wette ein, dass ein Boot des Unternehmers, mit dem er seine als Umzugsgut deklarierte »Fracht« auf die Insel verschifft hatte, in einem der beiden Häfen vertäut lag.

»Hey, warten Sie auf mich«, hörte er den Bürgermeister rufen, der unter seinem Sitz eine Stabtaschenlampe hervorzog, aber da war Herzfeld bereits aus dem Wagen gesprungen und hatte die Holztür erreicht.

Sie war nicht verschlossen. Er stürmte ins Haus, die Treppe hinauf in den ersten Stock und von dort aus eine schmale Wendeltreppe nach oben in die Dachkammer.

Er schaltete das Licht an. Der Dachboden sah genauso aus, wie er es von dem Video in Erinnerung hatte: die weißen, mit

einer Rauhfasertapete verkleideten Schrägen, die Luke, der umgekippte Stuhl … *und der Strick an dem Balken darüber.*
Herzfeld fühlte sich, als wandele er durch einen lebendig gewordenen Alptraum. Die Aufzeichnung hatte sich materialisiert und war schreckliche Wirklichkeit geworden. So real, dass er die Stimme Schwintowskis wieder zu hören glaubte, die zu ihm sagte: *»Hannah ist ganz in meiner Nähe.«*
Es gab keinen Zweifel. Er war dort angekommen, wo der Unternehmer in den Tod gesprungen war.
Es gab nur eine einzige Sache, die an dem Bild des Grauens nicht stimmte: Der Strick war leer.
Schwintowski hing nicht mehr an ihm.

58. Kapitel

Im ersten Impuls wollte Herzfeld wieder nach unten rennen und jedes einzelne Zimmer des Hauses nach seiner Tochter absuchen.

»Hannah ist ganz in meiner Nähe.«

Dann aber erinnerte er sich daran, dass Ender das bereits erledigt hatte, vor wenigen Stunden, während Linda auf die Leiche der Richterin im Wohnzimmer gestoßen war. Außerdem gab es hier keinen Keller, wie Bandrupp ihm versicherte. Und er hatte eindeutig Betonwände auf dem Video gesehen.

Betonwände und einen Strick, so wie der hier auf dem Dachboden.

Herzfeld musste an einen Spruch Martineks denken, Entscheidungen nicht im Sturm zu treffen, wusste aber nicht, wie er den Orkan abschalten sollte, der nun nicht mehr auf der Insel, dafür aber umso stärker in ihm selbst wütete.

Was war mit Schwintowskis Leiche geschehen? Und was hatte er mit seinem letzten Rätsel gemeint?

»Folgen Sie dem weißen Licht von Alcatraz.«

Herzfeld trat an die Dachluke und öffnete das kleine Fenster. Der klare, kalte Wind trieb ihm die Tränen in die Augen.

Er hörte die Wellen gegen die Steilklippe schlagen, roch den würzigen Geruch des Meeres und starrte in die Dämmerung. Die Sonne war noch nicht untergegangen, aber die

Wolken hingen wieder so dicht, dass die Insel zu einer Schattenlandschaft verschwamm.
»Hier ist Blut«, hörte er jemanden sagen, dessen Stimme ihm fremd war, weil der Mann bislang sehr wortkarg gewesen war. Herzfeld drehte sich zu dem Piloten um, der mittlerweile auch auf den Dachboden geklettert war und einen dunklen Fleck auf dem Holzboden begutachtete. »Es ist schon angetrocknet, also nicht sehr frisch.«
Bandrupp zuckte fragend mit den Achseln. Der Bürgermeister musste den quadratischen Kopf einziehen, um sich an den Dachschrägen nicht zu stoßen. Als er sah, dass die Glühbirne an der Decke genügend Licht spendete, schaltete er seine Taschenlampe aus.
»Das Blut ergibt keinen Sinn«, murmelte Herzfeld selbstvergessen.
»Wie bitte?«
»Schwintowski hat sich erhängt, nicht erstochen.«
»Wer ist Schwintowski?«, wollte Bandrupp wissen.
Auch der Rettungsarzt und der Pilot sahen verwirrt auf.
»Er hat meine … Er ist …« Herzfeld winkte ab. »Das ist eine viel zu lange Geschichte.«
»Nun, vielleicht sollten Sie endlich damit beginnen, sie zu erzählen, wenn wir Ihnen weiterhelfen sollen.«
»Helfen?«, schrie Herzfeld beinahe. Er musste husten, was das Bild seiner erstickenden Tochter noch lebendiger machte, und dadurch verlor er vollends die Fassung.
»Sie wollen mir helfen? Also schön. Noch vor einer halben Stunde habe ich eine Aufnahme gesehen, auf der ein Mann sich auf diesem Dachboden hier erhängt hat. Kurz zuvor sagte er mir, meine Tochter wäre ganz in seiner Nähe. Ich solle einfach dem weißen Licht von Alcatraz folgen. Wissen Sie, was der Irre gemeint haben könnte?«

Zu Herzfelds Erstaunen nickte Bandrupp bedächtig, gab ihm mit der Taschenlampe ein Zeichen, ihm zu folgen, und drehte sich um.

»Hey, wo wollen Sie hin?«

Der Bürgermeister antwortete nicht, und Herzfeld musste mehrere Stufen auf einmal nehmen, um nicht zurückzufallen. Im Erdgeschoss angekommen, eilte er Bandrupp hinterher, bis er ihn kurz vor dem Ende des Flures einholte. Der Bürgermeister öffnete eine Tür, die nach draußen führte. Herzfeld folgte ihm in die Kälte.

In dem schalen Licht, das aus dem Haus fiel, wirkte die Terrasse wie ein Floß. Mehrere grobe Holzbohlen bildeten ein über die Klippe ragendes Quadrat. Die Seile, die an den Kanten als Geländer gespannt waren, erinnerten an einen Boxring. Bandrupp trat ganz nah an sie heran und deutete mit der Taschenlampe Richtung Süden ins Oberland. Ihr Strahl wurde schon nach wenigen Metern verschluckt.

»Sehen Sie das dahinten?«

Herzfeld kniff die Augen zusammen und war sich nicht sicher. »Keine Ahnung. Ich glaube … ja!«

Tatsächlich. Da hatte etwas geblitzt.

Langsam schälten sich die Umrisse eines Turms aus der Dunkelheit heraus.

»Was ist das?«

Bandrupp sah ihn an. »Unser Leuchtturm. Sein Lichtsignal geht alle fünf Sekunden.«

Wie auf Kommando bestätigte der eckige Backsteinturm die Worte des Bürgermeisters. »Das gleiche Licht und die gleiche Leuchtfrequenz wie beim Leuchtturm auf Alcatraz.«

»Und hat der Turm auch einen Keller?«, fragte Herzfeld, von einer elektrisierenden Hoffnung erfüllt.

»Kann man so sagen«, antwortete Bandrupp ohne Zuversicht in der Stimme.

»Na, dann los, kommen Sie!« Herzfeld war bereits auf dem Sprung, doch der Bürgermeister blieb kopfschüttelnd stehen.

»Das hat keinen Sinn, Professor.«

»Wieso?«

»Unter dem Turm erstrecken sich etwa zwanzig Kilometer eines Bunkersystems der Nazis aus dem Zweiten Weltkrieg. Wir haben den Hauptzugang vor Jahren stillgelegt, nachdem sich zwei Kinder dort unten verlaufen hatten.« Seine Miene verdüsterte sich. »Wir haben sie erst nach Tagen gefunden. Da waren sie bereits tot.«

59. Kapitel

In der Hölle.

Als sie die Geräusche hinter der Tür hörte, war ihr klar, dass jetzt der Zeitpunkt gekommen war.

Schnell. Bevor er zurückkommt.

Lange, viel zu lange schon versuchte sie das Gleichgewicht zu halten. Die Drahtfedern bohrten sich in die nackten Füße, die grobe Schlinge scheuerte am Hals. Und sie war müde.

Lebensmüde.

Nun gab es kein Zurück mehr. Sie musste handeln, auch wenn es ihr nicht gelungen war, ihr Gedächtnis wiederzufinden.

Wie auch, wenn jeder Atemzug weh tut?

Sie musste nur einmal tief Luft holen, und schon hatte sie das Gefühl, zu explodieren. Wenn sie sich nicht täuschte, hatte es auch zwischen den Beinen wieder angefangen zu bluten. Sie wollte es nicht überprüfen. Allein der Gedanke, sich da unten anzufassen, schmerzte entsetzlich.

Die Geräusche vor der Tür wurden lauter, und sie schloss die Augen.

Na los. Worauf wartest du? Willst du erleben, wie er deine Klitoris mit einer Glasscherbe abschneidet? Willst du das rostige Messer zwischen den Schamlippen spüren?

Sie zog die Nase hoch, kämpfte aber nicht mehr gegen ihre Tränen an, auch wenn das jetzt alles gefilmt wurde, weil es ihr nicht gelungen war, die Kamera zu zerstören.

Was soll's. Gibt es wenigstens Beweismittel, wenn das Schwein irgendwann einmal gefasst wird.
Sie öffnete ein letztes Mal die Augen; ließ den tränenverschleierten Blick durch den Bunker wandern. Die Glühbirne, das Waschbecken, die Pritsche – hier gab es nichts, wovon man Abschied nehmen könnte.
Nichts, außer …
Ihr Blick wanderte zurück zum Boden, neben das Bett. Dorthin, wo der Karton stand, aus dem sie den Galgenstrick genommen hatte.
Die Geräusche vor der Tür wurden lauter. Gleich würde sie sich fallen lassen. Und dennoch zwang sie sich in aller Ruhe, ihrem letzten Gedanken nachzugehen. Dabei spürte sie, wie jegliche Panik und Hetze von ihr abfiel, denn dieser letzte Blick auf den Karton hatte etwas längst verschollen Geglaubtes zurückgeholt: ihr Gedächtnis.

60. Kapitel

Helgoland.

Schnell. Ich muss da rein.«

»Das bringt doch nichts«, brummte der Bürgermeister und versuchte einen anderen Schlüssel am Bund, um die Brandschutztür zu öffnen. Das Tor zu den Bunkeranlagen des Zweiten Weltkriegs befand sich in einem deichartigen Wall, der sich an den Sockel des Leuchtturms anschloss. Er erinnerte an den Einlauf in einem Fußballstadion, durch den die Spieler aus den Katakomben auf den Platz kommen.

»Ist lange her, dass ich diesen Schlüssel gebraucht habe«, sagte Bandrupp entschuldigend. Herzfeld wackelte ungeduldig mit der Taschenlampe, die ihm der Bürgermeister in die Hand gedrückt hatte – die einzige Lichtquelle, die ihnen zur Verfügung stand, abgesehen von dem Lichtkegel des Leuchtturms, der alle fünf Sekunden direkt über ihren Köpfen die Dunkelheit zerschnitt.

»Gibt es noch eine andere Möglichkeit, da reinzukommen?«

»Eine?« Bandrupp sortierte einen weiteren seiner Schlüssel aus. »Das ist ein regelrechtes Labyrinth. Alles kaum erforscht. Viele der Gänge enden an den ehemaligen Schützenstellungen mitten im Felsengestein der Küste. Also ganz ehrlich …« Er schüttelte bedauernd den quadratischen Kopf. »Wir brauchen eine Hundertschaft, um das alles abzusuchen.«

»Scheiße!« Herzfeld schrie seine Verzweiflung heraus, trat wütend gegen die Tür.

So viele Hindernisse genommen. So nah am Ziel. Und doch gescheitert.

»Hey, was ist los? Wieso hören Sie auf?«, fragte er den Bürgermeister, der von der Tür abgelassen hatte.

»Das ist doch sinnlos, die alle durchzuprobieren«, antwortete der bedauernd und steckte sein Schlüsselbund wieder weg. »Auf eine Minute mehr oder weniger kann es jetzt ja kaum ankommen. Lassen Sie uns auf die Jungs von der Inselfeuerwehr warten, die haben die nötige Ausrüstung ...«

»Einen Scheiß werde ich tun«, unterbrach ihn Herzfeld und riss ihm die Schlüssel aus der Hand.

61. Kapitel

In der Hölle.

Die metallisch klappernden Geräusche vor der Tür waren vor einer Weile verstummt, kurz nachdem jemand dagegen getreten hatte.
Das Schwein will mir Angst machen. Er zögert den Moment hinaus.
Sie griff nach oben, hielt sich mit beiden Händen an dem Strick fest, der ihr schon die Haut am Hals blutig gescheuert hatte. Jetzt konnte es nicht mehr lange dauern. Gleich würde der Irre mit seinen Spielchen aufhören, den richtigen Schlüssel ins Schloss stecken und den Kerker betreten.
Aber davor hatte sie keine Angst mehr. Auch nicht vor dem Tod. Jetzt, da sie ihr eigenes Ich wiedergefunden hatte, ausgerechnet in einer alten Umzugskiste. Dabei wusste sie nicht, weshalb der Anblick des Pappkartons nicht schon vorhin den Ball der Erinnerungen ins Rollen gebracht hatte. Doch darüber lohnte es sich jetzt nicht mehr länger nachzudenken. Jetzt musste sie handeln, bevor es zu spät war. Bevor der Irre mit dem Beschneidungsmesser ihr gegenüberstand, sie vom Strick schnitt, um sich erneut an ihr zu vergehen. Um sie bestialisch zu foltern. Zu töten.
Nein. Das ist jetzt vorbei. Keine Schmerzen mehr.
Sie hörte es wieder klirren. Wieder schlug das Schlüsselbund von außen gegen die Brandschutztür.
Sie blickte ein letztes Mal in die Kamera und zeigte dem Killer den Mittelfinger.

»Ich weiß jetzt, wer ich bin«, sagte sie und lächelte zufrieden.

»Ich bin keine Nutte, du Arsch.«

Dann schrie sie ihren Namen in die Kamera und sprang.

Als die Brandschutztür aufflog und die Männer hereinstürmten, war sie bereits tot.

62. Kapitel

Helgoland.

Hannah«, schrie Herzfeld und hörte sich doppelt und dreifach. Der Ruf nach seiner Tochter wurde als Echo durch die Gänge des Bunkersystems geworfen. Direkt vor ihm fächerte sich der Eingangsbereich in zwei Tunnel auf, die in entgegengesetzte Richtungen liefen. Alles, was Herzfeld im Schein der Taschenlampe sehen konnte, waren betongraue Wände. Dicke Wassertropfen perlten aus den Poren des Mauerwerks und sammelten sich zu Pfützen auf dem leicht abschüssigen Boden.

»Hannah, bist du hier?«, versuchte es Herzfeld noch einmal. Etwas lauter. Sehr viel verzweifelter.

Schon nach wenigen Schritten durchströmte ihn eine Kälte, die ihn an den Einbruch im See und damit an den Tod erinnerte.

»Hannah? Kleines?«

»Hier ist jemand«, hörte er Bandrupp sagen, der an der Gabelung kurz hinter dem Eingang den anderen Weg genommen hatte. Er befand sich in einem der zahlreichen türlosen Räume, die in unregelmäßigen Abständen von dem Tunnel abgingen. Auch seine Stimme hallte durch das Labyrinth, so dass Herzfeld Probleme hatte, die Richtung zu orten, während er zum Eingang zurücklief.

»Wo?«, schrie er und hastete den Gang zurück.

Die Frage war überflüssig. Bandrupp und der Rettungsarzt standen vor dem Eingang zu einem schmalen, quadratischen

Bunkerraum, aus dem ein flimmerndes, von elektrostatischen Geräuschen begleitetes Geräusch drang. Er drängte sich an den beiden vorbei und sah, weshalb seine Begleiter für einen kurzen Moment gezögert hatten, den Raum zu betreten.

Zu groß war ihre Angst, nur noch den Tod des Mädchens feststellen zu können.

Hannah!

Mit einem gequälten Schluchzer stürmte Herzfeld in die quadratische Kammer, kniete sich vor die Couch, auf der sie zusammengekrümmt lag, nahm ihre schlaffe Hand, und dann, als er erkannte, dass sie kein Lebenszeichen von sich gab, presste er ihren Körper an seinen, hielt sie engumschlungen und weinte in ihre offenen, nach Staub und Schweiß riechenden Haare.

»Ich bin bei dir, Kleines. Es ist vorbei. Ich bin bei dir, Hannah.«

Er spürte, wie ihm jemand die Hand auf die Schulter legte, wollte sich aber nicht zu der mitfühlenden Stimme des Bürgermeisters umdrehen. Stattdessen nahm er Hannahs Kopf in beide Hände, überprüfte ihre Atmung, fühlte nach dem Puls an der Halsschlagader.

»Cortison«, schrie er nach hinten, und der Arzt, der jetzt ebenfalls neben ihm kniete, schüttelte den Kopf.

»Ich glaub nicht, dass sie das noch braucht.«

»Was?« Herzfeld starrte ihn wütend an. »Meine Tochter ist Asthmatikerin, also quatschen Sie hier keinen Blödsinn, ziehen Sie lieber die Spritze auf.«

»Das ist nicht nötig.« Der Arzt deutete auf Hannah. »Schauen Sie doch.«

Und da sah Herzfeld es selbst: den Inhalator in ihrer Hand. Ihre flachen, aber gleichmäßigen Atemzüge.

»Sie hat keinen Anfall«, setzte der Arzt mit leisen Worten an. »Sie …«
Herzfeld nickte und vervollständigte den Satz: »Sie steht unter Schock.«
In diesem Moment riss Hannah die Augen auf, die sie bislang geschlossen gehalten hatte. Für den Bruchteil einer Sekunde fixierte sie ihren Vater, zeigte dabei aber keinerlei Anzeichen des Wiedererkennens. Schlimmer noch, ihr glasiger Blick war vollkommen ausdruckslos und wanderte ins Leere.
»Hannah, Kleines. Ich bin hier«, setzte Herzfeld an, aber sie blinzelte noch nicht einmal, wenn er direkt vor ihren Pupillen mit den Fingern schnipste. Plötzlich, Herzfeld strich ihr gerade die Haare aus der Stirn, öffnete sie den Mund.
»Was hat sie gesagt?«, fragte der Arzt neben ihm, kaum dass der Name ihre Lippen verlassen hatte, aber auch Herzfeld hatte das Genuschel nicht verstanden. Etwas, das sich wie *Stecker* oder *Bäcker* angehört hatte.
Oder Schlächter?
Hannah versuchte es noch einmal, brachte aber keinen Ton mehr hervor. Gleichzeitig hob sie den Arm. Herzfeld wandte den Kopf zur Seite, sah in die Richtung, die ihm seine apathische Tochter wies. Bandrupp hatte den Fernseher auf dem Campingtisch schon viel früher bemerkt, war vermutlich von seinem flimmernden Licht in die richtige Richtung den Tunnel entlanggeleitet worden. Jetzt stand er direkt neben dem altertümlichen Ding, von dem ein Stromkabel zu mehreren zusammengeschalteten Autobatterien führte.
Herzfeld griff nach Hannahs schlaffen Händen. Rieb ihr die kalten Finger, während er auf den Fernseher starrte. Er

hatte in seinem Leben schon viele Gesichter des Todes gesehen. Doch noch nie hatte eines ihn so berührt wie das des nackten, blutverschmierten Mädchens, das an einem Strick über einer Metallpritsche baumelte.

Wer ist das?

Obwohl er das Gesicht der jungen Frau noch nie zuvor gesehen hatte, berührte ihn ihr Anblick, als stoße er in einem fremden Fotoalbum auf ein seltsam vertrautes Bild. Der Bildschirm zeigte den bunkerähnlichen Raum, den er vorhin schon auf der Videokamera im Bauwagen gesehen hatte.

Wie von Geisterhand bewegt, drehte sich die viel zu junge Tote an dem Strick um die eigene Achse. Herzfeld schrie erstickt auf, als er das Schmetterlingstattoo auf dem Knöchel des Mädchens wiedererkannte.

Nein!

Langsam, wie von dem Sicherungsseil eines Bergsteigers gezogen, verließ er seinen Platz an Hannahs Seite und wankte dem Fernseher entgegen.

»Nicht anfassen«, schrie er Bandrupp entgegen, doch da war es schon zu spät. Der Bürgermeister hatte den DVD-Player unter dem Campingtisch ausgeschaltet, und der Grund dafür spiegelte sich in seinen Augen, als er sich zu Herzfeld herumdrehte. Er hatte den Anblick nicht länger ertragen können.

Aber ich muss es sehen, dachte Herzfeld, wissend, dass die Aufnahmen, die Hannah die gesamte Zeit, die sie hier eingesperrt war, hatte ertragen müssen, eigentlich für ihn bestimmt gewesen waren.

Er schob den Bürgermeister zur Seite, ignorierte die Grundregel, an einem Tatort nichts anzufassen, und kniete sich unmittelbar vor den Fernseher.

Ich muss es sehen. Deswegen bin ich hierhergelotst worden.
Er drückte auf Play, und die Wiedergabe der DVD sprang zu dem letzten, abgebrochenen Kapitel zurück.
Zu meiner Anklage.
Zu der Stelle, als die junge Frau noch auf den Drahtfedern ihres Lagers stand, auf dem sie ganz offensichtlich bestialisch vergewaltigt worden war; auf einer Metallpritsche in einem Kellerraum, der noch trostloser eingerichtet schien als das Verlies, in das man Hannah geworfen hatte und in dem er jetzt kniete, um Zeuge eines Aktes bitterster Verzweiflung zu werden.
»Sie sollten sich das besser nicht anschauen«, sagte Bandrupp mit zittriger Stimme, den Blick längst abgewandt.
Herzfeld rückte noch näher heran. Es knisterte, als er mit dem Finger das Gesicht des unbekannten und gleichsam vertrauten Mädchens nachzeichnete. Erstaunlicherweise schien es so, als ginge ein energiegeladener Ruck durch ihren gesamten Körper, und das kurz nachdem sie sich ein letztes Mal umgeschaut und ihr Blick einen Pappkarton neben dem Bett gestreift hatte. Die Aufnahme war gestochen scharf und in Farbe, in viel besserer Qualität als ein herkömmliches Überwachungsvideo.
Jemand hat sich Mühe gemacht, ihre Qualen festzuhalten.
Und es gab Ton!
Momentan rauschte es nur, dann aber hob die junge Frau den Kopf. Ein Lächeln wischte den Ausdruck der Ohnmacht und Panik aus ihrem tränennassen Gesicht. Als Nächstes zeigte sie dem Zuschauer den Mittelfinger und rief mit unerwartet kräftiger Stimme: »Ich weiß jetzt, wer ich bin. Ich bin keine Nutte, du Arsch.« Sie begann zu lächeln. »Mein Name ist Rebecca Schwintowski.«
Und damit sprang Jan Sadlers letztes Opfer, das siebzehn-

jährige Mädchen, das er schon vor Wochen verschleppt und gefoltert hatte, in den Tod.

Herzfeld wich von dem Fernseher zurück, krabbelte zu Hannah, die immer noch wie hypnotisiert auf den Bildschirm starrte. Weinend hielt er ihr eine Hand vor das Gesicht und sorgte so dafür, dass sie nicht noch einmal sah, was die Aufnahme als Nächstes festgehalten hatte: Die Tür des Kellerraums sprang auf, und zwei Männer stürmten herein, die Herzfeld sofort erkannte: Einer war sein ehemaliger Kollege Sven Martinek, den zweiten hatte er erst vor kurzem auf einem Videoband gesehen.

Der Vater Philipp Schwintowski hatte seine Tochter Rebecca gefunden.

Und für immer verloren.

63. Kapitel

Helgoland.

Paul Herzfeld?«, fragte die junge Frau, die aus der Dunkelheit mit einem Rucksack auf den Schultern getreten war.

»Linda?«

Herzfeld sah auf und schälte sich aus seinem ungemütlichen Platz auf der Plastikbank vor den Toren der Inselklinik. Vergeblich versuchte er, ein Gähnen zu unterdrücken. Die Müdigkeit war übermächtig. Er hoffte darauf, dass Hannah wieder wach wurde, bevor die Polizei vom Festland kam und ihn zur Vernehmung mitnahm. Sie war noch während des Transports aus dem Bunker in seinen Armen eingeschlafen. Jetzt lag sie im zweiten Stock der Klinik, dick eingemummelt in warmen Decken, mit Infusionen versorgt, die ihren Flüssigkeitshaushalt auf Vordermann bringen sollten. Bis vor zehn Minuten noch hatte er ununterbrochen ihre Hand gehalten, aber jetzt war er kurz nach draußen in die kalte Luft getreten, um nicht selbst in dem leicht überhitzten Krankenzimmer einzuschlafen.

»Wo warst du? Ich hab dich gesucht, Linda, aber man konnte dich nirgends finden.«

»Hab meine Sachen gepackt. Mich hält nichts mehr hier auf dieser Insel«, sagte sie. »Mit der ersten Fähre bin ich weg.«

Herzfeld nickte, und es entstand eine unangenehme Pause, weil er nicht wusste, was er zu der jungen Frau sagen sollte, die sich für ihn in Lebensgefahr begeben hatte.

Vorhin im Sektionssaal, nach ihrem Kampf mit Danny, hatte er nur kurz über ihr gekniet. Jetzt sah er Linda zum ersten Mal bewusst in die Augen und stellte fest, dass er sie sich ganz anders vorgestellt hatte. Wie so oft, wenn man nur die Stimme einer Person kannte, wollte die Realität nicht mit dem Bild übereinstimmen, das die Phantasie von dem Menschen zeichnete. Herzfeld hatte eine sympathische, aber bereits in jungen Jahren verlebt aussehende Frau erwartet. Interessant, aber keine Schönheit. Eine Künstlerin, die mehr Wert auf den Anblick ihrer Werke legte als auf ihr eigenes Äußeres. Nun stand eine selbstbewusste, intelligente Frau vor ihm, die sich ihrer eigenen Attraktivität nicht bewusst schien. Mit ihren ausladenden Hüften würde sie niemals einen Modelvertrag bekommen, aber danach strebte sie vermutlich genauso sehr wie nach einer Wiederholung der Ereignisse der vergangenen Stunden.

»Ich, ich …« Herzfeld merkte, dass er zu stottern begann, weil er immer noch nicht wusste, wie er sich angemessen dafür bedanken konnte, was sie für ihn getan hatte.

»Du hast meine Tochter gerettet«, sagte er schließlich.

Lindas Reaktion traf ihn wie ein Eimer Wasser ins Gesicht. Nur härter. Sie holte aus und gab ihm eine schallende Ohrfeige.

»Zwei Stunden, hast du gesagt«, zischte sie ihn wütend an und holte erneut aus. »Nur zwei Stunden, und du holst mich da raus.«

Ihr Atem dampfte.

Herzfeld rieb sich mit einer Hand die brennende Wange und hielt die andere Hand vors Gesicht, um weitere Schläge abzuwehren.

»Scheiße, ich wäre gestorben, wenn du dir noch länger Zeit gelassen hättest.«

»Es tut mir leid.«
»Ja, am Arsch.«
Sie ließ den Arm sinken, atmete schwer aus und nestelte eine Packung Zigaretten aus ihrer Jacke. Herzfeld beobachtete eine Weile ihre erfolglosen Versuche und formte ihr schließlich mit den Händen einen Windschutz, damit sie sich eine Zigarette anstecken konnte.
»Danke.« Sie musterte ihn und entschuldigte sich für die Ohrfeige. »Aber du hast sie verdient.«
Herzfeld nickte. *Vermutlich mehr als das.*
Drei Suizide, eine bestialisch getötete Richterin, ein hingerichteter Sadist und seine vermutlich für den Rest ihres Lebens traumatisierte Tochter – hätte er damals auf Martinek gehört und die Beweise gefälscht, wäre das alles nicht geschehen.
Er hätte Linda nicht zwingen müssen, Leichen zu öffnen, und Ender würde jetzt nicht mit dem Tode ringen. Vermutlich wäre Linda sogar der Kampf mit dem Stalker in der Dunkelheit der Pathologie erspart geblieben, auch wenn dessen Taten die einzigen waren, die Herzfeld nicht provoziert hatte.
»Ganz schön was los hier«, sagte Linda mit Blick zu dem hell erleuchteten Eingang des Krankenhauses. »Schätze, der Strom geht wieder.«
Herzfeld nickte.
Das mit Geld und guten Worten gedungene Rettungsteam hatte sich als wahrer Segen erwiesen und die Klinik gemeinsam mit dem Bürgermeister, einer Physiotherapeutin und mehreren Freiwilligen (ohne Ausbildung, dafür mit aufopfernder Hilfsbereitschaft) in ein taugliches Lazarett umfunktioniert, zumindest die Gebäudeteile, die nicht vom Sturm in Mitleidenschaft gezogen worden waren.

Ender und Danny waren medizinisch stabilisiert und mit dem Rettungshubschrauber aufs Festland zurückgeflogen worden. Herzfeld hatte sich angeboten, bei beiden, wenn nötig, Notoperationen noch auf der Insel mit durchzuführen, auch wenn er dafür nicht ausgebildet war, aber dann war das Wetter weiter aufgeklart. Schiffe konnten zwar noch keine auslaufen, aber für Rettungshubschrauber waren Start und Landung beinahe problemlos möglich.

»Wo hast du eigentlich deinen Assistenten gelassen?«, fragte Linda und pustete sich etwas Rauch unter den Pony. Herzfeld war sich nicht sicher, meinte aber auf ihrer Stirn mehrere schlecht verheilte Narben gesehen zu haben.

»Dem geht's besser.«

Tatsächlich hatte Ingolf sich beim Bürgermeister bereits nach einem Sushi-Bringdienst erkundigt, seiner Logik nach eine Marktlücke auf einer vom Meer umspülten Insel. Auch die Reiseübelkeit nach dem stürmischen Hinflug schien also überstanden.

»Gib mir auch eine«, bat Herzfeld, aber er kam nicht mehr dazu, von Linda die erste Zigarette seit seiner Studienzeit zu schnorren. Die Schiebetüren der Klinik hatten sich geöffnet, und eine der freiwilligen Krankenschwestern stellte sich ihm mit einem Namen vor, den er sofort wieder vergaß, nachdem sie ihm eröffnet hatte, dass Hannah soeben aufgewacht war.

64. Kapitel

Als Herzfeld das schmale Krankenzimmer betrat, hatte er erwartet, seine Tochter in einem matten Dämmerzustand vorzufinden, noch ganz unter dem Einfluss der Schrecken der letzten Tage. Er hatte sich geirrt. Sie war hellwach.

Und wütend.

»Was willst du?«

Drei Worte. Voller Bitternis und Feindseligkeit.

»Ich bin gekommen, um …«, setzte Herzfeld an und stockte, als Hannah sich mit funkelnden Augen in ihrem Krankenbett aufrichtete. Sie wirkte blass, die Wangen eingefallen, aber in ihrem Blick lag eine Energie, wie sie nur grenzenloser Zorn gebären kann.

»Gekommen wozu? Um dich von mir als mein Retter feiern zu lassen?«

Sie deutete im Sitzen eine Verbeugung an und machte eine ausladende Handbewegung, als wäre Herzfeld ein König und sie seine Untertanin.

Er wollte sich einen Holzstuhl vom Besuchertisch heranziehen, entschied sich dann aber dafür, stehen zu bleiben. »Ich wollte einfach sehen, wie es dir geht.«

»Weshalb?«

Er sah sie erstaunt an. Hannah verschränkte demonstrativ die Arme vor ihrem Brustkorb. »Ja, ich frage dich. Weshalb gerade jetzt?«

Noch nie hatte er sie so feindselig erlebt. Weder ihm noch anderen gegenüber.

»Aha.« Ihre Miene verhärtete sich noch mehr. »Verstehe. Mir muss also erst etwas passieren, damit du dich mal blicken lässt.«

Tränen schossen ihr aus den Augen. Sie machte keine Anstalten, sie abzuwischen, ließ sie einfach laufen.

»Es tut mir so leid, dass du das durchmachen musstest.«

»Es tut dir leid?«

Ihre Fäuste ballten sich so stark, dass ihre Knöchel weiß wurden.

»Es tut dir *leid?*« Sie schrie beinahe. »Ich hab sie sterben sehen, Papa. Das Mädchen war so alt wie ich, und ich hab verdammt noch mal jede Einzelheit gesehen, die diese Bestie ihr angetan hat.«

Ich weiß, Kleines. Und es gibt nichts, was ich tun kann, um das ungeschehen zu machen.

»Es war real. Ich hab in ihre Augen gesehen und wusste, was sie dachte. Was sie fühlte, während er …«

Sie brach erstickt ab, schloss die Augen, und Herzfeld ahnte, dass die schlimmsten Szenen von Rebeccas Martyrium noch einmal vor ihrem geistigen Auge abliefen.

»Du hättest das nicht sehen dürfen«, sagte er und trat an ihr Bett. Sie begann am gesamten Körper so heftig zu zittern, dass Herzfeld befürchtete, seine Tochter könne sich den Infusionsschlauch aus dem Arm reißen.

»Die Bilder waren entsetzlich. Aber sie waren nicht das Schlimmste«, sagte Hannah mit bebender Unterlippe. »Noch schlimmer war, was er gesagt hat. Was dieser Sadler ihr antun wollte, wenn er zurückkommt. Glaub mir, Papa. Ich wäre auch gesprungen.«

Sie öffnete wieder die Augen, fixierte ihn mit einem klaren, kalten Blick, den er noch nie zuvor an seiner Tochter gesehen hatte.

»Durftest du das Band nicht stoppen?«, fragte Herzfeld. »Womit haben sie dir gedroht, wenn du nicht hinsiehst?«

Die Antwort traf ihn wie ein Schlag.

»Sie haben mich überhaupt nicht bedroht.«

»Wie meinst du das?«

»So, wie ich es sage: Ich stand nicht unter Zwang. Ich habe mir das Band freiwillig angesehen.«

Herzfeld blinzelte verwirrt. »Aber um Himmels willen, Kleines. Wieso denn nur?«

»Weil ich es wollte.«

»Niemand will so etwas sehen, Liebling.«

»Doch, er hat es mir erklärt. Dein Kollege, der mich hierhergebracht hat und mir die DVD gab. Er sagte, nachdem ich es mir angeschaut habe, würde ich verstehen, weshalb sie dir einen Denkzettel verpassen. Weshalb sie dem ganzen System einen Denkzettel verpassen wollen.«

Martinek, du mieses Schwein.

»Es geht hier nicht nur um uns, Papa. Schon morgen werden die Schlagzeilen es herausschreien, und dann wird jeder wissen, dass in unserem sogenannten Rechtsstaat Opfer keine Chance und Täter alle Rechte haben.«

Herzfeld schloss für einen Moment die Augen. Es war offenkundig, dass Hannah hier nur Phrasen nachplapperte, die ihr von ihren Entführern eingetrichtert worden waren, und er wusste nicht, was er darauf sagen konnte, ohne sie noch mehr gegen sich aufzubringen.

»Das Wichtigste ist jetzt, dass es dir wieder gutgeht, Liebling.«

»Mir ging es nie schlecht.«

»Bitte?«

»Sie haben mich gut behandelt. Ich hatte genügend zu essen und zu trinken. Selbst an mein Asthmaspray haben sie gedacht.«

»Gut behandelt? Sie haben dich verschleppt und eingesperrt.«

Hannah rollte mit den Augen, als wäre ihr Vater begriffsstutzig. »Du verstehst gar nichts. Mir sollte nie ein Haar gekrümmt werden. Ich war zu keiner Zeit in Gefahr. Anfangs, als ich die Mailbox besprechen sollte, hatte ich Angst. Aber die war unbegründet. Der Dicke, dieser Schwintowski, hat sich gut um mich gekümmert.«

»Und wenn ich nicht rechtzeitig gekommen wäre?«

»Hättest du in zwei Tagen eine E-Mail mit einer Lageskizze bekommen. Ich habe selbst gesehen, wie Schwintowski den Timer auf seinem Handy eingestellt hat. Ha, da staunst du, was?« Sie lachte ihm höhnisch ins Gesicht.

Verdammt, Martinek. Wieso musstest du ihr das antun?

Nichts war so leicht zu manipulieren wie die Seele eines Teenagers. Selbst gestandene Persönlichkeiten neigen dazu, sich unter extremem Druck mit ihren Entführern zu verbünden.

Herzfeld wusste das, nur kam er nicht mit der Erkenntnis klar, die Anzeichen eines ausgeprägten Stockholm-Syndroms bei seiner eigenen Tochter zu erkennen.

»Alles wäre nicht passiert …«, wurde sie laut.

Herzfeld hob die Hand, wollte sich verteidigen. »Nein, Schatz, du irrst dich …«

»Wenn du ihm damals geholfen hättest …«

»Das hätte nichts genützt.«

Er wollte ihr erklären, dass er die Beweise nicht manipulieren konnte, weil es sein Job war, objektiv und unabhängig zu sein, und dass man in seinem Beruf wie in keinem ande-

ren nur der Wahrheit verpflichtet war, aber er konnte nicht zu ihr durchdringen.
»Und Mama hatte auch recht …«
»Sadlers Verteidigung hätte ein manipuliertes Gutachten zerpflückt, und er wäre vielleicht sogar freigesprochen worden.«
»Du bist widerlich. Dein Job ist widerlich …«
»Und es hätte den Tod von Martineks Tochter nicht verhindert …«
»Aber den von Rebecca. Du bist auch ein geschmiertes Rädchen, das das System am Leben hält.«
Sie sprachen wild durcheinander, ihre Worte wurden immer lauter, überlappten sich und verschmolzen zu einem unverständlichen Geschrei. Keiner hörte dem anderen mehr zu, bis Herzfeld einen letzten Versuch startete und nach der Hand seiner Tochter griff.
Hannah schrie auf, genauso laut und spitz wie die schwangere Hündin, der der Bauarbeiter in den Bauch getreten hatte, und Herzfeld wich zurück.
»Hannah, bitte, es tut mir leid«, setzte er noch einmal an, aber es war sinnlos.
Sie wollte nichts mehr von ihm hören und zog sich die Bettdecke über den Kopf.
Er blieb eine Weile am Bett stehen, hörte ihre Schreie, zählte ihre erstickten Schluchzer und löste sich erst, als sie leiser und unregelmäßiger wurden. Dann verließ er den Raum mit dem Gefühl im Herzen, das Wichtigste in seinem Leben für immer verloren zu haben.

»Sie wird sich beruhigen«, sagte Ingolf, der vor dem Krankenzimmer gewartet und offenbar alles mitgehört hatte. »Das ist nur der Schock.«

»Wenn Sie es sagen«, zischte Herzfeld und bereute es im gleichen Atemzug. Er hatte ihm nur helfen wollen.

Aber mir ist nicht zu helfen.

»Ich bin mir sicher, morgen schon wird sie ihre Worte bereuen und sich die Zunge abbeißen wollen.«

»Danke sehr, aber ich will jetzt …«

Herzfeld blieb stehen, sah zur Tür zurück, hinter der Hannah lag, dann zu Ingolf. *»Die Zunge …«*

Er konnte nicht sagen, weshalb ausgerechnet diese Worte Ingolfs ihn so unangenehm berührt hatten, dass er meinte, keine Luft mehr zu bekommen.

»Wo wollen Sie jetzt schon wieder hin?«, rief ihm der Sohn des Innensenators erstaunt hinterher, doch Herzfeld handelte wie in Trance und gab ihm keine Antwort.

»Die Zunge abbeißen …«

Erinnerungsfetzen fielen wie Konfetti zu Boden, wollten sich aber zu keinem sinnvollen Bild fügen. Er dachte an das Bootshaus bei Martinek, an das Glas mit der Zunge, an Sadler. Und daran, was Linda bei ihrer ersten Obduktion zu ihm gesagt hatte.

Und während die Erinnerungen in seinem Kopf rotierten, ging er immer schneller, verfiel in einen leichten Trab, bis er schließlich den Gang des Krankenhauses zum Treppenhaus entlangrannte, die Stufen hinunter bis zur Pathologie, in der er seinen schrecklichen Verdacht überprüfen wollte.

65. Kapitel

Fehlen der Leiche etwa die Kiefergelenke?«

»Nein. Irgendjemand hat der armen Sau hier die Zunge rausgeschnitten.«

Mit Lindas Stimme im Kopf und der Erinnerung an ihre erste gemeinsam per Telefon durchgeführte Sektion trat er zwischen die Sektionstische. Irgendjemand hatte beide Körper in weißen Leichensäcken verstaut. Das aber war der einzige Versuch geblieben, das Chaos der letzten Stunden zu beseitigen, die Pathologie befand sich in einem katastrophalen Gesamtzustand: Die zahlreichen Helfer, die aus dem Ort zum Krankenhaus geeilt waren, hatten ihre Spuren hinterlassen. Schneematschgeränderte Fußabdrücke zogen sich über den Boden, auf dem noch immer Instrumente, Plastikhandschuhe und sogar die fleckige Matratze herumlagen. Wenigstens der Schrank und die Liege waren wieder aufrecht gestellt worden, standen aber verloren im Weg herum.

Herzfeld öffnete den Reißverschluss des ersten Leichensacks. Weil der Körper unüblicherweise mit den Füßen voran lag, entblößte er zuerst Beine und Torso der Richterin. Selbst er konnte die blutverkrusteten, von Leichengasen aufgeblähten Hautblasen an den Oberschenkeln nur mit Widerwillen betrachten. Wie musste es erst Linda ergangen sein, noch dazu, als ein Pfahl im After der Leiche gesteckt hatte? Er schloss den Sack wieder und wandte sich zu Sadler am

Nachbartisch, dessen aufgeschnittenes T-Shirt er beim Eintreten auf dem Ablagetisch entdeckt hatte.

Jan *Erik* Sadler.

»Befindet sich Blut im Mundraum?«

Herzfeld zögerte, bevor er auch hier den Reißverschluss aufzog, um sich Sadlers Leiche genauer anzusehen.

Er schloss die Augen, versuchte noch einmal das Gesicht Sadlers zu visualisieren, so wie er es auf den unzähligen Fotos in Martineks Bootshaus gesehen hatte. Dann öffnete der den Leichensack.

Kein Zweifel.

Der Mann vor ihm auf dem Sektionstisch sah genauso aus, wie er ihn in Erinnerung hatte. Herzfeld hätte ihn auch ohne die Überwachungsschnappschüsse wiedererkannt. Sadlers Bild war zum Prozessauftakt wochenlang durch die Presse gegangen. Seine Haare waren jetzt etwas länger, doch selbst die verschmierten Blutflecken im Gesicht konnten nicht darüber hinwegtäuschen: Hier lag der Mörder von Martineks Tochter Lily.

Der Mörder von Schwintowskis Tochter Rebecca.

Herzfeld beugte sich ein wenig nach vorne, um einen besseren Blickwinkel in die weit offenstehende Mundhöhle Sadlers zu haben. Mit einem Kugelschreiber, den er aus der Innenseite seiner Jacke gezogen hatte, stieß er wie erwartet ins Leere. Die Zunge war entfernt worden, so wie Linda es ihm geschildert und Schwintowski auf dem Video gestanden hatte: *»Mein Rachedurst bezog sich anfangs nur auf die Richterin. Und natürlich auf Sadler, dem ich noch an Ort und Stelle die Zunge abgeschnitten habe, mit der er Rebecca …«*

»Aber wie passt das zusammen?«, flüsterte Herzfeld zu sich selbst.

Wieso hatte Linda Blut im Mundraum entdeckt?
Herzfeld erstarrte. Jetzt wusste er, was ihn so beunruhigte. Er sah noch einmal Schwintowskis Videotestament vor seinem inneren Auge ablaufen: *»Wir haben abgewartet, bis Sadlers Verletzung abgeheilt war. Martinek hat ihm den Zungenstumpf zugenäht, damit das Schwein uns nicht verblutet. Und danach, als er wieder gesund war, haben wir ihn die Drecksarbeit machen lassen.«*
»Wie ist das möglich?«, flüsterte Herzfeld erneut, während er langsam den Leichensack vollständig über dem Brustkorb der Leiche öffnete. Wenn Sadler bereits vor Wochen verstümmelt worden war, hätte Linda eine Naht, Fäden oder Schorf finden müssen.
Aber kein Blut.
»Das ergibt keinen Sinn …«
Er beugte sich über den Körper, und dann bemerkte er es. Wäre er nicht so müde, erschöpft und abgelenkt gewesen, wäre es ihm unter normalen Umständen sofort aufgefallen. *Linda hat der Leiche die Mundhöhle aufgeschnitten, den Hals geöffnet und eine Kapsel aus dem Kehlkopf geschält,* dachte er noch in der Sekunde, in der Sadler den rechten Arm hob und Herzfeld ein Seziermesser in den Bauch rammte.

66. Kapitel

Fuck.

Er hätte am liebsten gleich noch mal zugestochen, aber jetzt musste er schleunigst abhauen. Raus hier. Schnell.

Fuck. Fuck. Fuck.

Sadler sprang vom Seziertisch.

So eine Scheiße!

Aus. Vorbei.

Sein Plan – die einzige Möglichkeit, unbemerkt von dieser Drecksinsel zu kommen – zerstört. Nur weil dieser dumme Wichser Lunte gerochen und zurückgekommen war.

Verdammt, was hatte er nicht alles überstanden!

Erst die Folter. Dieser fette Schwintowski hatte ihm die Zunge rausgeschnitten. Mit einem Brotmesser. Einfach so. Nur weil sich die dumme Schlampe von seiner Tochter den Strick genommen hatte, dieses wertlose Stück Dreck. Der schlechteste Fick, den er je hatte.

Keine Ahnung, wie sie Rebecca gefunden hatten. Keine Ahnung, wie sie *ihn* gefunden hatten. Irgendwie hatte er es im Urin gehabt, dass er verfolgt wurde, seitdem er entlassen worden war. Bestimmt von dem anderen Penner, diesem Martinek, dessen Tochter viel geiler gewesen war. *Viel jünger.*

Sie hatten ihn verschleppt, diese Schweine. In einer Kiste mit einem Umzugswagen. Irgendwohin in den Osten, diese blöden Arschlöcher, in ein Haus am See. Erst dachte er, hier würden sie ihm endgültig den Rest geben. War ja schon ein Wunder, dass er nicht an seinem eigenen Blut erstickt war, nachdem der Dicke ihm die Zunge herausgesäbelt hatte. Aber dann hatte diese Arztschwuchtel ihm einen Deal angeboten.

Die Richterin gegen einen letzten Fick.

Kein Wort hatte er ihm geglaubt. Als ob sie ihn wirklich an diese Hannah ranlassen würden, wenn er für sie die Drecksarbeit erledigte. Aber hatte er eine Wahl gehabt? Hätte er sich geweigert, hätte Schwintowski ihn zu Tode gefoltert, dessen war er sich sicher. Dann lieber Zeit schinden und auf einen geeigneten Fluchtzeitpunkt warten. Außerdem hatte es Spaß gemacht, die alte Richternutte zu pfählen. Dreieinhalb Jahre hatte sie ihm verpasst, diese Hure.

Sadler schlich sich vorsichtig zum Ausgang der Pathologie. Herzfeld, hinter ihm auf dem Boden, hatte aufgehört zu röcheln. Gut so.

War der Penner etwa allein gekommen?

Alles Jammerlappen. Wie Martinek. Wäre der fette Umzugsunternehmer nicht gewesen, hätte er sich längst befreien können. Aber Schwintowski war aus einem anderen Holz geschnitzt als sein erbärmlicher Komplize. Martinek hätte nie die Eier gehabt, ihm die Zunge abzuschneiden. Und alleine hätte er es nie geschafft, ihn auf die Insel zu verfrachten. Betäubt und eingepfercht in einer Pferdebox, auf ein Frachtboot seines Umzugsunternehmens verladen. Gemeinsam mit Hannah. Verdammt. Er hatte sie nie zu sehen bekommen, aber er wusste, dass sie hier auf der Insel war. Schließlich hatte er ihre Stimme gehört, wenn sie im Nachbarverlies mit dem dicken Arschloch gesprochen hatte. Scheinheiliges Biest, wie normal sie dabei geklungen hatte, so als wäre der Fettsack ihr bester Kumpel.

Als er seinen Job bei der Richterin erledigt hatte, kam es, wie es kommen musste. War ja klar gewesen. Sie versuchten, ihn zu töten. Genauer gesagt: Schwintowski versuchte es. Der andere war auf dem Festland geblieben, weshalb auch immer.

Scheiße, was? Wärst du mal mitgekommen.

Schwintowski hatte ihn mit bloßen Händen erwürgen wollen.

Martinek war Arzt. Er hätte den Puls nicht am Handgelenk, sondern am Hals gefühlt. Schwintowski war aus der Übung. Früher mochte er den Menschen, die ihm Geld schuldeten, die Luft abgelassen haben. Aber das musste Jahre her sein. Der Blödmann hatte zu früh aufgehört, und als Sadler wieder zu sich kam, lag er nur mit einem T-Shirt bekleidet und mit einem unerträglichen Fiepen im Ohr am Ufer. Er glaubte, sein Kopf würde jeden Moment explodieren, gleichzeitig brannte seine Kehle, als hätte er Säure verschluckt. Er wollte um Hilfe rufen, und erst als er sein eigenes ersticktes Grunzen hörte, fiel ihm ein, dass er keine Zunge mehr hatte. Stattdessen lag etwas anderes, Fremdes in seinem Mund. Ein Gegenstand aus Plastik, den Schwintowski ihm eingeführt haben musste und den er röchelnd in den Sand spuckte, als er sich aufrappelte.

War da was?

Sadler blieb an der halb geöffneten Schiebetür stehen, spähte aus der Pathologie in den Gang hinaus und erinnerte sich an den Moment, nachdem er am Ufer aufgewacht war. Halb gelähmt von der Kälte. Diese Sau von Schwintowski hatte ihm seine Winterjacke aus- und stattdessen ein dünnes T-Shirt übergezogen, auf dem mit Edding sein zweiter Vorname stand: Erik.

Weshalb?

Im Sturm war Sadler zum Haus der Richterin zurückgewankt, um der Ratte, die ihn hatte erwürgen wollen, die Eier abzureißen. Aber das Vergnügen wurde ihm nicht gewährt. Er hatte Schwintowski auf dem Dachboden gefunden. Am Strick baumelnd, direkt vor einer laufenden Videokamera. Der Idiot hatte sich selbst alle gemacht.

Und jetzt?

Sadler hatte sich rächen wollen, aber nun war nichts mehr vorhanden als schwabbeliges, totes Fleisch. Er rastete aus. Holte Schwintowski erst vom Strick und schnitt ihm dann seine verfettete Lügnerzunge raus.

Auge um Auge. Zunge um Zunge. *Schade, dass die alte Sau das nicht mehr gespürt hat.*

Schwintowskis Zunge in den Händen zu halten, hatte etwas Beruhigendes gehabt. Etwas Reinigendes. Auf einmal hatte Sadler wieder klar denken können.

Er erinnerte sich an die Gespräche zwischen Hannah und Schwintowski, die er in der Nachbarzelle belauscht hatte. Über ihren Plan, dem System einen Denkzettel zu verpassen und so einen Quatsch. Sadler hatte kaum etwas begriffen, nur ein Satz hatte sich ihm eingeprägt. Schwintowski hatte ihn zweimal wiederholt; einmal, als er bereits im Gang dieses elenden Bunkers gestanden hatte, bevor er Hannahs Zellentür schloss. »Hab keine Angst, Mädchen. Die Leichen der Mörder führen deinen Vater schon zu dir.«

Jetzt verstand er den Sinn. Herzfeld war ein Leichenschlitzer, so wie der Vater von Lily. Und seine Leiche hatte als Wegweiser dienen sollen.

Aber da habt ihr tief in den Scheißekuchen gebissen, Jungs. Nicht mit mir.

Allerdings, die Idee, Hannah und damit seine Belohnung zu finden, gefiel ihm. Da er den Kerker mit einem Sack über dem Kopf betreten und ihn auf diese Art auch wieder verlassen hatte, wusste er nicht, wo genau sie gefangen gehalten worden waren. Aber mit etwas Glück würde ihr Vater, dieser Leichenschnippler, ihn zu seiner Tochter führen. Alles, was er tun musste, war, die Schnitzeljagd am Laufen zu halten. Mehr als abwarten und zusehen konnte er bei diesem Sauwetter ohnehin nicht. Wer weiß, vielleicht kam er doch noch zu seinem Belohnungsfick.

Und so hatte Sadler fast eine Stunde gebraucht, um Schwintowski das Erik-T-Shirt anzuziehen, das so dermaßen spannte, obwohl es schon XXL war. *Fette Sau.* Dagegen war es fast ein Kinderspiel gewesen, die Leiche nach unten zum Strand zu wuchten und an exakt der Stelle auszusetzen, an der er selbst hätte liegen sollen. Die Stelle hatte er wegen dieser hässlichen Herrenhandtasche wiedergefunden, die Schwintowski auf den Betonpfeilern plaziert hatte. Nur das gelbe Plastikteil hätte er fast vergessen. Schwintowski hatte es ihm nur lose in den Mund gelegt, doch er rammte es dem Penner mit voller Wucht, so tief es nur ging, in den Rachen. Von da ab hatte Sadler den neugierigen Beobachter gespielt. Sah, wie diese Schlampe mit dem breiten Arsch und den dürren Armen die Leiche fand. Wie sie hektisch telefonierte. Und wie sie Schwintowski am nächsten Morgen mit dem Türken in die Klinik schaffte.

Das meiste, was er heimlich beobachtete, geilte ihn richtig auf: Wie das Mädel auf einmal anfing, die Leiche auszuziehen. Und sogar aufzuschneiden! Der Typ am anderen Ende, der ihr Anweisungen gab, war garantiert Hannahs Vater gewesen. Aber wer zum Teufel war der andere Irre mit dem zerschossenen Gesicht, der hier ebenfalls in der Dunkelheit durch die Flure schlich und die merkwürdigen Vorgänge in der Pathologie auszuspionieren schien?

Dann war das Notstromaggregat ausgefallen, und der Kanakenhausmeister war ihm in die Hände gelaufen, als der auf dem Weg war, es zu reparieren.
Zum Glück hatte er sich das Messer aus der Pathologie besorgt, sonst hätte der Türke sicher Alarm geschlagen.
Von da ab wollte er lieber kein Risiko mehr eingehen. Vielleicht war es doch keine so gute Idee, weiter nach Hannah zu suchen. Mädchen gab es überall.
Um einen klaren Kopf zu bekommen, suchte er sich in der hintersten Ecke der Klinik ein Bett und pennte erst mal eine Runde. Herrlich. Zwar saukalt, aber nach Wochen endlich wieder eine richtige Matratze. Als er wieder aufwachte, hatte er in der Pathologie nach dem Rechten sehen wollen. Vielleicht hatte diese Linda ja schon etwas über Hannah herausgefunden? Und falls nicht, hätte er sich mit ihr beschäftigen können. Die Kleine war zu alt, aber ganz niedlich, und er hatte schon lange keinen mehr weggesteckt, da war er nicht mehr wählerisch. Glück für die Schlampe, dass sie sich verbarrikadiert und er es nicht rechtzeitig zu ihr geschafft hatte, bevor sich die Klinik auf einmal in ein Tollhaus verwandelte. Plötzlich landete ein Hubschrauber, Menschen stürmten ins Krankenhaus, überall Stimmen.
Ein Wunder, dass sie ihn nicht entdeckt hatten.
Er hatte das erste Tohuwabohu abgewartet und mit dem Gedanken gespielt, das Krankenhaus zu verlassen. Aber wohin sollte er? Und selbst wenn er ein gutes Versteck fand, wie zum Geier sollte er von dieser Drecksinsel runterkommen?
Ihm kam eine Idee, doch wenn die klappen sollte, musste er noch einmal in die Höhle des Löwen. In die Pathologie.
Im Gegensatz zum Rest der Klinik stand sie erstaunlicherweise völlig leer. Irgendjemand hatte die Richterhure und den aufgeschlitzten Fettwanst in Leichensäcke gestopft.

Gar keine schlechte Idee.
Ohne groß darüber nachzudenken, wie hoch die Chancen waren, dass sein Plan funktionierte, hatte er Schwintowski samt Plastikplane von dem Tisch gezogen und ihn – ausgeruht, wie er jetzt war – nahezu mühelos in eines der beiden Kühlfächer gestopft. Dann hatte er sich einen neuen Leichensack gegriffen, ihn auf dem Sektionstisch ausgebreitet und sich selbst reingelegt. War gar nicht so einfach gewesen, den Reißverschluss von innen zu schließen, aber am Ende hatte er es geschafft.
Fuck! Es war beinahe perfekt.
Ein flüchtiger Blick hätte ihm nicht geschadet. Wenn dieser Idiot von Herzfeld nicht so genau nachgesehen hätte, hätten sie ihn gemeinsam mit der Töven als Leiche von der Insel gekarrt. Irgendwie hätte er sich schon befreien können. Spätestens auf dem Festland hätte er demjenigen, der den Sack öffnete, das Messer ins Gesicht gerammt, das jetzt im Bauch des toten Professors steckte.
Mann, war das geil gewesen, in seine Augen zu sehen, als er das Messer spürte und wusste, dass er jetzt sterben würde.
Sadler hatte immer noch einen Ständer.
Er befand sich jetzt auf halbem Weg zwischen Pathologie und Fahrstühlen. Vom Treppenhaus her hallten schwere Schritte, die sich aber zu entfernen schienen. Trotzdem versteckte er sich hinter einem Medikamentenschrank im Flur. Er hatte keine Ahnung, wohin er als Nächstes sollte. Hier in der Klinik, so viel stand fest, konnte er auf keinen Fall bleiben. Bis gerade eben waren für die Polizei alle Fragen geklärt: Töven? Tot! Sadler? Tot.
Zwei Leichen in der Pathologie = passt!
Jemand, der das Video von Schwintowskis Sprung gesehen hatte, wunderte sich vielleicht, weshalb der Penner nicht

mehr am Balken unter dem Dach der Richterin hing. Aber es war etwas anderes, ob die Bullen die Insel nach einer verschwundenen Leiche absuchten oder nach einem entlaufenen Mörder. Und das würden sie tun, sobald sie jetzt Herzfelds Leiche in der Pathologie entdeckten.

Fuck.

Die Schritte wurden leiser, dafür hatte sich der Fahrstuhl in Bewegung gesetzt.

Fuhr er nach oben oder nach unten?

Sadler hatte keine Zeit mehr, die Anzeige zu beobachten. Ihm blieb nichts anderes übrig, als aus dem Schatten des Medikamentenschranks hervorzutreten. Wenn er nicht in der Falle sitzen wollte, musste er das Treppenhaus erreichen, bevor sich die Fahrstuhltüren öffneten.

Also los.

Er wollte gerade losrennen, als ihn etwas Warmes im Nacken traf.

Atem.

Was zum Teufel …, dachte er noch, und dann explodierte sein Schädel, kurz nachdem er sich umgedreht hatte.

67. Kapitel

Diesmal war es anders als bei dem Kampf mit dem Bauarbeiter. Diesmal brach auch die eigene Nase.

Die Schmerzen, als Herzfelds Nasenbein zersplitterte, nachdem er Sadler den Kopf ins Gesicht gerammt hatte, waren um einiges erträglicher als die, die er kurz zuvor gespürt hatte, als er sich, ohne nachzudenken, das Messer aus dem Bauch gezogen hatte.

Statt zu schreien, war er ohnmächtig geworden, allerdings nur für wenige Sekunden. Dann war es, als hätte sich ein Schalter in seinem Kopf umgelegt, und unkontrollierte Wut, die alle Handlungen und Gefühle dominierte, hatte ihn wiederbelebt.

Eine Wut, so wild und energiegeladen wie ein Vulkanausbruch. Herzfeld hätte mit jeder Sekunde schwächer werden müssen, angesichts dessen, wie viel Blut er verlor, aber der Zorn belebte ihn. »Ich bring dich um!«, keuchte er und trat dem Vergewaltiger in die Magengrube.

Sadler krümmte sich. Ein gutturaler Laut floh aus seinem zungenlosen Mund. Nach dem ersten Schlag gegen den Kopf war er nach hinten getaumelt, hatte nirgendwo Halt gefunden und war zu Boden gestürzt. Dickes Blut tropfte aus der schiefen Nase. Er starrte zu Herzfeld hoch, als wäre er von den Toten auferstanden. Dann traf Herzfelds Stiefel erneut sein Ziel, und Sadler schlug mit dem Kopf gegen die Wand.

Es knackte, als zerbräche ein trockener Ast, aber das konnte Herzfeld wegen des Lärms in seinem Kopf nicht mehr hören.

Zu viele Stimmen schrien in seinem Inneren durcheinander. Er hörte Martinek, der ihm vorwarf, Lily ein zweites Mal getötet zu haben, und dafür betete, Paul könne eines Tages nachvollziehen, was es bedeutete, seine Tochter zu verlieren.

»Oh ja, Sven. Du hast es mir gezeigt.«

Herzfeld trat Sadler in den Magen und hörte Rebecca ihren eigenen Namen brüllen, während sie aus Angst vor den Qualen in den Tod sprang.

Er zog den Sadisten an den Haaren hoch und rammte ihm das Knie ins Gesicht. Sadlers gutturale Schreie schafften es nicht, die von Hannah zu übertönen: *»Ich hasse dich.«*

Er nahm das Schwein in den Schwitzkasten, setzte das Messer an seiner Kehle an und machte den Fehler, einmal tief durchzuatmen. In dieser Sekunde klärte sich sein Blick, und da standen sie plötzlich alle vor ihm: Linda, Ingolf, Bandrupp.

Sie waren mit zwei Polizisten im Schlepptau aus dem Fahrstuhl getreten. Vermutlich, um die Beamten, die es endlich vom Festland auf die Insel geschafft hatten, zu den Leichen in die Pathologie zu führen.

Keine Ahnung, wie lange sie schon da standen. Ihn angafften. Auf ihn einredeten. Einer der beiden Polizisten hatte seine Dienstwaffe gezückt. Richtete sie auf ihn und brüllte: »Fallen lassen. Sofort fallen lassen.«

Herzfeld sah ihn an, spürte, dass sein Jähzorn sich langsam verflüchtigen und die Schmerzen wieder die Oberhand gewinnen wollten.

»Das kann ich nicht«, krächzte er.

Welche Strafe erwartet schon einen Verbrecher, der zu seinen Morden gezwungen worden war?
Im Geiste sah er, wie Schwintowski ihm zunickte. Er hatte seine Lektion gelernt. Manchmal muss man die Vorschriften brechen, um das Richtige zu tun.
»Bitte. Tun Sie es nicht!« Ingolf.
»Sie versauen sich Ihr Leben.« Bandrupp.
Der letzte Satz kam von Linda: »Lass es sein, es bringt nichts. Du wirst dich danach nicht besser fühlen.«
»Ich weiß«, nickte Herzfeld und erinnerte sich an Rebeccas gequältes Gesicht. An das Blut zwischen ihren Beinen und den Ausdruck in ihren Augen, als sie erkannte, wer sie war und dass ihr nur eine einzige Möglichkeit blieb, die Sache zu beenden. So wie er hier, heute und jetzt.
Und mit dem Widerhall der toten Kinderstimmen in seinem Kopf schnitt er Sadler die Kehle durch.

Epilog

Drei Wochen später.

Je teurer das Hotel, desto dicker die Teppiche.

Paul Herzfeld hatte das Gefühl, über einen Schwamm zu gehen. Auf seinem Weg den Flur entlang versanken seine Schuhe lautlos in der Auslegware, deren Fasern so hoch waren, dass er die Füße wie bei einer Wattwanderung mit jedem Schritt etwas anheben musste. Dabei begann er zu schwitzen, nicht wegen der körperlichen Anstrengung, sondern wegen der Narbe, die er Sadler zu verdanken hatte. Die Ärzte hatten gesagt, die Schmerzen würden ihn ein Leben lang begleiten, wann immer er schwere Dinge trug, Treppen stieg, Sport machte – oder, wie jetzt, einfach nur atmete.

Herzfeld blieb stehen und presste sich die Hand auf den Bereich der pochenden Operationsnarbe über dem Bauchnabel. Am liebsten wäre er umgekehrt.

Die blank geputzten Messingwegweiser an den Wänden hatten ihn vorgewarnt. Zimmer 4011 des Hyatt-Hotels am Potsdamer Platz befand sich ganz am Ende des Ganges. Er konnte von Glück reden, dass er keinen Koffer bei sich hatte. Die Rollen wären hoffnungslos in dem Hochflorteppich stecken geblieben.

4003, 4005, 4007 … Herzfeld hätte sich nicht die Mühe machen müssen, auf die Zimmernummern zu achten. Die Tür, die er suchte, war nicht zu verfehlen. Sie lag eine gefühlte Meile von den Fahrstühlen entfernt, war doppelt so groß

wie die übrigen und die einzige, die zu beiden Seiten von einem Blumenbouquet gesäumt wurde.
Herzfeld roch an einer Rose, die es aber nicht schaffte, sich gegen das edelholzartige Raumspray durchzusetzen, das im ganzen Komplex der Lüftung beigemischt wurde und dessen exotischer Duft einem schon auf der Straße vor dem Hotel entgegenschwappte. Er wollte gerade anklopfen, als ihm der runde Knopf an der Tür auffiel, direkt neben dem Schlitz für die elektronische Schlüsselkarte. Er drückte ihn und hörte ein gedämpftes Summen im Inneren.
»Schön, dass Sie es einrichten konnten, Professor!«
Ingolf von Appen musste direkt hinter der Tür gewartet haben, so schnell hatte er sie geöffnet.
Er schüttelte Herzfeld die Hand, dabei strahlte er übers ganze Gesicht, die Wangen fleckig vor Aufregung. Wäre er ein Hund, dachte Herzfeld, wäre er ihm sicher zur Begrüßung die Beine hochgesprungen und hätte aufgeregt mit dem Schwanz gewedelt.
»Wollen Sie ablegen?«, fragte Ingolf noch im Eingangsbereich. Herzfeld sah sich staunend um.
Der Vorraum war größer als die Diele so manches Einfamilienhauses.
Kein Zweifel. Zimmer 4011 war kein Zimmer, sondern eine Suite. Allein der Wohnbereich, in den Ingolf ihn führte, war doppelt so groß wie ein herkömmliches Hotelzimmer; mit Esstisch, Couchecke und einem Plasmafernseher, auf dem man bequem Tischtennis hätte spielen können, wenn man ihn quer gelegt hätte. Im Augenblick flimmerte eine Bierreklame tonlos über die entspiegelte Mattscheibe.
Herzfeld zählte vier Türen, die von dem Wohnzimmer abgingen, eine davon stand offen und führte in ein Badezimmer, das einem römischen Konsul zur Ehre gereicht hätte.

Cremefarbener Marmor, passend zum vorherrschenden Grundton der Inneneinrichtung.

»Was soll der Aufwand?«, fragte er.

Ingolf blickte verständnislos drein, während er Herzfelds alten Wintermantel in einer in der Wand eingelassenen Garderobe verschwinden ließ. Standesgemäß wie immer trug der Sohn des Innensenators einen dunkelblauen Blazer mit goldenen Knöpfen und Einstecktuch, dazu eine graue Flanellhose und rahmengenähte Budapester. Auf die Krawatte hatte er verzichtet, vermutlich, weil es am Wochenende etwas legerer zugehen durfte. Dafür saß jedes Haar wie festzementiert, und Herzfeld fragte sich, wie lange der Junge unter der Dusche stehen musste, um all das Gel wieder herauszuwaschen.

Er selbst entsprach momentan eher dem Klischee des zerstreuten Professors. Sein brauner V-Ausschnitt-Pulli wollte weder zu dem zerschlissenen Cordsakko noch zu den Tennisschuhen passen. Er hatte sich seit Tagen nicht rasiert, weshalb sein Gesicht unterhalb der Wangenknochen wie ein einziger Schatten wirkte.

»Was meinen Sie mit Aufwand?«, fragte Ingolf, während er ihn weiter in die Suite führte.

Herzfeld zog einen wattierten Briefumschlag mit dem Familienwappen der von Appens aus der Gesäßtasche und hielt ihn hoch, wie ein Schiedsrichter eine rote Karte. »Ich meine diese Einladung hier. Sie haben geschrieben, wir sollten uns auf einen Kaffee treffen. Weshalb mieten Sie dafür die Präsidentensuite in einem Fünf-Sterne-Hotel?«

Für einen Moment sah Ingolf noch eine Spur verwirrter aus, dann musste er herzhaft lachen. »Nein, das ist ein Irrtum, Professor. Die Suite habe ich doch nicht speziell für unseren Termin heute angemietet.«

»Sondern?«
»Ich wohne hier.«
Herzfeld sah sich erneut um. »Das ist nicht Ihr Ernst.«
»Doch. Seit einem halben Jahr. Ich hab es bei meinem Alten zu Hause nicht mehr ausgehalten, und da musste eine schnelle Lösung her. Es ist zwar noch etwas unpersönlich eingerichtet, aber während meines BWL-Studiums will ich mir den Stress mit den Innenarchitekten nicht antun, wie Sie sicher verstehen.«
»Klar«, sagte Herzfeld trocken. »Welcher Student kennt diese Probleme nicht?«
Er sah zu den bis zum Fußboden reichenden Panoramafenstern, durch die man einen beeindruckenden Blick über die Berliner Philharmonie zum Tiergarten hatte.
»Sie halten mich für dekadent, ich weiß. Aber diese Suite ist nur halb so groß wie die von dem Rocksänger über mir, und außerdem bekommt man Rabatt, wenn man sie für zwei Jahre im Voraus bezahlt.«
»Was Sie nicht sagen.«
Ingolf schien gegenüber Sarkasmus immun, denn er zählte weiter auf: »Und dann ist ja auch alles inklusive: Strom, Wasser, Heizung, Putzfrau, Fitnessstudio, sogar das Schwimmbad.«
»Nicht zu vergessen das Duschgel«, bestätigte Herzfeld mit todernster Miene. »Andere zahlen dafür ein Vermögen bei Rossmann, hier steht das alles gratis im Bad rum.«
Wie aufs Stichwort hörte er eine Toilettenspülung, dann öffnete sich eine bislang noch unbemerkte Tür direkt neben ihm.
»Geht es schon wieder weiter?«, fragte Ender, der ihnen in der Gästetoilette den Rücken zuwandte, während er sich, über das Waschbecken gebeugt, etwas Wasser ins Ge-

sicht spritzte. Als er hochsah, entdeckte er Herzfeld im Spiegel.

»Paul!«

Er drehte sich ruckartig um, etwas zu schnell anscheinend, denn er fasste sich mit schmerzverzerrtem Blick an die fleischfarbene Halskrause. Der Verrückte hatte mehr Glück als Muskeln. Die Ärzte auf dem Festland hatten Wunder bewirkt und in einer dreistündigen Operation das Seziermesser entfernt, Gefäße geflickt und die Wunde vernäht. Wenn er sich in den nächsten Wochen etwas zurückhielt, waren wohl keine bleibenden Schäden zu erwarten.

»Schön, dich mal ohne eine Leiche in Reichweite zu sehen. Oder hast du dir etwa Arbeit mitgebracht?« Ender grinste noch breiter als Ingolf bei seiner Begrüßung. »Komm, das musst du dir ansehen.«

Herzfeld dachte, Ender würde ihm ein Highlight der Suite zeigen wollen, aber der schob ihn direkt vor den Fernseher. Die Werbung war vorbei, und das Logo einer Unterhaltungssendung, ähnlich subtil wie das der Bild-Zeitung, schob sich über den Bildschirm.

»Deutschland Deine Talente!«, sagte Ender, als könnte Herzfeld nicht lesen. Irgendwie war eine knüppeldicke Fernbedienung in seine Pranken gewandert, mit der er den Ton anstellte.

»Was ist das für ein Blödsinn?«

Ingolf erklärte es Herzfeld aus dem Hintergrund: »Bei diesem *Blödsinn* hätte Ihr Freund um ein Haar seine Reputation verloren.«

»Meine was?«, fragte Ender, ohne den Blick von dem Fernseher zu wenden. Ein grenzdebil dreinblickender alter Mann mit Matrosenhut absorbierte seine gesamte Aufmerksamkeit.

»Das Schwein hat mir den Platz geklaut«, jammerte er und fuchtelte mit der Fernbedienung, als hielte er ein Florett in den Händen. »Eigentlich hätte *ich* dort auftreten sollen. *Ich* war im Recall mit meiner Comedy-Nummer. Nur weil ich auf Helgoland festhing, haben die Idioten diesen müden Lappen da nachnominiert.«

»Wozu?«, fragte Herzfeld mit angewidertem Blick. »Damit er sich vor laufender Kamera sein Gebiss heraushölt?«

»Billig, was? Das macht er nur für den Gag«, erklärte Ender. »Altfranzösisch, du verstehst: Blasen ohne Zähne.«

»Sehr lustig.«

»Sag ich doch. Dem seine Witze sind nicht mal annähernd so gut wie meine. Verdammt.«

»Ich bin mir sicher, Sie bekommen nächstes Jahr Ihre große Chance«, sagte Ingolf und klopfte Ender von hinten auf die Schulter.

Tonfall und Geste erinnerten Herzfeld an einen Psychiater, der seinem Patienten sagt, alles würde gut werden, wenn er nur seine Pillen nähme.

»Wir können uns ja nachher gemeinsam die Aufzeichnung ansehen. Aber ich schlage vor, jetzt, da wir endlich vollzählig sind, sollten wir beginnen.«

Es war weniger ein Vorschlag als eine Entscheidung, denn Ingolf marschierte, ohne die Zustimmung seiner Gäste abzuwarten, einmal quer durch die Suite und öffnete eine der vier Türen. »Wenn Sie mir bitte in mein Arbeitszimmer folgen würden.«

Er blieb kurz an der Schwelle stehen, dann betrat er den Raum, in dem Herzfeld ein weiteres bekanntes Gesicht ausmachte.

»Linda.«

»Paul.«

Was Ingolf sein *Arbeitszimmer* nannte, firmierte andernorts unter der Bezeichnung *Konferenzraum.*

Linda saß an einem langen Tisch und unterbrach ihre Arbeit an einer Zeichnung, mit der sie offenbar die Wartezeit überbrückt hatte. Die Skizze zeigte einen sterbenden Mann in einer Blutlache liegend. Trotz oder gerade wegen der verstörenden Gewalt, die das Comicbild ausstrahlte, kam Herzfeld nicht umhin, Lindas Talent zu bewundern.

»Gut, dich zu sehen.«

Linda erhob sich und umarmte Herzfeld wie einen aus dem Krieg heimgekehrten Soldaten. Sie hatte ihre kunstpelzgefütterte Lederjacke anbehalten, deren Kragen ihn am Ohr kitzelte. Ihr Duft war angenehm, herb und blumig zugleich, obwohl Herzfeld sich sicher war, dass sie kein Parfum aufgelegt hatte.

»Fühlt sich besser an als die Ohrfeige vom letzten Mal«, flüsterte er, als sie sich wieder von ihm löste.

Dann nickte er dem Mann zu, der den Platz gegenüber von Linda eingenommen hatte und der, abgesehen von Ingolf, als Einziger so wirkte, als fühle er sich in Räumen wie diesem wohl: Maßanzug, Krawatte mit großem Knoten, manikürte Fingernägel und Zähne, so weiß wie Tipp-Ex. Man sah, wie schwer es dem Prototyp eines Unternehmensberaters fiel, über den Aufzug des Bodybuilders hinwegzusehen, der sich im Jogginganzug auf den Sessel neben ihm fallen ließ. Herzfeld setzte sich mit schmerzverzerrtem Gesicht, eine Hand auf den Druckverband über der Magengegend gepresst.

Ingolf von Appen begann mit seiner Präsentation, ohne den Unbekannten vorzustellen. Dazu hatte er den Raum abgedunkelt und einen Beamer angeworfen, der ein Bild auf eine weiße Leinwand am Kopfende des Raumes projizierte.

»Ich habe Sie alle heute zu mir nach Hause gebeten, weil ich Ihre Hilfe brauche.«

»So hat Herzfeld auch geklungen, als er mich das letzte Mal anrief, und wir alle wissen ja, was dabei rauskam«, sagte Linda trocken.

Ender war der Einzige, der lachte.

»Keine Sorge. Das, wofür ich Sie brauche, ist weitaus weniger riskant, aber dafür sehr viel lohnender für Sie.«

Ingolf zeigte seine erste PowerPoint-Folie, die nur aus einem schlichten Schriftzug bestand: *G.P.SAVE*

»Was soll das sein?«

»Das, lieber Professor, ist der eigentliche Grund, weshalb ich bei Ihnen das Praktikum machen wollte. Sie erinnern sich doch, wie ich Ihnen von *PetSave* erzählt habe.«

»Von Ihrer Katze, ja. Sie haben einen GPS-Chip entwickelt, mit dem man entlaufene Tiere wiederfindet.«

Ingolf grinste. »Genau. Und *G.P.SAVE …*«, er deutete mit einem Laserpointer auf das Logo an der Wand, »… basiert auf der Idee von *PetSave.* Nur eine Evolutionsstufe höher.«

»Sie wollen verschwundene Menschen suchen?«, fragte Ender.

»Nein«, lachte Ingolf. »Ich will verhindern, dass sie entführt werden.« Sein Blick wurde ernst und ruhte jetzt ausschließlich auf Herzfeld.

»Ich habe mal einen Artikel von Ihnen in einer Zeitschrift gelesen, Professor. Sie schrieben darin, es gäbe sechsundfünfzig Stellen am Körper, an denen man durch einen mikrochirurgischen Eingriff Dinge verstecken könnte, ohne sichtbare Narben zu hinterlassen.«

In der National Geographics. Herzfeld nickte stumm.

»Denken Sie doch nur daran, wie viel Leid wir Familien und Hinterbliebenen ersparen könnten, wenn es uns gelänge, entführungsgefährdeten Personen rechtzeitig einen GPS-Sender einzupflanzen.«

Ein neues Chart baute sich auf. Eine Grafik.

»Alle sechzig Sekunden wird allein in Südamerika ein Mensch entführt. In Deutschland sind es natürlich sehr viel weniger, aber dennoch wächst die Angst in der Bevölkerung. Weltweit.«

Er musterte jeden Einzelnen, und es war klar, was seine Augen sagen wollten: *»Nicht erst seit dem Fall Sadler.«*

»Meine Analysten sehen einen potenziellen Wachstumsmarkt von über zwanzig Millionen interessierten Kunden. Das entspricht selbst im *bad case* bei konservativer Schätzung einem Jahresumsatz von eins Komma vier Milliarden Dollar. Das würde einem Gewinn von vierhundertdreißig Millionen entsprechen. Wenn es schlecht läuft.«

Er ließ seine Worte wirken.

»Der Markt ist gewaltig und hat zahlreiche Abnehmer: Unternehmen, die teure Entführungsversicherungen für ihre Topmanager in der Dritten Welt abschließen müssen. Der Staat, der an einer kostengünstigeren Fußfessel für seine Strafgefangenen interessiert ist. Aber in erster Linie Eltern, die wissen wollen, wo ihre Kinder sind. Wenn wir die Operation direkt nach der Geburt durchführten, könnte die besorgte Mama noch in der Sekunde, in der sie sich fragt, wieso ihr Kind nicht längst vom Spielplatz zurück ist, einfach den Computer anschalten und sich den genauen Aufenthaltsort ihres Schützlings ansehen.«

»Moment mal, hab ich mich verhört, oder sagten Sie eingangs, Sie wollen Menschen einen Chip einpflanzen?«, fragte Linda.

»Ja. Sobald es einen Verdachtsfall gibt, kann man eine Eingreiftruppe losschicken, um den Entführten zu suchen. Die

Technik ist ausgereift, unsere Juristen haben die Rahmenbedingungen geprüft. Solange wir die Eingriffe von einem Arzt durchführen lassen und alle Beteiligten einwilligen, spricht rechtlich nichts dagegen.«

»Und moralisch?«, entrüstete sich Linda.

»Hätte ich keine Bedenken«, kam Herzfeld Ingolf zu Hilfe. Er hob die Hand. »Ich kann dich verstehen, Linda. Datenschutz, Persönlichkeitsrechte, alles heikel, aber alles nur theoretische Argumente. Hättest du mich vor einem halben Jahr gefragt, hätte ich so eine Idee entrüstet abgelehnt. Aber jetzt? Nach all dem, was wir durchgemacht haben?« Er zuckte mit den Achseln. »Hätte ich die Möglichkeit gehabt, Hannah via Satellit zu orten, ich hätte meinen rechten Arm dafür gegeben.«

»Dann könnten Sie sich also vorstellen, *G.P.SAVE* zu unterstützen?« In Ingolfs Augen blitzte es auf.

»Nein.«

»Aber ...« Von Appen schien verwirrt. »Sagten Sie nicht ...«

»Ich sagte, ich habe keine moralischen Bedenken gegen Ihre Idee. Nur werde ich da nicht mitmachen.«

Herzfeld machte Anstalten, aufzustehen.

»Halt, warten Sie, Professor. Ich brauche Sie nicht als Arzt, falls Sie das denken. Sie müssen niemanden aufschneiden. Sie sollen nur als Berater fungieren. Sie alle hier ...«, Ingolf ließ seinen Blick durch die Runde wandern, »... Sie alle würden im Team arbeiten. Linda, Sie sind patent und grafisch begabt. Sie könnten das Marketing übernehmen. Dass Sie der Sache kritisch gegenüberstehen, ist die beste Voraussetzung. Und Sie, Ender ...« Er nickte ihm zu. »Sie haben Organisationstalent und würden den Vertrieb organisieren.«

»Ich?« Ender zeigte ungläubig auf sich selbst. »Ich war nur

Hausmeister, und den Job hab ich für meine Comedy-Karriere an den Nagel gehängt.«

»Schön, das bedeutet, dass Sie alle im Augenblick beruflich ungebunden sind. Auch Sie sind ja momentan beurlaubt, Herr Professor.«

Ja, so könnte man es auch nennen.

»Kommen Sie, geben Sie sich einen Ruck. Allein von dem Garantiebonus im Anfangsjahr könnte jeder von Ihnen seinen eigenen Porsche gegen den Baum fahren.«

Selbst Herzfeld musste darüber lächeln. Bis heute hatte Ingolf der Versicherung nicht einmal den Totalschaden an seinem Cayenne gemeldet.

»Wieso erzählen Sie uns nicht die Wahrheit, von Appen? Vierhundert Millionen Gewinn? Wir sind das perfekte Team? Blödsinn.« Linda schnaubte und strich sich die Haare von den Narben auf ihrer Stirn. »Es gibt doch nur einen einzigen Grund, weshalb Sie uns alle hier zusammengerufen haben. Nicht, weil wir so tolle Experten sind.« Sie zeigte auf Herzfeld. »Nun, ihn vielleicht ausgenommen.«

»Sondern?«

»Sondern weil wir ein entführtes Mädchen wiedergefunden und eine Mordserie gestoppt haben. Wir sind *das* Medienereignis des Jahres. Sie brauchen uns als Werbefiguren.«

»Und wenn es so wäre?« Ingolf lächelte.

»Dann wären Sie ein Idiot«, meldete sich Herzfeld wieder zu Wort. »Schon vergessen? Ich bin nur gegen Kaution frei. In einem halben Jahr beginnt mein Prozess wegen vorsätzlicher Tötung.«

»Und genau hier kommt Dr. Torben Ansorge ins Spiel«, lächelte Ingolf breit.

Der Schlipsträger neben Ender fasste sich an den Kragen, räusperte sich und nickte bedeutend in die Runde.

»Dr. Ansorge ist einer der besten Strafverteidiger unseres Landes und ist sich sicher, Sie aus dem Gröbsten herausholen zu können, Herr Professor.«
Der Anwalt nickte selbstzufrieden.
»Ist das so?«, wandte sich Herzfeld an ihn. »Sie denken, Sie können mich vor dem Gefängnis bewahren?«
»Nun, es wird nicht leicht«, sagte Ansorge mit verblüffend hoher Stimme. »Aber wenn es einen Weg gibt, dann finden wir ihn.«
Wir? Sprach der Fatzke von sich schon im Plural?
»Und schließlich haben Sie keinen Friedensnobelpreisträger getötet, sondern Jan Sadler.«
»Na, dann ist ja alles bestens«, sagte Herzfeld. »Ich habe nur eine einzige Frage.«
»Und die wäre?« Das rechte Augenlid des Anwalts zuckte erwartungsfroh.
»In all den Jahren, die Sie nun schon als Strafverteidiger tätig sind, haben Sie da schon einmal das Mandat eines Menschen angenommen, der zweifelsfrei schuldig war?«
Ansorge zögerte, aber Linda nutzte die Gelegenheit, um die Frage zu beantworten.
»Er vertritt meinen Bruder. Der, der versucht hat, mir meinen Stalker vom Leib zu halten. Clemens' Absichten waren gut. Aber seine Methoden waren alles andere als das. Er ist ganz sicher schuldig, so wie sein Freund Sandro, der ein minderjähriges Mädchen als Werkzeug benutzte, um Danny auszuschalten.«
Herzfeld nickte. Er hatte über die dreizehnjährige Fiona und die Probleme des Rechtsstaats, sie zur Rechenschaft zu ziehen, in der Zeitung gelesen.
»Und dennoch verdient Ihr Bruder den Schutz des Systems«, ergänzte Ansorge. »Es ist eines der hehren Prinzipien

unserer Verfassung, jedem Menschen die bestmögliche Verteidigung zukommen zu lassen.«
»Schön, und unter all diesen schuldigen Menschen, war da auch schon einmal ein Vergewaltiger oder Kindsmörder?«
»Ich müsste erst in meinen Akten …«
»Kommen Sie, Dr. Ansorge. Der beste Strafverteidiger Deutschlands wird doch ein gutes Gedächtnis haben. Nur ein einziger Fall von Vergewaltigung oder Kindesmisshandlung?«
»Ich denke schon, ja. Aber in diesen Fällen habe wir sicher keinen Freispruch erwirkt, sondern nur …«
»… die Wahrheit ans Tageslicht gebracht und darauf gebaut, dass die Gerechtigkeit ihren Lauf nimmt. Ich weiß.«
Herzfeld sagte es ohne Abscheu. Ohne Widerwillen. Und ohne Ansorge zu verurteilen. Genauso hatte er auch einst gehandelt. Vor der Entführung seiner Tochter.
Er hatte sich an die Spielregeln gehalten und auf das System vertraut. Hatte darauf gebaut, dass es einen Schiedsrichter gab, der die Fakten schon richtig bewerten würde. Und wozu hatte es geführt? Sadler war nach lächerlich kurzer Zeit wieder entlassen worden. Und eine weitere Familie wurde erst ins Unglück gestürzt und dann vollständig ausgelöscht. Zahlreiche Menschen hatten sterben müssen.
»Danke, nein, auch dieses Angebot lehne ich ab.«
Herzfeld stand auf und verließ den Konferenzsaal, ohne sich noch einmal umzudrehen.
»Hey, warten Sie.«
Ingolf eilte ihm nach und stellte ihn im Eingangsbereich.
»Sie machen einen Fehler, wenn Sie sich nicht von ihm verteidigen lassen.«
Herzfeld öffnete die Garderobe und nahm seinen Mantel heraus.

»Lassen Sie es gut sein, Ingolf. Sie sind ein netter Kerl. Etwas verrückt vielleicht, aber ich mag Sie, wirklich.«
»Verrückt? Wer von uns beiden ist hier verrückt? Sie haben Ihren Job verloren, man wird Ihnen Ihren Titel aberkennen, Ihr Ruf ist dahin, und dann werden Sie für Jahre eingebuchtet. Ich habe Ihnen gerade einen Weg aufgezeigt, wie Sie das alles abwenden können. Sie verdienen Millionen *und* müssen nicht ins Gefängnis.«
»Das alles ist mir nicht so wichtig, Ingolf.«
»Geld und Freiheit? Was ist denn bitte wichtiger als Ihre Zukunft?«
»Die Gegenwart.« Herzfeld lächelte traurig. »Ich habe erst meine Frau und jetzt auch noch meine Tochter verloren. Ich muss die wenige Zeit, die mir bleibt, nutzen, um zu versuchen, das Verhältnis mit Hannah wieder zu kitten. Die werde ich nicht mit PowerPoint-Präsentationen und Verhandlungsstrategien verplempern.« Herzfeld ging zur Tür, öffnete sie und drehte sich noch einmal um, während er schon im Hotelflur stand. »Kopf hoch, Ingolf. Schauen Sie nicht so. Ich weiß, Sie wollten mir hier etwas Gutes tun. Aber Sie müssen sich nicht revanchieren, nur weil ich Sie aus dem See gezogen habe. Sie haben mir sehr geholfen. Wir sind quitt.«
Er reichte ihm die Hand. »Und machen Sie sich keine Sorgen. Ich hab ja keine Steuern hinterzogen, nur einen Menschen umgebracht. Was soll mir da schon groß passieren?«

Der Rückweg kam ihm nicht mehr so lang vor. Der Teppich weniger dick und die Luft nur halb so duftgeschwängert wie zuvor. Selbst seine Schmerzen schienen nicht mehr so intensiv zu sein, aber Herzfeld wusste natürlich, dass das alles nur Einbildung war. Schon in wenigen Stunden würde ihn der Alarm seiner Armbanduhr an die Einnahme der Medikamente erinnern. Und spätestens, wenn er es gleich noch einmal versuchen und wieder nur Hannahs Mailbox erreichen würde, wäre das momentane Hochgefühl verschwunden. Doch jetzt, in diesem Augenblick, spürte er seit langer, langer Zeit das erste Mal eine vage Hoffnung in sich aufkeimen, dass die Dinge sich ändern könnten. Und tatsächlich hielt das Gefühl eine ganze Weile vor. Vier Stockwerke lang, die gesamte Fahrt mit dem Fahrstuhl bis in die Lobby hinunter, und es war erst wieder verschwunden, als Paul Herzfeld aus dem Hotel hinaus in den Regen trat, um auf dem Bürgersteig mit der anonymen Menschenmasse zu verschmelzen.

Er hat eine Vierjährige missbraucht – und darf weiterhin im gleichen Haus wie sein Opfer leben: Andreas S. wurde zwar in der vergangenen Woche in Dresden zu **22 Monaten Freiheitsstrafe** verurteilt. Doch die Richter setzten seine Strafe zur Bewährung aus – weil Andreas S.' Anwälte mit der Staatsanwaltschaft und dem Gericht einen Deal ausgehandelt hatten: Andreas S. gestand die Tat und bekam deshalb **keine Gefängnisstrafe.**

Quelle: *Stern* vom 13. April 2011

Unternehmer Stefan W. hat (…) Einkünfte in Millionenhöhe verschwiegen. Als ihm der Fiskus auf die Schliche kam und seine Wohnung und die Kanzlei seines Steuerberaters durchsuchte, sagte der, (…) Steuererklärungen mit den nun vollständigen Angaben seien schon vorbereitet. Doch die Justiz wertete dies nicht als gültige Selbstanzeige. Das Münchner Landgericht verdonnerte ihn wegen Steuerhinterziehung sowie Anlagebetrug zu **sieben Jahren Gefängnis.**

Quelle: *Basler Zeitung* vom 2. Juli 2010

Institut für Rechtsmedizin
Spezialeinheit Extremdelikte
Obduktionsbericht

Sektion am: 26. 09. 2012 **Name:** Abgeschnitten, kein Vorname **Beruf:** Thriller	**Protokoll-Nr.: 666**
Verstorben am: Todeszeitpunkt unbekannt, vermutlich in den späten Abendstunden nach stundenlanger vorausgegangener z. T. stumpfer Gewalt, z. T scharfkantiger Einwirkung auf das Innenleben (heftiges Umblättern)	**Obduzenten:** 1. Dr. jur. Sebastian Fitzek 2. Prof. Dr. med. Michael Tsokos
Geburtstag Frühjahr 2011	**Sektions-Assistenz:** Hans-Peter Übleis (Herausgeber sämtlicher Obduktionsberichte bei Droemer), Carolin Graehl und Regine Weisbrod (Stil-, Satz- und Wortsektion), Sabrina Rabow (Beweispräsentation in der Öffentlichkeit), Fritz Breitenthaler und Frank Hellberg (Piloten des Fluges Berlin–Helgoland–Berlin zwecks Beweissicherungsaufnahme), Lars Carstens (Wasserschutzpolizei Helgoland), Sibylle Dietzel (Präparation des Sektionsobjektes), Roman Hocke (Vertragliche Beweissicherungsarbeit), Christian Meyer (Überführung und Transport der Obduzenten), Helmut Henkensiefken (Tatortfotograf), Noomi Rohrbach (Organisation der wiss. Lesungen), Monika Neudeck (Kontakt Polizeireporter), Manuela Raschke (Quick-Out-Gehirn v. Fitzek), Karl Raschke (physiologische Ertüchtigung v. Fitzek), Freimut Fitzek (väterlicher Beistand), Sandra Fitzek (ehelicher Beistand), Anja Tsokos (für viel Geduld mit einem Getriebenen).

Eingeliefert als: offenkundige Schreibtischtat	
Vorgeschichte: Psychothrillerautor trifft auf Sachbuchautor und Rechtsmediziner in TV-Sendung 2009; Interesse am Werk des anderen und gegenseitige Sympathie; Wiedersehen 2010; Idee eines gemeinsamen Buchprojektes beim Steakessen (blutig).	**Todesursache:** Ausgelesen **Obduktionsbefunde:** 12,5 x 19 x 2,4 cm messendes Buch, Taschenbuch Gewicht 297 g, 400 Seiten. Makroskopisch keine groben Beschädigungen feststellbar; nur vereinzelt Eselsohren. Diverse Fingerabdrücke von noch nicht identifizierter Leserin am gesamten Buchkörper. Die Totenflecken regelrecht an der Buchrückseite ausgebildet, auf kräftigen Fingerdruck nicht mehr zur Abblassung zu bringen. Am Buchrücken eine Abrinnspur von mäßig reichlich blutiger Flüssigkeit mit fraglichen Sekretbeimengungen unklarer Ätiologie. **Erschwerte Sektion,** **da Objekt unter Hochspannung steht.**
Asservate s. Anlagebogen	

Leseprobe

Michael Tsokos

ABGESCHLAGEN

True-Crime-Thriller

Die Handlung von »Abgeschlagen« spielt zehn Jahre vor den Ereignissen in »Abgeschnitten«.

Paul Herzfeld ist sechsunddreißig Jahre alt und Assistenzarzt am Institut für Rechtsmedizin in Kiel.

Prolog

Paul Herzfeld hob den Kopf der Toten an. Mit weit aufgerissenen Augen und offenem Mund schien sie ihn überrascht anzustarren. Wie es nur so weit hatte kommen können? Was eigentlich mit ihr passiert war? Fragen, die Herzfeld ihr auch gerne gestellt hätte, doch er verdrängte den Gedanken und versuchte, sich auf seine Aufgabe zu konzentrieren.

Die Leichenstarre hatte bereits eingesetzt, und nicht nur ihre vertrauten Gesichtszüge waren wie eingefroren, ihr ganzer Körper war völlig steif.

Durch die grobe Holzkonstruktion des Schuppens schimmerten nur vereinzelt ein paar Lichtstrahlen aus einem ansonsten schneeverhangenen Himmel. Im Halbdunkel war es nicht leicht, irgendwelche Details an ihrem Körper auszumachen, der rücklings vor ihm auf dem rauen Holztisch lag. Herzfeld nahm die schemenhaften Umrisse der Unterarme der Toten wahr. Sie waren in den Ellbogengelenken leicht angewinkelt und ragten, entgegen der Schwerkraft, wie in einer wütenden Geste erstarrt, senkrecht nach oben.

Sie muss schon ein paar Stunden tot sein, so vollständig, wie ihre Leichenstarre ausgeprägt ist. Ich muss einen Hinweis auf die Todesursache finden, und zwar schnell, dachte Herzfeld fieberhaft und tastete den toten Körper ab. Ihm lief die Zeit davon, er brauchte irgendetwas, womit er bei der Untersuchung der Toten ansetzen konnte.

Ihr kurzes schwarzes Seidennachthemd war ihr fast bis über die Scham nach oben gerutscht.

Er konnte unmöglich den Körper hier in diesem düsteren

Schuppen öffnen. Das würde zu lange dauern. Die Instrumente fehlten. Oder würde er gezwungen sein, die Obduktion mit dem einfachen Küchenmesser durchzuführen, das er neben einer altmodischen Taschenlampe oberhalb des Kopfes der Toten auf der rauen Holzplatte entdeckt hatte?
»Das ist wohl mein Sektionsbesteck?«, fragte Herzfeld in die Dunkelheit hinein.
»Natürlich. Nur zu. Ich warte auf Ihre Expertise«, erwiderte eine tiefe Stimme, die aus der hinteren Ecke des Raumes kam.
Herzfeld streckte seinen Rücken durch, fuhr sich durch die dunklen Haare und ergriff die Taschenlampe. Im gelblichen Lichtkegel sah er, dass der Lippenstift der Frau, der bei ihrer Begegnung vor dreißig Stunden noch akkurat gezogen war, jetzt verwischt war. Speichelfäden, inzwischen gräulich-wächsern eingetrocknet, hatten sich ihren Weg aus dem geöffneten Mund über die linke Gesichtsseite gebahnt.
»Sie scheinen nicht die geringste Ahnung zu haben, womit Sie es hier zu tun haben, Herzfeld. Ich gebe Ihnen ein paar Hinweise, denn Sie stehen ja etwas unter Zeitdruck. Wir befinden uns immer noch im frühen postmortalen Intervall. Und an einem Herzinfarkt ist die Dame schon mal nicht gestorben«, sagte die Stimme mit einem höhnischen Unterton.
Herzfeld atmete aus und mahnte sich zur Ruhe. *Konzentrier dich!* Wie aus zwei stumpfen Glasmurmeln starrten ihn die erweiterten Pupillen der Toten vorwurfsvoll an, als er mit seinen Fingerspitzen ihre Augenunterlider herabzog, um die Augenbindehäute zu inspizieren. Ihr vormals perfekter Lidstrich war durch zwei dünne Tränenbäche über die Wangen gelaufen. Sie musste geweint haben, als sie begriff, dass sie sterben würde.

»Vereinzelte Punktblutungen in den Bindehäuten«, sagte Herzfeld mehr zu sich selbst als zu der Person, die sich jetzt mit langsamen Schritten näherte.

Da war er. Der erste Hinweis.

Aber es musste schneller gehen, viel schneller. Denn mit jeder Minute, die verstrich, würde das Horrorszenario näher rücken: Die Frau, die er liebte, würde sterben. Nur das Ergebnis der Untersuchung des leblosen Körpers vor ihm und seine korrekte Feststellung der Todesursache konnten ihren Tod verhindern. Im Lichtkegel der Taschenlampe untersuchte Herzfeld den Hals der Toten: keine Strangmarke, keine Drosselspuren, keine Würgemale. Eine Gewalteinwirkung gegen den Hals schied schon mal aus. Aber warum dann die punktförmigen Blutungen in ihren Bindehäuten?

Herzfeld hob ihren Kopf erneut an und leuchtete auf ihre Nackenregion. Dabei fielen die blonden Haare nach vorne und hingen ihr wie ein Vorhang vor dem Gesicht. Ihre Haare waren völlig trocken. Obwohl sie schon ein paar Stunden tot war. Wäre sie unter einer Plastiktüte erstickt worden, wären ihre Haare noch immer feucht durch das entstehende Kondenswasser. Bei der nassen Kälte im Schuppen wären sie nicht getrocknet.

»Und? Was sagen Ihnen die Punktblutungen? Ich denke, die Toten sprechen zu Ihnen«, raunte die tiefe Stimme zynisch.

»Keine Strangulation, kein Ersticken unter einer Plastiktüte«, erwiderte Herzfeld, während er die Träger des Nachthemds über die Schultern der Toten nach unten zog und ihren Oberkörper entblößte. *Keine Zeichen einer Druckstauung am Oberkörper. Ein Ersticken infolge von Beknien ihres Oberkörpers scheidet auch aus. Aber vielleicht war es gar kein ...*, Herzfelds Gedankenflut wurde jäh von der Stimme unterbrochen.

»Herzfeld, Sie sollten sich jetzt wirklich etwas beeilen. Gleich wird der Wind die Maschine in Bewegung setzen, die das Leben Ihrer geliebten Frau, der Mutter Ihrer Tochter, in wenigen Minuten beendet. Und wenn das passiert ist ...«

Die Stimme machte eine bedeutungsschwangere Pause.

Herzfeld begann zu schwitzen, sein Puls raste. Er blickte auf das makabre Todesrätsel auf dem provisorischen Untersuchungstisch vor sich und setzte die äußere Leichenschau fort. Er untersuchte die Fingernagelränder der Toten auf frische Abbrüche oder Fremdmaterial darunter, als er die beiden kleinen blasigen Hautveränderungen an der Innenseite der Endglieder des rechten Zeigefingers und des Daumens bemerkte, die im Lichtkegel der Taschenlampe porzellanartig schimmerten. Und dann kam ihm eine Idee. Erst war es nur ein flüchtiger Gedanke, aber Herzfeld spürte, dass er auf der richtigen Spur war.

Der zweite Hinweis. Vielleicht der alles entscheidende Hinweis.

Herzfeld nahm das Küchenmesser und öffnete mit einem einzigen langen Schnitt den rechten Arm der Toten von der Schulter bis zum Handballen in seiner gesamten Länge. Die Klinge war schärfer, als er erwartet hatte, und glitt durch Haut und Unterhautgewebe wie durch ein Stück Weichkäse. Die Hautlappen beidseits des Schnittes klafften zur Seite und gaben den Blick auf das darunterliegende Unterhautfettgewebe und die Armmuskulatur der Toten frei. Als er die dunkelroten, feucht glänzenden Einblutungen in der Beugemuskulatur von Ober- und Unterarm erblickte, war ihm schlagartig klar, wie und woran die Frau gestorben war.

Aber ehe er seine Gedanken ordnen und sein Ergebnis mitteilen konnte, sah er den Arm, der sich wie eine Python langsam in Richtung seines Kopfes bewegte. Er spürte die kalte Mündung der Waffe an seiner linken Schläfe.
»Und jetzt das Messer weg, sofort. Nicht schlecht. Das muss man Ihnen lassen. Sie sind noch besser, als ich dachte. Aber das nützt Ihnen nun auch nichts mehr. Morgen liegen Sie auf einem Obduktionstisch. Und ein Kollege wird sich fragen: Wie starb Paul Herzfeld?«

☠ ☠ ☠

21. Dezember, 23.57 Uhr

Kiel-Ravensberg.
Wohnung von Achim Wittfeld

Wittfeld hatte die Zeichnung des Flügelmädchens wütend auf den Boden geworfen. Die Droge hatte inzwischen jede einzelne Nervenbahn seines Körpers besetzt, Rausch und Realität gingen nahtlos ineinander über.
»Es dauert noch was, bis du hier rauskommst«, faselte Wittfeld in Richtung des Stückes Papier, das vor ihm auf dem ranzigen Teppich lag. Das Flügelmädchen saß immer noch mit angezogenen Beinen auf dem Blatt. Die Flügel waren flugbereit aufgeschwungen, reckten sich nach oben.
»Wenn ich mein Werk vollbracht habe, werden sie dich sicher gleich finden. Dann wird mein Flügelmädchen in fremde Hände kommen, doch ich werde dich bald wieder-

sehen.« Und er spürte, wie wieder diese unkontrollierbare Wut in ihm aufstieg. Er begann hektisch im Zimmer hin und her zu laufen, immer wenn er die Wand erreicht hatte, schlug er dagegen, bis seine Knöchel bluteten. Als die übermächtige Wut endlich von ihm abließ, zog er sich die abgewetzte Lederjacke, seine einzige Jacke, über das befleckte schwarze T-Shirt und öffnete den Schrank, begleitet von einem zusammenhanglosen Murmeln. Aus dem Inneren fiel ihm einiges entgegen: eine billige Sporttasche, ein Besen. Er beugte sich weit in den Schrank hinein, um zu finden, was er suchte: die Machete.

Ihre Klinge blitzte bösartig auf.

Wittfeld umschloss den schwarzen Holzgriff, der über die ganze Fläche mit kunstvollen Schnitzereien versehen und in der Mitte beidseitig mit Intarsien aus rötlichem Metall geschmückt war, die eine Blüte darstellten. Die Waffe wirkte, als hätte sie einst ein stolzer Südsee-Häuptling getragen. Er verstaute sie in der länglichen Sporttasche.

Der Luftzug, der die Zigarettenasche im Zimmer aufwirbelte, als er die Wohnungstür aufriss, griff auch nach dem Blatt Papier, auf dem das Flügelmädchen gezeichnet war. Sie wiegte sich einmal gleichgültig hin und her.

Wittfeld knallte die Wohnungstür scheppernd zu, ohne sich noch einmal umzusehen. Sein Schlüsselbund lag auf dem Tisch vor der Couch, aber er wusste, dass er diese Wohnung nie mehr betreten würde.

☠ ☠ ☠

21. Dezember, 0.17 Uhr

Kiel.
Eros-Center, Zimmer 26

Ein weiterer Freier hatte sie auf ihrem Diensthandy angefragt. So spät noch. Ewa seufzte. *Tschüss Feierabend.* Ihre Nummer hatte sie in der Zeitung veröffentlicht. Denn allein die verrückte Laufhauskundschaft, die spontan vorbeischaute, genügte ihr nicht. Ihre zahlungskräftigen Stammkunden bekam sie nur über Anzeigen in der Tageszeitung:

Junge Studentin für besondere Fantasien.
Alles ist erlaubt. Verleih Deinen Träumen Flügel.
Triff mich im Eros-Center
Kontakt nur SMS
Ewa

Dann folgte die Nummer ihres Diensttelefons.
Wahrscheinlich hatte der Freier die Anzeige gelesen. Nichts deutete darauf hin, dass er hier im Haus Stammkunde oder überhaupt schon einmal bei ihr gewesen war. Doch heute war ihr ein weiterer Besucher nicht mehr recht.
Das Laufhaus, in dem sie monatsweise ihr Zimmer gemietet hatte, das sie sich im Schichtbetrieb mit einer Kollegin teilte, hatte zwar die ganze Nacht offen, aber ab einer gewissen Uhrzeit war es klug, sich nicht mehr auf den Hocker vor die Tür zu setzen. Die Nacht schien den armseligen Gestalten, die dann durch die Flure des mehrstöckigen Hauses huschten, vollends das Gehirn auszuschalten.
Ewa nahm einen tiefen Zug von ihrer Zigarette und blickte

auf ihr Handy. Es war bereits weit nach Mitternacht. Sie überlegte kurz. Wenn sie jetzt noch einen schnellen Job machte, dann konnte sie morgen später anfangen. Das würde bedeuten, sie hätte mehr Zeit mit ihrer Mitbewohnerin Johanna - für einen Kaffee und einen Einkaufsbummel durch die weihnachtlich geschmückte Innenstadt. Außerdem wollte sie noch unbedingt zum Friseur, bevor es für die Weihnachtstage nach Hause ging, nach Polen. Ihre Mutter sollte zumindest das Gefühl haben, ihre Tochter sei zwar eine langsame, aber immerhin eine auf ihr Äußeres bedachte Studentin.
Sie tippte:

OK. Zimmer 26.

Und schickte die SMS ab.

Es klopfte. Leise, fast verschämt. Als würde ein schmaler Knöchel unsicher an die abgewetzte Holztür pochen. Ewa fuhr sich mit der Hand durch ihre langen blonden Haare und erhob sich seufzend.
Showtime …
Das Erste, was Ewa an dem jungen Mann vor ihrer Zimmertür auffiel, waren seine wilden dunklen Locken. Sie fielen fast bis auf den Kragen. Er stand so nah an der Schwelle, dass sie zurückschrak. Normalerweise traten Kunden schüchtern etwas zurück, aus Höflichkeit oder als wähnten sie ihre Schwiegermutter hinter der Tür.
Der Mann mit den Locken, der jetzt vor Ewa stand, schien jedoch eher ein Problem mit der richtigen Distanz zu haben. Und wohl auch mit der Temperatur. Unter der dünnen Lederjacke trug er nur ein schwarzes T-Shirt, und das Ende Dezember. Der Blick aus seinen grünen Augen war wie ein

stumpfer Dolch, der sich mühsam, aber kraftvoll in sein Gegenüber bohrte. Auch die dunklen Schatten, die unter seinen Augen lagen, blieben Ewa nicht verborgen.
Er versuchte sich an einem Lächeln, das aber etwas zu schnell wieder verschwand. Mehr eine missglückte Geste. Dabei entblößte er eine Reihe Zähne, die deutlich unter seinem wohl ziemlich ungesunden Lebenswandel gelitten hatten.
»Ewa?«, fragte der Besucher hastig.
»Ja, da bist du richtig.«
»Ich suche etwas Besonderes. Sehr Besonderes. Aber du kannst doch mit besonderen Typen, oder?«
Ewa hob amüsiert die linke Augenbraue, machte sich auf ihren hohen Stilettos noch etwas größer und überragte fast ihren Besucher. *Ganz was Besonderes, und am Ende will er nur in Windeln in der Ecke sitzen und am Daumen lutschen,* dachte sie genervt. »Komm rein. Ich hab eigentlich Schluss, aber wenn du nicht bis morgen früh bleibst …«
»Ja, geht schnell«, entgegnete der späte Kunde und zwängte sich an ihr vorbei ins Zimmer, dabei streifte die längliche Sporttasche an ihrem Schienbein entlang.
»Also, was kann ich tun?«, fragte Ewa und beobachtete, wie er in die Mitte des Zimmers ging und sich einmal um die eigene Achse drehte. Ihn umwehte ein leicht chemischer Geruch, gemischt mit dem Duft von kaltnassem Leder, das langsam warm wird. Die Sporttasche baumelte an seinem Arm. *Wohl zu Hause rausgeflogen,* dachte sich Ewa und schloss die Tür. Ihr Gegenüber ließ die Tasche auf den Boden fallen.
»Ich bin Achim. Hallo. Ich hab deine Anzeige in der Zeitung gesehen und wusste, dass du die absolut Richtige für heute Abend bist.«

»Wie schön«, entgegnete Ewa süffisant.
»Ich habe da eine Fantasie, weißt du. Nicht gerade das Alltägliche, okay? Also, mehr etwas Ungewöhnliches.«
»Hübscher, ich bin nicht erst seit gestern hier. Sag mir einfach, was du willst, und dann sage ich ja oder nein«, entgegnete sie und senkte dabei theatralisch den Daumen.
Der Mann wirkte gelöst. Ewa tippte auf Marihuana. Oder Ecstasy. Was für sie in Ordnung war. Sie rauchte schließlich selber gerne hin und wieder mit Kolleginnen einen Joint, um an stressigen Tagen auf andere Gedanken zu kommen.
»Ich will Sex mit einer Toten haben.«
Ewa atmete tief ein. Jetzt war der Moment gekommen, an dem sie bereute, dass sie nicht einfach Feierabend gemacht hatte. Nachdem sie einen verklemmten Ehemann, der irgendwo in der Geschäftsführung eines mittelständischen Betriebes einiges zu sagen hatte, gefesselt, stranguliert und mit Plastikfolie fast erstickt hatte, bis er schließlich zum Höhepunkt kam, war so ein Szenario nun nicht genau das, was sie sich so spät noch vorstellte.
»Und wie soll das ablaufen?«, fragte sie.
Ihr Kunde streifte die Lederjacke ab und warf sie achtlos auf den Boden. Er lächelte erneut und musterte sie von oben bis unten. »Ich will, dass du es spielst. Du liegst einfach nur da. Ich mach auch nicht doll. Aber alles ohne Geräusche. Bewegungslos. Und mit Augen zu. So, als wärst du tot.«
Ewa hob skeptisch die Augenbrauen. Er schien schnell zu begreifen, dass er nun noch etwas ins Rennen werfen musste, um nicht wieder vor die Tür gesetzt zu werden.
»200 Euro?«
Ewa nickte und entkleidete sich rasch, denn ihr Gast schien keine bizarre Vorgeschichte zu seiner Fantasie zu wünschen, und legte sich nackt aufs Bett. Ihre Brüste ragten

keck nach oben. Sie hatte etwas nachhelfen lassen, aber sie hatte nicht so mit den Implantaten übertrieben wie einige Kolleginnen. Hundert Gramm pro Seite, das war deutlich weniger als ein Erdbeerjoghurt. Sie schaute an die Decke, während sie es am Waschbecken im hinteren Bereich des Raumes rauschen hörte. Im Dämmerlicht musterte sie den Körper ihres Kunden und zuckte innerlich kurz zusammen. Seine Arme waren übersät mit narbig verheilten und frischeren Schnitten an der Oberfläche.

Er bemerkte, wie ihr Blick an seinem geschundenen Körper hängen blieb: »Das war mal eine wilde Zeit. Verstehst du? Es gibt auch wilde Zeiten im Leben.«

Eigentlich hätte Ewa dieser Satz gefallen, doch in Verbindung mit dem Menschen vor ihr machte er ihr Angst.

»Jetzt lass uns endlich anfangen. Dann kommst du auch schnell ins Bett. Also ins eigene …«, versuchte er die Situation aufzulockern.

Doch mit jedem Zentimeter, den er sich ihr näherte, fühlte sich Ewa unwohler. Und in ihrem Job war es immer ein schlechtes Zeichen, wenn das Bauchgefühl anschlug wie ein Hündchen, das allein in der Villa einer reichen Dame zurückgelassen wurde und bemerkte, dass sich ein ungebetener Gast Zutritt verschafft hatte. Doch sie wischte ihre Bedenken beiseite. *Was soll schon passieren? Der Notrufknopf ist direkt neben meiner rechten Hand,* dachte sie und rutschte unauffällig etwas zur Seite, damit ihr am Ende nicht entscheidende Zentimeter fehlten, um den Alarmmechanismus auszulösen.

Das neue Sicherheitssystem war eingerichtet worden, als die Rocker das Etablissement vor einigen Jahren vom Vorbesitzer, dem Inbegriff eines norddeutschen Luden, übernommen hatten.

»Jetzt mach mal die Augen zu und dreh dich auf den Bauch. Wir spielen jetzt tot«, flüsterte ihr unheimlicher Besucher mit den unzähligen Narben am Oberkörper.
Ewa schloss betont langsam die Augen, drehte sich lasziv um und spreizte gleichzeitig um wenige Zentimeter die Beine. Nur gerade so viel, um ihm einen Anreiz zu liefern, jetzt auch anzufangen.
Und sie hatte darauf geachtet, den Notrufknopf weiterhin in Reichweite zu haben. Ewa hatte sich die Position ihres Freiers genau eingeprägt, bevor sich ihre Augenlider vollends schlossen. Er stand direkt vor dem Bett. Er hatte seine gesamte Kleidung ausgezogen, konnte also kein Drosselwerkzeug oder Waffe bei sich tragen. Dann erstarrte sie plötzlich, als wäre ein Stromkreis in ihrem Körper unterbrochen worden. Sie hörte das leise, sirrende Geräusch eines Reißverschlusses. Er öffnete die Sporttasche!
Ewa riss die Augen auf, stützte sich bäuchlings auf und drehte ihren Oberkörper so weit herum, dass sie gerade noch erkennen konnte, was hinter ihr geschah. Sie war unfähig zu reagieren.
Der Mann blickte böse auf sie nieder. Seine Arme hingen schlaff herunter. Als er sah, dass Ewa ihn mit angsterfülltem Blick fixierte, schrie er sie an: »Tote öffnen nicht die Augen!«, und machte eine hektische Verrenkung, als wende er sich blitzartig von ihr ab. Doch tatsächlich holte er aus - mit einer glänzenden langen Klinge in der rechten Hand.
Ewa riss instinktiv die Beine an den Körper, machte sich klein, stieß einen spitzen Schrei aus und versuchte, sich blitzschnell auf die rechte Seite zu drehen, um dem drohenden Hieb zu entgehen. *Schnell, der Alarmknopf!*
Aus der Kehle des Mannes drang ein bestialischer Laut, wie bei einem gefährlichen Urwaldtier, dem seine Beute zu ent-

wischen drohte. Die Lautstärke des Schreis schien sich in pure Kraft zu verwandeln, die in seinen Arm und weiter in seine Hand schoss, die eine Machete umklammerte. Die Klinge war länger als sein Unterarm.

Da! Endlich spürte Ewa zwischen Mittelfinger und Zeigefinger der rechten Hand die runde Form des Notrufknopfes, reckte sich noch etwas mehr und drückte. In dieser Sekunde traf sie der erste Hieb mit einer ungeheuren Wucht. Die Klinge der Waffe glitt durch die Haut, drang mit einem krachenden Geräusch direkt in ihr linkes Schulterblatt und setzte ihren unbarmherzigen Weg durch das darunter liegende Fleisch fort. Als die Schneide auf harten Widerstand stieß, verzog der Mann mit den Locken schmerzverzerrt das Gesicht, als habe er gegen einen unnachgiebigen Laternenpfahl geschlagen.

Ewa trat auf der Seite liegend mit ihren nackten Füßen gegen die Schienbeine des Angreifers.

»Du kannst nichts machen, du bist doch tot!«, brüllte er scheinbar irritiert von der Wucht, mit der die Klinge auf den Knochen des Schulterblattes niedergefahren war.

Die Sekunden vergingen wie in Zeitlupe. Der Mann war jetzt vollkommen außer Kontrolle. Ewa drehte den Kopf, um ihre linke Schulter zu sehen, doch die Verletzung, der Schnitt, war zu weit oben. Als sie sich ruckartig bewegte, sprangen die Ränder der Wunde auseinander. Sie spürte, wie Blut warm über ihren Oberkörper floss. Viel Blut.